LE POUVOIR DES TÉNÈBRES

DU MÊME AUTEUR
CHEZ LE MÊME ÉDITEUR

Tout ce qui meurt
... Laissez toute espérance
Le Baiser de Caïn

John Connolly

LE POUVOIR DES TÉNÈBRES

Roman

Traduit de l'anglais (Etats-Unis) par Jacques Martinache

PRESSES DE LA CITÉ

Titre original : *The Killing Kind*

ISBN 2-258-06116-4

A ma mère

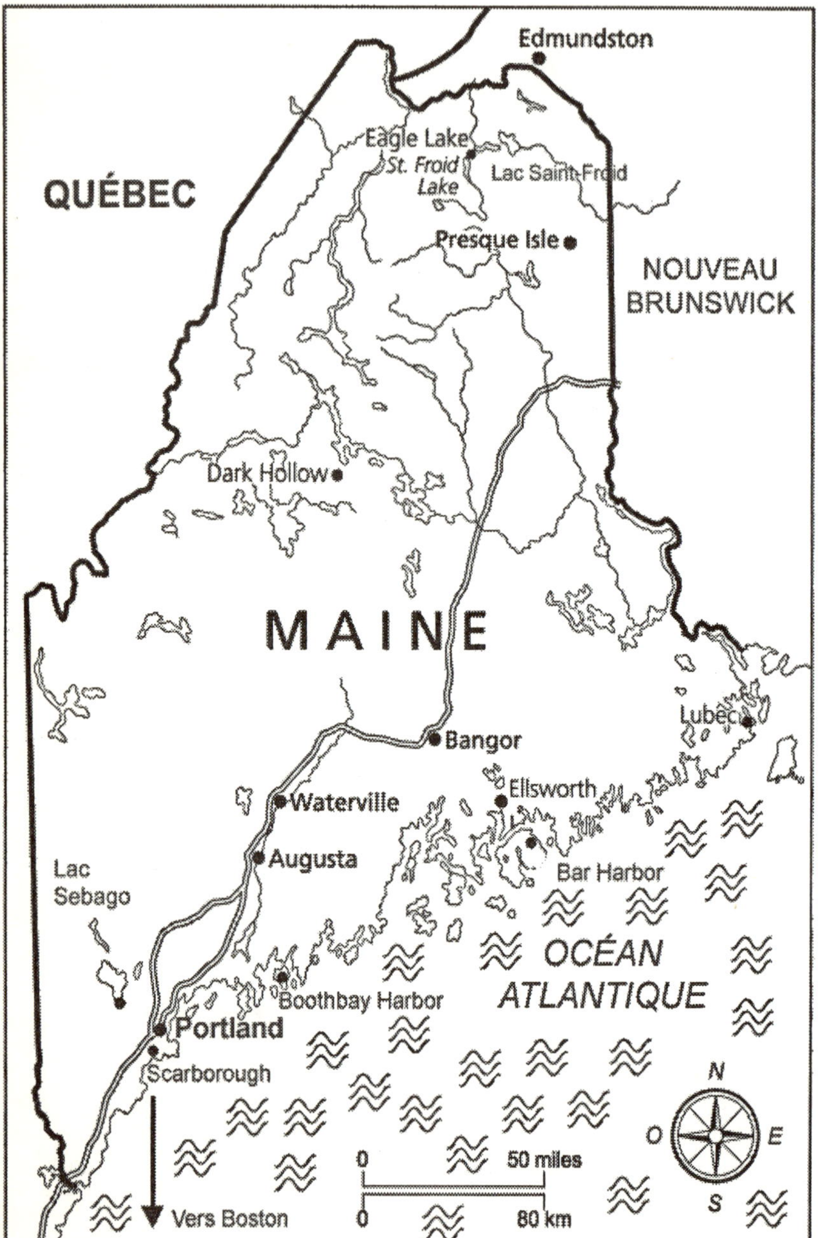
QUÉBEC
Edmundston
Eagle Lake
St. Froid Lake
Lac Saint-Froid
Presque Isle
NOUVEAU BRUNSWICK
Dark Hollow
MAINE
Bangor
Lubec
Ellsworth
Waterville
Augusta
Bar Harbor
Lac Sebago
OCÉAN ATLANTIQUE
Boothbay Harbor
Portland
Scarborough
N
O
E
S
0
50 miles
0
80 km
Vers Boston

PREMIÈRE PARTIE

« Lourd est le pas
des vivants ; mais les morts
qui reviennent dansent d'un pied léger... »

Edward Thomas, *Roads*

Prologue

C'est un monde alvéolé. Il cache un cœur creux.

La vérité de la nature est dans les mines et les grottes profondes, a écrit le philosophe Démocrite. La stabilité de ce que nous voyons et sentons sous nos pieds n'est qu'illusion, car la vie n'est pas ce qu'elle semble être. Sous la surface, il y a des failles, des fissures, des poches d'air rance, emprisonné, des stalagmites et des stalactites, de sombres rivières inconnues qui coulent sans cesse vers le bas. C'est un lieu de cavernes et de cascades de pierre, un labyrinthe de tumeurs de cristal et de colonnes gelées, où l'histoire devient avenir puis présent.

Là, dans l'obscurité totale, le temps n'a aucun sens.

Le présent recouvre imparfaitement le passé, il n'épouse pas chacun de ses points. Les choses tombent et meurent, se décomposent et créent de nouvelles couches qui épaississent la croûte de la surface et ajoutent une autre fine membrane pour couvrir ce qui gît dessous, de nouveaux mondes sur les restes de l'ancien. Jour après jour, année après année, siècle après siècle, les couches se superposent et les imperfections se multiplient. Le passé ne meurt jamais vraiment. Il est là, il attend, sous la surface de notre aujourd'hui. Il nous arrive à tous de trébucher dessus en nous le remémorant. Nous faisons surgir dans notre esprit des amours anciennes, des enfants perdus, des parents défunts, l'enchantement d'une journée unique où nous avons été fascinés, brièvement, par la beauté ineffable, fugace, du monde. Ce sont nos souvenirs. Nous les serrons en nous, nous les disons nôtres et nous savons les trouver quand nous en avons besoin.

Mais quelquefois ce choix est fait pour nous : un morceau de présent se détache et tombe, exposant le passé comme un vieil os. Rien n'est plus jamais pareil ensuite, et nous sommes forcés de réévaluer la forme de ce que nous croyons être vrai à la lumière de révélations sur sa substance. La vérité est révélée par un faux pas, par l'intuition soudaine que quelque chose sous nos pieds sonne faux. Le passé jaillit en bouillonnant comme de la lave, et la vie devient cendre sur son passage.

C'est un monde alvéolé. Nos actes résonnent dans ses profondeurs.

Il abrite une vie sombre : des bactéries qui tirent leur énergie de produits chimiques et de la radioactivité naturelle, plus vieilles que les premières cellules végétales qui donnèrent une couleur au monde du dessus. Chaque mare profonde, chaque puits de mine, chaque cœur de glacier grouille de ces organismes qui vivent et meurent sans être vus.

Il en existe d'autres : des créatures qui ne connaissent que la faim, qui ne vivent que pour chasser et tuer. Elles passent sans cesse d'une cavité secrète à une autre en faisant claquer leurs mâchoires vers la nuit éternelle. Elles ne montent à la surface que lorsqu'elles y sont contraintes et tous les êtres vivants s'enfuient sur leur passage.

Elles vinrent pour Alison Beck.

Le Dr Beck avait soixante ans et pratiquait l'avortement depuis 1974, dans le sillage de « Roe contre Wade[1] ». Très jeune, elle s'était engagée dans le mouvement du Planning familial, après l'épidémie de rubéole du début des années 1960, où des milliers d'Américaines avaient mis au monde des bébés gravement handicapés à la naissance. Elle avait gravi un échelon du militantisme en devenant membre déclaré de NOW[2] et de l'Association nationale pour l'abrogation des lois anti-avortement, avant que les changements pour lesquels ces mouvements se battaient lui permettent d'ouvrir sa propre clinique à Minneapolis. Depuis, elle défiait le Réseau d'action pour la vie de Joseph Scheidler, ses avocats de trottoir, sa mafia du mégaphone, et avait affronté Randall Terry quand l'opération Rescousse avait tenté d'imposer un blocus à sa clinique en 1989. Elle s'était battue contre l'amendement Hyde de 1976, qui avait supprimé les remboursements de Medicaid pour l'avortement, avait pleuré quand C. Everett Koop, adversaire de l'IVG, était devenu le patron du Département de la Santé. A trois reprises, des militants contre l'avortement avaient déversé de l'acide butyrique dans l'enceinte de la clinique, ce qui avait contraint à fermer l'établissement jusqu'à dispersion des fumées nocives. Les pneus de sa voiture avaient été tailladés plus de fois qu'elle n'en pouvait tenir le compte, et seul le verre trempé des fenêtres de la clinique avait empêché un engin incendiaire dissimulé dans un extincteur de détruire totalement le bâtiment.

Ces dernières années, le stress de sa profession avait commencé à se voir et Alison faisait maintenant plus que

1. Verdict établissant le droit à l'avortement des femmes américaines. *(N.d.T.)*

2. National Organisation for Women : organisation féministe dont le sigle signifie aussi « Maintenant ». *(N.d.T.)*

son âge. En près de trois décennies, elle n'avait vécu qu'avec une poignée d'hommes. David avait été le premier. Elle l'avait épousé, elle l'avait aimé, mais il n'était plus là, maintenant. Elle l'avait tenu dans ses bras quand il agonisait et avait gardé la chemise qu'il portait ce jour-là, maculée de taches de sang. Les hommes qui avaient suivi avaient tous avancé des excuses diverses pour partir mais toutes, en définitive, se réduisaient à une réalité simple : la peur. Alison Beck était une cible mouvante. Elle vivait chaque jour en sachant qu'il y avait des gens qui auraient préféré la voir morte plutôt qu'à son travail, et peu d'hommes étaient disposés à vivre auprès d'une telle femme.

Elle connaissait les statistiques par cœur. Il y avait eu vingt-sept cas de violence extrême contre des cliniques d'avortement américaines au cours de l'année précédente et deux médecins étaient morts. Ces cinq dernières années, sept docteurs et assistants avaient été tués et de nombreux autres blessés dans des attentats à la bombe ou des fusillades. Alison connaissait ces chiffres parce qu'elle avait passé plus de vingt ans à rassembler des documents sur ces actes, à déceler des éléments communs, à établir des connexions. C'était la seule façon pour elle de supporter la perte de David, le seul moyen de faire naître un peu de bien des cendres de leur vie commune. Ses recherches avaient aidé les médecins pratiquant l'avortement, quand ils avaient invoqué avec succès la loi RICO [1] dans leur combat contre leurs adversaires en dénonçant une conspiration nationale pour fermer leurs cliniques. Ce fut une victoire à l'arraché.

Lentement, un autre schéma, moins distinct, avait commencé à apparaître : des noms revenant et résonnant

1. Loi fédérale visant les organisations qui pratiquent la corruption et l'extorsion de fonds. *(N.d.T.)*

au fil des années, des silhouettes entrevues dans l'ombre des actes violents. Les convergences n'étaient visibles que dans une demi-douzaine de cas, mais elles étaient bien là. Alison en était sûre et d'autres partageaient son avis. Ensemble, ils se rapprochaient de la vérité.

Ce qui n'était pas sans danger.

Alison Beck avait fait installer chez elle un système d'alarme relié directement à une agence de gardiennage et deux vigiles armés protégeaient la clinique en permanence. Dans le placard de sa chambre était accroché un gilet pare-balles American Body Armor, qu'elle mettait pour se rendre à la clinique. Un modèle identique était suspendu à une tringle d'acier dans son cabinet de consultation. Elle conduisait une Porsche Boxster rouge, le seul luxe qu'elle s'offrît, et collectionnait les PV pour excès de vitesse comme d'autres les timbres.

Conservatrice en matière vestimentaire, Alison portait généralement une veste non boutonnée descendant jusqu'à mi-cuisse. Dessous, un pantalon serré par une ceinture marron ou noire, selon la couleur de l'ensemble. Attaché à la ceinture, un étui Alessi où nichait un automatique Kahr K40 Covert Pistol. Le Kahr était muni d'un chargeur de cinq balles de calibre 40. Alison avait un moment opté pour six balles mais avait découvert que le chargeur, plus long, se prenait parfois dans les plis de son chemisier. L'arme avait une crosse courte qui convenait aux petites mains d'Alison, qui mesurait à peine plus d'un mètre soixante et était de constitution frêle. Au stand de tir, avec la détente souple à double action du Kahr, elle était capable de loger les cinq balles du chargeur au cœur d'une cible à trente pas en dix secondes.

Son sac à main à bandoulière contenait une bombe de gaz lacrymogène et un pistolet à décharge électrique capable d'envoyer vingt mille volts dans le corps d'un homme et finalement de le laisser étendu par terre, haletant et tremblant comme un poisson échoué. Si elle n'avait jamais utilisé son pistolet, elle avait dû recourir à la bombe quand un militant contre l'avortement avait tenté de faire intrusion chez elle. Plus tard, elle s'était rappelé, avec une pointe de honte, qu'elle avait éprouvé une certaine satisfaction en l'aspergeant. Alison avait choisi sa vie, elle ne pouvait le nier, mais sa peur et sa colère devant les contraintes que cette vie lui imposait, la haine de ceux qui la méprisaient pour ce qu'elle faisait l'avaient affectée plus qu'elle ne voulait l'admettre. Ce soir de novembre, la bombe à la main, face au petit homme barbu qui hurlait dans son vestibule, elle avait libéré d'un coup, en même temps que le gaz anesthésiant, la tension et la colère accumulées en elle.

Alison Beck était une silhouette familière, une personnalité connue. Bien qu'établie principalement dans une rue ombragée d'arbres de Minneapolis, elle se rendait chaque mois dans le Dakota du Sud, à Sioux Falls, où elle dirigeait une clinique. Elle passait régulièrement à la télévision régionale et nationale, faisait campagne contre ce qu'elle percevait comme une érosion graduelle du droit des femmes à choisir. Des cliniques fermaient, avait-elle encore souligné la semaine précédente dans les studios locaux de NBC, et 83 % des comtés américains ne disposaient plus maintenant de services assurant l'IVG. Une trentaine de membres du Congrès, une douzaine de sénateurs et quatre gouverneurs se prononçaient ouvertement contre le libre choix. Par ailleurs, l'Eglise catholique romaine était devenue le principal fournisseur de soins privé du pays, et l'accès à l'avortement, à la stérilisation, à la contraception et à la fertilisation *in vitro* était de plus en plus limité.

Pourtant, confrontée à une jeune militante du Droit à la vie du Minnesota, qui parlait d'une voix douce du changement d'attitude de la génération actuelle qui n'avait pas connu l'époque antérieure à « Roe contre Wade », Alison Beck avait eu l'impression que c'était elle, le médecin en campagne, qui semblait maintenant intolérante, et que le courant s'inversait plus qu'elle ne s'en rendait compte. Elle l'avait reconnu devant des amis, dans les jours qui avaient précédé sa mort.

C'était toutefois autre chose qui avait déclenché sa peur. Elle l'avait revu, l'étrange homme aux cheveux roux; elle avait senti qu'il se rapprochait et qu'il avait l'intention d'agir contre elle et les autres avant qu'ils aient pu finir leur travail.

« Ils ne peuvent pas être au courant, avait tenté de la rassurer Mercier. Nous n'avons encore rien fait contre eux.

— Je te dis qu'ils savent. Je l'ai vu. Et...

— Oui?

— J'ai trouvé quelque chose dans ma voiture, ce matin.

— Quoi?

— Une peau. Une peau d'araignée. »

Les araignées croissent en perdant leur exosquelette et en le remplaçant par une peau plus large, moins gênante, au cours d'un processus portant le nom d'ecdysis. La peau abandonnée, ou exuvie, qu'Alison Beck avait trouvée sur le siège de sa voiture provenait d'une tarentule sri lankaise, *Poecilotheria fasciata*, arachnide aux couleurs superbes mais au tempérament ombrageux. L'espèce avait été soigneusement choisie pour sa capacité à faire peur : son corps, alternant les teintes grises, noires et crème, mesurait environ sept centimètres de long, avec des pattes d'une envergure de près de dix centimètres. Alison avait été terrifiée, et sa terreur n'avait que légèrement décru lorsqu'elle s'était aperçue que la forme, à côté d'elle, n'était pas une araignée vivante.

Mercier avait gardé un moment le silence avant de lui conseiller de partir pour quelques jours, puis avait promis de recommander aux autres d'être vigilants.

Si bien qu'Alison Beck avait résolu de prendre ses premières vacances depuis près de deux ans. Elle avait l'intention d'aller jusqu'au Montana en voiture, de s'arrêter en chemin la première semaine pour rendre visite à une vieille amie de faculté à Bozeman. De là, les deux femmes remonteraient jusqu'au parc national du Glacier si les routes étaient praticables, car on était en avril et la neige n'avait peut-être pas entièrement fondu.

Alison n'étant pas arrivée le dimanche soir comme promis, son amie s'inquiéta un peu. Le lundi en fin d'après-midi, n'ayant toujours pas de nouvelles, elle téléphona au central de la police de Minneapolis. Deux agents de ronde, Ames et Frayn, qui connaissaient Alison à la suite de divers incidents antérieurs, furent envoyés pour jeter un coup d'œil à son domicile, 604, 26e Rue Ouest.

Personne ne répondit lorsqu'ils sonnèrent et la porte du garage était fermée à clef. Les mains en visière, Ames regarda dans le vestibule à travers la vitre. Deux valises étaient posées dans le couloir menant à la cuisine, et une chaise renversée tendait ses pieds vers le mur. Quelques secondes plus tard, Ames avait enfilé ses gants, fracturé une fenêtre, et, l'arme à la main, pénétrait à l'intérieur. Frayn fit le tour et entra par la porte de derrière. La maison était petite et n'avait qu'un étage : il ne fallut pas longtemps aux policiers pour constater qu'elle était vide. De la cuisine, une porte donnait dans le garage. A travers le panneau de verre dépoli, les lignes de la Boxster d'Alison Beck étaient nettement visibles.

Ames prit sa respiration, ouvrit la porte.

Comme le garage était obscur, il décrocha sa torche électrique de sa ceinture, l'alluma en lui imprimant un mouvement de torsion. Un instant, quand le faisceau de la lampe éclaira la voiture, il se demanda ce qu'il voyait. Il crut d'abord que le pare-brise était fendillé : de fines lignes le parcouraient, s'étoilant à partir de sortes de nœuds irréguliers, gros comme des impacts de balle, l'empêchant de voir à l'intérieur de la Porsche. Une fois près de la portière du conducteur, il eut l'impression que la voiture était bizarrement remplie de barbe à papa car les vitres semblaient couvertes à l'intérieur de sortes de fibres blanches et molles. Ce ne fut que lorsqu'il approcha la torche du pare-brise et qu'il vit une chose brune filer sur le verre qu'il comprit ce que c'était.

Une toile d'araignée, dont les fils brillaient d'un éclat argenté dans le faisceau de la lampe. Dessous, une forme sombre était assise sur le siège du conducteur.

— Docteur Beck? appela-t-il.

Il posa une main gantée sur la poignée de la portière, tira.

Avec un craquement de fils collants, la toile se détacha et oscilla dans l'air. Quelque chose tomba aux pieds d'Ames avec un bruit à peine audible. Baissant les yeux, il vit une petite araignée marron trotter sur le sol de ciment en direction de son pied droit. Longue d'un centimètre environ, cette bestiole appartenant à la famille des « recluses » avait le dos partagé en son centre par une cannelure sombre. Instinctivement, Ames leva son godillot à pointe renforcée et l'écrasa. Un instant, il se demanda s'il ne venait pas de détruire un indice puis il regarda à l'intérieur de la voiture et comprit que son geste n'avait pas plus d'importance que s'il avait volé un grain de sable sur une plage ou chipé une goutte d'eau dans l'océan.

On avait déshabillé Alison Beck en ne lui laissant que ses sous-vêtements avant de l'attacher sur le siège avant droit. On avait entouré sa tête de ruban adhésif en lui recouvrant la bouche. Son visage boursouflé était presque méconnaissable, son corps marbré par un début de putréfaction. Juste sous le cou, un carré de peau avait été prélevé, laissant à nu une chair rouge.

La décomposition du corps était cependant masquée par les fragments de toile qui l'enveloppaient d'un voile blanc déchiré, et le visage disparaissait presque sous l'enchevêtrement dense des fils. Tout autour d'elle, de petites araignées brunes se déplaçaient sur leurs pattes arquées, leurs palpes se contractant quand elles sentaient un changement dans l'air. D'autres demeuraient tapies dans les recoins sombres, près de sacs orange suspendus ressemblant à des grappes de fruits toxiques. Des enveloppes d'insectes vidés de leur sang parsemaient les pièges, alternant avec les corps d'araignées devenues proies pour leur propre espèce. Des drosophiles voletaient autour des sièges et Ames vit des oranges et des poires en train de pourrir sur le plancher près des pieds d'Alison Beck. Ailleurs, des criquets invisibles stridulaient, éléments du petit écosystème créé à l'intérieur de la voiture du médecin, mais, pour l'essentiel, l'activité provenait des araignées brunes compactes qui s'affairaient autour du visage d'Alison, dansaient sur ses joues et ses paupières, continuant de tisser les toiles irrégulières qui capitonnaient l'intérieur de la Porsche.

Une dernière surprise attendait ceux qui découvrirent le corps. Lorsqu'on ôta le ruban adhésif de sa figure et qu'on ouvrit sa bouche, pendant l'autopsie, de petites boules noir et rouge tombèrent de ses lèvres et s'immobilisèrent, telles des billes mal arrondies, sur la table d'acier. Il y en avait d'autres logées dans son thorax, coincées sous sa langue. Certaines étaient restées prises entre ses dents, écrasées quand sa bouche s'était crispée, au moment où les morsures avaient commencé.

Une seule vivait encore : on la découvrit dans la cavité nasale, ses longues pattes noires repliées sur elle. Quand la pince à épiler se referma sur l'abdomen sphérique, elle lutta faiblement, le sablier rouge de son ventre évoquant le vestige d'une vie soudainement arrêtée.

Et dans la lumière crue de la salle d'autopsie, les yeux de la veuve noire scintillèrent comme de minuscules étoiles noires.

C'est un monde alvéolé ; l'histoire est sa force d'attraction.

Tout au nord du Maine, des formes avancent sur une route, se détachent sur le soleil matinal. Derrière elles, un bulldozer, un élévateur à cabine et deux petits camions progressent lentement sur une route de campagne vers les rives du lac Saint-Froid. Des rires et des jurons fusent dans l'air ; des volutes de fumée de cigarette montent avec la brume. Il y a de la place pour ces hommes et ces femmes sur le plateau des camions, mais ils ont préféré marcher, sentir le sol sous leurs pieds, l'air pur dans leurs poumons, la camaraderie de ceux qui effectueront bientôt ensemble un travail physique éreintant mais sont reconnaissants envers le soleil qui brille doucement sur eux, la brise qui les rafraîchira dans leur labeur.

Ils forment deux groupes. Les premiers sont des nettoyeurs de lignes, employés à la fois par le Service public du téléphone du Maine et la Compagnie du téléphone et du télégraphe de la Nouvelle-Angleterre pour tailler les arbres et les broussailles le long de la route. C'est un travail qui aurait dû être terminé en automne, quand le sol est sec et propre, et non pas fin avril, quand il reste encore de la neige gelée et compacte sur les hauteurs et que les premiers bourgeons ont commencé à pousser sur les branches. Mais les nettoyeurs de lignes ont cessé depuis longtemps de s'interroger sur les directives de leurs patrons et se réjouissent simplement qu'il ne pleuve pas tandis qu'ils traînent les pieds sur le bitume.

Le second groupe se compose d'ouvriers embauchés

par un certain Jean Beaulieu pour défricher les berges du lac Saint-Froid en vue d'y construire une maison. C'est une simple coïncidence si les deux groupes ont pris la même portion de route en ce matin ensoleillé mais ils se mêlent en chemin, échangent des commentaires sur le temps, l'un empruntant la cigarette de l'autre pour allumer la sienne.

A la sortie de la bourgade d'Eagle Lake, ils tournent à droite pour prendre la route de Red River. A leur gauche coule la Fish River, à leur droite se dresse le bâtiment de brique rouge des services des eaux d'East Lake. Une petite clôture en grillage s'arrête là où la rivière se jette dans le lac Saint-Froid et des maisons commencent à apparaître sur la rive. A travers les branches des arbres, on aperçoit la surface miroitante de l'eau.

Bientôt au brouhaha de leur passage s'ajoute un autre bruit. Au-dessus d'eux, des formes jaillissent de niches en bois : des animaux gris, avec une épaisse fourrure et des yeux vifs, intelligents. Ce sont des hybrides de loups, attachés par des chaînes à un anneau de fer; ils aboient, ils hurlent lorsque les hommes et les femmes passent sous eux, et leurs chaînes se tendent quand ils essaient de se jeter sur les intrus. L'élevage de ces hybrides est relativement courant dans cette partie de l'Etat, particularité régionale qui surprend les étrangers. Plusieurs des ouvriers s'arrêtent et regardent, un ou deux excitent les bêtes depuis la route, où ils sont en sécurité, mais les plus sages continuent d'avancer. Ils savent qu'il vaut mieux laisser ces animaux tranquilles.

Le travail commence, accompagné par un chœur de cris et de grondements de moteurs, de claquements de pioches et de pelles entaillant le sol, de vrombissements de tronçonneuses coupant branches et troncs d'arbre. Des odeurs de fumée de diesel, de sueur et de terre fraîche montent dans l'air. Les bruits des hommes couvrent ceux de la nature : des grenouilles des bois qui se raclent la gorge, des grives ermites et des roitelets qui s'appellent, un plongeon solitaire qui pousse son cri en sortant de l'eau.

La journée s'avance, le soleil se déplace vers l'ouest au-dessus du lac. Sur le terrain de Jean Beaulieu, un homme ôte son casque jaune, essuie son front sur sa manche et allume une cigarette avant de retourner au bulldozer. Il grimpe dans la cabine, passe en marche arrière et l'engin mêle les notes gutturales de son moteur aux bruits des hommes et de la nature. Au-dessus, les hurlements reprennent et le conducteur du bull secoue la tête d'un air las en direction de l'ouvrier juché dans la cabine de l'élévateur, à proximité.

Le terrain est à l'abandon depuis de nombreuses années. L'herbe y est haute et folle, les broussailles s'agrippent avec ténacité au sol dur. Derrière ses manettes, l'homme n'a aucune raison de douter de la solidité de la berge sur laquelle il travaille. Le bulldozer émet des grognements d'animal furieux en poussant d'énormes quantités de terre. Les chiens-loups hurlent de plus belle, tournent en rond et tirent de nouveau sur leur chaîne à chaque nouveau bruit.

Les racines d'une sapinette blanche apparaissent quand un pan de la rive s'effondre, et l'arbre tombe lentement dans l'eau en projetant des rides sur la surface immobile du lac. Le bulldozer demeure un moment suspendu, une chenille adhérant encore au sol, l'autre immobile au-dessus du vide, avant de basculer sur le côté. Le conducteur saute de la cabine, roule sur lui-même à quelques mètres de l'engin qui se retourne et tombe dans un grand éclaboussement dans l'eau peu profonde. Des hommes lâchent leurs outils, se mettent à courir. Ils grimpent sur la nouvelle berge sous laquelle l'eau brune s'est déjà engouffrée pour profiter du recul soudain de la terre. Leur collègue se relève, trempé et tremblant, puis agite une main avec un sourire embarrassé pour leur faire savoir qu'il n'a rien. Les autres ouvriers s'attroupent sur la rive, regardent le bulldozer échoué. Quelques-uns poussent des cris moqueurs. A leur gauche, un autre pan de terre s'éboule et tombe dans l'eau, mais ils n'y prêtent pas attention, concentrés qu'ils sont sur leur camarade encore dans l'eau.

Ce n'est pas le bulldozer que regarde l'homme juché sur la cabine de l'élévateur, ni les bras qui se tendent pour sortir le conducteur du lac. Immobile, sa tronçonneuse dans les mains, il fixe la berge nouvellement dénudée. Il s'appelle Lyall Dobbs. Il a une femme et deux enfants, et en ce moment même il voudrait désespérément être auprès d'eux. Il voudrait être n'importe où mais pas au bord du lac Saint-Froid, à regarder les ossements noircis qui viennent d'apparaître entre les racines des arbres, et le petit crâne qui s'enfonce lentement dans l'eau froide.

— Billy? crie-t-il.

Billy Laughton, contremaître de l'équipe de nettoyage, s'écarte du groupe de la berge en secouant la tête d'un air abasourdi.

— Ouais?

— Y a un cimetière dans le coin?

Laughton fronce les sourcils. De sa poche, il tire une carte, la déplie et l'examine brièvement, lève les yeux vers Dobbs.

— Non.

Dobbs le regarde, livide.

— Ben, y en a un, maintenant.

C'est un monde alvéolé.

Il faut prendre garde où l'on met le pied.

Il faut être préparé à ce qu'on pourrait découvrir.

1

C'était le printemps et le monde avait repris des couleurs.

Les montagnes lointaines étaient en pleine mue, les arbres gris se couvraient d'une vie nouvelle, écho affaibli de la profusion colorée de l'automne. Les tons écarlates des érables étaient à présent rejoints par le jaune-vert des chênes, l'argent des trembles, le vert des bouleaux et des hêtres. Les peupliers et les saules, les ormes et les noisetiers étaient tous en pleine floraison et les bois retentissaient des chants des oiseaux revenus.

Je voyais ces bois de la salle de gym du 1, City Center, les pointes des arbres à feuilles persistantes dominant encore le paysage parmi les espèces saisonnières. La pluie tombait sur Portland, les parapluies envahissaient les rues, luisants et sombres comme des carapaces de scarabée.

Pour la première fois depuis des mois, je me sentais bien. Je mangeais bien, je travaillais trois ou quatre jours par semaine et Rachel Wolfe viendrait de Boston le week-end suivant : j'aurais quelqu'un pour admirer mon physique en voie d'amélioration. Je n'avais pas fait de cauchemar depuis un bout de temps. Ma femme morte et ma fille perdue ne m'étaient plus apparues depuis le Noël précédent — quand elles m'avaient touché sous les flocons de neige — et les visions qui m'avaient longtemps hanté me laissaient pour l'heure en repos.

Après une série d'épaulés, je reposai la barre, la sueur dégouttant de mon nez, coulant en petites rigoles le long de mon corps. Assis sur un banc, je bus une gorgée d'eau et vis les deux hommes entrer dans la salle, regarder autour d'eux puis fixer leur attention sur moi. Ils portaient des costumes austères et des cravates sombres. Le premier était solidement bâti, avec des cheveux châtains ondulés et une épaisse moustache, l'air d'une ancienne vedette du porno qui se laissait aller. Dans le miroir de la salle, je repérai la bosse que faisait son arme prise dans un holster bon marché sous sa veste. L'autre était plus petit, soigné, avec des cheveux clairsemés, prématurément grisonnants. Le costaud tenait une paire de lunettes de soleil à la main tandis que son compagnon arborait des lunettes aux verres carrés à monture dorée. Il sourit en se dirigeant vers moi.

— Monsieur Parker ? fit-il, les mains jointes derrière le dos.

Je hochai la tête, les mains se séparèrent, la droite se tendit vers moi dans un mouvement rapide de requin croisant dans des eaux familières.

— Je m'appelle Quentin Harrold, monsieur Parker, se présenta-t-il. Je travaille pour M. Jack Mercier.

J'essuyai ma propre main droite à une serviette pour éponger une partie de la sueur, acceptai la poignée de main. La bouche de Harrold frémit un peu quand ma paume encore moite toucha la sienne, mais il résista à l'envie de la frotter contre son pantalon. Pour ne pas bousiller le pli, présumai-je.

Jack Mercier descendait d'une famille friquée depuis si longtemps qu'une partie de ce fric avait dû faire la traversée à bord du *Mayflower*. Ancien sénateur des Etats-Unis, comme son père et son grand-père avant lui, il vivait dans une maison de Prouts Neck donnant sur l'océan. Il avait des intérêts dans le bois d'œuvre, la presse, la télévision par câble, les logiciels et Internet. En fait, il avait des intérêts à peu près dans toutes les branches pouvant assurer à la vieille fortune des Mercier des injections régulières d'argent frais. Sénateur, il avait été une sorte de libéral et soutenait encore divers mouvements écolos ou des associations pour les droits civiques par des dons généreux. Bon père de famille, il ne baisouillait pas à droite et à gauche — autant qu'on pût le savoir — et, au sortir de son bref flirt avec la politique, sa réputation apparaissait plutôt redorée que ternie, résultat dû autant à son indépendance financière qu'à une éventuelle probité morale. Selon certains bruits, il envisageait un retour à la politique, peut-être comme candidat indépendant au poste de gouverneur, mais Mercier lui-même n'avait pas encore confirmé la rumeur.

Quentin Harrold toussa dans sa main, ce qui lui servit d'excuse pour tirer un mouchoir de sa poche et s'essuyer discrètement les doigts.

— M. Mercier souhaiterait vous voir, annonça-t-il d'un ton qu'il réservait sans doute au jardinier et au chauffeur. Il a un travail pour vous.

Je levai les yeux vers lui. Il sourit, je souris. Nous restâmes un moment comme ça, la tirelire fendue, jusqu'à ne plus avoir le choix qu'entre se remettre à parler ou s'embrasser goulûment. Harrold opta pour la première solution.

— Vous ne m'avez peut-être pas entendu. M. Mercier a un travail pour vous, réitéra-t-il.

— Et donc?

Le sourire de Harrold vacilla.

— Je ne suis pas sûr de vous comprendre, monsieur Parker.

— Je ne cherche pas de boulot assez désespérément pour me mettre à courir en rond chaque fois qu'on prononce ce mot, monsieur Harrold.

Ce n'était pas tout à fait vrai. Portland, Maine, n'était pas un tel foyer de vice et de corruption que je puisse me permettre de plisser le nez devant une proposition d'embauche. Si Harrold avait été plus séduisant et d'un autre sexe, je me serais probablement mis à tourner sur moi-même, le ventre à l'air, si j'avais pensé que cela pouvait me faire gagner quelques dollars de plus.

Il se tourna vers le grand type à moustache, qui haussa les épaules et se remit à me fixer d'un air impassible, en se demandant peut-être de quoi ma tête aurait l'air, empaillée au-dessus de sa cheminée.

Harrold toussa de nouveau et dit :

— Je suis désolé, je ne voulais pas vous offenser.

Il avait du mal à trouver les mots, comme s'ils appartenaient au vocabulaire de quelqu'un d'autre et qu'il ne faisait que les emprunter un moment.

— Nous vous serions reconnaissants si vous trouviez le temps de parler à M. Mercier, poursuivit-il avec une grimace.

J'estimai m'être fait désirer assez longtemps, sans être sûr toutefois qu'il me respecterait encore le lendemain matin.

— Je pourrai peut-être passer le voir quand j'aurai fini ma muscu, proposai-je.

Harrold se tordit le cou pour indiquer qu'il pensait avoir mal entendu.

— M. Mercier espérait que vous viendriez tout de suite, monsieur Parker. C'est un homme très occupé, vous le comprendrez.

Je me levai, m'étirai, me préparai à entamer une nouvelle série d'épaulés.

— Oh ! je comprends, monsieur Harrold. Je ferai aussi

vite que je peux. Attendez-moi en bas, je vous rejoins. Vous me rendez nerveux, planté là. Je risque de laisser tomber mon haltère sur vos pattes.

Il se dandina d'un pied sur l'autre puis hocha la tête.

— Nous serons dans le hall.

— Amusez-vous bien! leur lançai-je en les regardant s'éloigner dans le miroir.

Je finis mon entraînement en prenant mon temps puis je me douchai longuement et discutai un moment de l'avenir des Pirates avec le gars qui nettoyait les vestiaires. Quand je jugeai que Harrold et sa star du porno avaient passé suffisamment de temps à regarder leur montre, je descendis dans le hall par l'ascenseur et j'attendis qu'ils me rejoignent. L'expression de Harrold oscillait entre irritation et soulagement, notai-je.

Il insista pour que je monte dans leur Mercedes mais, malgré leurs protestations, je choisis de les suivre dans ma Mustang. L'idée me traversa que je devenais pervers, en m'installant dans la trentaine. Si Harrold m'avait demandé de prendre ma voiture, je me serais probablement enchaîné à la colonne de direction de la Mercedes pour les forcer à m'emmener.

La Mustang était une Boss 302 de 1969 et remplaçait la Mach 1 criblée de balles l'année précédente. J'avais eu la 302 par Willie Brew, qui tenait un garage dans le Queens. Les becquets et les ailes étaient un peu démodés, mais cette voiture me faisait monter les larmes aux yeux quand j'accélérais et Willie me l'avait laissée pour huit mille dollars, soit trois mille de moins que ce qu'elle valait dans cet état. Revers de la médaille, j'aurais aussi bien pu peindre *ADOLESCENT ATTARDÉ* en grosses lettres noires sur la carrosserie.

Je sortis de Portland par le sud dans le sillage de la Mercedes et pris l'US-I. A Oak Hill, ils tournèrent à gauche et je demeurai derrière eux, roulant tranquillement à cinquante jusqu'à la pointe de l'isthme. Dans la salle du Black Point Inn, les clients, un verre à la main, contemplaient Grand Beach et Pine Point par les fenêtres panoramiques. Une voiture de la police de Scarborough se traînait sur la route pour s'assurer que personne ne dépassait le cinquante et qu'aucun indésirable ne restait assez longtemps dans le coin pour gâcher la vue.

La résidence de Jack Mercier se trouvait sur Winslow Homer Road, non loin de l'ancienne maison du peintre. A notre approche, une barrière à commande électronique s'ouvrit et une autre Mercedes sortit du parc, roulant lentement vers nous en direction de Black Point Road. Un petit homme à barbe noire coiffé d'une calotte était assis à l'arrière. Nous échangeâmes un regard quand les voitures se croisèrent et il m'adressa un signe de tête. Son visage m'était familier, mais je n'arrivai pas à mettre un nom dessus.

Entourée d'un parc paysager, la maison de Mercier était une immense bâtisse blanche comptant tellement de pièces qu'il aurait fallu organiser une battue si quelqu'un s'était perdu en allant à la salle de bains. Pendant que le costaud garait la Mercedes, je franchis la double porte d'entrée derrière Harrold, descendis le couloir, entrai dans une pièce située à droite de l'escalier principal. C'était une bibliothèque meublée de canapés et de fauteuils anciens. Des livres recouvraient trois des murs jusqu'au plafond. Le quatrième était percé d'une fenêtre donnant sur le parc et, au-delà, sur l'océan. A droite, un bureau voisinait avec une chaise et un petit bar.

Harrold ferma la porte derrière moi, me laissant examiner les rayonnages et les photos accrochées aux murs. Les livres allaient des biographies d'hommes politiques aux ouvrages historiques, principalement sur la guerre de Sécession, la Corée, le Vietnam. Il n'y avait aucun roman. Dans un coin, un petit meuble vitré contenait des livres différents de ceux des rayonnages : *Mythe et histoire dans le Livre de l'Apocalypse*; *L'Apocalypse et le Millenium dans la poésie romantique anglaise*, *Le Livre de l'Apocalypse*, *L'Apocalypse et l'Empire*, *Le Sublime apocalyptique*. Des bouquins réjouissants : de quoi lire au lit avant la fin du monde. Je remarquai aussi des biographies critiques de William Blake, Albrecht Dürer, Lucas Cranach l'Ancien et Jean Duvet, en plus de fac-similés de ce qui semblait être des textes médiévaux. Enfin, sur l'étagère du haut, douze minces volumes presque identiques, chacun relié en cuir noir, avec six bandes d'or gravées par paires équidistantes et, dessous, gravée également, la dernière lettre de l'alphabet grec, ω, pour *oméga*. Il n'y avait pas de clef dans la serrure du petit meuble et les portes restèrent fermées quand je tirai dessus à tout hasard.

Je reportai mon attention sur les photos ornant les murs : Jack Mercier en compagnie de Kennedy, de Clinton et même d'un Jimmy Carter suranné. Un Mercier jeune prenant un assortiment de poses sportives : remportant une course, feignant de lancer un ballon de football américain, porté sur les épaules de ses coéquipiers en adoration. Il y avait aussi des témoignages d'universités reconnaissantes, des distinctions encadrées d'organisations charitables patronnées par des vedettes de cinéma, et même quelques médailles remises par des nations pauvres mais fières. Quelque chose comme le pire cauchemar d'un cancre.

Une photo, plus récente, retint mon regard. Elle montrait Mercier assis à une table, flanqué sur sa gauche d'une femme d'une soixantaine d'années portant une veste noire élégante et un collier de perles. A sa droite se tenaient le barbu que j'avais croisé en voiture et, à côté de lui, un personnage que je reconnus pour l'avoir vu dans des magazines d'information télévisés, le plus souvent l'air triomphant en haut des marches d'un palais de justice : Warren Ober, d'Ober, Thayer & Moss, l'un des plus prestigieux cabinets juridiques de Boston. Ober était l'avocat de Mercier et, à la seule mention de son nom, la plupart de ses adversaires éventuels couraient aux abris. Quand Ober, Thayer & Moss se chargeaient d'une affaire, ils emmenaient tellement d'avocats avec eux au tribunal qu'il n'y avait quasiment plus de place pour le jury. Même les juges, ils les rendaient nerveux.

En examinant la photo, je remarquai qu'aucun de ceux qui y figuraient ne semblait particulièrement heureux. Il se dégageait de leurs poses une sorte de tension, l'impression qu'ils étaient sur une affaire ténébreuse et que le photographe les dérangeait inutilement. Il y avait de gros dossiers devant eux sur la table et des tasses à café blanches abandonnées comme des roses de la veille.

Derrière moi la porte s'ouvrit et Jack Mercier entra. Il s'avança et déposa sur le bureau une liasse de feuilles de papier illustrées de graphiques en barres et de schémas. Il était grand, un mètre quatre-vingt-cinq environ, avec des épaules qui rappelaient son passé sportif et une coûteuse Rolex en or qui dénotait son statut actuel d'homme très riche. Il avait une épaisse chevelure blanche, rabattue en arrière au-dessus d'un front bronzé en permanence et surplombant de grands yeux bleus, un nez grec, une bouche mince et souriante, des dents blanches et régulières. Il doit avoir soixante-cinq ans, maintenant, estimai-je, peut-être un peu plus. Il portait une chemise de polo bleue, un pantalon de toile ocre et des Sebago marron. Des poils blancs couvraient ses bras, s'échappant en touffes du col de sa chemise. Un instant, son sourire vacilla quand il vit l'attention que j'accordais à la photo mais il recouvra son éclat quand je m'en éloignai. Pendant ce temps, Harrold se tenait sur le seuil de la porte.

— Monsieur Parker, dit Mercier en me serrant la main

avec assez de vigueur pour déloger mes plombages. Je vous suis reconnaissant d'avoir pris le temps de venir me voir.

De la main, il m'indiqua une chaise. Un homme au teint olivâtre vêtu d'une tunique blanche apparut avec un plateau d'argent. Deux tasses en porcelaine, une verseuse en argent avec sucrier et pot à lait assortis tintèrent doucement quand il le posa sur la table. Le plateau semblait lourd et le domestique parut soulagé d'en être débarrassé.

— Merci, lui dit Mercier.

Nous le regardâmes quitter la pièce, suivi de Harrold. Celui-ci referma la porte derrière lui après m'avoir adressé un dernier coup d'œil chagriné. Je me retrouvai seul avec Mercier.

— Je sais beaucoup de choses sur vous, monsieur Parker, commença-t-il.

Il servit le café, me proposa crème et sucre avec une amabilité sans affectation destinée à mettre à l'aise la plus éphémère des connaissances. Tellement dépourvue d'affectation qu'il avait dû passer des années à la perfectionner.

— Moi aussi, répliquai-je.

Il plissa gentiment le front.

— Je ne crois pas que vous soyez assez âgé pour avoir un jour voté pour moi.

— Non, vous vous êtes retiré de la vie politique avant que je m'y intéresse.

— Votre grand-père votait pour moi?

Mon grand-père, Bob Warren, adjoint au shérif du comté de Cumberland, avait passé toute sa vie à Scarborough. Ma mère et moi étions venus habiter chez lui à la mort de mon père. Bob avait finalement vécu plus longtemps que sa femme et sa fille. Je l'avais enterré un jour d'automne, après que son cœur épuisé eut définitivement jeté l'éponge.

— Je ne crois pas qu'il ait jamais voté pour qui que ce soit, monsieur Mercier. Mon grand-père nourrissait une méfiance naturelle envers les politiciens.

Le seul homme politique pour lequel Bob Warren avait eu quelque respect, c'était le président Zachary Taylor, qui n'avait jamais voté dans une élection, pas même pour lui-même.

Jack Mercier me sourit à nouveau de toutes ses grandes dents blanches.

— Il avait peut-être raison. La plupart d'entre eux ont vendu dix fois leur âme avant même d'être élus. Une fois qu'on a vendu son âme, on ne peut plus la racheter. On ne peut qu'espérer en avoir tiré le meilleur prix possible.

— Et vous, monsieur Mercier, vous achetez des âmes ou vous en vendez?

Le sourire demeura en place mais les yeux s'étrécirent.

— Je prends soin de la mienne, monsieur Parker, et je laisse les autres faire ce qu'ils veulent de la leur.

Notre tête-à-tête fut interrompu par l'entrée d'une femme dans la pièce. Elle était vêtue d'un ensemble faussement décontracté : pantalon noir, pull en cachemire noir, sur lequel un mince collier d'or brillait d'un éclat sourd. Elle devait avoir dans les quarante-cinq ans et les portait plutôt bien. Ses cheveux blonds grisonnaient par endroits et ses traits avaient une dureté qui la faisait paraître moins belle qu'elle ne croyait probablement l'être.

C'était la femme de Mercier, Deborah, qui occupait une sorte de résidence permanente dans la rubrique mondaine locale. C'était, si je me souvenais bien, une beauté du Sud, diplômée de l'Institut pour jeunes filles de Madeira, en Virginie, dont le principal titre de célébrité — en plus de former des jeunes femmes qui choisissaient toujours le bon couvert à table et ne crachaient jamais sur le trottoir — était d'avoir eu pour directrice une certaine Jean Harris, qui avait abattu son amant, le Dr Herman Tarnower, en 1980, après qu'il l'eut quittée pour une jeunette. Tarnower était surtout connu comme auteur du *Régime Scarsdale*, et sa mort constituait la preuve irréfutable que les régimes peuvent être mauvais pour la santé. Jack Mercier avait fait la connaissance de sa future épouse au Swan Ball de Nashville, la soirée de gala la plus somptueuse de tout le Sud, et s'était présenté à elle en lui offrant une voiture de collection achetée à la vente aux enchères qui avait suivi le dîner. « Alfa Romeo et Juliette », avait commenté plus tard l'un des invités.

Mme Mercier tenait un magazine à la main et prit un air surpris.

— Désolée, Jack, je ne savais pas que tu avais de la visite.

Elle mentait, et je vis à l'expression de son mari qu'il n'était pas dupe. Il cacha son irritation derrière le sourire qui était sa marque de fabrique, mais il me sembla bien l'entendre grincer des dents. Il se leva, je l'imitai.

— Monsieur Parker, voici ma femme, Deborah.

Mme Mercier fit un pas vers moi puis attendit que je fasse le reste du chemin avant de me tendre une main molle. Ses yeux percèrent des trous dans mon visage tandis que ses quenottes grignotaient ma cervelle. Son hostilité était si flagrante que c'en était presque drôle.

— Ravie, laissa-t-elle tomber avant de se tourner vers Mercier. Je te parlerai plus tard, Jack, ajouta-t-elle comme une menace.

Elle ne nous accorda pas un regard en refermant la porte. La température de la pièce remonta aussitôt et Mercier se ressaisit.

— Toutes mes excuses, monsieur Parker. Nous

sommes tous un peu tendus, ces temps-ci. Ma fille Samantha se marie le mois prochain.

— Vraiment? Qui est l'heureux élu? me sentis-je tenu de demander par politesse.

— Robert Ober. Le fils de mon avocat.

— Au moins, ça donnera l'occasion à votre femme de s'acheter un nouveau chapeau.

— Elle achète bien plus que ça, monsieur Parker, et elle est actuellement occupée à régler les préparatifs pour nos invités. Warren et moi, nous finirons probablement par nous réfugier sur mon yacht pour échapper aux exigences de nos épouses respectives. Vous pratiquez la plaisance, monsieur Parker?

— J'aimerais beaucoup mais je n'ai pas de yacht.

— Tout le monde devrait avoir un yacht, fit remarquer Mercier, dont la bonne humeur était revenue.

— Vous parlez comme un vrai socialiste, monsieur Mercier.

Avec un léger rire, il reposa sa tasse, donna à sa physionomie une expression sincère.

— J'espère que vous me pardonnerez de m'être renseigné sur votre vie, mais je tenais à en savoir plus sur vous avant de solliciter votre aide.

Je pris acte de l'aveu d'un signe de tête.

— A votre place, j'aurais sans doute fait la même chose.

Il se pencha en avant, reprit avec douceur :

— Navré pour votre famille. C'est terrible, ce qui vous est arrivé.

Ma femme Susan et ma fille Jennifer m'avaient été enlevées par un tueur surnommé le Voyageur alors que j'appartenais encore à la police de New York. Au bout d'une terrible traque, j'avais fini par l'abattre, et une partie de moi était morte avec lui.

Plus de deux ans s'étaient écoulés depuis et, pendant

une bonne partie de cette période, la mort de Susan et de Jennifer avait résumé ma vie. Je m'étais laissé aller, jusqu'au jour où j'avais pris conscience que la souffrance, le sentiment de culpabilité et les regrets étaient en train de me démolir. A présent, je recollais lentement les morceaux dans le Maine, là où j'avais passé mon adolescence et une partie de ma jeunesse, dans la maison que j'avais partagée avec ma mère et mon grand-père, et dans laquelle je vivais maintenant seul. Une femme m'aimait, qui m'avait convaincu que ça valait le coup d'essayer de rebâtir ma vie avec elle à mes côtés et que le moment était peut-être venu de s'y mettre.

— Je n'arrive pas à imaginer ce que vous avez dû ressentir, continua Mercier, mais je connais quelqu'un qui l'éprouve probablement en ce moment, et c'est la raison pour laquelle je vous ai fait venir ici.

Dehors, la pluie avait cessé, les nuages s'étaient écartés. Derrière la tête de Mercier, le soleil brillait de l'autre côté de la fenêtre, baignant le bureau de sa lumière, reproduisant sur le tapis le dessin gravé dans le carreau. Je suivis des yeux un insecte qui traversait le carré de lumière en remuant ses antennes.

— Il s'appelle Curtis Peltier, monsieur Parker. Il a été mon associé dans le temps avant de me demander de racheter ses parts et de le laisser créer sa propre affaire. Ça n'a pas très bien marché pour lui, j'en ai peur. Il a fait quelques mauvais investissements. Il y a dix jours, sa fille a été retrouvée morte dans sa voiture. Elle s'appelait Grace Peltier. Vous avez peut-être vu ça dans le journal. En fait, je crois savoir que vous vous connaissiez, autrefois.

J'acquiesçai de la tête. Oui, j'avais connu Grace autrefois, quand nous étions tous deux beaucoup plus jeunes, et nous avions même cru un moment être amoureux l'un de l'autre. Il y avait eu entre nous un sentiment passager qui n'avait duré que deux mois après notre sortie du lycée, une de ces amourettes d'été qui se rabougrissent et meurent dès que l'automne arrive. Grace était une jolie brune aux yeux très bleus, avec une bouche menue et une peau couleur de miel. Elle était solidement bâtie — championne de natation — et remarquablement intelligente, ce qui signifiait que, malgré sa beauté, la plupart des jeunes gens la fuyaient. Je n'étais pas aussi intelligent qu'elle, mais assez cependant pour apprécier la beauté quand elle apparaissait devant moi. Du moins, je le croyais. En définitive, je ne savais rien apprécier du tout, ni la beauté ni Grace elle-même.

Je me souvenais d'elle essentiellement à cause d'un matin passé ensemble à Higgins Beach, non loin de l'endroit où je me trouvais maintenant avec Jack Mercier. Nous nous tenions dans l'ombre des Breakers, la vieille pension de famille ; le vent agitait les cheveux de Grace et les vagues de l'océan se brisaient devant nous. Elle m'avait dit au téléphone qu'elle n'avait pas eu ses règles : cinq jours de retard, elle qui n'avait jamais de retard. En roulant vers la plage pour la retrouver, j'avais l'impression qu'un étau me serrait lentement l'estomac. Quand une file de camions passa au carrefour d'Oak Hill, je fus brièvement tenté d'écraser l'accélérateur pour en finir. Je compris alors que ce que j'éprouvais pour Grace n'était pas de l'amour. Elle dut le voir sur mon visage, ce matin-là, tandis que, silencieux, nous écoutions le bruit de l'océan. Lorsque ses règles arrivèrent, deux jours plus tard, après une attente angoissante pour elle et pour moi, Grace déclara qu'il valait mieux que nous cessions de nous voir et je la laissai volontiers partir. Ce ne fut pas l'un des moments les plus glorieux de ma vie, loin de là. Depuis, nous avions perdu le contact. Je l'avais croisée une ou deux fois, la saluant d'un signe de tête, dans un bar ou un restaurant, mais nous ne nous étions jamais vraiment parlé. Chaque fois que je la voyais, je me souvenais de cette matinée à Higgins Beach et de ma folle jeunesse.

Je m'efforçai de me rappeler ce que je savais de sa mort. Grace, étudiante en troisième cycle à la Northeastern University de Boston, était morte d'une blessure par balle sur une route de campagne derrière l'US-I, près d'Ellsworth. On avait découvert son corps affalé sur le siège avant gauche de sa voiture, l'arme encore dans sa main. Suicide : ultime forme de légitime défense. Elle était la seule enfant de Curtis Peltier. La presse s'était vaguement intéressée à l'événement, du fait des anciennes relations de Peltier avec Jack Mercier. Je n'avais pas assisté à l'enterrement.

— D'après les journaux, la police ne croit pas à un meurtre, fis-je observer. Elle semble convaincue que Grace s'est suicidée.

Il secoua la tête.

— Curtis ne pense pas que sa fille se soit donné la mort.

— C'est une réaction assez courante. Personne n'est prêt à accepter le suicide d'un proche. Ceux qui restent se sentent trop coupables pour se faire facilement à cette idée.

Mercier se leva et sa masse bloqua les rayons du soleil. Je ne vis plus l'insecte. Je me demandai comment il avait réagi quand la lumière avait disparu, supposai qu'il avait accepté la chose sans broncher. C'est un des inconvénients de la condition d'insecte : on doit quasiment tout accepter sans broncher, jusqu'au jour où une créature plus grosse vous écrase ou vous gobe et que le problème devienne sans objet.

— Grace était une fille intelligente et forte, qui avait la vie devant elle. Elle ne possédait aucune arme à feu et la police n'a aucune idée de la façon dont elle se serait procuré celle qu'on a retrouvée dans sa main.

— A supposer qu'elle se soit suicidée, commentai-je.

— Oui.

— Ce que, comme M. Peltier, vous ne croyez pas.

— Je suis de l'avis de Curtis, soupira-t-il. Malgré l'opinion de la police, je pense que Grace a été assassinée et je voudrais que vous enquêtiez sur cette affaire pour moi.

— Curtis Peltier vous en a parlé, monsieur Mercier?

Le millionnaire détourna le regard. Quand il posa de nouveau les yeux sur moi, quelque chose s'était tapi dans l'obscurité de ses pupilles.

— Il est venu me voir il y a quelques jours. Nous en avons discuté et il m'a fait part de ses doutes. Il n'a pas de quoi s'offrir les services d'un détective privé, monsieur Parker. Moi si. Je ne pense pas qu'il verra un inconvénient à ce que vous approfondissiez l'enquête. C'est moi qui vous paierai mais, officiellement, vous travaillerez pour Curtis. Je vous demande de laisser mon nom en dehors de cette histoire.

Je finis mon café, reposai ma tasse sur la soucoupe, ne répondis qu'après avoir mis un peu d'ordre dans mes idées :

— Monsieur Mercier, je ne m'occupe plus de ce genre de boulot.

Il fronça les sourcils.

— Vous êtes bien détective privé, non?

— Oui, mais j'ai pris la décision de ne plus m'occuper que d'un certain type d'affaire : le crime en col blanc, l'espionnage industriel. Je n'accepte plus d'affaires de meurtre ou de violence.

— Vous portez une arme?

— Non. Les détonations me font peur.

— Mais vous en portiez une, avant?

— Comme vous dites : « avant ». Maintenant, quand je

veux désarmer un criminel en col blanc, je lui prends son stylo...

— Je vous le répète, monsieur Parker, je sais beaucoup de choses sur vous. Apparemment, les escroqueries et les petits vols ne sont pas votre genre. Autrefois, vous vous impliquiez dans des affaires plus... *hautes en couleur*.

— Ça m'a coûté trop cher.

— Je couvrirai tout ce que cela pourrait coûter, plus que généreusement.

— Je ne parle pas de coût financier, monsieur Mercier.

Un hochement de tête, comme s'il venait de comprendre.

— Vous parlez peut-être de coût physique et moral ? Il paraît que vous avez été blessé plusieurs fois.

Je ne répondis pas. J'avais été blessé et j'avais réagi violemment, détruisant à chaque fois un peu plus de moi-même, mais ce n'était pas le pire. J'avais l'impression que ce genre d'affaire provoquait une fissure dans mon être. Je voyais des choses perdues, des choses mortes. C'était comme si mon intervention attirait ceux qui avaient été arrachés douloureusement, violemment, à la vie. J'avais cru un moment que c'était le résultat de mon propre sentiment de culpabilité, ou d'une empathie qui, dépassant le simple sentiment, engendrerait des hallucinations. Mais je pensais maintenant qu'ils savaient vraiment, qu'ils apparaissaient réellement.

Jack Mercier se pencha contre son bureau, ouvrit le tiroir, y prit un chéquier protégé par un étui de cuir noir. Il griffonna quelque chose, détacha le chèque.

— Voici dix mille dollars, monsieur Parker. Tout ce que je vous demande, c'est de parler à Curtis. Si vous estimez que vous ne pouvez rien faire pour lui, gardez l'argent, nous en resterons là. Si vous acceptez l'enquête, nous négocierons une rémunération supplémentaire.

Je secouai la tête.

— Ce n'est pas une question d'argent... commençai-je.

Il leva une main pour m'interrompre.

— Je le sais. Je ne voulais pas vous offenser.

— Il n'y a pas d'offense.

— J'ai des amis dans la police, à Scarborough, à Portland et ailleurs. Ils me disent que vous êtes un enquêteur remarquable, avec des talents très particuliers. Je veux que vous utilisiez ces talents afin de découvrir ce qui est réellement arrivé à Grace, pour moi et pour Curtis.

Je remarquai qu'il s'était nommé avant le père de Grace et j'eus de nouveau conscience d'une disparité entre ce qu'il me disait et ce qu'il savait. Je songeai aussi à l'hostilité non voilée de sa femme, à mon impression qu'elle savait pertinemment qui j'étais et pourquoi j'étais là, et qu'elle ne supportait pas ma présence. Quand Mercier me tendit le chèque, je décelai dans ses yeux quelque chose que je ne parvins pas à identifier : du chagrin, peut-être, ou même de la culpabilité.

— Je vous en prie, monsieur Parker, insista-t-il. Parlez-lui. Quel mal pourrait en résulter?

Ces mots reviendraient me hanter dans les jours à venir. Ils revinrent hanter aussi Jack Mercier. Je me demande s'il y pensa à sa dernière heure, lorsque les ombres se resserrèrent autour de lui et que ceux qu'il aimait furent noyés dans un flot rouge.

Malgré mes appréhensions, j'acceptai le chèque. A cet instant, sans que nous en ayons conscience, lui ou moi, un circuit s'établit, envoyant une décharge à travers le monde et sous nos pieds. Très loin, quelque chose se libéra de sa cachette, sous les couches mortes du monde creux. La créature chercha dans l'air la perturbation qui l'avait réveillée jusqu'à ce qu'elle en eût trouvé la source.

Et elle se mit en mouvement.

LA QUÊTE DU SANCTUAIRE LA FERVEUR RELIGIEUSE DANS L'ÉTAT DU MAINE ET LA DISPARITION DES BAPTISTES D'AROOSTOCK

(Extrait de la thèse de troisième cycle de Grace Peltier, présentée à titre posthume, en accord avec le règlement du programme de maîtrise en sociologie, Northeastern University)

Pour comprendre les causes de la formation et de la désintégration ultérieure du groupe religieux portant le nom de « baptistes d'Aroostock », il importe de comprendre d'abord l'histoire de l'Etat du Maine. Pour saisir pourquoi quatre familles de personnes bien intentionnées, et non dépourvues d'intelligence, ont suivi un individu comme le révérend Faulkner pour ne plus jamais revenir, il faut admettre que pendant près de trois siècles des hommes tels que Faulkner ont rassemblé des disciples dans cet Etat, souvent face à l'opposition d'Eglises plus importantes et de mouvements religieux plus orthodoxes. On peut donc avancer qu'il y a quelque chose dans le caractère de ses habitants, un côté individualiste remontant à l'époque des pionniers, qui les prédispose à être attirés par des prédicateurs comme le révérend Faulkner.

Pendant une grande partie de son histoire, le Maine a été un Etat frontière. En fait, de l'arrivée des premiers missionnaires jésuites, au XVII*e* *siècle, jusqu'au milieu du* XX*e* *siècle, des groupes religieux ont considéré le Maine comme une terre de mission. Il a fourni un terrain fertile, à défaut d'être toujours profitable, aux prédicateurs itinérants, aux mouvements religieux insolites et même aux charlatans pendant près de trois siècles. L'économie rurale ne permettait pas l'entretien d'églises et d'ecclésiastiques permanents ; la pratique religieuse passait souvent au second plan pour des familles mal nourries, mal vêtues et mal logées.*

En 1790, le général Benjamin Lincoln remarqua que peu d'habitants pauvres du Maine avaient été convenablement baptisés et que certains d'entre eux n'avaient jamais communié. Le révérend John Murray, de Boothbay, souligna en 1763 « le vice invétéré et l'absence de remords » des habitants et remercia Dieu d'avoir trouvé « une famille vouée à la prière, avec un humble professeur à sa tête ». Il est intéressant de noter que le révérend Faulkner se plaisait à citer cette phrase de Murray dans ses sermons à ses adeptes.

Des prédicateurs itinérants s'occupaient de ceux qui n'avaient pas d'églises. Certains, formés à York ou Harvard, étaient remarquables, d'autres moins dignes d'éloges. Le révérend Jotham Sewall, de Chesterville, aurait prononcé 12 593 sermons dans 413 villages, principalement dans le Maine, de 1783 à 1849. A l'inverse, le révérend Martin Schaeffer, de Broad Bay, un luthérien, trompa ses ouailles sur toute la ligne avant d'être chassé du bourg.

Les prédicateurs classiques parvenaient difficilement à s'implanter dans l'Etat, les calvinistes étant particulièrement mal accueillis, autant pour leur doctrine intransigeante que pour leur association avec le pouvoir. Les baptistes et les méthodistes, avec leurs idées égalitaristes, faisaient plus facilement des convertis. En trente ans, de 1790 à 1820, le nombre d'églises baptistes de l'Etat passa de dix-sept à soixante. Elles furent rejointes plus tard par des baptistes du libre arbitre, des libres baptistes, des méthodistes, des congrégationalistes, des unitariens, des universalistes, des shakers, des millerites, des spiritualistes, des sandfordites, des higginsites, des libres penseurs et des bas-noirs.

La tradition des Schaeffer et autres charlatans se maintint cependant : en 1816, l'« illusion » cochraniste se développa autour de la personne charismatique de Cochrane dans l'ouest de l'Etat et se termina par des accusations de lubricité contre son fondateur. Dans les années 1860, le révérend George L. Adams persuada ses adeptes de vendre leurs maisons, leurs boutiques, leur matériel de pêche, et de lui remettre l'argent pour l'aider à fonder une colonie en Palestine. Seize personnes moururent dans les premières semaines de l'installation de cette colonie à Jaffa, en 1866. En 1867, convaincus d'ivrognerie et de détournement de fonds, Adams et sa femme s'enfuirent de la colonie de Jaffa à la brève existence. Adams réapparut en Californie, où il tenta de convaincre les habitants de confier leur argent à sa caisse d'épargne jusqu'à ce que sa secrétaire dévoile ses antécédents.

Enfin, au début du XXe siècle, l'évangéliste Frank Weston Sandford fonda la communauté de Shiloh, à Durham. Sandford mérite une attention particulière, car Shiloh servit manifestement de modèle à ce que le révérend Faulkner tenta de réaliser un demi-siècle plus tard.

Organisée comme une religion, la secte de Sandford collecta d'énormes sommes d'argent pour des programmes de construction et des missions outre-mer, envoyant des bateaux entiers de missionnaires dans les coins les plus reculés de la planète. Sandford persuadait ses disciples de vendre leur maison et de venir vivre dans la communauté de Shiloh, à Durham, à une cinquantaine de kilomètres seulement de Portland. Des dizaines d'entre eux y moururent plus tard de malnutrition et de maladie. Le fait qu'ils aient été prêts à le suivre et à mourir pour lui atteste du magnétisme de Sandford, natif de Bowdoinham, Maine, diplômé en théologie à Bates College, à Lewiston.

Sandford n'avait que trente-quatre ans quand la communauté de Shiloh fut officiellement ouverte, le 2 octobre 1896, une date que Dieu lui-même avait apparemment soufflée à son fondateur. En quelques années, grâce aux dons et à la vente des biens des disciples, on y édifia pour plus de deux cent mille dollars de bâtiments. Le principal, Shiloh même, comptait cinq cent vingt pièces et avait une circonférence de quatre cents mètres.

La mégalomanie croissante de Sandford — il prétendait que

Dieu l'avait proclamé nouvel Elie — et ses exigences d'obéissance absolue commencèrent à causer des frictions. L'hiver rigoureux 1902-1903 épuisa les vivres et la communauté fut décimée par la variole. En 1904, Sandford fut arrêté, inculpé de cruauté envers les enfants et d'homicide. Un verdict de culpabilité fut par la suite annulé en appel.

En 1906, il partit pour la Terre Sainte, emmenant avec lui une centaine de fidèles dans deux bateaux, le Kingdom *et le* Coronet. *Ils passèrent les cinq années suivantes en mer, voguant vers l'Afrique et l'Amérique du Sud, pratiquant une technique de conversion quelque peu originale : les deux bâtiments croisaient le long de la côte tandis que les disciples de Sandford priaient Dieu de leur envoyer les indigènes. Il n'y avait quasiment pas de contact avec des convertis en puissance.*

Le Kingdom *finit par faire naufrage au large de la côte ouest de l'Afrique, et lorsque Sandford tenta de forcer l'équipage du* Coronet *à mettre le cap sur le Groenland, les matelots se mutinèrent et l'obligèrent à regagner le Maine. Sandford fut condamné à dix ans de prison pour homicide, à la suite de la mort de six hommes d'équipage. Libéré en 1918, il s'installa à Boston, laissant ses subordonnés se charger de la direction au jour le jour de Shiloh.*

En 1920, après avoir entendu des témoignages sur les conditions terribles infligées aux enfants de la communauté, un juge ordonna leur départ. Shiloh se désintégra, passant de quatre cents à cent membres au cours de ce qu'on appela la Dispersion. Sandford annonça sa démission en mai 1920 et se retira dans une ferme du nord de l'Etat de New York, où il tenta, sans succès, de rebâtir sa communauté. Il mourut à l'âge de quatre-vingt-cinq ans, en 1948. La communauté de Shiloh existe encore aujourd'hui, sous une forme très différente de celle de ses origines, et honore encore Sandford comme son fondateur.

On sait que Faulkner trouva en Sandford une source d'ins-

piration : Sandford avait montré qu'il était possible de bâtir une communauté religieuse indépendante à l'aide de dons et de la vente des biens des fidèles. Il est donc à la fois ironique et curieusement approprié que la tentative de Faulkner de fonder sa propre utopie religieuse, près de la petite ville d'Eagle Lake, se soit terminée dans l'amertume et l'acrimonie, la famine et le désespoir, et finalement par la disparition de vingt personnes, parmi lesquelles Faulkner lui-même.

2

Le lendemain matin, je m'assis dans ma cuisine peu après l'aube devant un pot de café, un reste de toast et mon PowerBook. Ayant un rapport à présenter à un client ce jour-là, je reléguai Mercier dans le fond de mon esprit. Dehors, la pluie dégouttait du hêtre planté près de la fenêtre, frappant la terre humide selon une cadence irrégulière. Deux ou trois feuilles brunes et desséchées s'accrochaient encore aux branches mais étaient maintenant entourées de bourgeons verts, la vieille vie se préparant à céder la place à la nouvelle. Une sittelle gonfla sa poitrine rouge et chanta de son nid de brindilles. Je ne voyais pas son compagnon, mais je devinai qu'il n'était pas loin. Avant la fin du mois de mai, il y aurait des œufs dans le nid et bientôt toute une famille me réveillerait le matin.

Quand vint l'heure du premier journal télévisé de WPXT, chaîne locale de la Fox, j'avais rédigé un texte à peu près satisfaisant et j'éjectai la disquette pour l'imprimer sur l'ordinateur de mon bureau. Le journal commença par les dernières nouvelles concernant les ossements découverts la veille au bord du lac Saint-

Froid. Le reportage montrait le Dr Claire Gray, récemment nommée à la tête du service médico-légal de l'Etat, arrivant sur les lieux, en blouse et bottes de pompier. Son visage encadré de longs cheveux châtains bouclés ne trahit aucune émotion lorsqu'elle se dirigea vers la berge.

On avait déjà édifié une digue de sacs de sable pour contenir les eaux du lac, et les ossements reposaient maintenant sur une couche de boue et de végétation pourrissante au-dessus de laquelle on avait tendu une bâche pour les protéger de la pluie. L'un des deux cents médecins légistes à temps partiel de l'Etat avait procédé à un examen préliminaire qui avait confirmé que les restes étaient humains, et la police de l'Etat avait envoyé par e-mail des images numériques du lieu au bureau de Claire Gray, à Augusta, pour que son équipe et elle se familiarisent avec le terrain et la tâche qui les attendaient. Ils avaient déjà prévenu l'experte en anthropologie légale qui enseignait à l'université du Maine à Orono : elle rejoindrait Eagle Lake dans la journée.

Selon la journaliste, le risque d'abîmer encore davantage la rive et d'endommager les ossements excluait l'utilisation d'une pelleteuse pour exhumer les corps et il faudrait probablement les dégager à la main, avec des pelles puis de petites truelles, en creusant soigneusement le sol, centimètre par centimètre. Derrière les commentaires de la journaliste, on entendait les aboiements des hybrides de loups provenant des pentes, au-dessus d'elle. C'était peut-être le bruit de l'équipe de télévision qui les excitait, mais leurs hurlements avaient quelque chose de lugubre, comme s'ils avaient compris ce qu'on avait trouvé sur leur territoire. Ils redoublèrent quand une voiture s'arrêta à la lisière de la zone délimitée et que le médecin légiste-chef adjoint, connu de tous sous le nom de « Dr Bill », en descendit pour parler aux policiers. Deux de ses chiens à cadavre étaient assis à l'arrière : c'était leur présence qui avait déclenché les aboiements des hybrides.

Une unité mobile d'investigation des lieux du crime de la caserne de la police d'Etat de Houlton se tenait derrière la journaliste, et des inspecteurs de la CID[1] III, brigade criminelle chargée d'Aroostock, se mêlaient aux policiers de l'Etat et aux shérifs adjoints à l'arrière-plan. S'étant manifestement adressée aux bonnes personnes, la journaliste put confirmer que les corps étaient restés longtemps sous terre, qu'il y avait des restes d'enfants, et que les fractures visibles sur certains crânes suggéraient un impact à l'aide d'un instrument contondant. Le transport des corps à la morgue d'Augusta ne commencerait sans doute pas avant un jour ou deux. Les ossements seraient d'abord nettoyés au scalpel puis avec un mélange d'eau chaude et de détergent, et disposés ensuite sur des plateaux métalliques sous une soufflerie d'air chaud pour les faire sécher avant analyse. Il appartiendrait alors à l'anthropologue de rassembler les corps du mieux qu'elle pourrait.

Ce fut la remarque que la journaliste fit en conclusion qui m'intéressa particulièrement : les inspecteurs pensaient avoir identifié après un examen préliminaire au moins trois des corps mais refusaient de fournir des détails. Cela signifiait qu'ils avaient découvert sur les lieux quelque chose qu'ils préféraient garder pour eux. Cette information éveilla ma curiosité — et celle de millions d'autres téléspectateurs —, mais sans plus. Je n'enviais pas les enquêteurs qui devraient patauger dans la boue de Saint-Froid pour saisir les ossements de leurs mains gantées, tout en éloignant les premiers pucerons et en s'efforçant de ne pas entendre les hurlements des chiens-loups.

1. Equivalent de notre police judiciaire. *(N.d.T.)*

A la fin du reportage, j'allai imprimer mon texte puis je me rendis aux bureaux de PanTech Systems pour livrer mes trouvailles. PanTech occupait à Westbrook un bâtiment de trois étages aux vitres fumées et était spécialisé dans la fabrication de systèmes de sécurité pour les réseaux d'organismes financiers. Sa dernière innovation reposait sur une sorte d'algorithme complexe qui faisait s'arrondir d'incompréhension les yeux de toute personne ayant un QI inférieur à 200, mais que la compagnie considérait comme très sûr. Malheureusement, Errol Hoyt, le mathématicien qui comprenait le mieux cet algorithme et qui avait participé à son développement depuis le début des recherches, avait décidé que PanTech ne l'estimait pas à sa juste valeur et essayait maintenant de vendre ses services — ainsi que l'algorithme — à une société rivale, dans le dos de ses employeurs actuels. Le fait qu'il couchait avec son contact dans la firme concurrente — une nommée Stacey Kean, qui avait le genre de plastique qui provoque des carambolages sur la nationale après la grand-messe du dimanche — compliquait un tantinet l'affaire.

J'avais mis le portable de Hoyt sur écoute au moyen d'un système de surveillance radio Cellmate et d'une antenne à gain. Le Cellmate était fourni dans un étui d'aluminium contenant un téléphone Panasonic modifié, un décodeur et un magnétoscope Marentz. Il me suffisait de composer le numéro du portable de Hoyt et le Cellmate faisait le reste. En écoutant les appels, j'avais entendu Hoyt et Kean se donner rendez-vous au Days Inn de Maine Mall Road. A l'affût dans le parking, je les photographiai entrant ensemble dans une chambre, puis je pénétrai dans la chambre voisine, tirai de mon sac l'appareil de surveillance Penetrator II. Ce nom fait penser à une sorte d'accessoire érotique, mais il s'agit simplement d'un transducteur spécialement conçu pour capter des vibrations à travers un mur, les convertir en impulsions électriques qui sont ensuite amplifiées et transformées en unités audio identifiables. Au début, je n'identifiai que des grognements et des gémissements puis, après le plaisir, le couple se mit sérieusement au boulot et Hoyt fournit suffisamment de détails révélateurs sur ce qu'il proposait, sur les conditions et la date du transfert, pour que PanTech puisse le virer sans risquer un procès pour licenciement abusif. Je reconnais que c'était une façon peu ragoûtante de me faire un peu d'argent, mais l'opération avait été indolore et relativement facile. Il ne restait plus maintenant qu'à présenter les preuves à PanTech et à toucher mon chèque.

J'étais assis à la table ovale en verre d'une salle de réunion, en face de trois types qui examinèrent les photos puis écoutèrent les conversations téléphoniques de Hoyt et l'enregistrement de son intermède romantique avec la charmante Stacey. Roger Axton, vice-président de PanTech, était flanqué de Philip Voight, responsable de la sécurité de l'entreprise, et de Marvin Gross, directeur du personnel. Courtaud, bâti comme un roseau, Gross avait une petite bedaine, posée au-dessus de la ceinture de son pantalon, qui lui donnait l'allure d'un homme souffrant de malnutrition. C'était lui, remarquai-je, qui tenait le carnet de chèques.

Finalement, Axton tendit un doigt dodu vers le magnétophone et arrêta l'enregistrement. Il échangea un regard avec Voight et se leva.

— Tout semble en ordre, monsieur Parker. Merci pour votre temps et vos efforts. M. Gross va vous régler.

Sans me serrer la main, il quitta la pièce dans un froufrou de soie, comme une riche douairière. Si je venais juste d'entendre les bruits d'un couple inconnu faisant l'amour, moi non plus je n'aurais pas eu envie de serrer la main de celui qui les avait enregistrés. Je gardai le silence tandis que le stylo de Gross arrachait un grattement au carnet de chèques. Quand il eut terminé, Gross souffla doucement pour faire sécher l'encre, détacha le chèque avec soin. Mais, au lieu de me le remettre immédiatement, il le considéra un moment avant de lever les yeux vers moi et de me demander :

— Vous aimez votre travail, monsieur Parker?

— Quelquefois, répondis-je.

— Il me paraît être assez... sordide.

— Quelquefois, répétai-je d'un ton neutre. Ça tient généralement non pas à la nature du boulot mais à celle des gens impliqués.

— Vous faites allusion à M. Hoyt?

— M. Hoyt a fait l'amour l'après-midi avec une femme. Ni lui ni elle ne sont mariés. Ça n'a rien de bien sordide, en tout cas pas plus que des centaines d'autres choses que les gens font tous les jours. Votre boîte m'a payé pour les écouter, et c'est là que ça devient sordide.

Le sourire de Gross ne vacilla pas. Il tenait le chèque entre ses doigts comme s'il s'attendait à ce que je le supplie de me le donner. A côté de lui, Voight fixait ses pieds d'un air gêné.

— Je ne suis pas sûr que nous soyons responsables de la façon dont vous avez mené votre enquête, monsieur Parker. Vous aviez le choix.

Mon poing se ferma, en partie à cause de ma colère montante contre Gross mais aussi parce que je savais qu'il n'avait pas tort. Assis dans cette pièce, face à trois types en costume écoutant un couple faire l'amour, j'avais eu honte pour eux, et honte de moi. Gross avait raison : c'était du sale boulot, et l'argent ne compensait pas la traînée de bave qu'il laissait sur les vêtements, sur la peau, sur l'âme.

Je le fixai en silence jusqu'à ce qu'il se lève et replace les documents concernant Hoyt dans le classeur de plastique noir qui m'avait servi pour les apporter. Voight se leva lui aussi mais je restai assis. Gross regarda une dernière fois le chèque puis le laissa tomber sur la table avant de se diriger vers la porte.

— Profitez de votre argent, monsieur Parker ! lança-t-il en guise de conclusion. Vous l'avez gagné, après tout.

Voight me coula un regard gêné, haussa les épaules et suivit Gross.

— Je vous attends dehors, dit-il.

Je hochai la tête, rangeai mes notes dans mon sac. Je pris ensuite le chèque, en vérifiai le montant, le pliai et le glissai dans le petit compartiment à fermeture Eclair de mon portefeuille. PanTech m'avait accordé une prime de vingt pour cent. Pour une raison quelconque, je me sentis encore plus sale qu'avant.

Voight m'accompagna jusqu'au hall d'entrée, se fit un devoir de me serrer la main et de me remercier avant que je quitte le bâtiment. Je traversai le parking, passai devant les emplacements réservés dont une petite plaque en ferblanc clouée au mur extérieur indiquait le nom du bénéficiaire. La voiture de Marvin Gross, une Impala rouge, occupait le 20. Je pris mes clefs dans ma poche, ouvris le petit canif accroché à l'anneau du trousseau, m'agenouillai près de son pneu arrière gauche et plaçai la pointe du couteau contre le caoutchouc. Je restai dans cette position une trentaine de secondes, puis je me relevai et refermai le canif.

Comme Gross l'avait laissé entendre, suivre des couples dans un motel était le parent pauvre des affaires de divorce, mais ça payait les factures et les risques étaient minimes. Autrefois, j'avais accepté des boulots par charité, mais je m'étais vite rendu compte que si je continuais, ce serait bientôt les œuvres de charité qui devraient s'occuper de moi. Jack Mercier m'offrait maintenant une grosse somme pour enquêter sur la mort de

Grace Peltier et quelque chose me disait que cet argent serait dur à gagner. Je l'avais vu dans les yeux de Mercier.

Je retournai dans le centre de Portland, me garai dans le parking de Cumberland et Preble et entrai dans le marché couvert. J'achetai du lait écrémé à la Smiling Hill Farm, du gibier à Bayley Hill, ajoutai quelques légumes frais et du pain de la Big Sky Bread Company. Je reviendrai le week-end prochain avec Rachel, pensai-je, et nous nous promènerons parmi les étals en nous tenant la main, et son odeur restera sur mes doigts et sur ma paume pendant tout le reste de la journée.

Quand la foule de la pause déjeuner débarqua, je repris le chemin de Congress, coupai par Exchange Street en direction de Java Joe's, dans le vieux port. En arrivant au carrefour d'Exchange et de Middle, je vis un gamin assis par terre dans Tommy's Park, de l'autre côté de la rue. Il n'avait sur lui qu'une chemise à carreaux et un short, malgré le froid. Une femme se pencha pour lui parler et il leva la tête vers elle. Comme le garçon, la femme était vêtue pour un climat beaucoup plus chaud. Elle portait une robe d'été claire ornée de petites fleurs roses et le soleil, passant à travers le mince tissu, révélait la forme de ses jambes. Ses cheveux blonds étaient maintenus en arrière par un ruban bleu-vert. Je ne distinguai pas son visage mais quelque chose me serra l'estomac quand je m'approchai.

Susan portait exactement la même robe et attachait ses cheveux blonds avec un ruban bleu-vert. Ce souvenir me fit m'arrêter net tandis que la femme se redressait et s'éloignait en direction de Spring Street. Le garçon leva alors les yeux vers moi et je vis qu'il portait de vieilles lunettes à monture noire dont un verre était obscurci par du papier-cache. Son seul œil visible me fixait sans ciller. Il portait autour du cou une pancarte en bois accrochée à une corde. Quelque chose y était gravé, mais pas assez nettement pour que je puisse le lire de l'endroit où je me trouvais. Je lui souris, il me sourit en retour au moment où je descendais du trottoir et m'avançais sur la chaussée, en plein dans le passage d'un camion. Le chauffeur freina, klaxonna, et je n'eus que le temps de sauter en arrière. Le temps qu'il m'adresse un doigt d'honneur, la femme et le gamin avaient disparu. Il n'y avait plus trace d'eux ni dans Spring Street, ni dans Middle, ni dans Exchange. Je ne pouvais cependant me défaire de l'impression qu'ils étaient quelque part à proximité et m'observaient.

Il était presque quatre heures quand je retournai à la maison de Scarborough après avoir déposé le chèque de PanTech et fait quelques courses supplémentaires. J'allais et venais les pieds nus en écoutant Jim White interpréter « Still Waters » sur ma chaîne stéréo. Il y a des projets pour les morts et des projets pour les vivants, chantait-il, mais parfois la distinction lui échappait. Le chèque de Jack Mercier était resté sur la table de la cuisine et j'éprouvai en le voyant le même sentiment de malaise. Mercier m'avait regardé d'une manière étrange en m'offrant cet argent rien que pour aller parler à Curtis Peltier. Plus j'y pensais, plus j'étais convaincu qu'il voulait m'engager pour se libérer d'un sentiment de culpabilité.

Selon les rumeurs, leur rupture avait été orageuse, mettant fin non seulement à une longue association professionnelle mais aussi à dix ans d'amitié. Si Peltier cherchait de l'aide, Mercier semblait un choix curieux. Mais je ne pouvais pas refuser ce boulot : j'avais moi aussi un sentiment de culpabilité envers Grace Peltier, et il me semblait que je lui devais bien le temps d'une conversation avec son père.

Assis à la table de la cuisine, je fixai un long moment le chèque de Mercier. Finalement, toujours indécis, je le pliai et le posai près du bouquet de lis que j'avais acheté en quittant le marché. Je me préparai un dîner de poulet au gingembre, mangeai devant la télé en voyant à peine ce que je regardais. Après avoir fait la vaisselle, j'appelai le numéro que Mercier m'avait donné la veille. Une femme de chambre décrocha à la troisième sonnerie et j'eus Mercier à l'appareil quelques secondes plus tard.

— Ici Charlie Parker, monsieur Mercier. J'ai décidé de m'occuper de l'affaire.

J'entendis un soupir à l'autre bout du fil. Soulagement, peut-être. Ou résignation. Il répondit simplement :

— Merci, monsieur Parker.

Cette nuit-là, allongé dans mon lit, je repensai au gamin à l'œil caché, à la femme blonde qui s'était penchée vers lui. Le parfum des fleurs de la cuisine semblait avoir envahi toute la maison et devenait presque oppressant. Je le sentais sur mon oreiller, sur les draps. Quand je frottai mes doigts l'un contre l'autre, j'eus l'impression d'avoir des grains de pollen collés à la peau. Pourtant, lorsque je m'éveillai le lendemain matin, les fleurs étaient déjà mortes.

Et je ne comprenais pas pourquoi.

Le jour de mon premier rendez-vous avec Curtis Peltier, il faisait un temps clair et ensoleillé. J'entendais des voitures passer près de chez moi dans Spring Street, coupant d'Oak Hill à Maine Mall Road, brève oasis de calme entre l'US-I et l'I-95. La sittelle était de retour; un vent léger faisait onduler les sapins au bout de ma propriété, éprouvant la résistance des aiguilles nouvelles.

Mon grand-père avait refusé de vendre la moindre parcelle de son terrain quand les promoteurs avaient débarqué à Scarborough pour construire des habitations neuves à la fin des années 1970, ce qui signifiait que la maison était encore entourée par la forêt jusqu'à la route. Malheureusement, ce qu'il restait de ma vie idyllique semi-rurale allait prendre fin. On parlait d'installer un immense centre de tri de courrier en bordure de Mussey Road, sur un terrain occupé naguère par la carrière Grondin et la ferme Neilson. Le centre s'étendrait sur quatre hectares, des centaines de camions y arriveraient et en partiraient chaque jour, sans parler du trafic aérien d'un service de transport de colis par avion également prévu. C'était bon pour la ville, mauvais pour moi. Pour la première fois, j'envisageais de vendre la maison de mon grand-père.

Assis sous la véranda, je buvais lentement un café en regardant voler les vanneaux et en songeant au vieil homme. Il était mort depuis six ans maintenant et son calme, son amour des gens, sa sollicitude tranquille pour les êtres vulnérables et les défavorisés me manquaient encore. C'étaient ces qualités qui l'avaient incité à entrer dans les forces de l'ordre, et tout aussi sûrement à en sortir, quand sa compassion pour les victimes devint trop lourde à porter.

Un coursier m'avait apporté dans la soirée un second chèque de dix mille dollars, mais malgré la promesse faite à Mercier je me sentais toujours mal à l'aise : ce que Curtis Peltier voulait vraiment, je ne pouvais pas le lui donner. Il voulait retrouver sa fille comme elle était avant, pour la garder en lui à jamais. Le souvenir qu'il avait d'elle était entaché par la façon dont elle était morte et il voulait effacer cette tache.

Je pensai aussi à la femme d'Exchange Street.

Qui porte une robe d'été par temps froid? Quand la réponse me vint, je l'écartai comme une chose indésirable.

Qui porte une robe d'été par temps froid?

Quelqu'un qui ne sent pas le froid.

Quelqu'un qui ne *peut* pas sentir le froid.

Je finis mon café, m'assis à mon bureau pour expédier de la paperasse en retard, mais Curtis Peltier et sa fille morte ne cessaient de faire intrusion dans mes pensées, ainsi que le petit garçon et la femme blonde. Finalement, tout se ramena à des poids sur les plateaux d'une balance : ma gêne contre la souffrance de Peltier.

Je montai dans ma voiture et pris la direction de Portland.

Peltier habitait une vaste *brownstone*[1] de Danforth Street, près de la magnifique Victoria Mansion dont elle semblait être une copie en miniature. Il l'avait sans doute achetée au temps des vaches grasses et c'était probablement tout ce qui lui en restait. Dans ce quartier de Portland, qui comprenait Danforth, Pine, Congress et Spring Streets, des habitants fortunés avaient construit leur maison au XIXe siècle. Il était logique que Peltier s'y soit installé quand il était devenu riche.

Le bâtiment impressionnait de l'extérieur, mais les jardins étaient envahis de broussailles et la peinture s'écaillait sur la porte et l'encadrement des fenêtres. Grace ne m'avait jamais amené chez elle. D'après ce que j'avais cru comprendre, ses relations avec son père s'étaient enlisées pendant son adolescence et elle avait maintenu une barrière entre sa vie de famille et tous les autres aspects de son existence. Son père l'adorait mais, apparemment, elle trouvait cette affection étouffante. Grace avait toujours eu une volonté hors du commun, une détermination et une force intérieure qui la conduisaient parfois à se comporter d'une façon qui blessait ses proches, même quand elle n'avait absolument pas l'intention de leur faire du mal. Et quand elle décida de mettre son père en quarantaine, c'est en quarantaine qu'il se retrouva. Plus tard,

1. Maison bourgeoise en pierre brune de la fin du XIXe siècle. *(N.d.T.)*

j'appris par des amis communs que Grace avait peu à peu surmonté son ressentiment et qu'ils étaient redevenus proches dans les années précédant sa mort, mais la raison pour laquelle elle avait pris ses distances demeurait obscure.

J'appuyai sur la sonnette, j'entendis son écho se répercuter dans la grande maison. Une ombre apparut derrière le panneau de verre dépoli, un vieil homme ouvrit la porte. Il avait des épaules trop étroites pour sa chemise rouge et une paire de bretelles noires maintenait son pantalon beige sur ses hanches maigres. Le vide entre le pantalon et sa taille le faisait ressembler à un petit clown triste.

— Monsieur Peltier ?

Il acquiesça de la tête, je lui montrai ma carte d'identité.

— Je m'appelle Charlie Parker. Vous m'attendez peut-être.

Son visage s'éclaira un peu et il s'écarta pour me laisser entrer, mit de l'ordre dans ses cheveux et rajusta son col. La maison sentait le moisi. Une fine couche de poussière recouvrait les meubles de l'entrée et de la salle à manger, à gauche. Des meubles plutôt beaux, mais pas vraiment cossus, comme si les meilleurs avaient déjà été vendus. Je le suivis dans une petite cuisine claire, avec de vieux magazines éparpillés sur les chaises, trois aquarelles aux murs et un pot de café emplissant l'air d'une odeur de vanille. Les trois tableaux représentaient apparemment un même paysage peint sous des angles différents, dans des tons bruns et rouges éteints, et qui me sembla vaguement familier. Des arbres squelettiques cernaient une étendue d'eau sombre, des collines s'estompaient au loin sous des cieux nuageux. Dans un coin de chaque aquarelle, on avait tracé les initiales *GP*. Je ne savais pas que Grace peignait.

Des livres de poche jaunissaient sur l'appui de la fenêtre ; un fauteuil trônait devant une cheminée en fonte bourrée de bûches et de papier, sans doute pour qu'elle ne se morfonde pas quand on ne l'utilisait pas. Le vieil homme remplit deux tasses de café, prit une assiette de cookies dans un buffet puis écarta les bras avec un sourire d'excuse.

— Pardonnez-moi, monsieur Parker, dit-il en indiquant sa chemise, son pantalon délavé et ses sandales, je ne m'attendais pas à de la visite si tôt le matin...

— Vous tracassez pas, répondis-je. Un jour, un télégraphiste m'a trouvé en train de faire la chasse à la punaise, sans rien d'autre sur moi que mes pantoufles.

Il sourit avec reconnaissance et s'assit.

— Jack Mercier vous a parlé de ma petite fille ? fit-il, allant droit au fait.

J'observais son visage quand il avait prononcé le nom de Mercier et j'y avais vu quelque chose trembloter, comme la flamme d'une bougie soudain exposée à un courant d'air.

— Je suis désolé.

— Elle ne s'est pas tuée, monsieur Parker. Je me fiche de ce qu'on peut dire. Elle avait passé le week-end avec moi avant de mourir et je ne l'avais jamais vue aussi heureuse. Elle ne se droguait pas, elle ne fumait pas. Elle ne buvait même pas : enfin, rien de plus fort qu'une Bud légère.

Il but une gorgée de son café, agaçant du pouce l'index de sa main gauche d'un mouvement régulier. Le contact répété avait fini par faire apparaître un cal blanc sur la peau.

Je tirai mon carnet de ma poche et pris des notes pendant que Peltier parlait. La mère de Grace était morte quand elle avait treize ans. Après une succession de boulots sans avenir, Grace était retournée à l'université et avait préparé sa thèse sur l'histoire de certains mouvements religieux de l'Etat. Récemment, elle était revenue vivre avec son père et descendait à Boston pour travailler en bibliothèque chaque fois que c'était nécessaire.

— Vous savez qui elle aurait pu rencontrer pour ses recherches ? demandai-je.

— Elle emportait ses notes avec elle, je ne pourrai pas vous dire. Je sais qu'elle avait un rendez-vous à Waterville, un ou deux jours avant...

Il n'acheva pas sa phrase.

— Avec qui ? le relançai-je doucement.

— Carter Paragon. Le type qui dirige la Confrérie.

La Confrérie était une association de bas étage qui produisait des émissions passant la nuit sur le câble et payait des petites vieilles pour mettre des brochures sur la Bible dans des enveloppes. Paragon se vantait de guérir des maladies mineures en demandant aux téléspectateurs de toucher l'écran du poste avec leurs mains — ou avec une main au moins, l'autre étant occupée à composer le numéro vert de la Confrérie — et de s'engager à verser ce qu'ils pourraient pour la plus grande gloire de Dieu. La seule chose que Carter Paragon réussît jamais à guérir, c'est un excès de liquide sur un compte en banque.

Comme on pouvait s'y attendre, Paragon n'était pas son vrai nom. Il s'appelait à l'origine Chester Quincy Deedes : c'était le nom qui figurait sur son extrait de naissance et sur son casier judiciaire, lequel se composait essentiellement d'escroqueries mineures à la carte de crédit et à l'assurance, d'une implication lointaine dans une arnaque aux fonds de pension, plus quelques amendes pour conduite en état d'ivresse. Quand des journalistes hostiles lui remettaient le paquet en mémoire, le présentement nommé Carter Paragon admettait qu'il **avait** péché, qu'il n'avait pas cherché Dieu, mais que Dieu l'avait trouvé quand même. On ne savait pas exactement pourquoi Dieu avait eu l'idée de le chercher, pour commencer, à moins que Chester ne soit parvenu à lui voler Son portefeuille.

Fondamentalement, la Confrérie était une sorte de blague, mais j'avais entendu des rumeurs — non corroborées, pour la plupart — selon lesquelles elle soutenait financièrement des mouvements religieux et des groupes d'extrême droite. Des organisations soupçonnées d'avoir reçu des fonds de la Confrérie avaient été mêlées à des manifestations violentes contre des cliniques pratiquant l'avortement, des associations d'aide aux malades du sida, des centres de planning familial et même des synagogues. On n'avait jamais pu prouver grand-chose : les chèques de la Confrérie avaient été déposés sur le compte de la Coalition américaine des militants pour la vie, paravent de plusieurs des groupes anti-IVG les plus virulents, et sur celui des Défenseurs des défenseurs de la vie, association venant en aide aux auteurs d'attentats à la bombe contre des cliniques et à leurs familles. Les relevés téléphoniques saisis après divers incidents violents révélaient aussi que des militants fascistes et des « petits Blancs » avaient des contacts réguliers avec la Confrérie.

Si, en règle générale, la Confrérie s'empressait de condamner publiquement les actes illégaux commis par les groupes qu'on la suspectait de financer, Paragon s'était néanmoins senti obligé de participer à des émissions télévisées respectables à deux ou trois reprises pour opposer un ferme démenti aux rumeurs, tel saint Pierre le jeudi soir, vêtu d'un costume aux reflets huileux, une petite croix épinglée discrètement au revers de sa veste, tentant à la fois de recourir au charme, aux plates excuses et à la manipulation. Essayer de coincer Carter Paragon était aussi facile que de dénicher une lueur de bonté dans l'œil du Dr Mengele.

Je me demandais si Grace Peltier l'avait effectivement

rencontré avant sa mort. Auquel cas, cela valait peut-être le coup d'aller parler à Paragon.

— Vous avez des notes qu'elle aurait prises pour sa thèse? Des disquettes?

Peltier secoua la tête.

— Comme je vous l'ai dit, elle avait tout emporté. Elle avait prévu de dormir chez une amie après avoir vu Paragon et d'y travailler sur sa thèse.

— Vous connaissez le nom de cette amie?

— Marcy Becker, répondit-il aussitôt. Licenciée en histoire, une vieille copine de Grace. Ses parents tiennent un motel à Bar Harbor. Elle vit avec eux depuis deux ans et les aide à gérer l'établissement.

— C'était une amie proche?

— Plutôt, oui. Du moins, je le croyais.

— Que voulez-vous dire?

— Elle n'est pas venue à l'enterrement.

Je sentis à nouveau le petit aiguillon de la culpabilité me piquer.

— C'est curieux, vous ne trouvez pas? ajouta-t-il.

— Si, convins-je. Est-ce qu'elle avait d'autres amies qui n'ont pas assisté à son enterrement?

Il réfléchit un moment.

— Ali Wynn, une fille plus jeune que Grace. Elle est venue ici une ou deux fois, elles avaient l'air de bien s'entendre. Grace avait partagé un appartement avec elle quand elle vivait à Boston, et elle dormait généralement chez Ali quand elle allait là-bas pour ses recherches. Elle est étudiante à Northeastern, elle aussi, mais elle travaille à temps partiel dans un restaurant chic de Harvard, le Pudding ou quelque chose comme ça.

— Upstairs at the Pudding?

— Oui, c'est ça.

Il se trouvait dans Holyoke Street, près de Harvard Square. Je notai le nom dans mon carnet.

— Grace possédait une arme à feu?
— Non.
— Vous en êtes sûr?
— Absolument. Elle détestait les armes à feu.
— Elle avait quelqu'un dans sa vie?
— Pas à ma connaissance.

Il but une autre gorgée de café et je le surpris à m'observer par-dessus le bord de la tasse, comme si ma dernière question avait changé sa façon de me percevoir.

— Je me souviens de vous, vous savez, dit-il enfin.

Je me sentis rougir, et soudain je me revis avec quinze ans de moins, déposant Grace Peltier devant cette même maison et m'éloignant en voiture, soulagé de ne plus jamais avoir à la regarder ou à la serrer contre moi. Je m'inquiétai de ce que Peltier savait de mes relations avec sa fille, et mon inquiétude me surprit et m'embarrassa à la fois.

— C'est pour ça que j'ai demandé à Mercier de faire appel à vous, continua-t-il. Parce que vous avez connu Grace.

— Il y a longtemps, fis-je avec douceur.

— Moi, j'ai l'impression qu'elle est née hier. Le médecin qui s'occupait d'elle était un incapable. Il n'aurait pas su tirer une bague d'un tas de sciure, mais Grace est venue au monde malgré lui, pour ainsi dire. Depuis, tous les petits événements qui ont composé sa vie sont arrivés en un clin d'œil, me semble-t-il. Si on voit les choses de cette façon, ça ne fait pas très longtemps, monsieur Parker. Vous vous chargerez de cette affaire? Vous essaierez de découvrir ce qui est vraiment arrivé à ma fille?

Je poussai un soupir. J'avais l'impression de repartir vers des eaux profondes au moment où je commençais à aimer sentir le sol sous mes pieds.

— D'accord, capitulai-je. Je ne vous promets rien, mais je verrai ce que je peux faire.

Nous parlâmes encore un peu de Grace, de ses amis, et Peltier me donna des photocopies de ses factures téléphoniques détaillées des deux derniers mois, ainsi que ses relevés bancaires les plus récents, avant de me conduire à la chambre de Grace. Il m'y laissa. Il était probablement trop tôt pour qu'il passe un moment dans une pièce qui gardait encore l'odeur de sa fille, qui contenait encore les traces de son existence. J'inventoriai les commodes et les placards, éprouvant une certaine gêne quand mes doigts soulevaient et remettaient en place un vêtement, faisant tinter tristement les cintres sur leur tringle. Je ne trouvai rien à part une boîte à chaussures contenant des souvenirs de sa vie sentimentale : des cartes et des lettres d'amoureux sortis de sa vie depuis longtemps, des billets de cinéma rappelant un rendez-vous qui avait manifestement eu de l'importance pour elle. Il n'y avait rien de récent, et rien qui me concernât. Je ne m'attendais d'ailleurs pas à trouver le moindre souvenir de moi. J'inspectai les livres sur les rayonnages, les médicaments de l'armoire à pharmacie accrochée au-dessus du petit lavabo, dans un coin de la pièce. Pas de contraceptifs qui auraient indiqué des relations régulières, pas de médicaments sur ordonnance qui auraient suggéré qu'elle souffrait de dépression ou d'angoisses.

En retournant dans la cuisine, je vis sur la table devant Peltier un classeur en carton marron. Il le fit glisser vers moi, je l'ouvris. Il contenait tous les rapports de la police de l'Etat sur la mort de Grace Peltier, ainsi que des photocopies du certificat de décès et du rapport du médecin légiste. Il y avait également des photos de Grace dans la voiture, imprimées par ordinateur. Leur qualité n'était pas très bonne, mais il n'était pas indispensable qu'elle le soit. La blessure à la tête de Grace était clairement visible et le sang sur la vitre, derrière elle, ressemblait à la naissance d'une étoile rouge.

— Comment avez-vous eu tout ça, monsieur Peltier? demandai-je.

La réponse me vint à l'esprit dès que les mots sortirent de ma bouche. Jack Mercier obtenait toujours ce qu'il voulait.

— Vous le savez, je pense, répondit Peltier, qui écrivit son numéro de téléphone sur une feuille de bloc-notes avant de me la tendre. Vous pouvez me joindre ici, jour et nuit. Je ne dors pas beaucoup, ces temps-ci.

Je le remerciai puis il me serra la main et me raccompagna. Il me regardait encore quand je montai dans la Mustang et démarrai.

Je fis halte dans Congress pour photocopier les rapports, précaution que je prenais depuis quelque temps pour toutes les paperasses, des déclarations d'impôts aux notes d'enquête. Les originaux restaient chez moi, les copies étaient mises en lieu sûr, au cas où les originaux seraient perdus ou endommagés. Quand j'eus terminé, j'allai m'installer au Coffee by Design et commençai à lire les rapports.

La police avait trouvé une petite quantité de cocaïne dans la boîte à gants de la voiture et un paquet de cigarettes posé sur le tableau de bord. On avait relevé sur le paquet trois séries d'empreintes, dont une appartenait à Grace. En revanche, les seules empreintes sur le sachet de coke étaient les siennes. Pour quelqu'un qui ne fumait pas et ne se droguait pas, Grace Peltier était particulièrement bien outillée.

Le certificat de décès n'ajouta pas grand-chose à ce que je savais déjà, mis à part la section 42, dans laquelle le légiste doit classer la cause de la mort dans une de ces catégories : « naturelle », « accidentelle », « suicide », « homicide », « enquête en cours » et « n'a pas pu être déterminée ».

Personne n'avait coché la case « suicide » pour qualifier

la façon dont Grace Peltier était morte. On avait opté pour « enquête en cours ». Autrement dit, la légiste avait suffisamment de doutes sur les circonstances pour demander à la police de poursuivre ses investigations. Je passai au rapport même.

La légiste y avait noté les mensurations de Grace, les vêtements qu'elle portait, son état de santé et de nutrition au moment de sa mort, et son hygiène personnelle. Elle n'avait relevé aucun laisser-aller indiquant des troubles mentaux ou une dépendance à l'égard d'une drogue quelconque. L'analyse du liquide oculaire n'avait pas révélé la moindre trace de drogue ou d'alcool pris dans les heures précédant la mort; les analyses d'urine et de bile étaient également négatives, ce qui indiquait que Grace n'avait pas consommé de drogue non plus dans les trois jours précédant sa mort. Du sang prélevé dans une veine périphérique sous l'aisselle avait été mélangé dans un tube à du fluorure de sodium. Là encore, le résultat était négatif : Grace n'avait pas ingéré d'alcool avant de mourir.

C'est une chose difficile à faire, se tuer. La plupart des gens ont besoin de puiser un peu de courage dans une bouteille pour s'aider à aller jusqu'au bout, mais Grace n'avait rien bu. Bien que, d'après son père, elle fût parfaitement heureuse, qu'on n'eût relevé aucune trace de drogue ou d'alcool dans son organisme, que l'autopsie n'ait révélé aucun signe d'une personnalité perturbée encline au suicide, Grace Peltier avait apparemment approché un pistolet de sa tête et pressé la détente.

La blessure mortelle avait été causée par une balle de calibre 40 tirée par un Smith & Wesson à moins de cinq centimètres de distance. Le projectile avait pénétré par la tempe gauche, brûlant et faisant éclater la peau, roussissant les cheveux au-dessus de la blessure, fracassant l'os sphénoïde. Le diamètre de l'orifice d'entrée était légèrement inférieur à celui de la balle car l'épiderme, élastique, s'était étiré pour permettre son passage et rétracté ensuite. Autour du trou, la chair avait été écorchée par la friction, la chaleur et l'effet pulvérisant du projectile.

La balle était ressortie au-dessus de la tempe droite, brisant la voûte orbitale et causant des contusions autour de l'œil droit. La blessure était large, renversée, avec un aspect étoilé irrégulier. Cette irrégularité était due à la déformation du projectile causée par le contact avec le crâne. Le sang retrouvé dans la voiture provenait uniquement de Grace, et la structure des taches correspondait à la blessure. L'examen balistique de la balle récupérée confirmait également cette observation. L'analyse chimique et l'examen au microscope électronique de fragments de peau prélevés sur la main gauche de Grace avaient révélé la présence de résidus de charge de poudre indiquant que le coup de feu avait été tiré par Grace. Sur le siège, à côté de sa main droite, on avait retrouvé une bible.

C'est un fait établi que les femmes se suicident rarement avec une arme à feu. Bien qu'il y ait des exceptions, les femmes ne semblent pas nourrir la même fascination que les hommes pour les armes et ont tendance à choisir des moyens moins violents pour mettre fin à leur vie. Il y a une maxime utile dans le travail de police : une femme morte de blessure par balle est une femme assassinée, jusqu'à preuve du contraire. Les suicidés ont aussi leurs préférences quant à l'endroit du corps sur lequel ils tirent : la bouche, le devant du nez, le front, la tempe ou la poitrine. Pour la tempe, ils choisissent généralement celle du côté de la main dominante, mais ce n'est pas une règle absolue. Grace Peltier était droitière, je le savais, mais elle avait opté pour la tempe gauche, en tenant dans la main gauche un pistolet qui ne lui était pas familier. Selon son père, elle ne possédait aucune arme, bien qu'il fût possible qu'elle eût décidé de s'en procurer une pour des motifs personnels.

Trois autres éléments consignés dans les rapports me parurent curieux. D'abord le fait que les vêtements de Grace Peltier étaient imprégnés d'eau lorsqu'on avait retrouvé le corps. De l'eau salée, apparut-il après analyse. Pour une raison quelconque, Grace s'était baignée tout habillée dans l'océan avant de se tirer une balle dans la tête...

Deuxièmement, l'extrémité des cheveux de Grace avait été coupée un peu avant, ou peut-être après sa mort, non avec des ciseaux mais avec une lame. On avait raccourci sa queue-de-cheval, ce qui avait laissé des cheveux entre son chemisier et sa peau.

Le troisième élément était non une présence mais une absence. Curtis Peltier avait précisé que sa fille avait emporté toutes ses notes avec elle, mais on n'en avait retrouvé aucune trace dans la voiture.

La bible ajoute une touche au tableau, pensai-je.

Je regagnais ma voiture quand mon portable sonna.

— Salut, c'est moi, fit la voix de Rachel.

— Salut, toi.

Rachel Wolfe est une experte en psychologie criminelle autrefois spécialisée dans le profilage. Elle avait joint ses efforts aux miens en Louisiane quand la traque du Voyageur approchait de son terme et nous étions devenus amants. Ça n'avait pas été une relation facile : Rachel avait été salement amochée, au physique et au mental, en Louisiane et j'avais moi-même mis du temps à me faire au sentiment de culpabilité que ce que j'éprouvais pour elle avait fait naître. Nous étions maintenant en train de nous installer lentement dans notre liaison, bien qu'elle continuât à vivre à Boston, où elle faisait des recherches tout en dirigeant des travaux pratiques à Harvard. La question de son déménagement dans le Maine avait été abordée une ou deux fois mais jamais approfondie.

— Mauvaise nouvelle, annonça-t-elle, je ne pourrai pas venir le week-end prochain. La fac a convoqué une réunion d'urgence vendredi après-midi sur les réductions de crédits et il y a de bonnes chances pour qu'on continue samedi matin. Je ne serai pas libre avant samedi après-midi au plus tôt. Je suis vraiment désolée.

Je me surpris à sourire en l'écoutant parler. Ces derniers temps, écouter Rachel me faisait toujours sourire.

— En fait, ça pourrait coller. Louis parle depuis un bout de temps de s'offrir un week-end à Boston. S'il arrive à convaincre Angel de l'accompagner, je les verrai pendant que tu seras prise par tes réunions, et nous passerons ensuite le reste du temps tous ensemble.

Angel et Louis étaient, pas forcément dans l'ordre, des homos, des truands en semi-retraite, des associés occultes dans un certain nombre de restaurants et de garages, une menace pour les honnêtes gens, voire pour les structures mêmes de la société, et deux personnes diamétralement opposées dans tous les domaines imaginables, à l'exception de leur goût commun pour le grabuge et, à l'occasion, pour l'homicide. Ils étaient aussi, pas tout à fait par hasard, mes amis.

Rachel tâta le terrain :

— On donne la première de *Cléopâtre* au Wang le 4. Je crois que j'arriverai à dégoter deux billets...

C'était une fan du Boston Ballet et elle essayait de me convertir aux joies qu'il lui procurait. Elle y parvenait plus ou moins, ce qui incitait d'ailleurs Angel à s'interroger avec malveillance sur mes tendances sexuelles.

— D'accord, mais tu me devras deux matchs des Pirates quand la saison de hockey démarrera.

— Promis. Rappelle-moi pour me dire quels sont leurs projets. Je peux réserver une table pour le dîner et vous rejoindre tous les trois après ma réunion. Et je m'occupe des billets. Autre chose?

— Une débauche de sexe délirant et tapageur?

— Les voisines vont se plaindre...

— Elles sont comment?

— Canon.

— Si elles sont jalouses, je verrai ce que je peux faire pour elles.

— Si tu voyais d'abord ce que tu peux faire pour moi?

— OK, mais après, il ne m'étonnerait pas que j'aille faire un tour ailleurs...

Je n'en étais pas sûr mais je crus déceler un ton nettement moqueur dans son rire avant qu'elle ne raccroche.

De retour chez moi, j'appelai un numéro de l'Upper West Side de Manhattan depuis mon poste fixe. Angel et Louis n'aiment pas qu'on leur téléphone avec un portable parce que — le malheureux Hoyt devait être en train de l'apprendre à ses dépens — les conversations sur portable peuvent être captées ou facilement localisées et datées. Or Angel et Louis étaient le genre d'individus traitant parfois d'affaires délicates que la loi ne considère pas toujours avec indulgence. Angel était un cambrioleur, un excellent cambrioleur, bien qu'officiellement « à la retraite », où il survivait grâce aux revenus des affaires qu'il avait acquises avec Louis. La carrière de Louis était plus sombre : il tuait pour de l'argent, du moins il l'avait fait autrefois. Maintenant, il tuait encore de temps en temps mais se souciait moins d'argent que d'impératif moral. Louis liquidait des sales types et le monde était peut-être un endroit plus agréable sans eux. Dans le cas de Louis, les notions de justice et de moralité étaient plutôt compliquées.

Le téléphone sonna trois fois puis une voix aussi avenante qu'un serpent sifflant en direction d'une mangouste, et un peu essoufflée aussi, répondit :

— Ouais?

— C'est moi. Je vois que tu n'en es pas encore au chapitre « La politesse au téléphone » du manuel des bonnes manières que je t'ai offert...

— Cette connerie? J'ai rempli la poubelle avec, répliqua Angel. Un type qui lace ses pompes avec de la ficelle doit être en train de le vendre sur Broadway.

— Tu respires bruyamment. Je me risque à demander si j'ai interrompu quelque chose?

— L'ascenseur est naze. J'ai entendu le téléphone dans l'escalier. J'étais à un concert d'orgue.

— De Barbarie, je suppose. Qu'est-ce que tu faisais? Tu présentais la sébile?

— Amusant, grogna-t-il.

Hum. Apparemment, Louis venait de faire une nouvelle et vaine tentative pour élargir l'horizon culturel d'Angel. On ne pouvait qu'admirer sa persévérance, et son optimisme.

— Comment c'était?

— Comme être enfermé pendant deux heures avec le fantôme de l'Opéra. J'ai un mal de crâne...

— Tu as l'intention de venir à Boston?

— Une idée de Louis. Il trouve que la ville a de la classe. Moi, je préfère l'aspect ordonné de New York. Boston, c'est comme Manhattan en dessous de la 14e Rue, tu vois, avec toutes ces petites rues qui se coupent l'une l'autre. C'est comme la quatrième dimension dans le Village. J'aimais déjà pas y aller quand tu vivais là-bas...

— Tu as fini? l'interrompis-je.

— A peu près, monsieur l'impatient.

— Je descends là-bas le week-end prochain, peut-être pour dîner tard avec Rachel. Vous en êtes?

— Attends une seconde.

J'entendis une conversation étouffée puis une voix masculine profonde :

— Tu dragues mon mec? maugréa Louis.

— Seigneur non. J'aime être le mignon dans mes relations mais là, c'est peut-être pousser un peu loin...

— On sera au Copley Plaza. Tu nous donnes un coup de fil quand tu auras réservé le restaurant?

— Entendu, patron. Quoi d'autre?

— On te tiendra au courant, dit-il avant de raccrocher.

Vraiment dommage qu'Angel ait jeté ce manuel des bonnes manières.

Les relevés de carte de crédit de Grace Peltier ne comportaient rien qui sortît de l'ordinaire et sa facture téléphonique indiquait plusieurs coups de fil au motel des parents de Marcy Becker, à un numéro de Boston qui n'était plus attribué mais qui devait être celui d'Ali Wynn, et des appels répétés au bureau de la Confrérie à Waterville. En fin d'après-midi, je téléphonai à ce dernier numéro et obtins une boîte vocale me demandant *un,* si je voulais faire un don, *deux,* si je voulais entendre la prière du jour enregistrée, et *trois,* si je souhaitais parler à une opératrice. J'appuyai sur la touche 3, me présentai et demandai Carter Paragon. L'opératrice me répondit qu'elle me passait son assistante, Mlle Torrance. Après un silence, une autre voix féminine vint en ligne :

— Je peux vous aider? s'enquit-elle du ton que certaines secrétaires réservent à ceux qu'elles n'ont aucunement l'intention d'aider.

— Je voudrais parler à M. Paragon, s'il vous plaît. Je m'appelle Charlie Parker, je suis détective privé.

— C'est à quel sujet, monsieur Parker?

— Au sujet d'une jeune femme nommée Grace Peltier. Je crois que M. Paragon l'a rencontrée il y a deux semaines environ.

— Désolée, ce nom ne me dit rien. Je ne pense pas qu'il l'ait vue.

Si les araignées s'excusaient avant de manger les mouches, elles le feraient sans doute avec plus de sincérité que cette femme.

— Vous pourriez vérifier? insistai-je.

— Je vous le répète, monsieur Parker, je ne pense pas qu'il l'ait vue.

— Non, vous m'avez répondu que ce nom ne vous disait rien et vous avez affirmé *ensuite* qu'il ne l'avait pas vue. Comment pouvez-vous être sûre que la rencontre n'a pas eu lieu si ce nom n'évoque rien pour vous?

Il y eut un nouveau silence et j'eus l'impression que le combiné se réfrigérait nettement dans ma main. Au bout d'un moment, Mlle Torrance reprit :

— D'après l'agenda de M. Paragon, il devait effectivement la recevoir mais elle ne s'est pas présentée.

— Elle a annulé le rendez-vous?

— Non, elle n'est pas venue, tout simplement.

— Je pourrais parler à M. Paragon, mademoiselle Torrance?

— Non, je regrette, c'est impossible.

— Je peux prendre rendez-vous, alors?

— Désolée, M. Paragon est très occupé, mais je lui ferai part de votre appel.

Elle raccrocha avant que j'aie eu le temps de laisser mon numéro et je me dis que je n'aurais probablement pas de nouvelles de Carter Paragon, à brève ou à longue échéance. Apparemment, il faudrait sans doute que je me rende en personne au bureau de la Confrérie, mais le ton de Mlle Torrance laissait présager que ma visite serait aussi bienvenue qu'une maison close à Disneyland.

Comme un détail me turlupinait depuis ma lecture des rapports, je décrochai de nouveau le téléphone et appelai Curtis Peltier.

— Monsieur Peltier, vous souvenez-vous si Marcy Becker ou Ali Wynn fument?

Il réfléchit avant de me répondre :

— Je crois qu'elle fument toutes les deux, mais il y a autre chose que vous devez savoir. La thèse de Grace n'était pas générale, elle portait sur un groupe religieux particulier, les baptistes d'Aroostock. Vous en avez entendu parler?

— Je ne crois pas.

— Leur communauté a disparu en 1964. Beaucoup de gens du coin ont supposé qu'ils avaient renoncé et étaient allés s'installer ailleurs, dans un endroit plus chaud et plus hospitalier.

— Pardon, monsieur Peltier, mais je ne vois pas le rapport.

— Ce groupe, on l'appelait aussi les baptistes d'Eagle Lake.

Je me rappelai alors le reportage tourné dans le nord de l'Etat, les silhouettes derrière les rubans délimitant le périmètre, le hurlement des bêtes.

— Les corps enterrés près du lac, fis-je à voix basse.

— Je ne vous en ai pas parlé quand vous étiez ici parce que je viens seulement de voir les informations à la télé. Il semble qu'on ait retrouvé les baptistes d'Aroostock.

3

Ils viennent, maintenant, les anges noirs, les violents, le glaive hors du fourreau, leurs ailes se découpant en noir sur le soleil. Implacables, ils s'abattent sur la multitude humaine, éliminant, emportant, tuant.

Ils ne font pas partie de nous.

La brigade criminelle de Manhattan Nord, considérée comme un groupe d'élite au sein de la police de New York, opère depuis un bureau situé au 120, 119e Rue Est. Chacun de ses membres a été simple inspecteur de district pendant des années avant d'être choisi pour la Criminelle. Ce sont des hommes d'expérience, dont les insignes sont les preuves d'un long service. Les plus jeunes ont probablement vingt ans de métier; les plus anciens sont là depuis si longtemps que des blagues leur collent à la peau comme les bernaches à la proue d'un vieux rafiot. Comme disait Michael Lansky, qui était le plus ancien de la brigade lorsque je n'étais qu'un agent novice : « Quand j'ai démarré à la Criminelle, la mer Morte était seulement malade. »

Mon père aussi avait été dans la police, jusqu'au jour où il s'était suicidé. Je me faisais du souci pour lui, en ce temps-là. On se fait du souci quand on est fils de policier, du moins, moi, je m'en faisais. Je l'aimais. Je l'enviais : j'enviais son uniforme, son pouvoir, la camaraderie de ses collègues, mais je m'inquiétais aussi pour lui. Tout le temps. A New York, dans les années 1970, ce n'était pas comme maintenant. Les policiers mouraient dans la rue en nombre sans cesse croissant, exterminés comme des punaises. On le voyait dans le journal et à la télé; moi, je le voyais dans les yeux de ma mère chaque fois qu'on sonnait à notre porte en pleine nuit quand mon père était censé travailler. Elle ne voulait pas devenir une autre veuve de flic. Elle voulait que son mari rentre, vivant et râlant, à la fin de chaque tour de service. Lui aussi subissait la pression. Il gardait une fiole de Mylanta dans son casier pour calmer les brûlures d'estomac qui le torturèrent presque chaque jour, jusqu'à ce qu'il finisse par craquer.

Mon père n'avait que de rares contacts avec les inspecteurs de la Criminelle de Manhattan Nord. Pour l'essentiel, il les regardait passer quand il contenait la foule ou gardait une porte, vérifiant les badges et les cartes d'identité. Et puis, un jour de juillet 1980, par une chaleur étouffante, peu de temps avant sa mort, il fut appelé dans un modeste appartement de la 94ᵉ Rue et de la Deuxième Avenue occupé par une certaine Marilyn Hyde, enquêtrice pour une compagnie d'assurances de Manhattan.

En rendant visite à Marilyn, sa sœur avait senti une odeur nauséabonde provenant de l'appartement. Elle avait essayé d'entrer avec un double de la clef, mais la serrure était obturée par du ruban adhésif. Elle était descendue à la loge du gardien, qui avait aussitôt prévenu la police. Mon père, qui mangeait un sandwich dans un *diner* du coin de la rue, avait été le premier policier sur les lieux.

Il apparut que, deux jours avant de mourir, Marilyn avait téléphoné à sa sœur pour lui raconter un incident : elle sortait de la station de métro à l'angle de la 96ᵉ et de Lexington quand elle avait croisé le regard d'un homme qui y pénétrait. Grand, le teint pâle, il avait des cheveux bruns et une bouche menue, portait un ciré jaune et un jean bien repassé. Marilyn avait soutenu son regard sans doute moins de deux secondes, avait-elle rapporté à sa sœur ce soir-là, mais quelque chose dans ses yeux l'avait fait reculer contre le mur, comme si un poing l'avait cognée en pleine poitrine. Elle avait senti quelque chose couler le long de son pantalon et, baissant les yeux, avait constaté qu'elle avait perdu le contrôle de sa vessie.

Le lendemain matin, elle avait à nouveau appelé sa sœur et exprimé sa crainte d'être suivie. Elle n'aurait su dire par qui exactement, c'était juste une impression qu'elle avait. Sa sœur lui avait conseillé d'en parler à la police mais Marilyn avait refusé, arguant qu'elle n'avait aucune preuve et qu'elle n'avait remarqué personne de suspect autour d'elle.

Ce jour-là, elle avait quitté le bureau de bonne heure en disant qu'elle n'allait pas bien et était rentrée chez elle. Comme elle n'était pas allée travailler le lendemain et qu'elle ne répondait pas au téléphone, sa sœur était passée à l'appartement, mettant en branle la chaîne d'événements qui avait amené mon père devant sa porte. Le couloir était silencieux, la plupart des autres locataires étaient au travail ou dehors, à profiter du soleil. Après avoir frappé, mon père dégaina son arme et enfonça la porte d'un coup de pied. Dans l'appartement, la climatisation était arrêtée et l'odeur le frappa avec une force qui lui fit tourner la tête. Il demanda au gardien et à la sœur de rester dans le couloir puis s'avança dans la petite salle de séjour, passa devant la cuisine et la salle de bains, entra dans l'unique chambre.

Il découvrit Marilyn attachée sur un lit aux draps trempés de sang. Des mouches bourdonnaient autour d'elle. Le corps était boursouflé par la chaleur, la peau avait pris une teinte verdâtre, en particulier au niveau du ventre. Les veines superficielles des cuisses et des épaules la parcouraient de lignes d'un vert plus foncé, comme les nervures d'une feuille en automne. Il n'y avait plus aucun moyen de savoir si elle avait été belle autrefois.

L'autopsie révéla que le corps portait cent blessures au couteau. C'était l'entaille à la jugulaire qui l'avait tuée, les quatre-vingt-dix-neuf autres ayant simplement servi à la vider lentement de son sang, pendant des heures. Le meurtrier avait sans doute utilisé le sel et le jus de citron retrouvés près du lit pour la ramener à elle quand elle perdait conscience.

Ce soir-là, de retour à la maison, mon père s'était assis à la table de la cuisine et avait ouvert une canette de Coors. L'odeur du savon avec lequel il avait tenté d'effacer les traces de la mort de Marilyn flottait encore autour de lui. Ma mère était partie dès qu'il était rentré, impatiente de retrouver des amies qu'elle n'avait pas vues depuis des semaines. Elle avait gardé son dîner au chaud dans le four, mais il n'y avait pas touché. Sirotant sa bière, il était longtemps demeuré silencieux.

« Qu'est-ce qui va pas ? avais-je fini par lui demander.

— Quelqu'un a souffert aujourd'hui.

— Quelqu'un qu'on connaissait ?

— Non, fils, on la connaissait pas, mais je crois que c'était quelqu'un de bien.

— Qui est-ce qui lui a fait du mal ?

— Un ange noir, avait-il répondu. Un ange noir. »

Il ne m'avait pas raconté ce qu'il avait vu dans l'appartement de Marilyn Hyde. Je ne l'avais appris que des années plus tard — par ma mère, par mon grand-père, par d'autres inspecteurs —, mais je n'avais jamais oublié les anges noirs. Plus tard, ma femme et mon enfant m'avaient été enlevées, et l'homme qui les avait tuées croyait lui aussi faire partie des anges noirs, fruits de l'union entre des femmes de ce monde et des anges chassés du ciel pour leur orgueil et leur luxure.

Saint Augustin pensait qu'on peut attribuer le mal aux agissements d'êtres libres et doués de raison mais non humains. Nietzsche voyait dans le mal une source de puissance indépendante de l'humain. Cette force pouvait exister en dehors de la psyché humaine et présentait une capacité à la cruauté et au mal distincte de la nôtre, une intelligence maléfique dont le but ultime était de saper notre humanité, de nous ôter toute aptitude à éprouver de la compassion, de l'empathie, de l'amour.

Je crois qu'après avoir vu des actes violents et cruels comme le meurtre atroce de Marilyn Hyde, mon père s'était demandé s'ils n'étaient pas trop horribles pour avoir été commis par des êtres humains, s'il n'existait pas des créatures à la fois plus et moins qu'humaines, qui faisaient de nous leurs proies.

Les anges noirs.

Manhattan Nord, la meilleure brigade criminelle de la ville, peut-être même du pays, avait enquêté pendant sept semaines sur l'affaire Marilyn Hyde mais n'avait retrouvé aucune trace de l'inconnu du métro. Il n'y avait pas d'autres suspects. L'homme que Marilyn Hyde avait regardé deux secondes de trop et qui, présumait-on, l'avait vidée de son sang pour son seul plaisir, cet homme-là était retourné là d'où il était venu.

Le meurtre de Marilyn Hyde demeure irrésolu et les inspecteurs de la brigade se surprennent encore à scruter les visages dans le métro, parfois même quand ils sont accompagnés de leur femme et de leurs enfants, pour tenter de retrouver l'homme brun à la bouche trop petite. Et si vous leur posez la question, certains d'entre eux avoueront qu'ils éprouvent du soulagement quand ils s'aperçoivent que l'homme n'est pas dans la foule, qu'ils n'ont pas croisé son regard, qu'ils n'ont pas établi le contact avec lui alors qu'ils avaient leur femme et leurs enfants auprès d'eux.

Il est des gens dont il faut éviter le regard, dont on ne doit pas attirer l'attention. Ce sont d'étranges êtres parasitaires, des âmes perdues qui cherchent à enjamber l'abysse pour établir un contact fatal avec le flot constant et chaud de notre humanité. Ils vivent dans la souffrance et n'existent que pour infliger cette souffrance à d'autres. Un coup d'œil jeté par hasard, un regard qui s'attarde un instant suffisent à leur donner le prétexte qu'ils cherchent. Il vaut mieux quelquefois garder les yeux baissés vers le caniveau car, en relevant la tête, vous risqueriez de les entrevoir, ces formes noires qui se détachent sur le soleil, et d'en perdre à jamais la vue.

Sur la berge boueuse d'un lac froid du nord du Maine, on mettait lentement au jour l'œuvre de ces anges noirs.

Le charnier avait été découvert à la lisière de terrains communaux portant le nom de Winterville. Les activités des équipes d'entretien et de construction avaient sans doute déjà effacé d'éventuels indices et on ne pouvait plus rien y faire, à part empêcher d'autres dégâts.

Le premier jour, la police avait relevé les noms de tous les ouvriers, les avait brièvement interrogés puis avait délimité un périmètre interdit à l'aide de rubans en plastique. L'une des compagnies de bois d'œuvre qui utilisaient la route du lac avait protesté puis accepté finalement de retarder le passage de ses camions jusqu'à ce qu'on ait déterminé les dimensions de la fosse commune.

Après l'examen préliminaire, on avait renforcé les digues de sacs de sable, établi un poste de commandement, avec unité mobile d'investigation des lieux du crime, sur une aire de manœuvre située en bordure de la route de Red River, puis on avait organisé un strict contrôle à l'entrée pour éviter que la zone ne soit davantage perturbée. Un passage fut tracé et le périmètre filmé avec une caméra vidéo, à l'intention des officiers de police qui ne participeraient pas directement aux investigations.

Le lieu fut photographié sous toutes les coutures : d'abord des vues d'ensemble, pour fixer l'essentiel de son aspect au moment de la découverte des ossements, ensuite des photos pour localiser les os visibles, suivies de gros plans. Puis on utilisa de nouveau la caméra, cette fois pour filmer des détails. Les techniciens firent des croquis, un piquet métallique d'un mètre indiquant le point central à partir duquel toutes les mesures de distance et d'angle seraient prises. Les limites de la route de la Red River furent marquées et photographiées, au cas où un élargissement modifierait son tracé, et à l'aide de matériel GPS on localisa l'emplacement de la fosse par satellite.

Il faisait presque sombre quand, après une dernière réunion, l'équipe des techniciens se dispersa, laissant la police de l'Etat et les hommes du shérif garder les lieux. L'équipe d'autopsie arriverait dès le lever du jour, au moment où les investigations sur la mort des baptistes d'Aroostock reprendraient de plus belle.

A chaque instant de leurs activités, les enquêteurs avaient eu et auraient en fond sonore le vacarme des hybrides, de sorte que chaque soir, quand ils rentreraient chez eux et essaieraient de prendre un peu de repos, ils seraient réveillés par des hurlements imaginaires et se croiraient encore sur la rive du lac, les mains glacées, les bottes couvertes de boue, cernés par les ossements des morts.

Cette nuit-là, pour la première fois depuis des mois, je rêvai, après que des souvenirs de Grace et de mon père m'eurent accompagné de la veille au sommeil. Dans mon rêve, je me tenais dans une clairière bordée d'arbres dénudés derrière lesquels une eau gelée miroitait. Des monticules de terre récemment retournée marquaient le sol çà et là et semblaient bouger sous mon regard, comme si quelque chose remuait dessous.

Dans les arbres, des formes se regroupèrent : d'énormes silhouettes d'oiseaux noirs aux yeux rouges jetant des regards affamés sur la terre en mouvement, en bas. L'une d'elles déploya ses ailes et plongea mais, au lieu de piquer vers le sol, elle vola vers moi et je vis que ce n'était pas un oiseau mais un homme, un vieillard avec de longs cheveux gris flottants, des dents jaunes et des nodosités sur son dos d'où émergeaient des ailes parcheminées. Il avait des jambes grêles, ses côtes transparaissaient sous sa peau et son pénis ridé ballottait de manière obscène. Battant la nuit de ses ailes sombres, il s'immobilisa devant moi et ses joues décharnées se creusèrent quand il me cracha un mot à la figure :

Pécheur !

Continuant à battre des ailes, il griffa un monticule de ses pieds munis de serres jusqu'à faire apparaître un pan de peau blanche translucide luisant au clair de lune. Sa bouche s'ouvrit, sa tête descendit vers le corps, qui se tordit sous sa morsure. Du sang coula sur son menton et forma une flaque sur le sol.

Il me sourit et, en me détournant pour échapper à la scène, je découvris mon reflet dans l'eau. Je vis mon visage jumelé avec la lune, perdant un sang blanc qui coulait sur mes épaules et ma poitrine nues. Sur mon dos, d'immenses ailes sombres se déployèrent et s'étendirent derrière moi, recouvrant la surface du lac comme une épaisse encre noire, figeant toute vie sous elles.

LA QUÊTE DU SANCTUAIRE

(Extrait de la thèse de troisième cycle de Grace Peltier)

En avril 1963, quatre familles quittèrent leurs maisons de la côte Est et remontèrent à trois cents kilomètres vers le nord, en une petite caravane de voitures et de camions, jusqu'à des terres situées près de la ville d'Eagle Lake, à une trentaine de kilomètres au sud de la frontière entre le Nouveau-Brunswick et le Maine. Le groupe comprenait les Perrson, de Friendship, au sud de la ville côtière de Rockland, les Kellog et les Cornish, de Seal Grove, et les Jessop, de Portland. On leur donna le nom de baptistes d'Aroostock, ou quelquefois de baptistes d'Eagle Lake, même si rien n'indique qu'en dehors des Perrson et des Jessop une autre famille ait été de cette confession à l'origine.

Une fois parvenues à leur destination finale, elles vendirent tous les véhicules et l'argent récolté servit à acheter de quoi vivre jusqu'à ce que la communauté puisse subvenir à ses besoins. Les terres, une vingtaine d'hectares, furent louées avec un bail de trente ans à un propriétaire terrien local. Quand les baptistes les eurent abandonnées, elles revinrent à la famille de cet homme, mais un litige sur leur bornage empêcha jusqu'à ces derniers temps toute mise en exploitation du lieu.

Au total, seize personnes partirent vers le nord ce jour-là : huit adultes et huit enfants, avec un même nombre d'individus par sexe. A Eagle Lake, ils furent accueillis par l'homme qu'ils appelaient le prédicateur (ou parfois le révérend) Faulkner, sa femme Louise et leurs deux enfants, Leonard et Muriel, âgés respectivement de dix-sept et seize ans.

C'était à l'instigation de Faulkner que les familles, pour l'essentiel des fermiers pauvres et des ouvriers, avaient vendu leurs biens, mis l'argent obtenu en commun et pris la direction du nord pour fonder une communauté reposant sur de stricts principes religieux. Quelques autres familles désiraient aussi être du voyage, mues, selon les cas, par leur crainte persistante de ce qu'elles percevaient comme la menace communiste, par leurs convictions fondamentalistes, par la misère ou l'incapacité à faire face à ce qu'elles considéraient comme la dégradation morale de la société, et peut-être aussi, inconsciemment, par une tradition d'appartenance à des mouvements religieux hors norme, très forte dans l'histoire de l'Etat du Maine. Ces postulants furent rejetés en raison de la composition de leur famille, de l'âge et du sexe de leurs enfants. Faulkner stipulait qu'il voulait créer une communauté où les familles s'uniraient par le mariage, renforçant ainsi leurs liens au fil des générations, et il avait besoin pour cela d'un nombre égal de jeunes gens des deux sexes à peu près du même âge. Les couples qu'il choisit avaient plus ou moins rompu avec leurs propres parents et ne semblaient pas effrayés par la perspective d'être coupés du monde extérieur.

Les baptistes d'Aroostock arrivèrent à Eagle Lake le 15 avril 1963.

En janvier 1964, la communauté fut abandonnée. On ne retrouva aucune trace ni des familles fondatrices ni des Faulkner.

4

Je dormis tard le lendemain matin mais ne me sentis pas reposé à mon réveil. Le souvenir de mon rêve restait vif et, malgré la fraîcheur de la nuit, j'avais transpiré sous les draps.

Je décidai d'avaler un petit déjeuner en vitesse à Portland avant de me rendre aux bureaux de la Confrérie et j'étais déjà dans ma voiture quand je remarquai que le drapeau rouge de la boîte aux lettres était levé. C'était un peu tôt pour le courrier mais je ne m'attardai pas sur ce détail. Je descendis l'allée à pied et m'apprêtais à tendre la main vers la boîte aux lettres quand je vis une bestiole agile et brune trottiner sur le métal. Une petite araignée, avec une curieuse marque sur le dos. Il me fallut une seconde ou deux pour reconnaître une araignée-violon, de la famille des recluses. Je retirai précipitamment ma main. Je savais que ces araignées piquaient, mais je n'en avais jamais vu aussi haut dans le nord. A l'aide d'une brindille, je la fis tomber, mais aussitôt d'autres pattes fines se glissèrent par la fente de la boîte aux lettres, une deuxième araignée-violon se coulant dehors puis une troisième. Je fis prudemment le tour de la boîte et découvris d'autres araignées, certaines grimpant le long de la base de la boîte, d'autres descendant déjà en rappel sur un fil de soie. Je pris ma respiration, soulevai le loquet de la boîte avec mon bâton.

Des centaines de minuscules araignées en sortirent, tombèrent aussitôt dans l'herbe ou réussirent à s'accrocher au rabat, ou aux corps de celles qui se trouvaient sous elles. Ça grouillait de bestioles. Au centre, il y avait une petite boîte en carton percée de trous par lesquels des insectes s'échappaient vers la lumière du jour. Des araignées mortes gisaient au fond du carton ou jonchaient les coins de la boîte aux lettres, les pattes repliées sur l'abdomen, tandis que leurs sœurs se nourrissaient d'elles. Saisi de dégoût, je reculai d'un pas en m'efforçant de ne pas penser à ce qui serait arrivé si j'avais plongé la main machinalement dans la pénombre de la boîte.

J'allai prendre dans le coffre de ma voiture une bombe de gonflage, récupérai un Zippo dans la boîte à gants. Je vaporisai l'intérieur et l'extérieur de la boîte aux lettres ainsi que la terre sèche qui entourait sa base avant de mettre le feu à un tortillon de papier journal que je jetai sur la boîte. Elle s'embrasa instantanément, de minuscules arachnides tombant en flammes du brasier. Je fis un pas en arrière quand l'herbe commença à brûler et m'approchai du tuyau d'arrosage. Je le branchai sur le robinet extérieur, aspergeai l'herbe pour contenir le feu puis restai un moment sans bouger, à regarder la boîte. Quand je fus certain qu'aucun insecte n'avait survécu, je l'arrosai abondamment, faisant grésiller le métal qui dégagea de la vapeur sous le jet. Lorsqu'il fut refroidi, j'enfilai une paire de gants en cuir et vidai les cadavres calcinés dans un sac noir, que je jetai dans la poubelle rangée près de la porte de derrière. Puis je demeurai un long moment au bord de ma propriété, scrutant les arbres et frappant de la main les araignées invisibles que je sentais courir sur ma peau.

Je pris mon petit déjeuner au Bintliff's de Portland Street en établissant mon plan d'action pour la journée. Je m'installai dans l'un des spacieux box rouges de la salle du haut, où le ventilateur du plafond ronronnait doucement sur un fond sonore de blues. Le Bintliff's a un menu si riche en calories que Weight Watchers devrait organiser des manifs en permanence devant sa porte. Les crêpes au pain d'épice sauce citron, les toasts à l'Orange Graham et le homard Benedict, s'ils ne sont pas le genre d'aliments qui contribuent à maintenir la ligne, ne manqueraient pas d'intéresser le diététicien même le plus blasé. Je me contentai de fruits frais, de toasts de pain blanc trempés dans un café, et me sentis tout vertueux, et en même temps un peu triste. La vue des araignées avait sérieusement entamé mon appétit, de toute façon. Peut-être une blague de mômes, mais si c'était le cas, il s'agissait d'une blague particulièrement méchante et extrêmement désagréable.

Waterville, la ville où se trouvaient les bureaux de la Confrérie, était située à mi-chemin entre Portland et Bangor. Après Bangor, je pouvais tourner à l'est, en direction d'Ellsworth et de la zone de l'US-I où le corps de Grace Peltier avait été découvert. Une fois à Ellsworth, Bar Harbor, où habitait Marcy Becker, bonne amie de Grace mais absente à ses funérailles, n'était qu'à une courte distance. Je finis mon café, lançai un regard d'envie à une assiette de toasts à la cannelle et aux raisins secs qu'une serveuse apportait à une table située près de la fenêtre puis sortis et retournai à ma voiture.

De l'autre côté de la rue, un homme était assis en bas des marches menant à la poste centrale. Il portait un costume marron avec une chemise jaune et une cravate rouge et marron sous un long pardessus tête-de-nègre. De courts cheveux roux légèrement saupoudrés de gris se hérissaient sur sa tête comme s'il était branché en permanence sur une prise électrique. Il mangeait un cône et sa bouche mordillait la crème glacée d'un mouvement méthodique incessant, sans jamais s'arrêter pour en savourer le goût. Je sentis son regard sur moi au moment où j'ouvris la portière de la Mustang et m'installai au volant. Quand je déboîtai, il me suivit des yeux. Dans le rétroviseur, je vis sa tête tournée vers moi, sa bouche qui continuait à s'activer comme les mandibules d'une mante.

La Confrérie avait son siège officiel au 109 A, Main Street, au cœur du quartier des affaires. Certaines parties de Waterville sont plaisantes mais le centre présente un aspect épouvantable, essentiellement parce qu'on a l'impression que le hideux centre commercial Ames est tombé du ciel au hasard et qu'on l'a laissé là où il avait atterri, transformant une bonne portion du centre en un parking à peine amélioré. Il restait cependant assez de *brownstones* pour justifier le panneau de bienvenue conviant les visiteurs aux plaisirs du centre de Waterville, notamment celle abritant les modestes bureaux de la Confrérie. Ils occupaient les deux étages d'un bâtiment au rez-de-chaussée inoccupé, un peu plus bas que Joe's Smoke Shop, entre le salon de coiffure Head Quarters et le café Jorgensen's. Je me garai dans le parking d'Ames et traversai au niveau de Joe's. Près de la porte en verre du 109 A, un interphone surmontait l'œil panoramique d'une caméra. Sur l'encadrement de la porte, une plaque métallique portait ces mots gravés : *La Confrérie — Laissez le Seigneur vous guider*. Sur le côté, un petit présentoir proposait des brochures. J'en pris une, la glissai dans ma poche, appuyai sur le bouton de l'interphone et entendis une voix crachoter en réponse. Elle avait tout l'air de ressembler à celle de Mlle Torrance.

— C'est à quel sujet?

— Je voudrais voir M. Paragon.

— M. Paragon est occupé.

La journée venait à peine de commencer et j'éprouvais une sensation de déjà-vu.

— Mais le Seigneur m'a guidé jusqu'ici! protestai-je. Vous ne Lui feriez pas cet affront, quand même?

Le seul son qui sortit de l'interphone fut un déclic annonçant la fin de la communication. Je pressai de nouveau le bouton.

— Oui? fit la voix avec une irritation manifeste.

— Je pourrais peut-être attendre que M. Paragon soit libre?

— Impossible. Ce n'est pas un bureau ouvert au public. Toute demande d'entrevue avec M. Paragon doit être formulée par écrit. Je vous souhaite une bonne journée.

J'avais l'impression qu'une bonne journée pour Mlle Torrance serait probablement mauvaise pour moi. La pensée me traversa aussi l'esprit que pendant notre brève conversation elle ne m'avait demandé ni mon nom ni la raison de ma visite. Cela tenait peut-être à ma nature soupçonneuse, mais j'aurais parié que Mlle Torrance savait déjà qui j'étais. Plus précisément, qu'elle savait à quoi je ressemblais.

Je fis le tour du pâté de maisons jusqu'à Temple Street et l'arrière du siège de la Confrérie. Dans un petit parking au ciment crevassé et envahi de mauvaises herbes, un arbre mort étendait ses branches au-dessus de deux citernes de propane. La porte de derrière du bâtiment était blanche et les fenêtres grillagées. L'escalier de secours en fer noir semblait si mal en point qu'en cas d'incendie il vaudrait sans doute mieux prendre le risque d'affronter les flammes. Apparemment, la porte de derrière du 109 A n'avait pas été ouverte depuis pas mal de temps, ce qui signifiait que les occupants de l'immeuble entraient et sortaient par Main Street. Il n'y avait qu'un véhicule dans le parking, un 4×4 Explorer rouge. En jetant un coup d'œil par l'une des vitres, je vis sur le plancher une caisse contenant des brochures religieuses attachées par des élastiques. Mes capacités de déduction m'amenèrent à conclure que j'avais trouvé la voiture de la Confrérie.

Je retournai dans Main Street, achetai deux journaux et le dernier numéro de *Rolling Stone*, entrai au Jorgensen's et m'assis à une table surélevée, près de la fenêtre. De là, j'avais une vue parfaite sur le 109 A. Je commandai du café et un muffin puis me renversai en arrière pour lire et attendre.

Les journaux parlaient abondamment des ossements découverts au lac Saint-Froid, sans pour autant ajouter grand-chose aux reportages que j'avais vus à la télévision. Un journaliste avait cependant mis la main sur une vieille photo de Faulkner et des quatre familles qui l'avaient rejoint dans le Nord. C'était un homme de haute taille, vêtu sans recherche, avec de longs cheveux noirs, des sourcils sombres presque horizontaux et des joues creuses. Même en photo, il émanait de lui un charisme indéniable. Il approchait de la quarantaine et sa femme semblait un peu plus âgée. Leurs enfants, un garçon de dix-sept ans et une fille de seize ans, se tenaient devant lui. Faulkner devait être encore relativement jeune à leur naissance.

Quoique sachant que la photo avait été prise dans les années 1960, j'avais l'impression que ces gens auraient pu être immortalisés dans leur pose à n'importe quel moment du siècle. Il y avait quelque chose d'intemporel dans leur personne et dans leur croyance en une possibilité d'échapper au monde, vingt individus vêtus simplement qui rêvaient d'une utopie consacrée à la grande gloire de Dieu. Selon la légende de la photo, les terres de la communauté leur avaient été louées par un homme lui-même très croyant au prix de un dollar l'acre, payé d'avance pour la durée du bail. En s'établissant si loin au nord, ils étaient quasiment sûrs d'être tranquilles. Eagle Lake, la ville la plus proche, était déjà sur le déclin ; les usines fermaient, la population décroissait. Le tourisme finirait par sauver la région mais, en 1963, Faulkner et ses disciples étaient en grande partie abandonnés à eux-mêmes.

Je portai mon attention sur la brochure de la Confrérie. C'était en gros un long boniment publicitaire visant à susciter chez le lecteur la réaction adéquate : à savoir le besoin irrépressible de se délester de toute la monnaie qu'il avait sur lui, ainsi que de l'argent superflu qui encombrait ses comptes en banque. Sur la couverture, une intéressante illustration médiévale représentait ce qui devait être le Jugement dernier : des diables cornus déchirant les corps nus des damnés, tandis que Dieu regardait la scène d'en haut, entouré par une poignée de justes probablement soulagés. Je remarquai que les damnés étaient cinq fois plus nombreux que les élus. Tout bien considéré, ça ne donnait pas beaucoup de chances d'être sauvé à la plupart des gens que je connaissais. Sous le tableau, cette citation : *Et je vis les morts, grands et petits, debout devant Dieu ; et les livres furent ouverts, et un autre livre fut ouvert : le livre de la vie ; et les morts furent jugés selon leurs actes, d'après ce qui était écrit dans les livres (Apocalypse 20-12).*

Je reposai la brochure en me félicitant d'avoir acheté *Rolling Stone* et passai l'heure qui suivit à déterminer qui, parmi les bons et les pas si bons de la musique moderne, avait la moindre chance d'occuper une place de choix dans l'autre monde. J'avais dressé une liste assez longue quand, peu après une heure et demie, une femme et un homme sortirent des bureaux de la Confrérie. Je reconnus Carter Paragon à ses cheveux noirs rabattus en arrière, à son costume gris luisant et à ses manières onctueuses. Je fus simplement étonné qu'il ne laissât pas une traînée argentée derrière lui en marchant.

La femme qui l'accompagnait était grande et probablement du même âge que lui : la quarantaine. Elle avait des cheveux raides châtain foncé qui lui tombaient sur les épaules et son corps disparaissait sous un manteau en laine bleu marine. Son visage n'était certainement pas d'une beauté classique : un menton carré, un nez trop large, les muscles des mâchoires trop développés, comme si elle serrait les dents en permanence. Elle portait une épaisse couche de maquillage blanc et un rouge à lèvres brillant, comme l'élève d'une école de clowns, mais elle n'aurait fait rire personne. Elle mesurait au moins un mètre quatre-vingts et bien qu'elle eût des talons plats elle dépassait Paragon d'une bonne dizaine de centimètres. Le regard qu'ils échangèrent en se dirigeant vers Temple Street était étrange. Paragon semblait plein de déférence pour elle et j'avais noté qu'il s'était écarté vivement quand elle s'était retournée après avoir vérifié que la porte était fermée, comme s'il avait craint de se trouver sur son passage.

Je laissai cinq dollars sur la table, sortis dans Main Street et me dirigeai d'un pas nonchalant vers la Mustang. J'avais été tenté de les aborder dans la rue mais j'étais curieux de savoir où ils allaient. L'Explorer rouge apparut dans Temple, passa devant moi en traversant le parking d'Ames et prit la direction du sud. Je le suivis à distance jusqu'à Kennedy Memorial Drive, où il tourna à droite dans West River Road. Nous passâmes devant le lycée de Waterville et le terrain de golf de Pine Ridge avant que le 4×4 ne tourne de nouveau à droite dans Webb Road. J'avais laissé deux voitures entre eux et moi jusqu'à Webb, mais l'Explorer avait été le seul véhicule à tourner à droite. Je restai le plus loin possible et crus les avoir perdus quand je parvins à une portion de route déserte après l'aérodrome. Je fis demi-tour, repartis dans la direction d'où j'étais venu, juste à temps pour voir les stops de l'Explorer rougeoyer, à une centaine de mètres sur ma droite. Il avait tourné dans Eight Rod Road et s'engageait maintenant dans l'allée d'une résidence privée. J'arrivai pour voir les grilles en fer se refermer et l'arrière rouge du 4×4 disparaître le long d'une modeste maison blanche à un étage, volets noirs aux fenêtres et boiseries extérieures noires sur le pignon.

Je me garai devant les grilles, attendis cinq minutes environ avant d'essayer l'interphone du montant de la porte. Je remarquai qu'un autre objectif de caméra y était encastré et je le couvris de ma main.

— Oui ? fit la voix de Mlle Torrance.

— Livraison UPS, prétendis-je.

Il y eut un silence pendant lequel Mlle Torrance se demanda sans doute ce qui n'allait pas avec la caméra puis elle m'annonça qu'elle arrivait. J'avais plus ou moins espéré qu'elle m'ouvrirait la porte et, faute de mieux, je gardai ma main sur l'objectif et le reste de mon corps hors de vue. Mlle Torrance était presque à la grille quand je me montrai. Elle n'eut pas l'air ravie de me voir mais j'avais du mal à l'imaginer ravie de voir qui que ce soit. Jésus-Christ lui-même aurait été fraîchement accueilli.

— Je m'appelle Charlie Parker. Je suis détective privé. Je voudrais parler à M. Carter Paragon, s'il vous plaît.

J'avais prononcé ces mots comme un mantra mais sans le calme qu'on y associe généralement.

Avec une expression assez dure pour rayer du verre, elle me renvoya :

— Je vous le répète, M. Paragon n'est pas disponible.

— M. Paragon est du genre fuyant. Vous le dégonflez

et vous le rangez dans une boîte quand vous n'avez plus besoin de lui ?

— Je crains de ne rien avoir à vous dire, monsieur Parker. Si vous ne partez pas, j'appelle la police. Vous harcelez M. Paragon.

— Je le harcèlerais si je pouvais le voir, rectifiai-je. Au lieu de quoi je suis obligé de vous harceler, mademoiselle Torrance. C'est bien votre nom, n'est-ce pas ? Vous n'êtes pas heureuse, mademoiselle Torrance ? En fait, vous avez l'air si malheureuse que je commence à me sentir malheureux, moi aussi.

— Allez vous faire foutre, monsieur Parker, répondit-elle avec douceur.

Je me penchai vers elle et lui glissai en confidence :

— Vous savez, le bon Dieu vous entend quand vous dites des gros mots.

Elle pivota sur ses talons et me laissa en plan. De dos, elle était beaucoup plus séduisante que de face, ce qui n'était pas vraiment un compliment.

Immobile, je restai un moment à regarder entre les barreaux de la grille, comme un invité éconduit. En plus de l'Explorer, il n'y avait qu'une seule autre voiture dans l'allée, une Honda Civic bleue déglinguée. Comme ça n'était pas le genre de véhicule qu'un homme de la stature de Paragon conduirait, je supposai que Mlle Torrance l'utilisait quand elle ne servait pas de chauffeur au révérend. Je retournai à la Mustang, écoutai un air de musique classique sur NPR et repris ma lecture de *Rolling Stone*. Je commençais à me demander si j'étais du genre à acheter cent préservatifs pour vingt-neuf dollars quatre-vingt-quinze quand une Acura blanche s'arrêta derrière moi. Un balèze en veste noire et jean, cravate de soie noire tricotée nouée sur une chemise blanche, s'approcha de ma portière et tapota de l'index sur la vitre. Je la fis descendre, regardai son insigne, le nom inscrit en face de sa photo, et souris. J'avais lu ce nom dans les rapports de police sur la mort de Grace Peltier : c'était l'inspecteur John Lutz, chargé de l'affaire, sauf qu'il était rattaché au CID III et avait Machias pour base, alors que Waterville faisait théoriquement partie du territoire du CID II.

De plus en plus curieux, comme se plaisait à dire Alice au pays des merveilles.

— Je peux vous aider, inspecteur Lutz? m'enquis-je.

— Vous voulez bien sortir de cette voiture, s'il vous plaît, monsieur? dit-il.

Il recula quand j'ouvris la portière. Le pouce de sa main droite s'accrocha à sa ceinture, le reste des doigts écarta le pan de sa veste, révélant la crosse de son H&K calibre 45. Lutz mesurait plus de deux mètres et semblait en parfaite condition physique, le ventre plat sous la chemise et le pantalon. Il avait des yeux marron, une peau légèrement hâlée, des cheveux châtains et une moustache de même couleur soigneusement taillée. Il devait avoir autour de trente-cinq ans.

— Tournez-vous et posez vos mains sur la voiture, m'ordonna-t-il. Ecartez les jambes.

J'allais protester quand il me donna une violente bourrade qui me fit virevolter et m'expédia contre la Mustang. Sa vitesse et sa force m'avaient pris de court.

— Faites attention, j'ai facilement des bleus.

Il me palpa des pieds à la tête mais ne trouva rien d'intéressant. Je n'étais pas armé, ce qui dut le décevoir. Il ne pêcha rien d'autre dans mes poches que mon portefeuille.

— Vous pouvez vous retourner, maintenant, monsieur Parker.

Il fit aller son regard de mon visage à la photo de ma licence plusieurs fois, comme pour semer suffisamment de doutes sur son authenticité afin de pouvoir m'emballer.

— Pourquoi traînez-vous devant la maison de M. Paragon, monsieur Parker? me lança-t-il. Pourquoi harcelez-vous son personnel?

Il ne souriait pas. Il parlait d'une voix basse et mielleuse, un peu comme Paragon lui-même.

— J'essaie d'obtenir un rendez-vous.

— Pourquoi?

— Je suis une âme égarée en quête d'un guide.

— Si vous vous cherchez, vous devriez peut-être essayer ailleurs.

— Partout où je vais, je suis là.

— C'est regrettable.

— On s'y fait, vous savez.

— Si M. Paragon ne veut pas vous recevoir, il faut vous faire une raison et le laisser tranquille.

— Vous savez quelque chose sur Grace Peltier, inspecteur?

— Qu'est-ce que ça peut vous faire?

— J'ai été engagé pour enquêter sur les circonstances de sa mort. Quelqu'un m'a dit que vous sauriez peut-être quelque chose à ce sujet...

Je laissai la phrase à double sens planer un moment dans l'air, comme une bombe à retardement tic-taquant entre lui et moi. Les doigts de Lutz tapotèrent brièvement sa ceinture, mais ce fut la seule indication que son calme risquait de s'effriter.

— Nous pensons que Mlle Peltier s'est suicidée, déclara-t-il. Nous ne recherchons personne dans le cadre de cette affaire.

— Vous avez interrogé Carter Paragon?

— Je lui ai parlé. Il n'a jamais rencontré Grace Peltier.

Lutz se déplaça un peu sur sa gauche. Il avait le dos au soleil et se tenait de façon que je reçoive ses rayons directement dans les yeux. Comme je levais une main pour la placer en visière sur mon front, ses doigts saisirent la crosse de son arme.

— Ah ah, fit-il.

— Nerveux, inspecteur? le taquinai-je, tout en baissant la main avec précaution.

— M. Paragon attire parfois des individus dangereux, répliqua-t-il. Les gens bien se retrouvent souvent en danger à cause de leurs convictions. C'est notre devoir de les protéger.

— Ce ne serait pas plutôt le boulot de la police de Waterville?

Il haussa les épaules.

— La secrétaire de M. Paragon a préféré m'appeler. Les policiers de Waterville ont mieux à faire de leur temps.

— Pas vous?

Il sourit pour la première fois.

— C'est mon jour de repos mais je peux consacrer quelques minutes à M. Paragon.

— Toujours sur la brèche, la police, hein?

— Exact, et moi je dors les yeux ouverts, assura-t-il en me rendant mon portefeuille. Maintenant, filez et que je ne vous revoie plus par ici. Si vous voulez prendre rendez-vous avec M. Paragon, téléphonez pendant les heures de bureau, du lundi au vendredi. Je suis sûr que sa secrétaire se fera un plaisir de vous aider.

— Votre foi en elle est admirable, inspecteur.

— La foi est toujours admirable, repartit Lutz en retournant à sa voiture.

J'avais décidé que l'inspecteur Lutz ne me plaisait pas et je me demandais ce qui se passait quand on l'asticotait. Je résolus de le découvrir au plus tôt.

— Amen, acquiesçai-je. Mais si ça ne vous fait rien, je préfère rester ici et lire mon magazine.

Il se figea, revint rapidement vers moi. Je vis le coup partir, mais j'étais contre la voiture et ne pus que me tourner de côté pour prendre son poing dans les côtes et non dans l'estomac. Il cogna si fort que je crus entendre une côte craquer; la douleur transperça la partie inférieure de mon corps, envoyant des ondes de choc jusqu'au bout de mes orteils. Je glissai sur le flanc de la Mustang et me retrouvai le derrière sur le bitume, l'estomac retourné par une envie de vomir. Lutz se pencha, appliqua pouce et index juste en dessous de mes oreilles et pressa. Je poussai un cri de douleur quand il me força à me mettre debout.

— Ne vous moquez pas de moi, monsieur Parker. Ne vous moquez pas de ma foi. Montez dans votre voiture et décampez.

La pression de ses doigts se relâcha. Lutz retourna à son Acura et s'assit sur le capot pour attendre que je parte. Je regardai la maison de Paragon, aperçus une femme qui m'observait d'une fenêtre du premier étage. Avant de remonter dans la Mustang, je crus voir Mlle Torrance sourire.

La voiture de Lutz resta derrière la mienne jusqu'à ce que je quitte Waterville et prenne la direction du nord par l'I-95, mais la douleur et l'humiliation que je ressentais me donnèrent l'impression qu'il m'accompagna jusqu'à Ellsworth. Le bureau de campagne du comté de Hancock, siège du groupe J de la police de l'Etat du Maine, s'était occupé de la découverte du corps de Grace Peltier. C'était un bâtiment bas en bordure de l'US-I, devant lequel étaient garées deux voitures de ronde bleues. Un sergent nommé Fortin m'apprit que le cadavre avait été trouvé par l'agent Voisine aux Arpents du Bonheur, lotissement où l'on devait construire des habitations. Voisine était en patrouille, mais Fortin prendrait contact avec lui et lui demanderait de me retrouver sur les lieux. Je le remerciai puis suivis ses instructions pour me rendre aux Arpents du Bonheur.

Si la société Top Immo proclamait sur une pancarte que ces arpents étaient le futur cadre de « routes et de vues », il n'y avait pour le moment que des pistes creusées d'ornières, la vue principale se réduisant à des arbres morts ou abattus. Un ruban de plastique jaune flottait encore dans le vent à l'endroit où on avait retrouvé la voiture de Grace mais, ce détail mis à part, rien n'indiquait que la vie d'une jeune femme y avait pris fin. Lorsque je regardai autour de moi, quelque chose me chiffonna : je ne pouvais pas voir la route de l'endroit où je me tenais. Je remontai dans la Mustang, la fis rouler sur la piste jusqu'à l'endroit approximatif que la voiture de Grace avait occupé. J'allumai mes phares, retournai à pied sur la route et inspectai les Arpents.

La voiture n'était pas visible; je n'apercevais même pas ses phares à travers les arbres.

J'étais encore planté sur le bas-côté quand une voiture bleue s'arrêta près de moi.

— Monsieur Parker? me demanda le policier qui en descendit.

— Agent Voisine?

Je lui tendis la main, il la serra. Il était à peu près de ma taille et de mon âge, exhibait un crâne dégarni, une petite cicatrice triangulaire sur le front et un sourire de péquenot. Notant la direction de mon regard, il porta la main droite à sa balafre et la frotta.

— Une dame que j'avais arrêtée pour excès de vitesse qui m'a filé un coup de talon, expliqua-t-il. Je lui demande de descendre, elle dérape sur les gravillons, et quand je me penche pour la rattraper, je prends son talon en plein dans le front. Ça paie pas toujours d'être galant.

— Comme on dit : « Abattez les femmes d'abord », commentai-je.

Son sourire vacilla puis retrouva en partie son éclat.

— Vous êtes pas du coin, hein ?

« Pas du coin. » Cela faisait un moment que je n'avais pas entendu l'expression. Dans cette partie de l'Etat, n'être « pas du coin » signifiait qu'on venait de n'importe quel endroit situé à plus d'une demi-heure de voiture. Ou qu'on appartenait à une famille dont l'implantation locale remontait à moins d'un siècle. Même si vos grands-parents étaient enterrés au cimetière le plus proche, on pouvait encore vous considérer comme n'étant « pas du coin », mais c'était quand même moins infamant que d'être traité de « citadin », injure locale pour qualifier les gens de la ville allés dans l'Est pour se faire une idée de la vie à la campagne.

— De Scarborough, répondis-je.

— Hum, fit Voisine, pas du tout impressionné.

Il s'appuya contre sa voiture, tira une Quality Light d'un paquet niché dans sa poche de poitrine, se ravisa au moment de le faire disparaître et m'en offrit une. Je refusai d'un signe de tête. Des Quality Light : autant jeter les cigarettes et fumer l'emballage.

— Vous savez, si vous étiez dans un film, fumer une clope vous rangerait automatiquement dans la catégorie des méchants, fis-je observer.

— Ah ouais ? Faudra que j'essaie de m'en souvenir.

— Un petit tuyau d'un pourfendeur du crime, ajoutai-je.

En grande partie à mon initiative, la conversation avait pris un tour légèrement hostile. Je regardai Voisine me toiser à travers un nuage de fumée, comme si l'antipathie que nous éprouvions instinctivement l'un pour l'autre était devenue visible entre nous.

— Le sergent dit que vous voulez me parler de la femme Peltier, finit-il par lâcher.

— C'est exact. Vous avez été le premier sur les lieux, je crois.

Il acquiesça d'un hochement de tête.

— Y avait beaucoup de sang mais j'ai vu le 45 dans sa main et j'ai pensé : suicide. Comme ça, tout de suite. Et j'avais raison, en fin de compte.

— D'après ce que j'ai cru comprendre, ce n'est pas encore sûr.

Il me fixa d'un regard sans expression puis haussa les épaules.

— Vous la connaissiez ?

— Un peu, répondis-je.

— Condoléances, laissa-t-il tomber, sans même tenter de mettre un zeste d'émotion dans le mot.

— Qu'est-ce que vous avez fait après avoir découvert le corps ?

— J'ai prévenu le service et j'ai attendu.

— Qui est arrivé après vous ?

— Une autre voiture de ronde, l'ambulance. Le toubib a constaté le décès.

— Des inspecteurs ?

Voisine eut un mouvement de tête en arrière comme un homme qui se rend soudain compte qu'il a oublié quelque chose d'important. Je trouvai sa réaction étrangement théâtrale.

— Bien sûr. Un gars du CID.

— Vous vous souvenez de son nom ?

— Lutz. John Lutz.

— Il est arrivé avant ou après la deuxième voiture de patrouille ?

Il marqua une pause, m'observant attentivement à travers la fumée de sa cigarette avant de répondre :

— Avant.

— Il a dû faire vite, dis-je du ton le plus neutre possible.

Voisine haussa de nouveau les épaules.

— Il devait être dans le secteur, faut croire.

— Sûrement. Il y avait quelque chose dans la voiture ?

— Je comprends pas votre question, m'sieur.

— Un sac à main, une valise, ce genre de chose...

— Il y avait un sac de voyage avec de quoi se changer, un sac à main contenant du maquillage, un portefeuille, des trucs comme ça.

— Rien d'autre ?

La gorge de Voisine émit un claquement avant qu'il réponde :

— Non.

Je le remerciai. Il finit sa cigarette, jeta le mégot par terre et l'écrasa de son talon. Au moment où il allait remonter dans sa voiture, je lui lançai :

— Une dernière chose !

Je m'approchai du véhicule. Moitié dedans, moitié dehors, Voisine me regarda.

— Comment vous avez trouvé Grace Peltier ?

— Qu'est-ce que vous voulez dire ?

— Je veux dire, comment vous avez pu voir sa voiture de la route ? Je ne vois pas la mienne d'ici et je l'ai garée à peu près au même endroit. Aussi je me demandais comment vous aviez fait pour trouver Grace Peltier puisqu'elle était cachée par les arbres.

Il garda un moment le silence. La courtoisie professionnelle avait disparu et je ne savais pas trop ce qui l'avait remplacée. L'agent Voisine était un homme difficile à déchiffrer.

— On a pas mal d'excès de vitesse, sur cette route, finit-il par répondre. Des fois, je me mets à l'affût là-bas. C'est comme ça que je l'ai trouvée.

— Ah, voilà l'explication, fis-je. Merci de votre aide.

— De rien.

Il referma la portière, démarra et prit la direction du nord. Je m'avançai au milieu de la chaussée pour être sûr de rester dans son rétroviseur jusqu'à ce que je ne puisse plus le voir.

Il y avait peu de circulation sur la route d'Ellsworth à Bar Harbor tandis que je roulais dans l'obscurité naissante du début de soirée. La saison n'avait pas encore commencé, ce qui signifiait que les gens du coin avaient l'endroit pour eux. Les rues étaient calmes, la plupart des restaurants fermés. La librairie Sherman était encore ouverte dans Main Street, et c'était la première fois que je ne voyais personne au Ben & Bill Chocolate Emporium. Le magasin offrait même cinquante pour cent de réduction sur tous les bonbons. Si jamais il faisait la même promo après Memorial Day[1], il y aurait des morts dans la bousculade.

L'Acadia Pines était situé à la jonction de Main et de Park. C'était un motel pour touristes classique, plutôt bas de gamme. Un bâtiment en forme de L à un étage, peint en jaune et blanc, qui comptait une quarantaine de chambres. En pénétrant dans le parking, je ne vis que deux autres voitures garées et je perçus une note de désespoir dans la férocité avec laquelle l'enseigne CHAMBRES LIBRES flamboyait. En descendant de la Mustang, je remarquai que la douleur de mes côtes s'était réduite à un élancement sourd, mais quand j'examinai mon flanc, à la lumière du tableau de bord, les empreintes des phalanges de Lutz étaient encore visibles sur ma peau.

A la réception, une femme en robe bleu clair était assise derrière le comptoir, un exemplaire de *TV Guide* ouvert devant elle. Elle tenait dans ses doigts au vernis

1. Le 30 mai. *(N.d.T.)*

rouge écaillé une chope *Grateful Dead* décorée d'une sarabande d'ours en peluche. Ses cheveux, teints en noir-violet, luisaient comme une bosse toute fraîche. Son visage était ridé et elle avait des mains de vieille. Pourtant, elle ne devait pas avoir plus de cinquante-cinq ans. A mon entrée, elle s'efforça de sourire mais ce fut comme si on avait accroché deux hameçons aux coins de ses lèvres et tiré doucement.

— Bonsoir. C'est pour une chambre?

— Non, répondis-je. C'est pour Marcy Becker.

Le silence qui suivit disait beaucoup de choses. Je la regardai faire défiler dans son esprit l'éventail de mensonges qui s'offrait à elle : « Vous vous trompez d'endroit », « Je ne connais aucune Marcy Becker », « Elle n'est pas là et je ne sais pas où elle est »... Finalement, elle opta pour une variante de la troisième possibilité :

— Marcy n'est pas là. Elle ne vit plus ici.

— Je vois, madame... Becker?

De nouveau le silence, puis un hochement de tête.

Je tirai mon portefeuille de ma poche, montrai mes papiers.

— Je m'appelle Charlie Parker, madame Becker. Je suis détective privé. J'enquête sur les circonstances entourant la mort de Grace Peltier. Marcy était une amie de Grace, je crois?

Silence et hochement de tête.

— Madame Becker, quand avez-vous vu Grace pour la dernière fois?

— Je ne me souviens pas, répondit-elle.

Comme elle avait la voix serrée, elle toussa, répéta sa réponse avec à peine un peu plus d'assurance et but une gorgée de café.

— Quand elle est venue prendre Marcy? avançai-je. Ça remonterait à deux semaines...

— Elle n'est jamais venue prendre Marcy, repartit

vivement Mme Becker. Marcy ne l'avait pas vue depuis... je ne sais pas combien de temps.

— Votre fille n'a pas assisté à l'enterrement. Vous ne trouvez pas ça curieux?

— Je ne sais pas.

Ses doigts glissèrent sous le comptoir, son bras se raidit quand elle appuya sur le bouton du signal d'alarme.

— Vous vous faites du souci pour Marcy, madame Becker?

Cette fois, le silence se prolongea. Elle finit par répondre, ses lèvres disant non, ses yeux murmurant oui.

Derrière moi, j'entendis la porte s'ouvrir. Je me retournai, découvris un petit homme chauve en sweat-shirt et pantalon en tissu synthétique bleu. Il tenait à la main un club de golf.

— J'ai interrompu votre partie? lui dis-je.

Il resserra sa prise sur le club — un fer 3, me sembla-t-il.

— Je peux vous aider, monsieur?

— J'espère que oui, ou alors, c'est moi qui peux vous aider.

— Il pose des questions sur Marcy, Hal, intervint Mme Becker.

— Je peux régler ça tout seul, Francine, assura son mari, bien qu'il n'en parût pas lui-même convaincu.

— Je ne crois pas, monsieur Becker. Pas si vous n'avez rien d'autre sous la main qu'un club de golf bon marché.

Un filet de transpiration coula de son front. Il cligna des yeux pour le chasser, brandit le club à hauteur d'épaules avec une prise à deux mains.

— Fichez le camp!

J'avais encore mon portefeuille ouvert dans la main droite. De la gauche, je tirai de ma veste une de mes cartes de visite professionnelles et la posai sur le comptoir.

— Comme vous voudrez, monsieur Becker. Mais avant que je parte, laissez-moi vous dire une chose. Il se peut que Grace Peltier ait été assassinée. Et votre fille sait peut-être par qui. Si je suis arrivé à cette conclusion, le meurtrier peut le faire aussi. Et s'il vient ici poser des questions, il ne sera certainement pas aussi aimable que moi. Réfléchissez-y quand je serai parti.

Le club s'abaissa de quelques centimètres.

— C'est la dernière fois que je vous le dis, menaça Becker. Sortez de ce bureau.

Je refermai mon portefeuille, le glissai dans la poche de ma veste et me dirigeai vers la porte, cependant que Hal Becker tournait autour de moi avec son club pour me garder à portée de swing.

— J'ai le pressentiment que vous me téléphonerez, dis-je en sortant.

— N'y comptez pas trop, rétorqua le petit chauve.

Quand je démarrai, il se tenait encore sur le seuil, le club brandi, comme un golfeur frustré coincé dans le plus grand, le plus profond des bunkers au monde.

Sur le chemin du retour, je passai en revue ce que j'avais appris, et qui se résumait à pas grand-chose. Je savais que Mlle Torrance gardait Carter Paragon sous Cellophane et que Lutz semblait avoir un intérêt plus que professionnel à maintenir le révérend sous protection. Je savais qu'il y avait quelque chose de bizarre dans la façon dont Voisine avait découvert le corps de Grace, et le rôle de Lutz dans cette découverte me semblait plus bizarre encore. Je savais que Hal et Francine Becker avaient peur. Les gens peuvent avoir des tas de raisons pour ne pas souhaiter qu'un privé interroge leur enfant. Marcy tournait peut-être dans des films pornos, ou vendait de la dope à des lycéens. Il me restait à rencontrer Ali Wynn, l'amie bostonienne de Grace, mais Marcy Becker semblait offrir une piste plutôt intéressante.

Curtis Peltier et Jack Mercier avaient sans doute raison de mettre en doute la version officielle de la mort de Grace, mais j'avais l'impression que tout le monde, eux compris, m'avait menti ou caché quelque chose. Il était temps de remédier à cet état de choses, et j'avais une idée de la personne par qui commencer. Malgré ma fatigue, au lieu de prendre la sortie pour Scarborough, j'enfilai Congress Street puis obliquai en direction de Danforth et m'arrêtai devant la maison de Curtis Peltier.

Le vieil homme vint m'ouvrir la porte en peignoir et pantoufles. En entendant la télévision ronronner dans la cuisine, je sus que je ne l'avais pas réveillé.

— Vous avez trouvé quelque chose? demanda-t-il.

Il me fit signe d'avancer dans le couloir et referma la porte derrière moi.

— Non, répondis-je, mais j'espère ne pas tarder à le faire.

Je le suivis dans la cuisine et m'assis à la même place que la veille tandis que Peltier coupait le son du poste avec la télécommande. Il regardait *La Nuit du chasseur*, Robert Mitchum suintant le mal par tous les pores dans le rôle du prédicateur psychotique aux phalanges tatouées.

— Monsieur Peltier, pourquoi Mercier et vous avez cessé d'être associés? attaquai-je.

Il ne détourna pas le regard mais ses yeux clignèrent et restèrent fermés un peu plus longtemps que d'habitude. Il les rouvrit, me demanda avec une expression lasse :

— Qu'est-ce que vous voulez dire?

— C'était pour des raisons professionnelles ou personnelles?

— Quand on est en association avec un ami, les

affaires prennent un caractère personnel, dit-il, cette fois en détournant les yeux.

— Vous ne répondez pas à ma question, fis-je observer.

J'attendis. Le silence de la pièce n'était brisé que par le bruit de sa respiration. Sur l'écran, à ma gauche, les enfants dérivaient dans une barque, poursuivis par le prédicateur resté sur la rive.

— Avez-vous déjà été trahi par un ami, monsieur Parker? finit par me demander Peltier.

Ce fut à mon tour d'être mal à l'aise.

— Une ou deux fois, murmurai-je.

— Une fois? Ou deux fois?

— Deux fois.

— Qu'est-ce qui leur est arrivé?

— Le premier est mort.

— Et le deuxième?

J'entendis mon cœur battre, incroyablement fort, pendant les quelques secondes que je mis à répondre :

— Je l'ai tué.

— Ou il vous avait salement doublé ou vous êtes sacrément dur en affaires...

— J'étais plutôt tendu, dans le temps.

— Et maintenant?

— Je respire à fond et je compte jusqu'à dix.

Peltier sourit.

— Ça marche?

— Je ne sais pas, je ne suis jamais arrivé à dix.

— Alors, ça ne marche pas.

— Je suppose que non. Vous voulez me dire ce qui s'est passé entre vous et Jack Mercier?

Il secoua la tête.

— Non, je ne veux pas, mais j'ai l'impression que vous avez votre idée là-dessus.

Certes, mais je n'avais pas plus envie que lui de l'exprimer à voix haute. L'avoir en tête face à un homme qui venait de perdre son seul enfant me semblait déjà un manque de courtoisie impardonnable.

— C'était personnel, n'est-ce pas? demandai-je avec douceur.

— Oui, très personnel.

Je le regardai attentivement à la lumière de la lampe, détaillant ses yeux, la forme de son visage, ses cheveux, ses oreilles, son nez grec. Grace ne tenait rien de lui, rien dont je me souvenais. Il y avait en revanche quelque chose de Jack Mercier en elle. J'en étais presque sûr. Cela m'avait frappé quelque temps après que j'avais vu dans la bibliothèque du millionnaire les photos accrochées aux murs, images d'un Jack jeune et triomphant. Oui, je retrouvais Grace en lui, et je voyais Jack en elle. Je n'avais cependant aucune certitude, et même si c'était vrai, l'exprimer à haute voix ferait mal au vieil homme. Il dut deviner mes pensées car ce qu'il dit ensuite répondit à toutes mes questions :

— Elle était ma fille, monsieur Parker, affirma Curtis Peltier, dont les yeux étaient deux puits de souffrance et d'orgueil trahi. Ma fille pour tout ce qui comptait. Je l'ai élevée, je l'ai regardée grandir, je l'ai tenue contre moi quand elle pleurait, je l'ai soutenue dans tout ce qu'elle faisait. Lui, il n'a eu presque aucun rapport avec elle, dans la vie. Mais maintenant, j'ai besoin de lui pour faire quelque chose pour elle et pour moi. Peut-être aussi pour lui.

— Elle savait?

— Vous me demandez si je lui en avais parlé? Non, jamais. Mais vous avez deviné, alors elle aussi, sans doute.

— Elle avait des contacts avec Mercier?

— Il payait ses études de troisième cycle parce que je n'en avais pas les moyens. Il le faisait par l'intermédiaire d'une fondation qu'il avait créée pour promouvoir l'éducation de jeunes dans le besoin, mais je crois que cela a confirmé les soupçons qu'elle avait toujours eus. Elle l'avait rencontré à plusieurs occasions, généralement dans le cadre de réunions organisées par la fondation. Il l'avait aussi autorisée à consulter certains ouvrages de sa bibliothèque, des documents en rapport avec sa thèse. Mais la question de sa filiation, nous ne l'abordions jamais. Nous étions d'accord là-dessus : Jack, ma femme aujourd'hui décédée, et moi.

— Vous avez continué à vivre ensemble?

— Je l'aimais, répondit-il simplement. Même après ce qu'elle avait fait, je l'aimais encore. Ce n'était plus pareil entre nous, mais nous avons continué à vivre ensemble et j'ai pleuré quand elle est morte.

— Mercier était marié, à l'époque de...

Je laissai ma phrase inachevée.

— A l'époque de leur liaison? termina-t-il. Non, il a connu sa femme quelques années plus tard, et ils se sont mariés un an ou deux après.

— Vous pensez qu'elle était au courant, pour Grace?

— Je ne sais pas, soupira-t-il, mais je suppose qu'il a dû lui en parler. Jack est le genre d'homme à faire ça. C'est lui qui m'a tout avoué, pas elle. Il fallait qu'il se libère de son fardeau. Il a toutes les faiblesses que donne une conscience, sans la force qui l'accompagne habituellement.

C'était la première fois que Peltier révélait une trace d'amertume.

— Encore une question, monsieur Peltier. Pourquoi Grace a-t-elle décidé de faire des recherches sur les baptistes d'Aroostock?

— Parce qu'elle était apparentée à deux d'entre eux, répondit-il comme si cela allait de soi.

— Vous ne m'en aviez pas parlé, dis-je, m'efforçant de garder un ton neutre.

— Sans doute parce que je ne pensais pas que c'était important...

Sa voix s'étrangla mais il ajouta :

— Ou peut-être parce que j'aurais dû alors vous parler de Jack Mercier et de...

Il agita une main avec lassitude.

— Les baptistes d'Aroostock, c'est ce qui nous a rapprochés, Mercier et moi, à l'origine, continua-t-il. Nous n'étions pas amis, à l'époque. Nous nous sommes rencontrés à une conférence sur l'histoire d'Eagle Lake, la première et la dernière à laquelle nous ayons jamais assisté. Nous étions là plutôt par curiosité. Ma cousine germaine s'appelait Elizabeth Jessop ; Mercier avait pour cousin au second degré un nommé Lyall Kellog. Ces noms vous disent quelque chose, monsieur Parker ?

Je repensai à l'article du journal de la veille, à la photo des familles assemblées avant leur départ pour Aroostock.

— Elizabeth Jessop et Lyall Kellog faisaient partie des baptistes d'Aroostock, répondis-je.

— C'est exact. D'une certaine façon, Grace est apparentée aux deux, par Jack et par moi. C'est la raison pour laquelle elle s'intéressait tant à leur disparition.

Il secoua la tête.

— Désolé, j'aurais dû être franc avec vous dès le début.

Je me levai, posai une main sur son épaule, pressai doucement.

— C'est moi qui suis désolé d'avoir eu à vous poser la question, assurai-je.

Je fis un pas vers la porte mais il tendit le bras pour me retenir.

— Vous croyez que sa mort a quelque chose à voir avec les cadavres retrouvés dans le Nord ?

Assis devant moi, il avait l'air petit et frêle, et je ressentais pour lui une étrange sympathie : nous étions deux hommes frappés par la malédiction d'avoir à survivre à leur fille.

— Je ne sais pas, monsieur Peltier.

— Mais vous continuerez à chercher? Vous continuerez à chercher la vérité?

— Je continuerai, promis-je.

J'entendis de nouveau le faible grincement de sa respiration quand j'ouvris la porte et sortis dans la nuit. Quand je regardai derrière moi, il était encore assis, la tête baissée, les épaules doucement agitées par les sanglots.

5

Les aveux de Curtis Peltier expliquaient pas mal de choses concernant le comportement de Jack Mercier, mais ils compliquaient singulièrement la situation pour moi. Les liens de parenté entre Mercier et Grace étaient une mauvaise surprise.

Une autre mauvaise surprise m'attendait quand je retournai à la maison de Scarborough. Sans savoir exactement pourquoi, je sentis quelque chose de bizarre dès que j'arrêtai la voiture devant la porte. J'attribuai d'abord ma réaction au sentiment de désorientation qu'on éprouve en rentrant après avoir quitté sa maison, fût-ce brièvement, mais c'était plus que ça. C'était comme si quelqu'un avait soulevé la maison et l'avait fait pivoter légèrement sur son axe, de sorte que le clair de lune ne la baignait plus exactement de la même façon qu'avant, que les ombres tombaient différemment sur le sol. L'odeur de gaz des débris de la boîte aux lettres me rappela ce qui s'était passé le matin même. Des araignées dans mon allée, c'était déjà moche, mais je n'étais pas sûr de pouvoir supporter leur présence dans la maison.

J'approchai de la véranda, ouvris le panneau grillagé, inspectai la porte : tout semblait en ordre. Je glissai la clef dans la serrure, poussai la porte, m'attendant à découvrir une scène de désolation, mais je ne vis rien d'anormal. La maison était silencieuse, les portes entrouvertes pour laisser l'air circuler d'une pièce à l'autre. Dans le couloir, un vieux guéridon sur lequel j'avais pris l'habitude de déposer le courrier et mes clefs avait été légèrement écarté du mur. Je remarquai des ronds plus clairs sur le sol, à l'endroit où ses pieds se trouvaient habituellement. Dans le séjour, j'eus de nouveau l'impression que quelqu'un avait fouillé la maison, déplaçant légèrement tout ce qui s'y trouvait. On avait soulevé puis remis en place le canapé et les fauteuils. Dans la cuisine, on avait touché à la vaisselle, on avait sorti les aliments du réfrigérateur et on les avait remis dedans au hasard. On avait même soulevé mes draps : celui du dessus pendouillait au bout du lit. J'allai à mon bureau, au fond du séjour, en pensant savoir ce qu'on était venu chercher.

La photocopie du dossier de l'affaire avait disparu.

Je passai l'heure qui suivit à faire quelque chose d'inattendu mais, à la réflexion, de parfaitement naturel. Je nettoyai toute la maison, passant l'aspirateur, époussetant, frottant, récurant. Je défis les draps du lit, les fourrai dans un sac à linge sale avec le peu de vêtements que j'avais dans mon placard. Puis je lavai les tasses et les assiettes, les couteaux et les fourchettes à l'eau bouillante et les laissai sécher sur l'égouttoir. Quand j'eus terminé, j'avais le visage ruisselant de sueur, les mains sales, les vêtements collés au corps, mais j'avais l'impression d'avoir repris un peu de ma maison à ceux qui s'y étaient introduits. Si je ne l'avais pas fait, tout ce qu'elle contenait m'aurait paru souillé par leur passage.

Après m'être douché et avoir enfilé les vêtements de rechange de mon sac de voyage, j'appelai Curtis Peltier. Pas de réponse. Je voulais le prévenir qu'on avait fouillé ma maison et que la sienne risquait de connaître le même sort. Quand son répondeur se déclencha, je laissai un message lui demandant de me rappeler.

Je remontai en voiture, déposai mon linge à la blanchisserie d'Oak Hill, puis fis demi-tour et me rendis à l'entrepôt de stockage Kraft de Gordham House, près de chez moi. Avec ma clef, j'ouvris l'un des box que j'y louais et où je gardais des objets ayant appartenu à mon grand-père, des meubles de la maison de Brooklyn que j'avais partagée brièvement avec Susan et Jennifer. Dans la lumière crue, je m'assis sur le bord d'une caisse et parcourus l'un après l'autre les rapports de police en me concentrant sur ceux que Lutz avait rédigés comme inspecteur chargé de l'enquête sur la mort de Grace Peltier. Je n'y trouvai rien qui pût étayer mes soupçons le concernant. Il avait fait du bon boulot, allant même jusqu'à interroger l'insaisissable Carter Paragon.

De retour chez moi, j'allai dans ma chambre, délogeai, derrière la commode, un morceau de plinthe d'une quarantaine de centimètres de long. De la cavité que j'avais ménagée là, je tirai un paquet de toile cirée. Les deux autres — l'un plus gros, l'autre plus petit —, je n'y touchai pas. J'emportai mon butin dans la cuisine, dépliai un journal sur la table, déballai le paquet.

C'était un Smith & Wesson troisième génération modèle 1076, une version 10 mm spécialement mise au point pour le FBI. J'avais possédé le même pendant un an, avant de le perdre dans un lac du nord de l'Etat en courant pour sauver ma peau. D'une certaine façon, je n'avais pas été mécontent d'en être débarrassé. J'avais commis des actes horribles avec cette arme, qui avait fini par symboliser ce qu'il y avait de pire en moi.

Deux semaines plus tard, cependant, j'avais reçu un nouveau 1076, envoyé par Louis et livré par un de ses émissaires, un énorme Noir moulé dans un tee-shirt *Klan Killer.* Louis m'avait appelé une ou deux heures après.

« Je n'en veux pas, avais-je protesté. J'en ai marre des pistolets, et particulièrement de ce modèle.

— Tu te sens comme ça maintenant mais c'était ton flingue, avait-il argué. Tu t'en es servi parce que tu pouvais pas faire autrement, et tu t'en es bien servi. Peut-être qu'un jour tu seras content d'avoir celui-là. »

Au lieu de le jeter, je l'avais enveloppé dans de la toile cirée. J'avais fait la même chose avec le Colt 38 Detective Special de mon père et le Heckler & Koch semi-automatique pour lequel j'avais un port d'arme. Puis je les avais cachés derrière la plinthe, dans l'espace que j'avais spécialement creusé. Hors de ma vue, hors de mes pensées.

Je libérai le chargeur en abaissant le cran situé sur le côté gauche de la crosse ; je ramenai la glissière en arrière au cas où il y aurait eu une balle dans la chambre, examinai la chambre par la fenêtre d'éjection puis relâchai la glissière et appuyai sur la détente. Pendant la demi-heure qui suivit, je nettoyai et graissai l'arme, la chargeai, visai la porte. Même avec un chargeur plein, elle pesait à peine plus de deux kilos et demi. Je fis courir un doigt sur ses lignes, sur le numéro de série, et ressentis une frayeur inexplicable.

Il y a en chacun de nous une source sombre, une réserve de souffrance et de colère dans laquelle nous pouvons puiser en cas de besoin. La plupart d'entre nous ne plongent que rarement, voire jamais, dans ces profondeurs. C'est bien ainsi, car chaque fois que nous nous y risquons nous perdons un peu de nous-mêmes, une petite partie de ce qui est bon, honorable et décent en nous. Chaque fois, nous devons descendre un peu plus bas, aller un peu plus profond dans le noir. D'étranges créatures évoluent là, éclairées par une lumière intérieure, mues par le seul désir de survivre et de tuer. Le danger, quand on se jette dans ce bassin, quand on boit de cette eau sombre, c'est de s'enfoncer si loin qu'on ne peut plus retrouver la surface. Laissez-vous aller et vous serez perdu à jamais.

En regardant cette arme, en sentant sa puissance, son indiscutable pouvoir de mort, je me vis au bord de ces eaux, j'entendis le clapotement frais des vagues m'invitant à sauter. Je ne baissai pas les yeux, de peur de ce que je pourrais voir, reflété à la surface.

Dans un effort pour me ressaisir, je me levai et allai au répondeur. J'avais deux messages, dont un de Rachel, qui avait téléphoné simplement pour me dire « Salut ». Je la rappelai aussitôt, elle décrocha à la deuxième sonnerie.

— Ça va, toi? dit-elle. J'ai les billets pour le Wang.

— Super.

— Tu n'as pas l'air vraiment emballé.

— Je n'ai pas eu une si bonne journée que ça. Je me suis fait agresser par un policier parce que je m'étais moqué de ses convictions religieuses, et quelqu'un a menacé de me faire éclater la tête avec un club de golf...

— Alors que tu es d'un naturel si charmant, plaisanta-t-elle avant de reprendre un ton sérieux : Tu peux m'expliquer ce qui se passe?

Je lui révélai une partie de ce que je savais, ou soupçonnais. Sans mentionner Marcy Becker, Ali Wynn, ni les deux policiers : je ne tenais pas à en parler au téléphone, dans une maison récemment violée par des inconnus.

— Tu comptes continuer? me demanda Rachel.

Je marquai une pause avant de répondre. Près de moi, le Smith & Wesson brillait d'un éclat sourd au clair de lune.

— Oui, je crois, répondis-je à voix basse.

Elle soupira.

— Alors, autant annuler, pour le Wang.

— Non, surtout pas.

Plus que de toute autre chose au monde, j'avais soudain envie d'être auprès d'elle et je devais encore parler à Ali Wynn, de toute façon.

— On se retrouve comme prévu, ajoutai-je.

— Tu es sûr?

— Jamais été plus sûr de quoi que ce soit.

— Bon, d'accord. Tu sais que je t'aime, Parker?

Elle s'était mise à m'appeler Parker, simplement parce que aucun de mes proches ne l'avait jamais fait.

— Moi aussi je t'aime.

— Alors, prends soin de toi, conclut-elle avant de raccrocher.

Le second message du répondeur était très inhabituel. « Monsieur Parker, disait une voix d'homme, je m'appelle Arthur Franklin et je suis avocat. J'ai un client qui aimerait beaucoup vous parler. » Il avait l'air nerveux, comme si quelqu'un se tenait derrière lui en brandissant une matraque. « Je vous serais reconnaissant de bien vouloir me joindre dès que possible. »

Il avait laissé son numéro chez lui et je pus le rappeler immédiatement malgré l'heure. Un soupir de soulagement s'échappa de lui comme d'un pneu crevé quand je lui annonçai qui j'étais. Il dut bien me remercier trois fois en autant de secondes puis m'expliqua, avant que je puisse dire un mot :

— Mon client s'appelle Harvey Ragle, il est cinéaste. Son studio et sa maison de distribution se trouvent en Californie, mais il s'est installé récemment dans le

Maine. Malheureusement, l'Etat de Californie conteste la nature de son art et a entamé une procédure d'extradition. En outre, certaines personnes extérieures à la loi se sentent également offensées par les œuvres de M. Ragle et mon client pense que sa vie est en danger. Nous avons une audience préliminaire demain après-midi au tribunal fédéral, après quoi mon client sera disponible pour vous rencontrer.

Il s'arrêta enfin pour respirer, ce qui me fournit l'occasion de glisser :

— Désolé, monsieur Franklin, mais je ne suis pas sûr que le cas de votre client soit dans mes cordes, et de toute façon je ne prends pas de nouvelle affaire en ce mo...

— Vous ne comprenez pas. Ce n'est pas une nouvelle affaire. Elle est de nature à vous aider dans l'affaire dont vous vous occupez actuellement.

— Qu'est-ce que vous savez de l'affaire dont je m'occupe ?

— Oh, je savais que ce n'était pas une bonne idée, geignit Franklin. Je le lui ai dit, il n'a pas voulu m'écouter.

— Vous l'avez dit à qui ?

Franklin eut une longue expiration. Il semblait au bord des larmes. Rien à voir avec Perry Mason, ce type. J'avais comme l'impression que Harvey Ragle retrouverait dans un proche avenir le soleil californien.

— Une certaine personne de Boston m'a conseillé de vous appeler. Elle est dans la bande dessinée. Je crois que vous voyez à qui je me réfère...

Très bien, merci. Al Z, qui régentait de fait la pègre de Boston d'un bureau situé au-dessus d'une librairie de BD de Newbury Street.

J'avais soudain de vrais ennuis.

6

Quand je me réveillai, le soleil brillait de l'autre côté des fenêtres de ma chambre, constellant le mince tissu des rideaux de milliers de minuscules points lumineux. J'entendis le bourdonnement d'abeilles attirées par les anémones et les trilliums poussant au bout de mon jardin, ainsi que par les bourgeons roses de l'unique pommier marquant le début de mon allée.

Je me douchai et m'habillai puis pris mon sac de gym et partis faire une heure d'exercice au 1, City Center. Dans le hall, je croisai Norman Boone, l'un des agents de l'ATF[1] en poste à Portland, et lui adressai un signe de tête. Il me rendit mon salut, ce qui n'était pas rien, Boone étant d'ordinaire aussi sociable qu'un chat enfermé dans un sac. Les fédéraux, les shérifs et les ATF avaient tous leurs bureaux au 1, City Center, et on pouvait s'y sentir en sécurité en faisant sa gym, du moins tant qu'un dingue ayant une dent contre les forces de l'ordre ne se mettrait pas en tête d'apposer sa marque sur le monde avec une pleine camionnette de plastic.

Je m'efforçai de me concentrer sur mes exercices mais j'étais préoccupé par les événements de ces derniers jours. Je pensai à Lutz, à Voisine, aux Becker, au Smith & Wesson glissé dans un étui accroché maintenant dans mon casier. J'avais aussi une conscience aiguë de l'intérêt qu'Al Z prenait à mes affaires, ce qui, parmi les « événements heureux qui peuvent vous arriver », se situait quelque part entre attraper la lèpre et avoir le fisc sur le dos.

Al Z avait débarqué à Boston au début des années

1. Bureau de répression des fraudes, en particulier pour l'alcool, le tabac et les armes à feu. *(N.d.T.)*

1990, après que le FBI eut lancé une série d'opérations assez réussies contre le milieu de la Nouvelle-Angleterre, en utilisant du matériel de surveillance audio et vidéo, ainsi qu'une petite armée d'informateurs. Tandis qu'Action Jackson Salemme et Baby Shanks Manocchio (dont on disait qu'il faisait cracher un loyer aux mouches qui se posaient sur lui) se disputaient ostensiblement le contrôle de l'organisation, tous deux placés sous surveillance et cibles de rumeurs selon lesquelles l'un ou l'autre, mais plus vraisemblablement les deux, renseignait le FBI, Al Z tentait en coulisse de rétablir la stabilité, dispensant conseils et mesures disciplinaires impartiales en quantités à peu près égales. Sa position officielle dans la hiérarchie était plutôt nébuleuse, mais selon ceux qui montraient un intérêt plus que passager pour le crime organisé, Al Z était le patron de la pègre de la Nouvelle-Angleterre à tous égards, sauf de nom. Nos chemins s'étaient déjà croisés une fois, avec des répercussions violentes. Depuis, je faisais très attention où je posais les pieds.

Après avoir quitte la salle de gym, je remontai Congress jusqu'à la bibliothèque de la Société d'histoire du Maine, où je passai une heure à consulter ce qu'elle avait sur Faulkner et les baptistes d'Aroostock. Le dossier sur les baptistes était encore chaud, après toutes les photocopies que les journalistes en avaient faites, mais ne contenait pas grand-chose d'autre que de maigres détails et des coupures de presse jaunies. Le seul article intéressant provenait d'un numéro du magazine *Down East* paru en 1997. L'auteur n'était désigné que par les initiales *G.P.*, mais un coup de téléphone au siège de *Down East* me confirma qu'il s'agissait de Grace Peltier.

Dans ce qui constituait une sorte de galop d'essai avant sa thèse, Grace avait recueilli des informations sur les quatre familles et rédigé une brève histoire de la vie de Faulkner, ainsi qu'une analyse de ses convictions religieuses, en s'appuyant essentiellement sur les sermons non publiés qu'il avait prononcés et sur les souvenirs de ceux qui l'avaient entendu prêcher.

Pour commencer, Faulkner n'était pas un vrai pasteur et avait apparemment été « ordonné » par ses ouailles. Ce n'était pas un prémillénariste, un de ceux qui croient que le chaos sur terre indique l'imminence du Second Avènement du Messie, et que les fidèles ne doivent donc rien faire pour empêcher sa venue. Dans tous ses prêches, Faulkner se montrait conscient des problèmes de ce monde et encourageait ses adeptes à se dresser contre le divorce, l'homosexualité, les idées de gauche et à peu près tous les autres maux que les années 1960 semblaient devoir vomir. S'il était sur ce point influencé par John Knox, l'un des premiers penseurs protestants, Faulkner avait aussi étudié Calvin et croyait à la prédestination : Dieu choisissait ceux qui seraient sauvés avant même qu'ils soient nés. Il était impossible à l'homme d'assurer lui-même son salut, quelles que soient ses bonnes actions sur terre. Seule la foi menait au salut. En l'occurrence, la foi dans le révérend Faulkner, considérée comme la conséquence naturelle de la foi en Dieu. Si vous suiviez Faulkner, vous feriez partie des élus. Si vous le rejetiez, vous seriez au nombre des damnés. Tout cela semblait parfaitement simple.

Faulkner adhérait à l'opinion augustinienne, très prisée chez certains fondamentalistes, selon laquelle Dieu souhaitait que les fidèles bâtissent une « Cité sur la colline », une communauté dédiée à son culte et à sa gloire. Eagle Lake devint le site de ce grand projet : c'était une bourgade de six cents âmes qui ne s'était jamais remise de l'exode provoqué par la Seconde Guerre mondiale, quand ceux qui en étaient revenus avaient choisi de rester dans les grandes agglomérations au lieu de retourner dans les petites villes du Nord; un endroit où il n'y avait qu'une ou deux bonnes routes, où, dans la plupart des maisons, l'électricité provenait de générateurs privés ; une communauté où la boucherie et la mercerie avaient fermé dans les années 1950, où le principal employeur, la Scierie d'Eagle Lake, qui fabriquait des quilles de bowling en bois, avait fait faillite en 1956 après cinq années d'activité seulement, puis avait survécu tant bien que mal sous des formes diverses avant de fermer définitivement en 1977 ; un village de catholiques d'origine française qui considéraient les nouveaux venus comme des êtres bizarres et les abandonnaient à eux-mêmes, en encaissant cependant volontiers les petites sommes que ceux-ci consacraient à l'achat de semences et de vivres. C'était le lieu que Faulkner avait choisi, le lieu où ses disciples étaient morts.

S'il peut sembler étrange que vingt personnes puissent arriver quelque part en 1963 et disparaître moins d'un an plus tard, sans qu'on les revoie jamais, il faut se souvenir que le Maine est un vaste Etat, avec un million d'habitants environ dispersés sur quatre-vingt mille kilomètres carrés, essentiellement des forêts. Des villes entières avaient été avalées par les bois et avaient tout simplement cessé d'exister. Elles avaient eu autrefois des rues et des maisons, des fabriques et des écoles ; des hommes y avaient travaillé et prié Dieu avant d'y être enterrés, mais elles avaient maintenant disparu, laissant pour seuls signes de leur existence les vestiges de vieux murs de pierre, la façon curieuse dont poussaient les arbres le long de ce qui avait été des routes. Les communautés naissaient et mouraient dans cette partie du monde. C'était dans l'ordre des choses.

Il y avait dans l'Etat du Maine une singularité qu'on oubliait parfois, une étrangeté due à son histoire et aux guerres qu'on avait livrées sur cette terre, aux bois et à leur nature primitive, à l'océan et aux étrangers qu'il avait amenés sur ses côtes. Dans certains cimetières, on ne gravait qu'une seule date sur les tombes : c'étaient les dernières demeures de communautés fondées par des bohémiens qui, officiellement, n'étaient pas nés mais mouraient aussi sûrement que les autres. Dans de petites tombes, à l'écart des caveaux de famille, gisaient les enfants naturels, dont on ne cherchait jamais trop à savoir comment ils avaient trépassé. Et puis il y avait des tombes vides, monuments à ceux qui avaient péri en mer ou s'étaient perdus dans les bois, dont les restes étaient ensevelis sous le sable et l'eau, sous la terre et la neige, dans des lieux qui ne seraient jamais marqués par l'homme.

Mes doigts sentaient la poussière d'avoir feuilleté les coupures jaunies, et je me surpris à les frotter sur mon pantalon pour me débarrasser de cette odeur. En rendant le dossier à la bibliothécaire, je songeai que le monde de Faulkner ne m'apparaissait pas comme un lieu où j'aurais eu envie de vivre. C'était un monde où l'homme n'avait plus son salut en main, où il n'avait aucune possibilité de réparer ses péchés ; un monde peuplé de damnés, dont quelques rares élus se tenaient à l'écart. Et s'ils étaient damnés, ils ne comptaient plus pour personne. Ce qui leur arrivait, aussi épouvantable que ce fût, ils le méritaient, ni plus ni moins.

Quand je retournai chez moi, un camion d'UPS me suivit depuis la grand-route et s'arrêta devant la maison quand je m'engageai dans l'allée. Le chauffeur me remit un paquet en exprès — envoyé par Arthur Franklin, l'avocat —, tout en considérant d'un œil circonspect la boîte aux lettres noircie.

— Vous avez quelque chose contre le facteur ?

— Contre la pub, en fait, expliquai-je.

Il hocha la tête sans me regarder, tout en me faisant signer le récépissé.

— C'est une plaie, convint-il avant de remonter en vitesse dans son camion et de démarrer aussitôt.

Le paquet d'Arthur Franklin contenait une cassette vidéo que je glissai dans la fente de mon magnétoscope. Au bout de quelques secondes, une musique d'ascenseur retentit tandis que les mots *Ecrabouille Productions présentent* apparaissaient sur l'écran, suivis du titre, *Mort aux bestioles*, et du nom du réalisateur, Harvey Ragle. Une petite devinette sur laquelle le procureur du comté d'Orange pourrait exercer un moment ses méninges.

Pendant la demi-heure qui suivit, je vis des femmes à divers stades de déshabillage écraser un assortiment d'araignées, de punaises, de mantes et de petits rongeurs sous leurs chaussures à hauts talons. Dans la plupart des cas, les insectes et les souris avaient été collés ou agrafés sur une planche et se débattaient beaucoup avant de mourir. Je parcourus le reste en vision accélérée, éjectai la cassette et envisageai un moment de la brûler. Finalement, je décidai de la restituer à Franklin quand je le rencontrerais, de préférence en la lui enfonçant dans la gorge, mais je ne comprenais toujours pas pourquoi Al Z avait branché l'avocat et son client sur moi, à moins qu'il n'ait estimé que ma vie sexuelle tournait un peu au ralenti.

Je m'interrogeais encore en préparant un café que j'allai boire dehors sur la souche que mon grand-père avait transformée en table des années plus tôt en posant dessus une section transversale de tronc de chêne. J'avais une heure à tuer avant mon rendez-vous avec Franklin et j'avais constaté que passer un moment à la table où mon grand-père et moi avions l'habitude de nous asseoir ensemble m'aidait à me détendre et à réfléchir. Les pages du *Portland Press Herald* et du *New York Times* posés près de moi bruissaient doucement dans le vent.

Les mains de mon grand-père étaient fermes quand il avait fabriqué cette table rudimentaire, rabotant le chêne jusqu'à ce qu'il soit parfaitement plat, ajoutant une couche de vernis protecteur pour qu'il brille au soleil. Plus tard, ces mains s'étaient mises à trembler et il avait eu des difficultés à écrire. La mémoire commença à lui faire défaut. Un adjoint, le fils d'un de ses vieux copains des services du shérif, le ramena à la maison un soir après l'avoir trouvé errant près du cimetière de Black Point, cherchant vainement la tombe de sa femme. J'avais engagé une infirmière pour s'occuper de lui.

Physiquement, il était encore vigoureux : chaque matin, il faisait des tractions et des haltères. Quelquefois il courait autour du jardin, d'une foulée lente mais opiniâtre, jusqu'à ce que le dos de son tee-shirt soit trempé de sueur. D'après l'infirmière, il retrouvait ensuite une partie de sa lucidité, avant que son cerveau ne s'obscurcisse de nouveau et que ses cellules ne recommencent à s'éteindre une à une, comme les lumières d'une grande ville à mesure que la nuit s'avance. Plus que mon père, plus que ma mère, ce vieil homme m'avait guidé et s'était efforcé de faire de moi un type bien. Je me demandai s'il aurait été déçu par l'homme que j'étais devenu.

Je fus tiré de mes pensées par le bruit d'une voiture s'engageant dans mon allée. Quelques secondes plus tard, une Cirrus noire s'arrêta au bord de la pelouse. Je distinguai deux personnes à l'intérieur : un homme derrière le volant, une femme assise à côté de lui. L'homme coupa le moteur et descendit, la femme resta dans la voiture. Comme il avait le soleil dans le dos, je ne vis d'abord qu'une silhouette, mince et sombre comme une lame dans un fourreau. Mon Smith & Wesson était niché sous la page « Arts » du *Times*, moi seul pouvant voir la crosse. La main négligemment posée à quelques centimètres de l'arme, je regardai l'inconnu s'approcher. Sa façon de se diriger vers moi me mettait mal à l'aise. Peut-être était-ce sa démarche, son apparente familiarité avec ma propriété. Peut-être était-ce la femme, qui me fixait à travers le pare-brise, le visage encadré par des cheveux châtain-gris en désordre qui lui tombaient sur les épaules.

Peut-être était-ce parce que je me rappelais avoir vu cet homme manger un cône, ses lèvres aspirant avidement la crème glacée comme une araignée vidant une mouche de son sang, ses yeux me fixant tandis que je descendais Portland Street dans ma voiture.

Il s'immobilisa à trois mètres de moi, défit des doigts de sa main droite l'emballage de quelque chose qu'il tenait sur sa paume gauche : deux morceaux de sucre, qu'il fourra dans sa bouche et se mit à sucer. Il replia soigneusement le papier et le glissa dans la poche de sa veste à carreaux marron. Dessous, il portait un pantalon, marron également, maintenu par une ceinture en cuir bon marché, une chemise jaune à l'éclat terni dont la couleur évoquait à présent un teint d'hépatique, une cravate marron et jaune. Il ôta le chapeau brun qui ombrageait son visage, le tint mollement au bout de son bras gauche et s'en battit la cuisse sur un rythme lent.

Il était de taille moyenne, un mètre soixante-quinze environ, presque émacié. Ses vêtements flottaient autour de son corps. Il avançait avec lenteur et précaution, comme si ses jambes étaient si fragiles qu'il risquait d'en casser une en faisant un faux pas. Ses cheveux drus, mélange de roux et de gris, révélaient par endroits des plaques de peau rose. Ses sourcils étaient roux aussi, comme ses cils. Des yeux marron bien trop petits pour son visage me fixaient sous d'étranges capuchons de chair, comme si on avait tiré la peau de son front vers le bas et celle de ses joues vers le haut. Des poches d'un rouge violacé se renflaient dessous, de sorte que sa vision semblait dépendre totalement des deux étroits triangles blanc et marron flanquant l'arête de son nez, qu'il avait long et pointu, tombant presque sur sa lèvre supérieure. Sa bouche était mince, son menton légèrement fendu. Il devait accuser la cinquantaine mais je subodorai que sa fragilité apparente était trompeuse. Son regard n'était pas celui d'un homme qui craint à chaque pas pour sa sécurité.

— Il fait chaud, aujourd'hui, dit-il, continuant à se battre doucement la jambe.

Je hochai la tête mais ne répondis pas.

Du menton, il indiqua la route et reprit :

— Je vois que vous avez eu un problème avec votre boîte aux lettres.

Il sourit, révélant des dents jaunes et inégales largement écartées sur le devant, et je sus immédiatement que c'était lui qui y avait mis les recluses.

— Des araignées, fis-je. Je les ai brûlées. Toutes.

Le sourire mourut.

— C'est regrettable.

— Vous semblez prendre ça à cœur.

Sa bouche s'activait sur les morceaux de sucre tandis que ses yeux se rivaient aux miens.

— J'aime les araignées, déclara-t-il.

— Ah ça, elles brûlent bien, approuvai-je. Bon, je peux vous aider en quoi que ce soit?

— Je l'espère, répondit-il. A moins que ce ne soit moi qui puisse vous aider. Oui, monsieur Parker, je suis sûr de pouvoir vous aider.

Sa voix avait un curieux son nasillard qui aplatissait les voyelles et rendait son accent difficile à situer, tâche encore compliquée par la forme guindée de son discours. Le sourire réapparut peu à peu, mais les yeux aux paupières lourdes ne changèrent pas d'expression. Ils demeuraient vigilants, vaguement malveillants, comme si un autre être avait pris possession du corps de cet homme étrange à l'aspect désuet, s'était logé à l'intérieur et dirigeait ses mouvements en regardant par les orbites vides de sa tête.

— Je ne crois pas avoir besoin de votre aide.

Il agita vers moi un index désapprobateur et, pour la première fois, je pus observer ses mains. Elles étaient exagérément fines et la façon dont elles émergeaient des manches de la veste faisait penser à des pattes d'insecte. Le majeur, long d'une douzaine de centimètres, avait en commun avec les autres doigts de se terminer en pointe : non seulement l'ongle, mais tout le doigt. Les ongles eux-mêmes devaient mesurer moins d'un centimètre à leur point le plus large et portaient des taches d'un jaune noirâtre. Des touffes de poils roux partaient de chaque phalange pour couvrir presque entièrement le dos de la main et disparaître sous la manche. Elles lui donnaient un aspect étrange, sauvage.

— Allons, allons, cher monsieur, me tança-t-il, agitant les doigts comme une araignée lève parfois les pattes quand elle est acculée.

Leurs mouvements semblaient indépendants de ses mots. On eût dit des créatures parasitaires qui auraient réussi à se fixer sur un hôte et sondaient constamment le monde autour d'elles.

— Pas de jugement hâtif, poursuivit-il. J'admire l'indépendance d'esprit autant que quiconque, sincèrement. C'est une qualité louable chez un homme, cher monsieur, une qualité louable, ne nous y trompons pas, mais elle peut le conduire à des imprudences. Pis encore, elle peut l'amener à empiéter sur les droits de ceux qui l'entourent, parfois même à son insu.

Il secoua lentement la tête, l'air à la fois effrayé et impressionné par un tel comportement.

— Vous êtes là, menant votre vie comme vous l'entendez, et votre conduite est une source d'embarras et de souffrance pour autrui. C'est un péché, monsieur, voilà ce que c'est, un péché!

Toujours souriant, il croisa ses doigts fins sur son estomac et attendit une réponse.

— Qui êtes-vous? lui lançai-je.

Mon propre ton était à la fois perplexe et impressionné. Cet homme me semblait en même temps ridicule et sinistre, comme un mauvais clown.

— Permettez-moi de me présenter. Je m'appelle Pudd. A votre service, cher monsieur.

Il tendit la main droite mais je ne la serrai pas. Je ne pouvais pas, elle me répugnait. Un ami de mon grand-père gardait autrefois une lycose dans un terrarium, et un jour, mis au défi par le fils de cet homme, j'avais touché une de ses pattes. L'araignée s'était aussitôt enfuie mais non sans que j'aie eu le temps de sentir la texture velue et articulée du membre. Je ne tenais pas du tout à renouveler l'expérience.

La main resta un moment suspendue et le sourire vacilla de nouveau. Puis M. Pudd la ramena en arrière et ses doigts se glissèrent sous sa veste. Déplaçant ma main droite de quelques centimètres sur la gauche, j'empoignai mon arme sous le journal, mon pouce releva le cran de sûreté. M. Pudd parut ne pas remarquer mon geste. Du moins, il n'en donna aucun signe mais je sentis quelque chose changer dans son attitude envers moi : la veuve noire qui croyait avoir capturé un scarabée se retrouvait face à une guêpe. Le mouvement de sa main tendit le tissu de sa veste sur son corps et je décelai la bosse révélatrice d'une arme.

— Je crois que je préférerais vous voir partir, dis-je d'une voix calme.

— Malheureusement, monsieur Parker, les préférences personnelles n'ont rien à faire dans cette histoire, répondit Pudd, imprimant à sa bouche un pli exagérément affligé. A dire vrai, cher monsieur, je préférerais ne pas être ici. C'est une tâche déplaisante, mais rendue nécessaire, j'en ai peur, par vos actes inconsidérés.

— J'ignore de quoi vous parlez.

— Je parle du harcèlement de Carter Paragon, de votre manque de respect pour l'œuvre de l'organisation qu'il représente, et de votre entêtement à vouloir lier la mort regrettable d'une jeune femme avec cette même organisation. La Confrérie est un mouvement religieux, monsieur Parker, et jouit à ce titre des droits que notre belle et bonne Constitution confère à ces mouvements. Vous connaissez la Constitution, n'est-ce pas, monsieur Parker? Vous avez entendu parler du Premier Amendement, je présume?

Pas un instant M. Pudd ne s'était départi de son ton raisonnable. Il me parlait comme un adulte parle à un enfant qui s'est fourvoyé.

— Le Premier, bien sûr, mais le Deuxième[1], repartis-je, qu'en faites-vous? Vous en avez certainement entendu parler de celui-là aussi, n'est-ce pas?

Dégageant ma main du journal, je braquai le Smith & Wesson sur lui et constatai avec satisfaction que mes doigts ne tremblaient pas.

— C'est tout à fait regrettable, monsieur Parker, fit-il, l'air accablé.

— A qui le dites-vous, monsieur Pudd! Voyez-vous, je n'aime pas qu'on vienne chez moi avec une arme ou qu'on m'épie pendant que je fais mon travail. Ce genre de mauvaises manières me rend nerveux.

1. Le Deuxième Amendement autorise la possession d'armes à feu. *(N.d.T.)*

Pudd avala sa salive, fit réapparaître la main qu'il avait glissée sous sa veste et écarta les deux bras de son corps.

— Je ne voulais pas vous offenser, cher monsieur, mais les serviteurs du Seigneur sont affligés d'ennemis de toutes parts.

— Dieu ne serait pas plus efficace qu'une arme pour vous protéger ?

— Aide-toi, le Seigneur t'aidera, monsieur Parker.

— Je ne crois pas que le Seigneur approuve les violations de domicile.

— Vous m'accusez de quelque chose ? fit Pudd, haussant légèrement les sourcils.

— Pourquoi, vous avez quelque chose à confesser ? Je vous écoute.

— Pas à vous, monsieur Parker. Pas à vous.

Ses doigts recommencèrent à gratter lentement dans l'air, mais cette fois leur mouvement semblait avoir un sens. Ce fut seulement quand j'entendis la portière de la voiture s'ouvrir et que l'ombre de la femme s'avança sur la pelouse que je réagis. Je me dressai d'un bond et reculai, tenant le pistolet à deux mains et le braquant sur la partie supérieure du corps de M. Pudd.

Derrière son épaule gauche, je voyais la femme approcher, une main dans la poche de sa longue veste noire. Elle ne portait pas de maquillage et son visage était blême. Sous la veste, une jupe plissée noire descendait presque jusqu'à ses chevilles. Un foulard noir noué autour du cou ornait le col d'une blouse blanche toute simple. Il y avait quelque chose de profondément déplaisant dans son aspect, une laideur intérieure qui semblait suinter de ses pores et ternissait sa peau. Le nez était trop fin pour la figure, les yeux trop grands et trop blancs, les lèvres étrangement boursouflées. Le menton, à peine marqué, disparaissait dans les plis de chair du cou. Aucun muscle ne bougeait sur son visage.

M. Pudd tourna légèrement la tête vers elle tout en gardant les yeux sur moi.

— Vous savez, ma chère, je crois que M. Parker a peur de nous.

Sans changer d'expression, la femme continua à avancer.

— Dites-lui d'arrêter, fis-je d'un ton calme, tout en continuant à reculer.

— Sinon? Vous ne nous tueriez pas comme ça, argua Pudd.

De la main gauche, il fit cependant signe à la femme et elle s'immobilisa. Si le regard de M. Pudd était vigilant, la femme qui l'accompagnait avait des yeux de poupée, vitreux et sans expression. Ils demeuraient fixés sur moi et je me rendis compte que, malgré mon arme, c'était moi qui étais en danger.

— Sortez la main de votre poche, lui intimai-je. Lentement. Et il vaudrait mieux qu'elle soit vide.

Je fis osciller le canon du pistolet de Pudd à sa compagne pour tenter de les garder tous les deux en joue. Elle resta sans bouger jusqu'à ce qu'il lui lance :

— Faites ce qu'il vous demande.

Aussitôt elle fit apparaître sa main, vide, prudemment mais sans la moindre trace de peur.

— Dites-moi, monsieur Pudd, qui êtes-vous, exactement? fis-je.

— Je représente la Confrérie. Je vous demande, en son nom, de cesser de vous mêler de cette affaire.

— Sinon?

— Sinon, nous nous verrons contraints de prendre d'autres mesures. Nous pouvons vous entraîner dans un procès long et coûteux, monsieur Parker. Nous avons d'excellents avocats. Naturellement, ce n'est qu'une des options qui s'offrent à nous. Il en est d'autres...

Cette fois, l'avertissement était explicite.

— Je ne vois aucun motif de conflit, répondis-je, imitant son ton et son style compassé. Je cherche simplement à savoir ce qui est arrivé à Grace Peltier et je crois que M. Paragon pourrait m'aider.

— M. Paragon est trop occupé à œuvrer pour Dieu.

— Du blé à transférer? Des gens à filouter?

— Vous êtes irrévérencieux, monsieur Parker. M. Paragon est un serviteur de Dieu.

— C'est dur de trouver du bon personnel, ces temps-ci, soupirai-je.

Pudd émit un étrange sifflement, libérant de manière audible l'agressivité que je sentais en lui.

— S'il accepte de me parler et de répondre à mes questions, je ne l'embêterai plus, poursuivis-je. Vivre et laisser vivre, telle est ma devise.

— Sauf votre respect, monsieur Parker, je ne crois pas que ce soit votre devise.

Il ouvrit un peu plus la bouche et cracha quasiment :

— Je ne le crois pas du tout !

— Sortez de chez moi et emmenez votre copine, le moulin à paroles, répliquai-je avec un mouvement de mon arme.

C'était une erreur. Près de Pudd, la femme se tourna brusquement vers la gauche et parut sur le point de se jeter sur moi. Les doigts de sa main gauche se crispèrent comme les serres d'un faucon tandis que sa main droite descendait vers la poche de sa veste. J'abaissai le pistolet, expédiai une balle dans le sol entre les pieds de M. Pudd. La femme arrêta son geste quand il lui agrippa le bras.

— Otez votre foulard, très chère, dit-il, ses yeux ne quittant pas les miens.

La femme dénoua le carré de tissu noir, le laissa pendre au bout de sa main gauche. Son cou dénudé était sillonné de cicatrices, de marques rose pâle qui, laissées à découvert, auraient attiré tous les regards.

— Ouvrez grand, chère.

Elle écarta les lèvres, révélant de petites dents jaunes, des gencives roses et, au fond de la gorge, un morceau de chair rouge déchiqueté qui devait être ce qui restait de sa langue.

— Chantez, maintenant. Faites entendre votre voix à M. Parker.

Ses lèvres remuèrent mais aucun son n'en sortit. Elle continua néanmoins à chanter dans sa tête, les yeux mi-clos, comme en extase, le corps oscillant doucement au rythme d'un air inaudible, jusqu'à ce que M. Pudd lève la main. Elle referma instantanément la bouche.

— Elle avait une voix magnifique, se lamenta Pudd. Si pure, si belle. C'est un cancer de la gorge qui la lui a ravie. Un cancer et la volonté de Dieu. Peut-être fut-ce en définitive une étrange faveur, envoyée par Dieu pour éprouver sa foi et la soutenir dans le seul vrai chemin menant au salut. Je crois que finalement son amour pour le Seigneur s'en est trouvé accru.

Je ne partageais pas sa vision de cette femme. Après ce qu'elle avait souffert, la rage qui l'habitait était palpable, elle avait dévoré tout amour en elle, la forçant à chercher à l'extérieur de quoi l'alimenter. La souffrance ne cesserait jamais, mais le fardeau serait plus supportable si elle en infligeait un échantillon à d'autres.

— Mais je me plais à lui dire que c'était parce que sa voix rendait les anges jaloux, conclut Pudd.

J'étais obligé de le croire sur parole : je ne voyais rien d'autre chez cette femme qui aurait pu susciter la jalousie des anges.

— Enfin, il lui reste sa beauté éclatante, fis-je.

Pudd ne répondit pas mais, pour la première fois, une lueur de haine profonde apparut dans ses yeux. Une lueur fugace, aussitôt éteinte et remplacée par son expression de fausse jovialité. Mais la flamme qui avait vacillé brièvement dans les yeux de Pudd flamboyait sauvagement dans ceux de la femme. J'y vis brûler des églises pleines de fidèles. Pudd dut sentir les vagues de violence contenue qui roulaient en elle car il se tourna et lui effleura la joue du dos d'un de ses doigts velus.

— Ma Nakir, murmura-t-il. Doucement.

La femme ferma brièvement les yeux sous la caresse et je me demandai s'ils étaient amants.

— Retournez à la voiture, très chère. Notre travail ici est terminé, pour le moment.

Elle me lança un dernier regard avant de s'éloigner. M. Pudd sembla sur le point de la suivre, se ravisa et reprit :

— Vous auriez tort de vous obstiner. Je vous conseille pour la dernière fois de ne plus vous mêler de cette affaire.

— Faites-moi un procès.

Il secoua la tête.

— Non, c'est allé trop loin, j'en ai peur. Je crains que nous ne nous revoyions dans des circonstances moins favorables pour vous.

Il écarta de nouveau les bras.

— Je vais mettre la main dans ma poche pour vous donner ma carte, prévint-il.

Sans attendre de réponse, il tira de la poche droite de sa veste un petit étui en argent, l'ouvrit, y prit une carte de visite blanche et la tint délicatement par l'un des coins. Puis il tendit de nouveau la main mais, cette fois, il ne la retira pas et attendit patiemment que je me trouve dans l'obligation de faire de même.

Quand je pris la carte, sa main bougea légèrement et ses doigts frôlèrent les miens. Instinctivement, je ramenai le bras en arrière et Pudd hocha la tête, comme si j'avais confirmé ses soupçons.

La carte ne portait que son nom, Elias Pudd, en caractères romains noirs. Pas d'adresse, pas de numéro de téléphone, pas de profession, le verso totalement vierge.

— Ça ne dit pas grand-chose sur vous, monsieur Pudd, fis-je remarquer.

— Au contraire, elle dit *tout* sur moi. Je crains que vous ne la lisiez pas correctement.

— Tout ce qu'elle me dit, c'est que vous êtes soit radin soit minimaliste, repartis-je. Vous êtes aussi irritant, mais votre carte ne le dit pas non plus.

Pour la première fois, il sourit sincèrement et son regard s'éclaira.

— Oh si, gloussa-t-il. Elle le dit à sa façon.

Je gardai le pistolet braqué sur lui jusqu'à ce qu'il fût remonté dans sa voiture et que l'étrange couple eût disparu dans un nuage de poussière et de fumée. A peine était-il parti que mes doigts commencèrent à enfler. D'abord je ne sentis qu'une légère irritation, puis elle se transforma rapidement en douleur quand de petites boursouflures apparurent au bout de mes doigts et au creux de ma paume. J'appliquai de l'hydrocortisone mais l'irritation persista et, jusqu'à la fin de la journée, j'éprouvai une vive démangeaison aux endroits où la carte et les doigts de Pudd avaient touché ma peau. Avec une pince, je glissai la carte dans une enveloppe en plastique, la fermai et la posai sur la table du vestibule. Je demanderais à Rachel de la faire examiner pendant mon séjour à Boston.

7

Je laissai le Smith & Wesson dans le coffre de la Mustang, sous la roue de secours, avant de gagner à pied la masse granitique du tribunal Edward T. Gignoux, au coin de Newbury et Market. Je passai sous le portique détecteur de métal, montai l'escalier de marbre jusqu'à la salle d'audience 1, m'assis sur l'une des chaises du fond.

La dernière des cinq rangées de sièges était occupée par ce qu'en des temps moins éclairés on aurait qualifié de monstres forains. Cinq ou six personnes de stature extrêmement réduite, deux ou trois obèses, et un quarteron de vieilles femmes vêtues comme des racoleuses. A côté, un énorme type musclé au crâne chauve qui devait dépasser les deux mètres et accuser trois cents livres sur la balance. Tous semblaient prêter la plus grande attention à ce qui se passait à l'autre bout de la salle.

L'audience avait déjà commencé et un homme que je supposai être Arthur Franklin discutait d'un point de droit avec le juge. Son client, apparut-il, était poursuivi en Californie pour une série de délits — détournement de copyright, cruauté envers les animaux, fraude fiscale — et avait autant de chances d'échapper à une peine d'emprisonnement qu'une dinde de survivre à Thanksgiving. Remis en liberté après versement d'une caution de cinquante mille dollars, il devait se présenter plus tard dans le mois devant le même magistrat, qui prendrait une décision définitive sur son extradition. Tout le monde se leva, le juge sortit par la porte située derrière son fauteuil de cuir marron.

Je remontai l'allée centrale, suivi de près par le costaud, et me présentai à Franklin. Agé d'une quarantaine d'années, il était vêtu d'un costume bleu sous lequel il transpirait légèrement. Ses cheveux étaient d'un noir étonnant, et sous ses sourcils broussailleux ses yeux avaient l'expression de panique d'un cerf pris dans le faisceau des phares d'un camion.

Harvey Ragle, assis à côté de lui, ne ressemblait pas du tout à ce que j'attendais. La quarantaine lui aussi, il portait un costume ocre sortant du pressing, une chemise blanche impeccable au col ouvert et des mocassins rouge sang. Il avait des cheveux châtains bouclés coupés très court, et pour tout bijou une montre Raymond Weil en or sur un bracelet de cuir fauve. Rasé de près, il s'était aspergé d'après-rasage Armani comme s'il y avait eu distribution gratuite. Il se leva, me tendit une main aux ongles manucurés.

— Harvey Ragle, dit-il. P-DG d'Ecrabouille Productions.

Il eut un sourire chaleureux qui révéla des dents d'une blancheur éclatante.

— Enchanté, répondis-je. Désolé, je ne peux pas vous serrer la main, j'ai attrapé un sale truc.

Je montrai les ampoules de mes doigts à Ragle, qui devint livide. Pour un homme qui gagnait sa vie en écrasant de petites créatures, c'était une âme étonnamment sensible. Je sortis de la salle avec Franklin et lui, m'arrêtant brièvement tandis que les vieilles dames, les obèses et les nains le prenaient tour à tour dans leurs bras et lui souhaitaient bonne chance, puis nous entrâmes dans une salle de réunion des avocats voisine de la salle d'audience 2. Le colosse, qui répondait au nom de Mikey, attendit dehors, les bras croisés devant lui.

— Protection, expliqua Franklin en refermant la porte derrière nous.

Nous nous assîmes à la table et ce fut Ragle qui ouvrit le feu :

— Vous avez vu mon film, monsieur Parker?

— Le film gore? Oui, je l'ai vu.

Le cinéaste se recula comme si j'avais l'haleine parfumée à l'ail.

— Je n'aime pas ce terme. Je fais des films érotiques de toutes sortes et je suis un père pour mes acteurs. Les gens que vous avez vus au tribunal sont des stars, monsieur Parker, des stars.

— Les nains?

Ragle eut un sourire triste.

— Ils sont petits mais ils ont beaucoup d'amour à donner.

— Et les vieilles dames?

— Pleines d'énergie. Leur appétit a redoublé au lieu de diminuer avec l'âge.

Doux Jésus.

— Et maintenant, vous faites des films comme celui que votre avocat m'a envoyé?

— Oui.

— Où on voit des gens écraser des insectes.

— Oui.

— Et des souris.

— Oui.

— Vous aimez votre travail, monsieur Ragle?

— Beaucoup. Vous désapprouvez, je suppose?

— Traitez-moi de pudibond mais je trouve ça malsain, cruel, et c'est d'ailleurs probablement interdit par la loi.

Il se pencha en avant et me tapota le genou de l'index. Je résistai, de justesse, à l'envie de le lui casser en deux.

— Les gens tuent des insectes et des rongeurs tous les jours, se défendit-il. Certains y prennent même beaucoup de plaisir. Malheureusement, dès qu'ils avouent ce plaisir et cherchent à le reproduire sous une forme artistique, nos autorités, d'une sévérité absurde, interviennent et les condamnent. Ne l'oubliez pas, monsieur Parker, nous avons fait mourir Reich en prison pour avoir vendu ses coffrets sexuels depuis Rangeley, dans cet Etat même.

Nous avons pour habitude de sanctionner ceux qui cherchent la jouissance par des moyens non orthodoxes.

Il se rassit, me gratifia de son sourire chaleureux. Souriant moi aussi, je répondis :

— J'ai cru comprendre qu'il n'y a pas que l'Etat de Californie pour mettre en question la légitimité de vos œuvres...

Le vernis de Ragle s'écailla et il pâlit sous son bronzage.

— Euh, oui, admit-il.

Il toussota, tendit la main vers le verre d'eau posé devant lui sur la table.

— Une personne en particulier semble avoir de sérieuses objections envers mes productions plus, hum, spécialisées...

— Qui cela pourrait-il bien être? dis-je en ouvrant mon calepin.

— Il se fait appeler M. Pudd, intervint Franklin.

Je m'efforçai de garder une expression neutre.

— Il n'a pas aimé le film avec les araignées, ajouta l'avocat.

Je voyais pourquoi.

Le vernis de Ragle tomba totalement, comme si le nom de Pudd venait enfin de lui faire prendre conscience du danger qu'il courait.

— Il veut me tuer, geignit-il. Je n'ai pas envie de mourir pour mon art.

Ainsi Al Z savait des choses sur la Confrérie et sur Pudd et avait jugé bon de me brancher sur Ragle. J'avais maintenant une autre excellente raison, en plus de Rachel et d'Ali Wynn, d'aller faire un tour à Boston.

— Comment il vous a trouvé?

Ragle secoua la tête d'un air furieux.

— J'ai un fournisseur, un type qui m'approvisionne en rongeurs et en insectes, notamment en araignées. Je suis convaincu qu'il a parlé de moi à cet individu, ce M. Pudd.

— Pourquoi il aurait fait ça?

— Pour détourner l'attention de lui. Pudd en veut certainement autant à celui qui vend les bestioles qu'à celui qui les filme.

— Donc votre fournisseur aurait donné votre nom à Pudd, en prétendant ne pas savoir ce que vous aviez l'intention de faire avec les insectes?

— Exactement.

— Comment il s'appelle, ce fournisseur?

— Bargus. Lester Bargus. Il a une boutique à Gorham, spécialisée dans les insectes et les reptiles exotiques.

J'avais relevé brusquement la tête de mon calepin et Franklin me demanda :

— Vous le connaissez, monsieur Parker?

J'acquiesçai. Lester Bargus était ce qu'on appelait « un kilo de merde dans un sac d'une livre ». Trouvant le patriotisme ridicule, il emmenait sa mère au Denny's fêter l'anniversaire de Hitler. Je l'avais connu au lycée de Scarborough, à une époque où je me tenais souvent devant la clôture qui délimitait le terrain de football, sous le grand logo rouge des Redskins, me préparant à prendre une énième raclée. Les premiers mois avaient été les plus durs. Je n'avais que quatorze ans et mon père était mort deux mois plus tôt. La rumeur nous avait suivis dans le Nord : le père de Parker était flic à New York, il avait abattu deux jeunes gens, un gars et une fille, il les avait tués alors qu'ils n'étaient même pas armés, puis il avait enfoncé le canon de son flingue dans sa bouche et avait pressé la détente. Rumeur d'autant plus pénible à supporter qu'elle était le reflet de la vérité, et je ne pouvais ni échapper à ce que mon père avait fait, ni l'expliquer. Il les avait tués, c'était tout. Je ne savais pas ce qu'il avait vu quand il avait braqué son arme sur eux. Ils le narguaient, ils essayaient de lui faire perdre son sang-froid, mais ils n'avaient pas su deviner ce qu'il allait faire. Ma mère et moi étions retournés à Scarborough, chez son père, qui avait été policier lui aussi, et la rumeur nous mordait les chevilles comme un chien hargneux.

Il me fallut un moment pour apprendre à me défendre, mais je finis par y arriver. Mon grand-père me montra comment bloquer un punch et contrer d'un même mouvement maîtrisé qui faisait pisser le sang à tous les coups. Mais quand je repense à ces premiers mois, je revois la clôture et le cercle de jeunes gars se refermant sur moi, Lester Bargus avec ses taches de rousseur et ses cheveux bruns coupés au carré, ravalant le filet de salive qui coulait de ses lèvres à la perspective de cogner sur un autre être humain tout en restant en sécurité au sein de la meute. Dans une bande de coyotes, Lester Bargus aurait été l'avorton qui traîne à la lisière du groupe, courbant l'échine devant les plus forts, mais toujours prêt à tomber sur les faibles et les blessés. En dernière année, il torturait les autres élèves et était passé à deux doigts d'une inculpation pour viol. Il ne s'était même pas présenté à l'examen : il aurait fallu un nouveau système de notation pour évaluer la noirceur de son âme.

J'avais entendu dire qu'il tenait maintenant une boutique à Gorham, mais je croyais qu'elle servait seulement de façade à son autre activité, la vente illégale d'armes. Si vous aviez besoin rapidement d'un flingue « propre », Lester était votre homme, surtout si vos opinions politiques et sociales se situaient assez à droite pour qu'en comparaison le Ku Klux Klan fasse figure de mouvement scout.

— Il y a beaucoup de boutiques qui vendent des insectes, monsieur Ragle ?

— Pas dans cet Etat, mais Bargus est aussi considéré comme une autorité sur le plan national. Des herpétologues et des arachnologues le consultent régulièrement. Pas en personne, je dois dire, ajouta le cinéaste en frissonnant. Lester Bargus est un individu particulièrement désagréable.

— Et vous me racontez tout ça parce que... ?

Franklin intervint de nouveau :

— Parce que mon client est sûr que Pudd le tuera si quelqu'un ne le neutralise pas avant. La personne de Boston qui sert de distributeur aux productions plus classiques de M. Ragle pense qu'une affaire dont vous vous occupez en ce moment pourrait affecter les intérêts de mon client. Selon elle, toute aide que nous pourrions vous apporter nous serait bénéfique.

— Et tout ce que vous pouvez me donner, c'est Lester Bargus ?

Franklin haussa les épaules d'un air malheureux.

— Pudd a essayé de vous joindre ?

— D'une certaine façon. Mon client avait été mis sous résidence surveillée dans une maison de Standish. La maison a brûlé, quelqu'un avait jeté une bombe incendiaire par la fenêtre de la chambre. Heureusement, M. Ragle s'en est sorti indemne. C'est après cet incident que nous avons engagé Mikey comme garde du corps.

— Je ne vous promets rien, dis-je en fermant mon calepin.

Ragle me harponna le bras.

— Si vous trouvez cet homme, écrasez-le, monsieur Parker, fit-il d'une voix sifflante. Ecrasez-le comme une punaise.

Je me dégageai doucement.

— Je ne crois pas qu'on fasse des talons aiguilles assez grands pour ça, monsieur Ragle. Enfin, j'y songerai.

Je me rendis à Gorham dans l'après-midi. En voiture, je n'en eus que pour quelques minutes mais ce fut une perte de temps, comme je m'y attendais. Bargus vieillissait mal ; il avait perdu pas mal de cheveux et de dents et avait les doigts jaunes de nicotine. Il arborait un tee-shirt *No New World Order* sur lequel un casque bleu des Nations unies était pris dans le collimateur d'un tireur d'élite. A l'intérieur du magasin faiblement éclairé, des araignées se recroquevillaient dans des vitrines, des serpents s'enroulaient autour de fausses branches, des punaises cliquetaient en se montant dessus. Sur le comptoir, à côté de lui, une mante de dix centimètres de long levait ses pattes de devant dans un terrarium. Bargus lui jeta un criquet qui détala vainement pour échapper à l'inéluctable. La mante tourna la tête pour l'observer, comme si la présomption du criquet l'amusait, puis se lança à sa poursuite.

Il fallut un moment à Bargus pour me reconnaître tandis que je m'approchais du comptoir.

— Tiens tiens, fit-il. Qu'est-ce qui remonte de la cuvette des chiottes ?

— Tu as l'air en forme, Lester, répondis-je. Comment tu fais pour rester jeune et beau ?

Il me lança un regard mauvais, délogea un reste de nourriture coincé entre deux de ses dernières dents.

— T'es pédé, Parker ? J'ai toujours pensé que t'étais une tarlouse.

— Ne crois pas que je ne sois pas flatté, Lester, mais tu n'es pas vraiment mon type.

— Euh, grogna-t-il. T'es là pour acheter quelque chose ?

— Je cherche des informations.

— Tu ressors, tu tournes à droite et tu continues tout droit jusqu'à ce que t'arrives au fin fond de l'enfer. Tu diras que tu viens de ma part.

Il se remit à lire un livre qui, à en juger par les illustrations, devait être un guide pour fabriquer un mortier avec des canettes de bière.

— Ce n'est pas une façon de parler à un vieux copain de bahut, lui reprochai-je.

— T'es pas mon copain, et j'aime pas te voir traîner dans mon bouclard, rétorqua-t-il sans même lever les yeux de son bouquin.

— Je peux te demander pourquoi?

— Les gens ont la mauvaise habitude de mourir à côté de toi.

— Si tu fais bien attention, tu verras que les gens ont l'habitude de mourir à côté de n'importe qui.

— Peut-être, sauf qu'avec toi ça arrive plus vite et plus souvent.

— Alors plus tôt je partirai, moins tu courras de risques.

— Je te retiens pas.

Je tapotai la vitre du terrarium, juste dans la ligne de vision de la mante, et la tête triangulaire recula. De tous les insectes, c'est la mante qui ressemble le plus à l'homme. Ses yeux sont disposés de manière à lui permettre de voir devant elle et d'avoir une perception de la profondeur. Elle distingue aussi certaines couleurs et peut tourner la tête pour regarder par-dessus son « épaule ». Comme l'homme également, elle mange tout ce qu'elle arrive à dominer, du frelon à la souris. Je déplaçai mon doigt et la tête de l'insecte suivit attentivement le mouvement tout en mâchant le criquet avec appétit. La partie supérieure du corps de la proie avait déjà disparu.

— Arrête de l'emmerder, marmonna Bargus.

— Splendide prédateur.

— Cette salope te boufferait si tu restais assez longtemps sans bouger.

Il eut un sourire qui révéla ses dents pourries.

— Il paraît qu'elle est capable de s'attaquer à une veuve noire, fis-je.

Oubliant les mortiers en canettes de bière, Lester Bargus hocha la tête.

— Je l'ai vue faire.

— Alors elle n'est peut-être pas si mauvaise, finalement.

— Si t'aimes pas les araignées, tu t'es trompé de porte.

Je haussai les épaules.

— Disons que je les aime moins que certains. Moins que M. Pudd, par exemple.

Lester baissa aussitôt les yeux sur son livre mais me conserva toute son attention.

— Connais pas.

— Ah! mais lui, il te connaît.

Il releva la tête, déglutit.

— Qu'est-ce que tu déconnes, là?

— Tu lui as donné Harvey Ragle. Tu crois que ça suffira?

— Je sais pas de quoi tu parles.

Dans la boutique chaude et humide, Lester Bargus s'était mis à transpirer.

— Moi, je crois qu'il liquidera d'abord Ragle puis qu'il reviendra s'occuper de toi.

— Dégage de ma boutique, éructa Bargus.

Il avait essayé de prendre un ton menaçant mais le tremblement de sa voix le trahissait.

— Tu lui as vendu uniquement des araignées, Lester? Tu lui as peut-être refilé une autre marchandise. Il aime les armes, ce monsieur?

Les mains de Bargus s'activèrent sous le comptoir et je devinai qu'il empoignait une arme. Je lançai ma carte sur le comptoir, il la prit de la main gauche, l'écrasa dans sa paume et la jeta à la corbeille. Sa main droite réapparut tenant un fusil de chasse au canon scié. Je ne bougeai pas.

— Je l'ai vu, Lester. Il fait peur, ce type.

Le pouce de Bargus arma le fusil.

— Je te l'ai dit, je sais pas de quoi tu parles.

Je reculai en soupirant.

— C'est ton choix, Lester, mais j'ai l'impression que, tôt ou tard, tu vas le regretter.

Je lui tournai le dos, me dirigeai vers la porte et l'avais déjà ouverte quand il me rappela :

— Parker? Je veux pas d'ennuis. Ni à cause de toi, ni à cause de lui, tu comprends?

J'attendis en silence. La lutte entre les deux peurs qui le tiraillaient se lisait sur son visage.

— Je connais pas son adresse, ajouta-t-il d'un ton hésitant. Il me contacte quand il a besoin de quelque chose, il passe le prendre lui-même et il paie en liquide. La dernière fois qu'il est venu, il m'a demandé des tuyaux sur Ragle et je lui ai dit ce que je savais. Si tu le revois, dis-lui bien qu'il a aucune raison de revenir m'emmerder.

L'aveu lui avait apparemment rendu un peu d'assurance car il retrouva son affreux sourire méprisant.

— A ta place, je me trouverais un autre boulot. C'est pas le genre de mec à beaucoup aimer qu'on pose des questions sur lui. C'est plutôt le genre de mec qui descend ceux qui se mêlent de ses affaires.

Ce soir-là, je n'avais aucune envie de rester chez moi à me faire la cuisine. Je fermai soigneusement toutes les fenêtres, mis la chaîne de la porte de derrière et posai une allumette cassée en équilibre au-dessus de la porte de devant. Si on essayait encore de pénétrer dans la maison, je le saurais.

Je pris la voiture, direction Portland, et me garai au croisement de Cotton et de Forest, sur le vieux port. Puis je descendis à pied jusqu'au Sapporo par Commercial Street, le bruit de la mer dans les oreilles. Je dégustai un excellent *teriyaki* arrosé de thé vert en tentant de mettre de l'ordre dans mes idées. Mes raisons d'aller à Boston se multipliaient rapidement : Rachel, Ali Wynn, et maintenant Al Z. Mais je n'avais toujours pas réussi à coincer Carter Paragon, je me faisais du souci pour Marcy Becker et je suais sous ma veste puisque je ne pouvais pas l'enlever sans montrer mon arme.

Je réglai l'addition, sortis du restaurant. De l'autre côté de Commercial, une ribambelle de jeunes faisait la queue pour entrer au Three Dollar Dewey's, dont le portier examinait les cartes d'identité avec le scepticisme d'un pro aguerri. Le vieux port bourdonnait, des groupes tapageurs se formaient au coin de Forest et d'Union, à l'entrée de la rue principale. Je me mêlai un moment à eux pour ne pas être seul, pour ne pas retourner à la maison de Scarborough. Je passai devant le Calabash Cigar Café et le Gritty McDuffs, jetai un coup d'œil vers la voie piétonne de Moulton Street.

La femme qui se tenait dans la pénombre portait une robe d'été claire ornée de fleurs roses. Elle me tournait le dos et sa chevelure blonde, maintenue par un ruban bleu-vert, retombait en queue-de-cheval sur la blancheur de sa peau. Autour de moi, la circulation s'arrêta ; les piétons, figés pour quelques instants de leur vie, suspendirent leur pas. Le seul bruit que j'entendais était celui de ma respiration ; le seul mouvement que je percevais provenait de Moulton.

La femme avait près d'elle un petit garçon dont elle pressait doucement la main. Il portait la même chemise à carreaux et le même short que le jour où je l'avais vu, pour la première fois, dans Exchange Street. Je vis la femme se pencher vers lui et lui murmurer quelque chose. Il hocha la tête puis se tourna vers moi, l'unique verre clair de ses lunettes étincelant dans l'obscurité. La femme se redressa, lâcha la main de l'enfant et s'éloigna, tournant à droite dans Wharf Street. Quand elle eut disparu, ce fut comme si le monde autour de moi relâchait sa respiration. L'animation reprit. Je descendis Moulton en courant, passai devant la silhouette du petit garçon. Lorsque j'arrivai au coin de la rue, la femme venait d'atteindre Dana Street. Les réverbères projetaient des mares de clarté qu'elle traversait sans bruit.

— Susan.

Je m'entendis l'appeler par son prénom et j'eus un instant l'impression qu'elle avait ralenti le pas, comme pour écouter. Puis elle passa de la lumière à l'ombre et disparut de nouveau.

Le gamin, assis maintenant au coin de Moulton, contemplait les pavés. A mon approche, il releva la tête et son œil gauche me regarda avec curiosité derrière ses lunettes. Du papier noir avait été maladroitement collé sur le verre droit pour cacher l'autre œil. Agé tout au plus de huit ans, il avait des cheveux châtain clair partagés par une raie sur le côté et retombant en désordre sur son front. Son short était raide de boue, sa chemise passablement sale. Elle disparaissait en partie derrière le morceau de bois — long d'une quarantaine de centimètres sur douze de large et deux d'épaisseur — accroché à son cou par une corde. On y avait gravé quelque chose en lettres mal formées, enfantines, probablement avec un clou, mais les rainures étaient par endroits recouvertes de terre, ce qui, conjugué à l'obscurité, rendait l'inscription presque indéchiffrable.

Je m'accroupis devant lui et dis :

— Salut.

Il ne semblait pas effrayé. Il n'avait l'air ni affamé ni malade. Il était... simplement là.

— Salut, répondit-il.

— Comment tu t'appelles ?

— James.

— Tu es perdu, James ?

Il secoua la tête.

— Alors qu'est-ce que tu fais ici?

— J'attends.

— Tu attends quoi?

Il garda le silence. L'idée me vint que j'aurais dû connaître la réponse et qu'il était un peu étonné de mon ignorance.

— Qui c'était, la dame, James?

— La Dame de l'Eté.

— Elle a un nom?

Il laissa une ou deux secondes s'écouler avant de répondre, l'air de nouveau perplexe, presque déçu :

— Elle a dit que tu le saurais, son nom.

J'eus l'impression que ma respiration quittait mon corps. J'avais la tête qui tournait. J'avais peur. Mes yeux se fermèrent et je basculai en arrière sur mes talons. Je sentis la main de l'enfant se poser sur mon poignet pour me rattraper. Ses doigts étaient glacés. Quand je rouvris les yeux, il se penchait vers moi et je vis qu'il avait de la terre entre les dents.

— Qu'est-ce qui est arrivé à ton œil, James?

— Je ne me souviens pas.

Je tendis le bras vers lui et il lâcha mon poignet lorsque je fis tomber la terre collée au morceau de bois, révélant ces mots :

James Jessop
Pécheur

— Qui te fait porter ça, James?

Une larme coula de son œil gauche, puis une autre.

— J'ai été vilain, murmura-t-il. On a tous été vilains.

Mais les larmes ne coulaient que d'un œil, ne creusant de sillon que dans la terre recouvrant sa joue gauche. D'une main tremblante, j'ôtai lentement ses lunettes. Il ne tenta pas de m'en empêcher et son unique œil visible me regardait avec une confiance absolue.

Il y avait un trou à la place de l'œil droit. Autour, la chair semblait brûlée, racornie, comme si la blessure était très ancienne, comme si elle avait cessé de saigner, ou même de faire mal, depuis longtemps.

— Je t'attendais, dit James Jessop. Nous t'attendions tous.

Je me relevai et me détournai, laissant tomber les lunettes dans mon mouvement.

C'est alors que je les vis.

Ils me fixaient, hommes et femmes, garçons et filles, avec leur pancarte autour du cou. Ils étaient une douzaine au moins et se tenaient dans l'ombre de Wharf Street, à l'entrée de Commercial, vêtus d'habits simples, de ceux qu'on porte à la campagne : des pantalons qui ne se déchirent pas au premier faux pas dans la boue, des bottes qui ne laissent pas passer l'eau et ne sont pas percées par une pierre.

Katherine Cornish, Pécheresse
Vyrna Kellog, Pécheresse
Frank Jessop, Pécheur
Billy Perrson, Pécheur

Les autres se tenaient un peu en retrait, et leurs noms étaient plus difficiles à lire. Quelques-uns présentaient des blessures à la tête. Vyrna Kellog avait le crâne fendu presque jusqu'à l'arête du nez; Billy Perrson avait reçu une balle dans le front; un lambeau de peau pendait de l'arrière de la tête de Katherine Cornish, lui masquant l'oreille gauche. Ils me regardaient, immobiles, et l'air semblait crépiter autour d'eux d'une énergie cachée.

J'avais la gorge sèche et je dus faire un effort pour déglutir.

— Qui êtes-vous? demandai-je.

Au moment même où ils disparaissaient, je sus la réponse.

Je reculai en chancelant, sentis le froid des briques contre mon corps. Je vis de grands arbres, des hommes pataugeant dans la boue parmi des ossements. De l'eau clapotait contre une digue de sacs de sable, des animaux hurlaient. Tremblant, je fermai les yeux et entendis ma voix se mettre à prier.

Seigneur, je Vous en supplie, disait-elle.

Je Vous en supplie, faites que ça ne recommence pas.

8

Le lendemain, je mis à peu près deux heures pour me rendre à Boston en voiture et restai coincé une heure de plus dans les embouteillages monstres de la ville. « Le grand coup de bêche », avait-on surnommé les interminables travaux routiers, et les pancartes marquant divers énormes trous creusés dans le sol promettaient : *Cela en vaudra la peine.* Si vous tendiez l'oreille avec assez d'attention, vous pouviez entendre des millions d'électeurs répliquer qu'il y avait intérêt.

Avant de partir, j'appelai Curtis Peltier. Il m'apprit qu'il était allé au restaurant la veille avec des amis et qu'il avait trouvé des policiers devant chez lui en rentrant.

— Quelqu'un a essayé de pénétrer par la porte de derrière, expliqua-t-il. Des jeunes ont entendu du bruit et prévenu la police. Probablement encore ces foutus junkies de Kennedy Park ou Riverton.

Je n'étais pas de son avis et lui parlai des documents qu'on m'avait volés.

— Vous croyez qu'ils contenaient quelque chose d'important ?

— Peut-être, répondis-je, sans en être vraiment persuadé.

En fait, je soupçonnais la personne qui les avait emportés — M. Pudd, ou quelqu'un d'autre que je ne connaissais pas encore — d'avoir simplement cherché à me compliquer la tâche. Je recommandai à Curtis d'être prudent.

Peu avant midi, j'arrivai à Exeter Street, juste derrière Commonwealth Avenue, et me garai devant l'immeuble de Rachel. Elle louait un appartement dans une *brownstone* de trois étages en face de l'endroit où avait vécu Henry Lee Higginson, le fondateur de l'Orchestre symphonique de Boston. Dans Commonwealth, des gens faisaient leur jogging, promenaient leur chien ou restaient assis sur un banc à inhaler les fumées des pots d'échappement. Des pigeons et des hirondelles se sustentaient avant de rendre hommage à la statue de l'historien-navigateur Samuel Eliot Morison, juché sur son socle avec l'air vaguement préoccupé d'un homme qui ne sait plus où il a garé sa voiture.

Comme Rachel m'avait confié une clef de l'appartement, j'y déposai mon sac, allai au Deluca's Market de Fairfield acheter des fruits et une bouteille d'eau et remontai Commonwealth Avenue jusqu'au parc situé entre Arlington et Charles. Je mangeai les fruits en regardant des enfants jouer au soleil et des chiens pourchasser des Frisbees. J'ai envie d'un chien, me dis-je. Mes parents avaient eu un chien, mon grand-père aussi, et l'idée d'en avoir un à la maison me séduisait. Je me doutais que c'était pour la compagnie qu'il m'apporterait, ce qui m'amena à me demander pourquoi je ne proposais pas à Rachel de s'installer chez moi. Ces derniers temps, j'avais remarqué une certaine tension dans sa voix quand nous abordions le sujet, une urgence nouvelle dans ses coups de sonde. Cela faisait maintenant quatorze mois qu'elle attendait que notre liaison prenne une autre dimension. C'était ma faute : je la voulais près de moi, et en même temps j'avais peur de ce qui pourrait arriver. Rachel avait déjà failli mourir une fois à cause de moi, je ne voulais pas la mettre de nouveau en danger.

A deux heures, je pris le métro pour Harvard et me rendis à Holyoke Street. Ali Wynn finissait son service à deux heures et demie et je lui avais laissé un message annonçant que je passerais la voir pour lui parler de Grace. Du lierre escaladait la façade du bâtiment de brique rouge qui abritait le restaurant, et les fenêtres du premier étage étaient festonnées de petites lumières blanches. Dans la salle du rez-de-chaussée, des gens apprenaient les claquettes, avec un cliquetis rythmé rappelant le bruit des touches d'une vieille machine à écrire Underwood.

Une jeune femme de vingt-trois ou vingt-quatre ans attendait sur les marches du perron, ajustant le clou perçant son nez. Les cheveux teints à l'encre de Chine, elle portait un épais maquillage bleu-noir autour des yeux, et sur les lèvres un rouge assez vif pour arrêter la circulation. Elle était très pâle, très maigre, et ne devait pas manger régulièrement au restaurant où elle travaillait. Elle me regarda avec un mélange d'attente et de gêne tandis que j'approchais.

— Ali Wynn ?

Elle hocha la tête.

— Vous êtes le détective ?

— Charlie Parker.

Elle me serra la main en gardant le dos appuyé à la brique du bâtiment.

— Comme le musicien de jazz ?

— Je suppose.

— Il était cool. Vous aimez ce qu'il faisait?

— Non, je préfère la country.

Elle plissa le front.

— Votre père et votre mère devaient être des fans de jazz pour vous donner un prénom pareil.

— Ils écoutaient surtout Glenn Miller et Lawrence Welk. Je crois qu'ils ne savaient même pas qui était Charlie Parker.

— Les gens vous appellent Bird?

— Quelquefois. Ma copine trouve ça mignon. Mes amis le font pour m'agacer.

— Ça doit être un boulet, pour vous.

— J'ai l'habitude.

Elle se détacha du mur et m'emboîta le pas. Nous allâmes Au Bon Pain, à Harvard Square, où elle grilla quatre cigarettes et avala deux expressos en un quart d'heure.

— Vous connaissiez bien Grace? lui demandai-je quand elle fut à peu près à la moitié de sa deuxième cigarette.

— Très bien, répondit-elle en rejetant un jet de fumée. Nous étions amies.

— Son père m'a dit qu'elle avait partagé un appartement avec vous et qu'elle y dormait encore quelquefois.

— Oui, le week-end : quand elle venait bosser à la bibli, elle squattait mon canapé. Grace était une fille amusante. Enfin, avant.

— Quand a-t-elle cessé d'être amusante?

Ali finit la clope numéro deux, alluma la numéro trois avec une pochette d'allumettes du Grafton Pub.

— A peu près au moment où elle a commencé sa thèse.

— Sur les baptistes d'Aroostock?

La cigarette dessina un arc paresseux.

— Ouais. Elle était obsédée par ces gens. Elle avait des

lettres et des photos d'eux. Elle mettait une connerie bien glauque sur la chaîne stéréo et elle restait allongée des heures sur le canapé à les regarder. Vous pouvez aller me chercher un autre café ?

Je fis ce qu'elle me demandait : je supposais qu'elle ne s'enfuirait pas avant d'avoir fini sa cigarette.

— Vous ne vous tracassez jamais des effets d'un excès de caféine ? m'enquis-je à mon retour.

Elle tira sur son piercing et sourit.

— Nan, j'espère bien mourir avant d'un excès de nicotine.

Ali Wynn avait un côté très sympathique malgré ses airs punk à la Siouxie and the Banshees. Le soleil faisait étinceler ses yeux et le coin droit de sa bouche demeurait relevé en permanence en une sorte de sourire amusé, faussement cynique. Son personnage n'était que pure frime : la fumée de ses cigarettes ne restait pas assez longtemps dans sa bouche, la nicotine qu'elle ingérait n'aurait pas suffi à donner un coup de fouet à un moustique, et son maquillage était trop soigneusement appliqué pour être vraiment effrayant. Elle devait probablement inspirer de la peur, du désir et de l'irritation, en proportions à peu près égales, chez ses copains étudiants. Ali Wynn aurait eu le monde à ses pieds, avec un peu plus de confiance en elle. Cela viendrait.

— Vous me parliez de Grace, rappelai-je, pour nous ramener au sujet.

— Ouais, bien sûr. Il n'y a pas grand-chose à ajouter. C'était comme si cette histoire la vidait, aspirait la vie en elle. Elle n'arrêtait pas : Elizabeth ceci, Lyall cela. Elle était devenue chiante. Elle était obsédée par Elizabeth Jessop. Je sais pas, elle croyait peut-être que l'esprit d'Elizabeth s'était emparé d'elle.

— Elle pensait qu'Elizabeth était morte ?

Ali acquiesça de la tête.

— Elle vous avait dit pourquoi ?

— Juste une impression qu'elle avait. De toute façon, je vous l'ai dit, ça devenait trop pénible. Je lui ai raconté qu'elle ne pouvait plus dormir sur le canapé parce que ma coloc se plaignait, ce qui était entièrement faux. C'était en février. Elle a cessé de venir et on ne s'est plus vraiment parlé avant qu'elle...

Elle laissa sa phrase en suspens, écrasa rageusement son mégot.

— Vous devez me prendre pour une garce, murmura-t-elle quand la dernière volute de fumée se fut envolée.

— Non, absolument pas.

Elle ne me regarda pas, comme si elle craignait que mon expression ne démente mes propos.

— J'avais l'intention d'assister à l'enterrement mais... j'ai horreur des enterrements. Je voulais aussi envoyer une carte à son père, un vieux type vraiment gentil, mais je l'ai pas fait non plus.

Quand elle leva enfin les yeux, je ne fus qu'à moitié surpris de voir qu'ils étaient embués.

— J'ai prié pour elle, monsieur Parker, et cela faisait des années que je n'avais pas prié. J'ai prié pour que Dieu, Allah, le Bouddha, qui que ce puisse être, veille sur elle. Grace était une fille bien.

— Vous avez sans doute raison, dis-je tandis qu'elle allumait une dernière cigarette. Elle prenait de la drogue ?

Ali secoua vigoureusement la tête.

— Non, jamais.

— A part cette obsession pour sa thèse, elle avait l'air déprimée ou anxieuse ?

— Pas plus que n'importe qui d'autre.

— Elle avait quelqu'un dans sa vie ?

— Une ou deux passades, mais rien de sérieux depuis au moins un an. Elle m'en aurait parlé.

Je l'observai un moment en silence. Je savais qu'elle

disait la vérité. Ali Wynn ne se trouvait pas dans la voiture avec Grace le soir de sa mort. Marcy Becker devenait la candidate la plus probable. Me renversant en arrière, je regardai la foule qui entrait ou sortait des magasins, les touristes et les gens du coin portant des sacs de bouteilles de vin et de friandises de chez Cardullos, du jambon de chez Forêt-Noire et des thés exotiques de chez Jackson of Piccadilly, des sels de bain et des savons d'Origins. Grace aurait dû être parmi eux. Sa mort avait fait du monde un endroit moins riche.

— Ça vous a aidé? me demanda Ali.

Visiblement, elle avait envie de partir, maintenant.

— Ça a éclairci certains points, répondis-je.

Je lui donnai ma carte après avoir inscrit au dos le numéro de téléphone de la maison.

— Si vous vous souvenez de quelque chose, ou si quelqu'un d'autre vient vous poser des questions sur Grace, appelez-moi.

— D'accord.

Elle prit la carte, la rangea soigneusement dans son sac. Elle se leva à demi, se rassit et posa une main sur mon bras.

— Vous croyez qu'on l'a tuée, n'est-ce pas?

Elle pressa fortement ses lèvres rouges mais ne parvint pas à maîtriser le tremblement de son menton.

— Oui, répondis-je, je pense que quelqu'un l'a tuée.

Ali accentua un instant la pression de sa main et je sentis sa chaleur gagner ma peau.

— Merci pour le café, dit-elle avant de partir.

Je passai le reste de l'après-midi à acheter quelques vêtements pour regarnir ma garde-robe puis revins à Copley et au Starbucks de Newbury pour lire le journal. La lecture quasi quotidienne du *New York Times* était une habitude que je n'avais pas perdue, mais l'acheter à Boston me sembla toutefois saugrenu.

Je ne remarquai l'article, qui commençait en page une, dernière colonne de droite, qu'en tombant sur la suite, en page sept, et sur la photo qui l'illustrait. Sur le cliché en noir et blanc, un homme coiffé d'un chapeau noir me fixait et je me souvins qu'il m'avait adressé un signe de tête de l'intérieur sombre d'une Mercedes juste avant que je pénètre dans la résidence de Jack Mercier. Je me rappelai aussi l'avoir vu, assis, l'air mal à l'aise, en compagnie de trois autres personnes, sur une photo encadrée dans le bureau de Mercier. Il s'appelait Yossi Epstein et il venait juste de rencontrer son destin.

Selon le rapport de police, le rabbin Epstein avait quitté la *shul*[1] d'Elridge Street à dix-neuf heures trente, mardi soir, au moment où le flot de la circulation s'inversait dans le Lower East Side, où les banlieusards étaient remplacés par ceux dont les raisons d'être en ville avaient plus à voir avec le plaisir qu'avec le travail. Si Epstein portait un costume noir et une chemise blanche, il était loin d'adhérer au traditionalisme que sa tenue suggérait. A la *shul,* certains murmuraient depuis longtemps dans son dos. Il tolérait l'homosexualité et l'adultère, disaient-ils. Il était trop prompt à se placer devant les caméras de télévision, trop enclin à sourire et à se prêter aux exigences des médias nationaux. Il se préoccupait trop des choses de ce monde, trop peu de la promesse de l'au-delà.

Epstein s'était fait un nom après le désastre de Crown Heights en plaidant pour la tolérance, en arguant que les communautés juive et noire devaient mettre leurs différences de côté, que les Noirs pauvres et les juifs défavorisés avaient plus de choses en commun qu'avec les

1. Littéralement « école » en yiddish, désigne souvent une synagogue. *(N.d.T.)*

membres aisés de leurs tribus respectives. Il avait été blessé dans les émeutes qui avaient suivi, et une photo du *Post* le montrant le front ensanglanté lui avait apporté ses premiers moments de célébrité à cause d'une ressemblance regrettable et fortuite avec les représentations des souffrances du Christ.

Epstein avait aussi participé aux activités de la synagogue B'Nai Jeshurun, 84ᵉ Rue et Broadway, fondée par Marshal T. Meyer, qui avait eu pour mentor le très conservateur Abraham Yoshua Heschel. Il était facile de voir pourquoi quelqu'un ayant les idées d'Epstein avait été séduit par Meyer, qui avait affronté les généraux argentins dans ses efforts pour retrouver des juifs disparus. Depuis la mort de Meyer, en 1993, deux rabbins argentins poursuivaient son œuvre à New York, notamment en fournissant un toit aux SDF et en encourageant l'établissement d'une communauté de croyants homosexuels. La synagogue B'Nai Jeshurun était même jumelée à une communauté de Harlem, la Nouvelle Eglise baptiste de Canaan, dont le prédicateur prenait quelquefois la parole à la synagogue. Selon le *Times,* Epstein avait rompu avec B'Nai Jeshurun et célébrait l'office deux fois par mois au vieux centre Orensanz du Lower East Side.

L'une des causes de la rupture était la participation croissante d'Epstein aux activités de groupes antinazis, notamment le Centre pour le renouveau démocratique, à Atlanta, et Searchlight, en Grande-Bretagne. Il avait en outre créé sa propre organisation, la Ligue juive pour la tolérance, dont le personnel était en grande partie bénévole, et dont le siège se trouvait dans un petit bureau de Clinton Street, au-dessus d'une ancienne librairie juive.

Toujours selon le journal, Epstein aurait reçu ces dernières semaines des fonds considérables lui permettant d'entamer une série d'investigations sur des mouvements soupçonnés d'activités antisémites. On y retrouvait les suspects habituels : fanatiques dont le nom incluait en bonne place l'adjectif « aryen », groupes scissionnistes ayant quitté le Klan parce qu'il avait selon eux viré au mouvement de bienfaisance.

Quelles que soient les critiques qu'on ait pu lui faire, Yossi Epstein était un homme courageux, un homme de conviction qui avait lutté inlassablement pour améliorer la vie non seulement des juifs de la ville mais de tous ses concitoyens. Il avait été retrouvé mort chez lui mercredi soir à vingt-trois heures, victime d'une crise cardiaque, semblait-il. L'appartement, dans lequel il vivait seul, avait été mis à sac et son portefeuille avait disparu, ainsi que son carnet d'adresses. D'après l'article, la police continuait d'enquêter, ses soupçons étant renforcés par un incident qui s'était produit plus tôt dans la soirée.

A vingt-deux heures une bombe avait éclaté au siège de la Ligue juive pour la tolérance. Une jeune bénévole, Sarah Miller, y imprimait des adresses pour l'expédition de courrier du lendemain. Elle était à trois jours de son dix-neuvième anniversaire quand le local s'était transformé en brasier. Elle demeurait dans un état critique, avec des brûlures sur tout le corps. Epstein serait enterré le jour même au cimetière de Pine Lawn, à Long Island, après une rapide autopsie.

Un autre détail retint mon attention. Outre ses investigations sur des organisations d'extrême droite, Epstein s'apprêtait, disait-on, à lancer une offensive juridique contre les exonérations accordées par le fisc à un certain nombre de mouvements religieux. Les noms cités m'étaient inconnus, à une exception près : la Confrérie, dont le siège se trouvait à Waterville, dans le Maine. Pour s'occuper de l'affaire, Epstein avait fait appel au cabinet d'avocats Ober, Thayer & Moss, de Boston, Massachusetts. Ce ne pouvait être une coïncidence si ce cabinet avait également Jack Mercier pour client et si le fils de Warren Ober devait épouser bientôt la fille de Mercier.

Je relus l'article, appelai ensuite Mercier chez lui. Une femme de chambre décrocha mais, quand je me présentai et demandai à parler à M. Mercier, une autre voix de femme se fit entendre :

— Monsieur Parker, mon mari n'est pas disponible, m'informa Deborah Mercier. Je pourrais peut-être vous aider.

— Je ne crois pas, madame Mercier. Il faut vraiment que je parle à M. Mercier.

Après un silence assez long pour clarifier nos sentiments l'un envers l'autre, elle conclut :

— En ce cas, soyez assez aimable pour ne plus l'appeler à la maison. Je ferai en sorte que Jack sache que vous lui avez téléphoné.

Là-dessus, elle raccrocha et j'eus l'impression que Mercier n'aurait jamais vent de mon coup de fil.

Je n'avais jamais rencontré le rabbin Yossi Epstein et je ne savais rien de plus sur lui que ce que je venais de lire, mais je soupçonnais que ses activités avaient réveillé quelque chose, une créature tapie dans un coin de sa toile. Epstein avait fait vibrer l'un des fils et la créature s'était jetée sur lui, l'avait anéanti avant de retourner au lieu sombre où elle vivait.

Je finirais par trouver où.

9

Je retournai à l'appartement de Rachel, pris une douche et, dans un effort pour me remonter le moral en prévision de la soirée, enfilai quelques-uns de mes achats

« très classe » : une veste noire Joseph Abboud, dans laquelle j'avais l'air de passer une audition pour un remake de *Nosferatu,* un pantalon de gabardine noire, un pull DKNY noir à col en V. Dans cette tenue qui proclamait « esclave de la mode », je me rendis à pied au Plaza Hotel de Copley et entrai à l'Oak Bar.

A l'intérieur, le vacarme de la circulation s'estompa, les rideaux rouges de l'Oak étouffant les bruits des klaxons et des moteurs. Les quatre grands ventilateurs du plafond fauchaient l'air et les glaçons miroitaient sous la lumière tamisée. Louis était déjà assis à une table près de la fenêtre, sa longue carcasse repliée dans un des fauteuils rouges confortables du bar. Il portait un costume de laine anthracite avec une chemise blanche et des chaussures noires. Son crâne sombre n'était plus rasé et il s'était laissé pousser un bouc vaguement satanique qui le rendait plus intimidant encore. Quand il était chauve et glabre, les gens qui le croisaient dans la rue l'évitaient. Maintenant, ils éprouvaient probablement l'envie pressante de partir en voyage dans un pays sûr et tranquille, comme le Kosovo ou la Sierra Leone.

Un Martini était posé sur la table devant lui et il fumait un Montecristo n° 2, ce qui faisait dans les cinquante-cinq dollars de vices. Il rejeta un panache de fumée bleue en me saluant. Je commandai un cocktail sans alcool et enlevai ma veste en montrant l'étiquette à Louis.

— Ouais, très impressionnant, dit-il sans conviction. Même pas de la saison dernière. T'es si minable que ton tarif horaire se termine sûrement par virgule quatre-vingt-dix-neuf.

— Où est ton cher et pas si tendre ? fis-je, ignorant la vanne.

— Il s'achète des fringues. La compagnie aérienne a paumé son sac.

— C'est un service qu'elle lui rend. Tu l'as payée pour ça ?

— Pas eu besoin. Les bagagistes ont sûrement refusé d'y toucher. Comment tu vas ?

— Plutôt bien.

— Toujours à la chasse aux trafiquants de stylos ?

Louis n'approuvait pas entièrement mon passage dans le domaine de la criminalité en col blanc. Il estimait que je gâchais mes talents. Je décidai de ne pas le détromper tout de suite.

— Ça rapporte et ils ne font pas d'histoires, répondis-je. Encore qu'il y en a un qui m'a lancé un gros mot à la figure, un jour.

Près de la porte, des têtes commencèrent à se tourner et l'un des serveurs faillit laisser tomber son plateau de stupeur. Angel fit son entrée, affublé d'une chemise hawaïenne jaune et vert, d'une cravate jaune, d'une veste bleu pastel, d'un jean délavé et d'une paire de bottes d'un rouge si vif qu'elles palpitaient. Les conversations moururent à son passage et quelques clients se protégèrent les yeux.

— En route pour voir le Magicien d'Oz ? demandai-je quand les bottes écarlates parvinrent à notre table.

Louis avait la tête d'un type qui vient de renverser un pot de peinture sur sa voiture.

— Putain, Angel, tu crois que c'est mardi gras ?

Angel s'assit tranquillement, commanda une Beck à un garçon à l'expression affligée, puis étira les jambes pour admirer ses nouvelles bottes. Il replia le bras pour redresser sa cravate, ce qui eut au moins le mérite de cacher en partie sa chemise un moment.

— Tu as un goût de buveur d'alcool à brûler, commentai-je.

— Je savais même pas que Filene's Basement avait

vraiment un sous-sol[1], marmonna Louis. Ça doit être là qu'ils entassent les vraies merdes.

Angel secoua la tête et sourit.

— Avec ces fringues, je lance une déclaration à la face du monde, dit-il, du ton d'un professeur expliquant une leçon à deux élèves obtus.

— Oh oui, répliqua Louis au moment où le serveur apportait la bière d'Angel. Tu gueules : « Tuez-moi, j'ai un goût de chiottes ! »

— Tu devrais porter une pancarte, lui conseillai-je. « J'accepte de travailler contre des tuyaux vestimentaires. »

C'était bon de les retrouver. Angel et Louis étaient mes amis les plus proches. Ils m'avaient soutenu quand la confrontation avec le Voyageur approchait et avaient défié les flingues d'un truand de Boston nommé Tony Celli pour sauver la vie d'une fille qu'ils ne connaissaient même pas. Leur morale teintée d'opportunisme les mettait plus près du bien que la plupart des gens.

— Ça boume à la cambrousse ? me demanda Angel. Tu vis toujours dans ton taudis ?

— Ma maison n'est pas un taudis.

— Elle a même pas de tapis.

— C'est du parquet.

— Des planches, plutôt. C'est pas parce qu'elles sont tombées par terre que ça en fait un parquet.

Il but une gorgée de bière, ce qui me permit de changer de sujet de conversation :

— Quoi de neuf en ville ?

— Mel Valentine est mort, répondit Angel.

— Psycho Mel ?

Mel Valentine le Psycho avait de son vivant illustré

1. Filene's Basement : grand magasin de Boston dont le nom signifie « le sous-sol de Filene ». *(N.d.T.)*

l'alphabet du crime : Agressions, Braquages, Contrefaçons, Drogues...

— J'ai toujours pensé que c'était pas juste, ce surnom de Psycho, dit Angel. Il aurait peut-être été psychopathe si on avait réussi à le calmer un peu, mais l'appeler « Psycho », c'était sous-estimer ses capacités.

— De quoi il est mort ?

— Accident de jardinage à Buffalo. Il essayait de s'introduire dans une maison quand le proprio lui a filé un coup de râteau.

Angel leva son verre à la mémoire de Mel Valentine le Psycho, victime du jardinage.

Rachel apparut quelques minutes plus tard, bien plus tôt que prévu, vêtue d'un manteau jaune qui lui descendait jusqu'aux chevilles. Ses longs cheveux roux tirés en arrière étaient maintenus en place par deux espèces de baguettes en bois.

— Jolie coiffure, la complimenta Angel. Tu captes toutes les chaînes ou seulement les stations locales ?

— La réception doit être mauvaise, je t'entends encore.

Elle libéra sa chevelure, qui tomba sur ses épaules, et me caressa le visage quand elle m'embrassa avant de commander un Mimosa et de s'installer à côté de moi. Je ne l'avais pas vue depuis près de deux semaines et je sentis une bouffée de désir pour elle lorsqu'elle croisa ses jambes gainées de bas, faisant remonter sa jupe noire à mi-cuisse. Elle portait une chemise d'homme blanche avec un seul bouton défait, comme d'habitude : si elle échancrait davantage le col, les cicatrices que le Voyageur avait laissées sur sa poitrine devenaient visibles. En s'asseyant, elle posa à ses pieds un grand sac Neiman Marcus contenant quelque chose de rouge et de coûteux.

— Tu jettes l'argent par les fenêtres, on dirait, fit remarquer Louis.

— C'est cher, la classe, renvoya-t-elle.

— Essaie d'expliquer ça à notre ami, là, fis-je en désignant Angel.

Ledit ami attrapa le ticket de caisse dans le sac, le lâcha aussitôt comme s'il était brûlant.

— Elle a acheté quoi ? voulut savoir Louis.

— Une maison, estima Angel. Deux, peut-être.

Rachel lui tira la langue.

— Tu es en avance, dis-je.

— C'est un reproche ? J'interromps une conversation sur le foot ou les courses de camions ?

Après avoir bavardé un moment, nous traversâmes la rue pour aller à l'Anago at the Lenox et nous parlâmes de tout et de rien pendant deux heures en dégustant du gibier, du bœuf et du saumon au four. Puis le café arriva et, tandis que les trois autres sirotaient un armagnac, je leur fis un résumé de l'affaire : Grace Peltier, Jack Mercier, la mort de Yossi Epstein.

— Tu crois qu'ils ont raison, les vieux ? Que Grace Peltier s'est pas tuée ? demanda Angel quand j'eus terminé.

— On dirait. Mercier aurait probablement pu réorienter l'enquête en intervenant à Augusta, mais il aurait du même coup attiré l'attention sur lui et il n'y tient pas.

— C'est pour ça qu'il t'a engagé, déduisit Angel. Pour remuer la vase.

— Peut-être, répondis-je.

J'avais l'impression qu'il y avait autre chose, mais je n'aurais pas su dire quoi.

— Alors, qu'est-ce qui est arrivé à Grace, d'après toi ? me demanda Rachel.

— Je pars de l'hypothèse que Marcy Becker était dans la voiture avec Grace pendant une bonne partie du trajet vers le nord. Mais Marcy Becker a disparu et elle était assez pressée en partant pour oublier un paquet de cigarettes sur la plage avant.

— Et peut-être aussi son sachet de coke, ajouta Angel.

— C'est possible, mais je ne crois pas. La dope, c'est plutôt un ajout, une façon de rendre Grace un peu moins clean qu'elle ne l'était. La poudre, la pression des études : elle se suicide avec une arme sortie de nulle part.

— C'était quoi, ce flingue?

— Un Smith & Wesson Saturday Night Special.

Angel haussa les épaules.

— Pas dur à trouver quand on sait à qui s'adresser.

— Je ne crois pas que Grace aurait su. D'après son père, elle avait horreur des armes à feu, en plus.

— Tu crois que Marcy Becker aurait pu la tuer? supputa Rachel.

Je fis tourner mon verre d'eau entre mes doigts.

— Là encore, c'est possible, mais elles étaient amies, et il est peu probable que cette fille ait été capable d'une pareille mise en scène. Si je dois jouer aux devinettes — Dieu sait que je l'ai déjà suffisamment fait —, je dirai que Marcy Becker a vu quelque chose, peut-être l'assassin, alors qu'elle était sortie de la voiture pour une raison ou une autre. Mais si j'en suis venu à penser que Grace n'était pas seule dans la voiture pendant la majeure partie du trajet, quelqu'un d'autre peut parvenir à la même conclusion.

— Ce qui signifie que tu dois trouver Marcy Becker, raisonna Louis.

— Et parler à Carter Paragon, dont la secrétaire affirme que Grace n'est jamais venue au rendez-vous.

— Comment la mort d'Epstein s'inscrit-elle dans tout ça?

— Je ne sais pas, sauf que Jack Mercier et lui avaient les mêmes avocats et que Mercier le connaissait assez bien pour le faire venir chez lui et avoir sa photo dans sa bibliothèque.

Finalement, je leur parlai d'Al Z et de Harvey Ragle, de M. Pudd et de la femme qui l'accompagnait.

— Tu veux dire qu'il t'a empoisonné avec sa carte de visite ? s'exclama Angel, incrédule.

L'hypothèse m'embarrassait moi aussi, mais je hochai la tête.

— J'ai l'impression qu'il est venu me voir parce qu'on attendait ça de lui, pas parce qu'il espérait vraiment que je ferais machine arrière, expliquai-je. La carte servait juste à me faire comprendre qu'on m'avait à l'œil.

Louis me regarda par-dessus le bord de son verre.

— Il voulait peut-être simplement voir à qui il avait affaire, fit-il.

— Je lui ai montré mon arme. Il est parti.

Les sourcils de Louis montèrent d'un cran.

— Je t'avais dit que tu serais content de l'avoir un de ces jours, ce pétard.

Mais il ne sourit pas en faisant cette remarque, et je ne souris pas non plus.

Rachel et moi retournâmes à pied à l'appartement après le restaurant. Nous nous tenions par la main sans parler, heureux d'être simplement l'un près de l'autre. Nous n'échangeâmes plus un mot sur l'affaire. Quand nous fûmes dans sa chambre, je défis mes chaussures et m'allongeai sur le lit, la regardai bouger dans la douce lumière jaune de la lampe de chevet. Puis elle se tint devant moi et tira un petit paquet du sac Neiman Marcus.

— C'est pour moi ? demandai-je.

— D'une certaine façon.

Déchirant l'emballage, elle révéla un soutien-gorge et

une culotte de fine dentelle blanche, un porte-jarretelles encore plus délicat et une paire de bas de soie.

— Je crois pas que ça m'ira, grognai-je. En fait, je sais même pas si j'oserai les mettre.

Rachel fit la moue, descendit le zip de sa jupe et la laissa tomber par terre, puis déboutonna lentement sa chemise.

— Tu ne veux pas que *moi* je les essaie? murmura-t-elle.

On pourra me taxer de faiblesse mais je connais des hommes plus costauds qui auraient craqué sous ce genre de pression.

— OK, acquiesçai-je d'une voix rauque tandis que le sang quittait ma tête et descendait passer l'hiver plus au sud.

Plus tard dans la nuit, je demeurais étendu près d'elle, écoutant la rumeur de la ville. Je croyais qu'elle dormait mais au bout d'un moment elle effleura ma poitrine de la tête et je sentis ses yeux sur moi.

— Un sou pour tes pensées, me proposa-t-elle.

— J'attends que les enchères montent.

— Un sou et un baiser, alors.

Elle pressa doucement ses lèvres contre les miennes.

— Tu penses à Grace Peltier, hein?

— A elle, à la Confrérie, à Pudd, répondis-je. A tout.

Je me tournai vers elle et trouvai son regard.

— Je crois que j'ai peur, Rachel.

— Peur de quoi?

— De ce que je pourrais faire, de ce que je pourrais être obligé de faire.

D'une main, pâle fantôme dans le vide de la nuit, elle suivit les contours de mes orbites, de mes pommettes, de mon crâne sous ma peau.

— De ce que j'ai fait par le passé, achevai-je.

— Tu es un type bien, Parker. Je ne serais pas avec toi si je n'en étais pas convaincue.

— J'ai fait des trucs moches. Je ne veux pas recommencer.

— Tu as fait ce que tu devais faire.

Je pressai sa main et sentis sa paume s'arrêter sur ma tempe gauche, ses doigts caressant doucement mes cheveux.

— J'ai fait plus que ça.

J'avais l'impression de flotter dans le noir; la nuit infinie s'étendait au-dessus comme au-dessous de moi, et seule la main de Rachel m'empêchait de tomber. Elle le comprit, car son corps se rapprocha de moi, ses jambes se nouèrent aux miennes, comme pour me dire que si je devais tomber, alors, nous tomberions ensemble. Son menton se nicha au creux de mon cou et elle resta un moment immobile. Dans le silence, je sentais le poids de ses pensées.

— Tu n'es pas sûr que la Confrérie soit responsable de la mort de Grace, ni de celle de qui que ce soit d'autre, dit-elle enfin.

— Non, admis-je. Mais je sens que Pudd est un homme violent, et peut-être pire. Je l'ai senti quand il était près de moi, quand il m'a touché.

— Et la violence engendre la violence.

J'approuvai de la tête.

— Je n'ai pas tiré un seul coup de feu depuis près d'un an, Rachel, pas même pour m'entraîner. Mais j'ai le pressentiment que si je continue à m'impliquer dans cette affaire je pourrais être forcé de me servir d'une arme.

— Alors renonce. Rends l'argent à Jack Mercier et laisse quelqu'un d'autre s'en occuper.

Je savais qu'elle ne parlait pas sérieusement. D'une certaine façon, c'était moi que j'éprouvais à travers elle et elle en avait conscience.

— Je ne peux pas faire ça, tu le sais bien. Marcy Becker est peut-être en danger et je pense que quelqu'un a assassiné Grace Peltier. Je ne peux pas le laisser s'en tirer.

Rachel se serra plus encore contre moi, sa main passa sur ma joue, sur mes lèvres.

— Tu feras ce que tu dois faire et tu éviteras la violence si tu peux.

— Et si je ne peux pas?

Elle ne répondit pas. Après tout, il n'y avait qu'une seule réponse possible.

Dehors, la circulation bourdonnait. Les gens dormaient. Un morceau de lune était suspendu dans la nuit comme un coup de couteau dans le ciel. Et tandis que j'étais étendu sans dormir près de la femme que j'aimais, le vieux Curtis Peltier, assis dans sa cuisine, buvait un verre de lait chaud pour trouver le sommeil. Un peignoir rouge élimé, ouvert sur un pyjama bleu, pendait au-dessus de ses pantoufles. Il but le lait à petites gorgées puis laissa le verre sur la table et se leva pour retourner au lit.

Je ne peux que deviner ce qui se passa ensuite mais, dans ma tête, j'entends la porte de derrière s'ouvrir, je vois des ombres s'allonger vers lui. Une main gantée se plaque sur la bouche du vieillard, l'autre lui tord un bras derrière le dos avec une telle force que l'épaule se déboîte et que Curtis perd brièvement conscience. Deux autres mains l'empoignent par les pieds et les deux ombres le portent à la salle de bains du premier étage. J'entends l'eau gargouiller dans la baignoire, qu'elle remplit lentement. Curtis Peltier reprend connaissance, agenouillé sur le sol, le torse contre la baignoire. Il regarde l'eau monter et sait qu'il va mourir.

— Où l'avez-vous mis, monsieur Peltier? demande avec détachement une voix masculine près de son oreille.

Il ne peut voir le visage de l'homme, ni celui de l'autre

personne, qui se tient légèrement en retrait, mais leurs ombres bougent sur le carrelage devant lui.

— Je ne sais pas de quoi vous parlez, répond-il, terrorisé.

— Si, monsieur Peltier. Vous le savez très bien.

— Je vous en prie, implore-t-il avant qu'on lui plonge la tête dans la baignoire.

Il n'a pas eu le temps de prendre sa respiration et l'eau pénètre instantanément dans sa bouche, dans ses narines. Il se débat mais son épaule droite est paralysée de douleur et il ne peut que frapper inutilement l'eau de la main gauche. Quand on lui relève la tête, il hoquette et tousse, recrache de l'eau par terre.

— Je ne vous reposerai la question qu'une seule fois, monsieur Peltier. Où l'avez-vous mis ?

Le vieil homme s'aperçoit qu'il pleure maintenant, de peur, de souffrance et de regret pour sa fille morte, qui ne peut pas plus le protéger qu'il n'a pu la protéger. Il sent des doigts s'enfoncer dans l'articulation disjointe et perd de nouveau conscience. Quand il revient à lui, il est allongé dans la baignoire, nu ; un homme aux cheveux roux se penche vers lui. Il sent dans ses bras une douleur vive qui retombe progressivement. Il a sommeil, il lutte pour garder les yeux ouverts.

Baissant la tête, il découvre que de longues estafilades courent de ses poignets à ses coudes et que l'eau du bain est devenue rouge. Les deux ombres le regardent tandis que, lentement, la lumière décroît. La vie s'écoule de lui. Enfin, il sent sa fille le prendre dans ses bras et l'emporter avec elle dans l'obscurité.

10

Dans toute affaire, selon Platon, l'essentiel est de savoir sur quoi porte la recherche.

Jack Mercier m'avait engagé pour chercher la vérité sur la mort de Grace Peltier. En me rendant chez lui, j'avais croisé Yossi Epstein, qui semblait impliqué dans une offensive financée par Mercier contre la Confrérie. Epstein était mort maintenant, et le siège de son organisation réduit en cendres. Avant de mourir, Grace Peltier étudiait l'histoire des baptistes d'Aroostock, dont les ossements avaient émergé depuis de la boue des berges du lac Saint-Froid. Pour une raison ou une autre, elle avait jugé nécessaire de prendre contact avec Carter Paragon dans le cadre de ses recherches, faisant une fois de plus apparaître le spectre de la Confrérie. Lutz, l'inspecteur chargé de l'affaire Peltier, était assez proche de la Confrérie pour rappliquer à Waterville et m'enjoindre de ne plus harceler Paragon. Si je reliais ces événements ensemble et y ajoutais le personnage de M. Pudd, il semblait bien que tout ramenait à la Confrérie.

Rachel partit tôt le samedi matin pour assister à la suite de sa réunion. Elle emporta un petit sachet en plastique contenant la carte de visite de Pudd, qu'un expert lui avait promis d'examiner avant le déjeuner. Je me douchai, préparai un pot de café et, une serviette autour de la taille, entrepris de donner une série de coups de fil. J'appelai Walter Cole, mon ancien coéquipier à la Criminelle quand je faisais partie du NYPD, et il donna de son côté quelques coups de téléphone. Grâce à lui, j'appris le nom de l'un des inspecteurs enquêtant sur la mort d'Epstein et l'incendie de ses bureaux. Il s'appelait Lubitsch.

— Comme le metteur en scène, expliqua-t-il quand je l'eus en ligne. Ernst, vous connaissez?

— Il y a un lien?

— Non, mais dans le travail, ça m'arrive de faire du cinéma.

— Chacun sa méthode.

— Vous avez été flic?

— Exact.

— Ça paie, le privé?

— Tout dépend si vous faites ou non le difficile. Il y a plein de boulot si vous êtes prêt à filer des femmes ou des maris volages. La plupart du temps, ça ne paie pas tellement, alors il faut se démener pour joindre les deux bouts. Pourquoi, ça ne vous plaît pas d'être flic?

— Si, ça me plaît, mais ça rapporte pas. Je me ferais plus de fric comme éboueur.

— Une autre version du même boulot.

— Je vous le fais pas dire. Vous voulez des renseignements sur Epstein?

— Tout ce que vous avez.

— Je peux vous demander pourquoi?

— Donnant, donnant?

— Bien sûr.

— J'enquête sur le suicide d'une fille qui a peut-être été en contact avec Epstein.

— Elle s'appelle?

— Grace Peltier. C'est le CID III de Machias qui s'en occupe.

— Elle est morte quand?

— Il y a une quinzaine de jours.

— Quel rapport avec Epstein?

Je ne voyais aucun inconvénient à mettre la pression sur la Confrérie si je le pouvais. De toute façon, l'interrogatoire de Paragon par Lutz figurait dans le dossier de l'affaire.

— La Confrérie. Grace Peltier a peut-être rencontré sa figure de proue, Carter Paragon, peu avant de mourir.

— C'est tout?

— Il y a peut-être plus, je ne fais que commencer. Ecoutez, si je peux vous aider, je le ferai.

Il y eut un silence d'au moins trente secondes et je crus que nous avions été coupés.

— Je vous fais confiance, mais pour cette fois seulement.

— Ça me suffira.

— Officiellement, c'est un meurtre. Nous avons exclu le vol comme mobile et nous enquêtons en ce moment sur un rapport possible avec l'attentat à la bombe contre la Ligue juive pour la tolérance.

— Bien vu. Qu'est-ce que vous gardez pour vous?

Baissant la voix, Lubitsch reprit :

— L'autopsie a révélé une trace de piqûre sous l'aisselle d'Epstein. On n'a pas encore identifié avec certitude le produit injecté, mais il pourrait s'agir d'une sorte de venin...

J'entendis un bruissement de papier.

— Je vous lis le rapport... C'est un neurotoxique, ce qui signifie qu'il bloque la transmission des impulsions nerveuses aux muscles, par une stimulation excessive des transmetteurs, l'acé... (il trébucha sur le mot) l'acétylcholine et la noradrénaline, provoquant la paralysie des systèmes nerveux sympathique et pa... (nouveau bredouillement) parasympathique, causant un stress profond et soudain pour l'organisme.

Lubitsch prit une inspiration avant de traduire :

— Autrement dit, le venin a provoqué une accélération du rythme cardiaque, une montée de la tension artérielle, des difficultés respiratoires et la paralysie des muscles. Epstein s'est tapé une belle crise cardiaque en l'espace de deux minutes. Il est mort en trois. Les symptômes — et là, c'est vraiment entre nous — sont systémiques, généralement associés aux araignées. Pour résumer, à moins qu'on ne trouve une meilleure hypothèse, le meurtrier a estourbi Epstein, il s'est assis sur sa poitrine et lui a injecté une dose massive de venin d'araignée. Veuve noire, d'après le labo, mais les analyses ne sont pas terminées. En plus, le type a prélevé un morceau de peau au bas du dos d'Epstein, un rectangle de quelques centimètres carrés. Drôle de truc, non ?

Je reposai mon stylo, jetai un coup d'œil aux notes que j'avais griffonnées en travers du bloc-notes de Rachel.

— Quelqu'un d'autre s'intéresse à cette affaire ?

— Qu'est-ce que j'entends ? riposta Lubitsch. Ah ! c'est le craquement des bornes de la courtoisie professionnelle que quelqu'un vient de piétiner...

— Désolé. Mais je prends ça pour un « oui ».

— Les collègues de Minneapolis, soupira-t-il. Rapport possible avec la mort d'un médecin, Alison Beck, il y a une semaine. On l'a retrouvée avec des veuves noires dans la bouche.

— Seigneur.

Ma réaction dut amuser Lubitsch car il continua :

— Le médecin légiste pense qu'on a engourdi les petites bêtes au dioxyde de carbone et qu'on les a insérées dans la bouche de Beck au moment où elles se ranimaient. Une seule veuve noire a survécu : les autres se sont piquées mutuellement et ont piqué Beck. Elle est morte d'une défaillance respiratoire.

— Ils ont une piste ?

— Elle pratiquait l'IVG, alors ils ramassent les fêlés locaux tout en cachant la plupart des détails à la presse. Apparemment, ils ont eu un mal de chien à tirer Beck de sa voiture.

— Pourquoi ?

— Elle grouillait de recluses.

Pudd.

Je remerciai Lubitsch, promis de le rappeler et raccrochai. Je me branchai ensuite sur Internet et, moins de deux minutes plus tard, une photo d'Alison Beck apparut devant moi sur l'écran de l'ordinateur. Elle paraissait plus jeune que sur la photo dans la bibliothèque de Jack Mercier. Plus jeune et plus heureuse. Les journalistes avaient fait du beau boulot en recourant à des sources d'information indirectes, allant même jusqu'à avancer que la mort d'Alison Beck était peut-être due à une piqûre d'araignée. C'est toujours difficile de maintenir le couvercle sur ce genre de détail.

J'éteignis l'ordinateur et appelai Rachel, dont la réunion s'interrompait à onze heures pour une pause café.

— Quelqu'un a eu le temps de jeter un coup d'œil à la carte de visite ? demandai-je.

— Moi aussi je te souhaite une excellente journée, répliqua-t-elle. C'est fini, l'amour est mort ?

— Il n'est pas mort, il est pris par autre chose. Alors ?

— Ils sont encore en train de l'examiner. Maintenant, disparais avant que j'oublie pourquoi je suis avec toi.

Elle raccrocha, ce qui me laissait devant un choix délicat : ou flemmarder, ou tenter ma chance avec la police de Minneapolis. Malheureusement, je n'avais aucun contact là-bas et je doutais que mon charme naturel me mène très loin. J'essayai de rappeler Mercier mais je me fis rembarrer par la femme de chambre. N'ayant rien au programme avant le soir, où Rachel et moi devions assister à *Cléopâtre* au Wang, je m'habillai, pris sur les étagères de Rachel un roman de Harlan Coben et descendis l'escalier pour tuer le temps dans Newbury Street. Je me rappelai qu'il y avait dans cette rue une boutique de BD qui méritait peut-être une visite.

Il apparut qu'Al Z avait déjà pris des dispositions pour notre rencontre. Dès que je mis le pied sur le trottoir, une portière s'ouvrit, une masse s'extirpa d'une Buick Regal verte garée de l'autre côté de la rue.

— Belle caisse, Tommy, fis-je remarquer. Tu emmènes les gars à Disneyland?

Tommy Caci eut un grand sourire. Sous son tee-shirt noir sans manches, ses trapèzes saillaient si fort qu'on aurait dit qu'il avait avalé un portemanteau, et son torse énorme se rétrécissait vers la taille mince de son jean moulant. Tout bien considéré, Caci ressemblait à un verre à Martini ambulant, la fragilité en moins.

— Bienvenue à Boston, me souhaita-t-il. Al Z apprécierait une visite de politesse. Monte. S'il te plaît.

— Ça te dérangerait que j'y aille tout seul?

Rien ne me persuaderait de m'asseoir à l'arrière de cette Buick. Tommy aurait beau m'adresser ses sourires les plus épanouis, je préférais marcher les yeux bandés sur la voie de gauche de l'autoroute. Je n'aimais pas penser aux derniers voyages que d'autres avaient faits dans cette voiture.

Le sourire de Tommy ne vacilla pas.

— C'est plus rapide comme ça. Al aime pas attendre.

— J'en suis sûr. Mais je préférerais quand même y aller par mes propres moyens.

Il haussa les épaules : ça ne valait pas le coup de se fâcher.

— Vas-y, soupira-t-il d'un air résigné.

Je marchai donc jusqu'au bureau d'Al Z, dans Newbury Street. D'accord, la Buick me colla aux basques pendant tout le trajet, sans jamais dépasser le trois à l'heure, mais ça me donnait l'impression d'être désiré. Quand j'arrivai à la boutique de BD, Tommy me fit un signe de la main et la Buick fonça en avant, dispersant les touristes sur son passage. J'appuyai sur le bouton de l'interphone, donnai mon nom, poussai la porte et gravis les marches menant au bureau d'Al Z.

Ça n'avait pas beaucoup changé depuis ma dernière visite : plancher nu et peinture écaillée. Il y avait toujours deux porte-flingues derrière la porte, et aucun endroit où s'asseoir, à part le canapé rouge fatigué, contre un mur, et le fauteuil du bureau d'Al Z, présentement occupé par Al Z lui-même.

Il portait un costume, une chemise et une cravate noirs. Ses cheveux gris étaient rabattus sur le devant et plaqués sur son crâne, ce qui lui donnait un air plus cadavérique encore. Deux prothèses auditives étaient nichées dans ses petites oreilles pointues. Al Z avait des problèmes auditifs depuis quelques années. Ça devait être à cause de tous ces automatiques qui pétaradaient autour de lui.

— Je vois que vous avez sorti votre garde-robe d'été, dis-je.

Il considéra ses vêtements comme s'il les voyait pour la première fois et répondit :

— J'étais à un enterrement.

— C'est vous qui l'organisiez ?

— Nan, je suis simplement allé dire adieu à un ami. Ils meurent tous, il restera bientôt plus que moi.

Je notai qu'Al Z semblait certain de survivre à ses copains. Le connaissant, je pensai qu'il avait probablement raison.

— Asseyez-vous, dit-il en désignant le canapé. C'est pas si souvent que j'ai des visiteurs.

— Je ne comprends pas pourquoi. Le cadre est si accueillant, et tout.

— J'ai des goûts spartiates.

Il sourit, se renversa dans son fauteuil.

— C'est mon jour de chance, on dirait. D'abord un enterrement, ensuite Charlie Parker qui me fait l'honneur d'une visite d'amitié. Vous allez voir que ma queue va se mettre aux abonnés absents et mes plantes crever d'un coup.

— Je serais navré de voir vos plantes crever.

Al Z étira son long corps dans son fauteuil, comme un serpent qui déroule ses anneaux.

— Et comment va Louis ? On n'entend plus beaucoup parler de lui, maintenant. Apparemment, la seule personne pour qui il tue ces temps-ci, c'est vous.

— La seule personne pour qui il ait jamais tué, c'est lui-même, repartis-je.

— Si vous voulez. En tout cas, si vous pouvez encore prendre le métro quand vous allez à New York, c'est uniquement parce que votre copain zigouillerait le premier qui vous toucherait. Je crois même qu'il me zigouillerait s'il le fallait, et je me considère comme un homme plutôt gentil, tout compte fait. Enfin, presque. Bon, qu'est-ce que je peux faire pour vous, à part vous laisser ressortir vivant d'ici ?

J'espérais qu'il ne parlait pas sérieusement. Al Z et moi avions eu quelques prises de bec par le passé. Nous en étions même arrivés au point où il m'avait laissé vingt-quatre heures à vivre si je ne retrouvais pas un tas de dollars volé sous le nez de son lieutenant, Tony Celli, surnommé Tony Clean parce que, malgré ses activités sanguinaires, il ne se salissait jamais. Comme j'avais retrouvé l'argent, j'étais encore en vie, mais Tony Clean était mort. J'avais regardé Al Z le tuer. Beaucoup d'hommes de Tony étaient morts à Dark Hollow, dans une large mesure à cause des efforts que nous avions déployés, Louis et moi, mais Tony était le seul « initié » parmi les victimes, et comme Al Z l'avait liquidé lui-même, ça avait détourné de nous une bonne partie de la pression. De notre côté, nous avions détourné la pression d'Al Z en restituant le pactole que Tony avait subtilisé, avec intérêts. Mes relations avec Al Z auraient pu servir à illustrer le mot « compliqué » dans le dictionnaire.

Depuis la fin de l'affaire Celli, Al Z se tenait au courant

de ce que je faisais. Il avait appris que j'enquêtais sur la Confrérie et qu'un nommé Pudd était mêlé à ses activités.

— Si je me souviens bien, c'est vous qui m'avez fait venir, fis-je observer.

Al Z feignit la surprise :

— Vraiment ? J'ai dû avoir un moment de faiblesse.

Décidant d'en finir avec les préliminaires, il enchaîna :

— Il paraît que vous mettez le nez dans les affaires de la Confrérie.

— En quoi est-ce que cela pourrait vous intéresser ?

— Beaucoup de choses m'intéressent. Ça vous a amusé, la rencontre avec M. Ragle ?

— C'est un inquiet. Il pense que quelqu'un essaie de le tuer.

— J'ai peur que M. Ragle ne soit sur le point de souffrir pour son art.

D'un geste, il congédia ses gorilles, qui sortirent de la pièce en refermant la porte derrière eux.

Al Z se leva, alla à la fenêtre et contempla les touristes venus faire les boutiques de Newbury. Son regard passait d'un visage à l'autre, mais personne ne mourut.

— J'aime cette rue, murmura-t-il comme pour lui-même. J'aime sa normalité. Quand je m'avance sur le trottoir, les gens autour de moi se préoccupent de leurs traites, du prix du café, ou du train qu'ils risquent de rater. J'aime ça. Je me sens normal par association.

Il se retourna vers moi et poursuivit :

— Vous, par contre, vous *semblez* seulement normal. Vous vous habillez comme n'importe quel schnock ; vous êtes ni mieux ni moins bien qu'une centaine d'autres types dans la rue. Mais vous franchissez cette porte et vous me rendez nerveux. J'ai des démangeaisons au creux des mains quand je vous vois. Me comprenez pas de travers : je vous respecte. J'ai peut-être même un peu de sympathie pour vous. Mais quand je vous vois, j'ai l'impression d'une catastrophe imminente, comme si le plafond menaçait de s'écrouler. Et la présence de vos copains tueurs à Boston ne me rend pas non plus le sommeil facile. Je sais que vous avez une femme ici, je sais aussi que vous avez mangé hier soir à l'Anago avec vos amis. Vous avez pris du bœuf, soit dit en passant.

— Il était succulent.

— Pour trente-cinq dollars, il peut. Il pourrait même vous chanter un petit air pendant que vous le mastiquez. Vous avez causé boulot ou plaisir ?

— Un peu des deux.

Il hocha la tête.

— C'est ce que je pensais. Vous voulez savoir pourquoi je vous ai mis sur Ragle, pourquoi je m'intéresse à ce bonhomme qui se fait appeler Pudd ? Je me dis peut-être : qu'est-ce que je peux faire pour Charlie Parker ? De qui je peux pourrir la vie en vous laissant y fourrer le nez ?

J'attendis. Je ne savais pas où la conversation nous menait, mais le tour qu'elle avait pris soudain me surprenait.

— Ou alors, c'est pour autre chose, poursuivit-il.

Le ton de sa voix avait changé, c'était maintenant celui d'un vieil homme, un peu plaintif.

— Vous croyez qu'une bonne action peut racheter toute une vie mauvaise ?

— Ce n'est pas à moi de juger, me dérobai-je.

— Réponse diplomatique mais loin de la vérité. Vous jugez, Parker, et vous agissez en fonction de votre jugement, comme moi. Nous sommes de la même espèce, vous et moi. Essayez encore.

Je haussai les épaules.

— Peut-être que oui, si c'est un acte de vrai repentir.

— Vous croyez au salut ?

— Je l'espère, le salut.

— Alors vous croyez aussi à la rédemption. La rédemption est l'ombre portée du salut.

Al Z joignit les mains sur son giron. Des mains très blanches et très propres, comme s'il passait des heures chaque jour à gratter la saleté dans les rides et les crevasses de sa peau.

— Je me fais vieux. Ce matin, devant le cercueil, j'ai regardé autour de moi et j'ai vu des hommes et des femmes en sursis. A eux tous, ils ont peut-être deux années à vivre. Bientôt, nous serons tous jugés, et tous jugés insuffisants. Le mieux que nous pouvons espérer, c'est la miséricorde, et je crois pas qu'on en bénéficiera dans l'autre monde si on n'en a pas montré dans ce monde-ci. Et je ne suis pas miséricordieux, conclut-il, je ne l'ai jamais été.

Je le regardai faire tourner son alliance autour de son doigt. Sa femme était morte trois ans plus tôt et il n'avait pas d'enfants. Je me demandai s'il espérait la retrouver dans une autre vie.

— Tout le monde mérite d'avoir une chance de s'amender, dit-il à voix basse.

Son regard, attiré par la lumière, se porta de nouveau vers la fenêtre.

— Je sais quelques petites choses sur la Confrérie, et sur l'homme qu'elle charge de faire son travail.

— M. Pudd. Un charmeur.

— Vous le connaissez? fit-il, de l'étonnement dans la voix.

— Je l'ai rencontré.

— Alors vos jours sont peut-être comptés, déclara Al Z. Je sais des choses sur lui parce que c'est mon métier de savoir. Je n'aime l'imprévisibilité que si j'estime que cela vaut le coup de parier dessus dans mon intérêt. C'est pour cette raison que je ne vous ai pas tué quand vous êtes venu pour Tony Clean. C'est pour cette raison que je ne vous ai pas tué après que vos copains et vous avez décimé l'équipe de Tony dans cette petite ville perdue dans la neige, il y a deux ans de cela.

Il tendit une main, la paume tournée vers le bas, et la fit osciller d'un côté puis de l'autre.

— En plus, vous avez retrouvé l'argent, ajouta-t-il. C'est ça qui a sauvé votre peau. Je pense que nos points de vue pourraient aussi coïncider sur Pudd. Je m'en fous s'il vous liquide, Parker. Vous me manqueriez, bien sûr. Vous et vos amis, vous mettez de l'animation, mais ça ne va pas plus loin. Enfin, si vous le tuez, ce sera une bonne chose pour tout le monde.

— Pourquoi vous ne le tuez pas vous-même?

— Parce qu'il a rien fait pour attirer mon attention ou celle de mes associés, répondit Al Z en se penchant en avant. Je reconnais que c'est un peu comme remarquer la présence d'une veuve noire dans un coin de la pièce et décider de la laisser tranquille parce qu'elle ne vous a pas encore piqué.

L'analogie avec les araignées était délibérée, je le savais. Al Z était un homme intéressant.

— Il n'y a pas que ce Pudd, continua-t-il. D'autres sont tapis dans l'ombre et il faut aussi les en faire sortir. Mais si je m'en prends à Pudd uniquement parce que je pense qu'il est mauvais et dangereux, si je parviens à le repérer et si les hommes que j'envoie parviennent à l'éliminer, ce dont je doute, ceux qui se cachent derrière se mettront en mouvement et je mourrai.

— Vous voulez donc vous servir de moi pour faire sortir Pudd de son trou.

— Personne ne se sert de vous si vous n'en avez pas envie, répondit Al Z avec un rire. Vous avez vos propres raisons de vouloir sa peau et personne dans mon organisation ne vous en empêchera. J'ai même essayé de vous mettre dans la bonne direction avec notre ami pornographe. Si vous réussissez à coincer Pudd et si nous pouvons vous aider à le finir sans attirer l'attention sur nous, nous le ferons. En tout cas, je vous conseille de mettre tous ceux qui vous sont chers hors de sa portée, sinon il les tuera. Ensuite, ce sera votre tour.

Avec un sourire de conspirateur, il ajouta :

— Je crois savoir que vous avez de la concurrence. Certains vieux juifs commencent à se fatiguer de tous ces cadavres, et la mort du rabbin new-yorkais, la semaine dernière, a été la goutte qui a fait déborder le vase. Il faut jamais se frotter aux juifs. On n'est plus à l'époque de Bugsy Siegel, mais ces gars-là, ils savent ce que c'est que garder rancune. Vous trouvez les Siciliens rancuniers ? Les juifs, ils ont des milliers d'années d'expérience en plus. La rancune, pour eux, c'est comme la poudre à canon pour les Chinois : ils l'ont inventée.

— Ils ont engagé quelqu'un ?

Al Z hocha la tête.

— L'argent n'est pas le mobile principal, pour l'homme en question. Il se fait appeler le Golem. C'est un juif d'Europe de l'Est, bien sûr. Je ne l'ai jamais rencontré, et c'est probablement tant mieux : si j'ai bien compris, ceux qui le rencontrent finissent entre quatre planches. Le jour où je le verrai, j'embrasserai l'anneau de saint Pierre et je m'excuserai d'avoir souffert d'amnésie sélective en ce qui concerne les Dix Commandements.

Il joua de nouveau avec son alliance, sur laquelle la lumière de la fenêtre se reflétait, expédiant de minuscules lances dorées sur le mur.

— Le type que vous devez rencontrer s'appelle Mickey Shine, Michael Sheinberg. Nous, on le surnomme Mickey le Juif. Il est à la retraite maintenant, mais il a fait partie de la bande de Joey Barboza jusqu'à ce que Joey commence à doubler ses hommes. J'ai entendu dire que c'est peut-être Mickey qui l'a tué à San Francisco, en 76. Il a ensuite travaillé un moment pour Action Jackson puis il en a eu marre de ce métier et il s'est acheté une boutique de fleuriste à Cambridge.

Al Z écrivit une adresse sur un bloc-notes, détacha la feuille et me la tendit.

— Mickey Shine, murmura-t-il avec une pointe de nostalgie couleur sépia dans la voix. En 68, en été, on s'est payé une biture de première, lui et moi. On avait commencé à Alphabet City et je me souviens plus bien de ce qui s'est passé après. J'ai refait surface dans un bain turc, étendu sur le carrelage, vêtu uniquement d'une serviette éponge. Je me suis cru à la morgue, je le jure. Mickey Shine... Quand vous le verrez, dites-lui que je me souviens de cette soirée.

— OK.

— Je vais demander à quelqu'un de lui téléphoner. Barboza a reçu quatre cartouches de fusil de chasse dans la poitrine. Si vous vous pointez là-bas sans prévenir avec un flingue à l'aisselle, vous risquez de finir comme lui.

Je le remerciai et me levai. Le temps que je parvienne à la porte, Al Z s'était rassis derrière son bureau et tripotait de nouveau son alliance.

— Nous sommes de la même espèce, vous et moi, répéta-t-il.

— Quelle espèce?

— Vous le savez bien.

— N'oubliez pas : une bonne action, dis-je.

Je n'étais pas sûr que cela suffirait. Les affaires d'Al Z reposaient sur la drogue et les putes, le porno, le vol, l'extorsion : des vies gâchées, détruites. Moi aussi, j'avais commis des actes que je regrettais. J'avais effacé des vies, tué un homme désarmé de mes mains nues. Al Z avait peut-être raison ; nous étions de la même espèce, lui et moi.

— Une bonne action, répéta-t-il en souriant. Je vous aiderai, modestement, à trouver M. Pudd et à les éliminer, lui et ceux qui l'entourent. Faites attention où vous mettez les pieds, Charlie Parker. Il y a encore des gens qui vous guettent.

Quand je partis, il avait repris la même position derrière son bureau, les mains jointes sous le menton, le visage figé comme le masque d'un dieu sans pitié.

11

Mickey Shine mesurait un mètre soixante-cinq environ et était chauve. Il se laissait pousser un bouc et une queue-de-cheval argentés pour faire oublier qu'il ne lui restait pas dix cheveux au-dessus du niveau des oreilles. Malheureusement, quand on s'appelle Mickey Shine[1] et que les lumières vives de votre boutique se reflètent sur la peau brillante de votre crâne, ce genre de subterfuge est voué à l'échec.

— Vous connaissez la blague des deux légionnaires dans le désert ? lui demandai-je tandis que le carillon de la porte d'entrée de Kendall Square égrenait ses dernières notes. Le premier se tourne vers l'autre et lui fait : « Tu sais ce que c'est, un chalumeau ? — Non. — C'est comme un dromaludaire, mais avec deux bosses. »

Shine posa sur moi un regard sans expression.

— Chalumeau... Chameau... Non ? fis-je.

1. *Shine* : « briller ». *(N.d.T.)*

— Vous voulez acheter quelque chose ou vous êtes juste venu me faire rire?

— Vous faire rire, je crois. Ça a marché?

— J'ai l'air de rire?

— On dirait que non. Al Z m'a donné votre nom.

— Je sais, un gars m'a téléphoné. Mais il a oublié de préciser que vous étiez un comique. Fermez la porte à clef et retournez la pancarte *Fermé*, d'accord?

Je fis ce qu'il me demandait et le suivis dans l'arrière-boutique. Sur un mur, un tableau d'affichage en liège était fixé au-dessus d'une table en bois. Shine jeta un coup d'œil aux commandes pour l'après-midi, prit des orchidées dans un seau noir et les disposa sur une feuille de plastique transparent.

— Vous préférez que j'arrête? dit-il. J'ai des bouquets à préparer mais si vous voulez que j'arrête...

— Non, pas de problème.

— Servez-vous un café.

Il y avait une machine sur une étagère, près d'un bol de succédané de lait et de sachets d'édulcorant. Le café sentait comme si une bestiole avait rampé dans le pot pour y mourir.

— Vous êtes là pour Pudd? fit Shine.

Il semblait concentrer toute son attention sur les fleurs mais sa voix avait vacillé en prononçant le nom.

J'acquiesçai.

— Alors, c'est le moment, dit-il, plus pour lui-même que pour moi.

Il continua à arranger ses orchidées en silence pendant quelques minutes puis soupira et interrompit sa tâche. Ses mains tremblaient. Il les regarda, les tendit pour que je puisse les voir puis les fourra dans ses poches.

— C'est un être immonde, monsieur Parker, commença-t-il, oubliant totalement son bouquet. Je n'ai pas arrêté de penser à lui ces cinq dernières années. A ses yeux et à ses mains. Ses *mains*, répéta-t-il avec un frisson. Quand je pense à lui, je vois un corps creux dans lequel s'est glissé un esprit maléfique. Je vous parais fou?

Je secouai la tête en me rappelant ma première impression dudit Pudd, la façon dont ses yeux semblaient me guetter derrière leurs capuchons de chair, les mouvements étranges, comme déconnectés, de ses doigts, les poils sur les phalanges. Je comprenais parfaitement ce que Shine voulait dire.

— Je crois que Pudd est un dibbouk, monsieur Parker. Vous savez ce que c'est, un dibbouk?

— Non, désolé.

— C'est l'esprit d'un mort qui envahit le corps d'un être vivant et en prend possession. Pudd est un dibbouk, une créature abjecte qui n'a rien d'humain.

— Comment se fait-il que vous le connaissiez?

— J'ai accepté un contrat pour le tuer, voilà comment. C'était après que j'ai décroché, quand les traditions ont commencé à s'effondrer. Je suis juif et les juifs ne deviennent jamais des « initiés ». J'ai préféré tout plaquer et les laisser se battre à mort, comme des animaux. Je leur ai rendu un dernier service et je les ai laissés mourir.

Il me coula un regard et je sus qu'Al Z avait vu juste : c'était Mickey Shine qui avait abattu Barboza à San Francisco en 1976, dernière faveur qui lui avait permis de se retirer.

— J'ai acheté ma boutique et ça a bien marché jusqu'en 86. Puis je suis tombé malade, j'ai dû rester fermé pendant un an. D'autres fleuristes se sont installés, j'ai perdu des clients, etc.

Il gonfla ses joues, vida l'air de ses poumons en une longue expiration bruyante.

— J'ai appris qu'il y avait un contrat sur un homme, un type curieux qui tuait par... par conviction religieuse. Des médecins pratiquant l'IVG, des homosexuels, des juifs, même. Je suis contre l'avortement, monsieur Parker, et l'Ancien Testament est clair sur les... sur ce genre de choses.

Cette fois, il n'essaya pas de trouver mon regard : Al Z lui avait sans doute parlé d'Angel et de Louis et conseillé de surveiller son langage.

— Mais les exécuter n'est pas la solution, reprit-il avec l'assurance d'un homme qui a tué pour gagner sa vie. J'ai accepté le contrat. Je n'avais pas touché à une arme depuis des années mais les vieux instincts ont la vie dure, vous savez.

Il se mit à se frotter le bras, comme pour calmer une vieille blessure.

— Et vous avez trouvé Pudd, conclus-je.

— Non, c'est lui qui m'a trouvé.

Les mouvements de sa main devinrent plus appuyés, plus rapides.

— Comme j'avais appris qu'il se cachait quelque part dans le Maine, je suis monté dans le Nord pour chercher sa trace. J'ai pris une chambre dans un motel de Bangor. Vous connaissez cette ville? Un trou. Je dormais quand un bruit m'a réveillé. J'ai voulu prendre mon arme sur la table de chevet mais elle n'y était plus. J'ai reçu un coup sur la tête et quand je suis revenu à moi, j'étais dans le coffre d'une voiture, les mains et les pieds liés avec du fil de fer, du ruban adhésif sur la bouche. Je ne sais pas combien de temps on a roulé, ça m'a paru des heures. La voiture a fini par s'arrêter; au bout d'un moment, le coffre s'est ouvert. J'avais les yeux bandés mais j'arrivais à voir sous le bandeau. Pudd se tenait devant moi dans ses vieilles nippes dépareillées. Il y avait une lueur dans son regard...

Shine se tut, prit sa tête entre ses deux mains puis les passa sur son crâne chauve comme si sa seule intention avait été au départ de lisser les trois cheveux qui lui restaient.

— J'ai presque perdu le contrôle de ma vessie, monsieur Parker, je n'ai pas honte de vous l'avouer. Je ne m'effraie pas facilement et j'ai affronté plusieurs fois la mort, mais le regard de cet homme, ses mains sur moi, c'était plus que je ne pouvais supporter... Il m'a soulevé — il est fort, très fort —, il m'a sorti du coffre et m'a traîné sur le sol. Nous étions dans un bois sombre et je discernais une forme derrière les arbres, une sorte de tour. Il a ouvert une porte, m'a tiré à l'intérieur d'une cabane de deux pièces. Dans la première il y avait une table et des chaises, rien d'autre, sinon des taches de sang qui avaient imprégné le bois du plancher. Au passage, Pudd a pris sur la table une caisse percée de trous. L'autre pièce était carrelée, équipée d'une vieille baignoire et d'une cuvette de WC sale, fendillée. Il m'a laissé tomber dans la baignoire, m'a frappé de nouveau sur la tête. Et pendant que j'étais à moitié estourbi, il a découpé mes vêtements avec un couteau pour mettre à nu le dessus de mon corps, du cou aux chevilles. Il a porté ses doigts à ses narines et il m'a lancé : « Vous puez la peur, monsieur Sheinberg. » C'est tout ce qu'il a dit.

Autour de nous, la boutique s'éloigna et disparut. Le bruit de la circulation mourut et le soleil parut perdre de son éclat derrière la fenêtre. Il n'y avait plus maintenant que le son de la voix de Mickey Shine, l'odeur de renfermé de la vieille cabane et le sifflement de la respiration de M. Pudd tandis qu'il s'asseyait au bord de la cuvette, plaçait la caisse sur ses genoux et en ôtait le couvercle.

— Elle contenait des fioles : des petites, des grandes. Pudd en a tenu une devant moi, j'ai vu le bouchon percé de trous, et l'araignée à l'intérieur. J'ai toujours eu horreur de ces bêtes, depuis que je suis gosse. C'était une petite araignée brune mais là, étendu dans la baignoire, respirant l'odeur de ma peur, je voyais un monstre à huit pattes.

« Pudd n'a rien dit, il a juste secoué la fiole, il a dévissé le bouchon et fait tomber l'araignée sur ma poitrine. Elle s'est prise dans les poils et j'ai gigoté pour la faire partir mais elle restait accrochée et, je le jure, je l'ai sentie me piquer. J'ai entendu un bruit de verre contre du verre, et une autre petite araignée est tombée à côté de la première, puis une troisième. Je m'entendais gémir mais c'était comme si la plainte venait de quelqu'un d'autre.

« Pudd a alors claqué des doigts pour me faire lever les yeux vers lui. Il choisissait des bouteilles dans la caisse et les tenait devant moi pour que je puisse voir ce qu'il y avait à l'intérieur. J'ai reconnu une tarentule recroquevillée au fond de la première, une veuve noire derrière une feuille dans la deuxième. Dans la troisième, un petit scorpion rouge agitait sa queue.

« Pudd s'est penché en avant et a chuchoté à mon oreille : "Laquelle, monsieur Sheinberg, laquelle ?" Mais il ne les a pas libérées. Il a remis les fioles dans la caisse, il a tiré de la poche intérieure de sa veste une enveloppe contenant plusieurs photos : de mon ex-femme, de mon fils, de mes filles, de ma petite-fille. Des photos en noir et blanc, prises dans la rue. Il me les a montrées une par une avant de les remettre dans l'enveloppe.

« "Vous servirez d'avertissement, monsieur Sheinberg, il a dit. Un avertissement à tous ceux qui s'imaginent pouvoir se faire de l'argent facilement en me traquant. Vous survivrez peut-être à notre rencontre, peut-être pas. Si vous en réchappez, si vous retournez dans votre boutique de fleurs et si vous m'oubliez, je laisserai votre famille tranquille. Mais si vous essayez de me retrouver, cette jolie petite fille — Sylvia, c'est son prénom, n'est-ce pas ? —, eh bien, la petite Sylvia se retrouvera là où vous êtes, et ce qui va vous arriver dans un instant lui arrivera.

Mais elle, elle ne survivra pas, je vous le garantis, monsieur Sheinberg."

« Il s'est levé, il s'est penché vers mes jambes pour enlever la bonde de la baignoire en murmurant : "Préparez-vous à vous faire de nouvelles amies." J'ai baissé les yeux, j'ai vu des araignées sortir du trou d'évacuation. Des centaines d'araignées qui se bousculaient, qui se battaient entre elles. Certaines étaient déjà mortes, je crois, et seulement entraînées par le flux, mais les autres... »

Je détournai les yeux et un souvenir d'enfance me traversa la tête. Quelqu'un m'avait imposé la même torture quand j'étais gosse : un adulte nommé Daddy Helms, qui avait répandu des fourmis sur moi parce que j'avais cassé des carreaux. Helms était mort maintenant mais, pendant un court instant, son esprit me lança un regard mauvais de sous les capuchons de chair des yeux de M. Pudd. Shine dut déceler une trace de ce souvenir sur mon visage car le ton de sa voix changea. Elle s'adoucit et une partie de la rancœur qu'il éprouvait envers moi parce que je l'avais contraint, à travers Al Z, à faire ces aveux parut se dissiper.

— J'en avais sur tout le corps. Je criais, je criais et personne ne pouvait m'entendre. Je ne voyais plus ma peau tant elles étaient nombreuses. Et Pudd les regardait courir sur moi et me piquer. Je crois que j'ai dû m'évanouir parce que, quand j'ai repris connaissance, la baignoire était pleine d'eau et les araignées se noyaient. C'est la seule fois où j'ai vu autre chose que de la joie malsaine sur le visage de ce malade. Il avait l'air chagriné, comme si la perte de ces horribles bêtes le peinait vraiment. Quand elles ont toutes été mortes, il m'a sorti du bain, il m'a remis dans le coffre de la voiture et a démarré. Il m'a laissé dans une rue de Bangor. Quelqu'un a appelé une ambulance, on m'a emmené à l'hôpital mais le venin avait déjà commencé à faire effet...

Mickey Shine se leva, déboutonna sa chemise, la défit et la tint suspendue par les manches. Ma bouche se dessécha. Quatre morceaux de chair de la taille d'une pièce de monnaie manquaient au bras droit, comme si un animal les avait arrachés d'un coup de dents. Il y avait un autre creux sur sa poitrine, à l'emplacement du mamelon gauche. Il se retourna, montrant des marques semblables sur les flancs et sur le dos.

— La chair a pourri, expliqua-t-il. Voilà le genre d'homme à qui vous avez affaire, monsieur Parker. Si vous lui portez un coup, assurez-vous qu'il soit mortel parce que s'il en réchappe vous n'aurez plus personne autour de vous. Il les tuera tous, et puis il vous tuera.

Shine remit sa chemise, entreprit de la reboutonner.

— Vous avez une idée de l'endroit où il vous a emmené? demandai-je quand il eut terminé.

— Je crois que nous avons roulé vers le nord, et j'ai entendu le bruit de la mer. C'est tout ce dont je me souviens.

Il s'interrompit, fronça les sourcils.

— J'ai vu une lumière, en haut, sur ma droite, quand il m'a traîné dans la cabane, ajouta-t-il. C'était peut-être un phare... Il a dit aussi que si je m'en prenais de nouveau à lui tous nos noms seraient écrits et que nous serions damnés.

— Qu'est-ce que ça voulait dire?

Mickey Shine parut sur le point de répondre mais baissa les yeux et se concentra sur ses boutons de manchette. Il est gêné, pensai-je, il a honte de ce qu'il considère comme sa faiblesse face au sadisme de M. Pudd. Il a peur, aussi.

— Je ne sais pas ce qu'il voulait dire, marmonna-t-il.

Le goût du mensonge dans sa bouche, me sembla-t-il, lui fit plisser les lèvres.

— Et vous, qu'est-ce que vous vouliez dire tout à

l'heure quand vous m'avez répondu : « C'est le moment » ?

— Je savais qu'un jour viendrait où il serait enfin possible d'en finir avec M. Pudd. J'ai attendu longtemps pour raconter mon histoire. Voilà ce que je sais : il vit au nord de Bangor, sur la côte, à proximité d'un phare. C'est tout ce que je peux vous dire. Arrangez-vous pour que ça reste entre nous : vous, moi et Al Z.

Renonçant à insister pour le forcer à révéler ce qu'il gardait pour lui, j'acquiesçai :

— Entendu.

— Parce que si Pudd découvre que nous avons eu une conversation, nous sommes morts. Il nous tuera tous.

Il me serra la main et se détourna.

— Vous ne me souhaitez pas bonne chance ? fis-je.

Il me regarda, secoua la tête.

— Si vous avez besoin de chance, vous êtes déjà mort.

Puis il revint à ses orchidées et ne prononça pas un mot de plus.

DEUXIÈME PARTIE

« Ne juge pas le prédicateur car il est ton juge. »

George Herbert, *Le Porche de l'église*

LA QUÊTE DU SANCTUAIRE

(Extrait de la thèse de troisième cycle de Grace Peltier)

Il reste peu de photos de Faulkner (en tout cas, aucune prise après 1963) et peu de traces de son passé, de sorte que ce que nous savons de lui se limite essentiellement aux témoignages de ceux qui l'ont entendu prêcher ou l'ont rencontré au cours de l'une de ses missions de guérisseur.

C'était un homme de grande taille avec de longs cheveux bruns et un front haut, des yeux bleus sous des sourcils droits, une peau pâle, presque translucide. Il portait généralement des vêtements d'ouvrier — jean, chemise de coton grossier, bottes —, excepté quand il prêchait, préférant alors revêtir un costume noir simple sur une chemise blanche sans col boutonnée au cou. Il ne portait pas de bijoux et sa seule concession aux ornements religieux était un crucifix en or qu'il accrochait à son cou. Ceux qui ont eu l'occasion d'examiner de près ce bijou soulignent la finesse de sa fabrication, la minutie avec laquelle on avait sculpté le visage et les membres du Christ. Son visage en particulier était représenté avec une précision presque photographique, les souffrances de l'homme crucifié rendues avec une clarté bouleversante.

Je n'ai trouvé trace de Faulkner dans aucune des écoles de théologie établies et les enquêtes auprès d'Eglises importantes ou mineures n'ont pas donné d'indices non plus sur les origines de son éducation religieuse. Si l'on possède très peu de documents sur la première partie de sa vie, nous savons cependant qu'Aaron David Faulkner, fils naturel de Reese Faulkner et d'Embeth Thule, est né à Montgomery, Alabama, en 1924. Enfant petit et frêle, handicapé par une mauvaise vision de l'œil gauche qui lui vaudrait plus tard d'être exempté du service militaire, il se mit soudain à grandir rapidement vers le milieu de l'adolescence. Selon les voisins qui se souviennent de lui, cette croissance physique s'accompagna d'un développement comparable de sa personnalité : de timide et gauche à dominatrice et imposante. Il vécut seul avec sa mère jusqu'à ce qu'elle meure, peu avant ses seize ans. Après l'enterrement, Aaron Faulkner quitta Montgomery pour ne plus jamais y revenir.

Sur les quatre années qui suivirent et précédèrent son mariage, nous n'avons aucune information sûre, uniquement des présomptions. Un certain Aarn (sic) Faulkner fut inculpé de voies de fait à Columbia, Caroline du Sud, en 1941, après un incident dans lequel une prostituée nommée Elsa Barker aurait été blessée à la tête et dans le dos par jets de pierres. Barker ne se présenta pas au tribunal, et sa déclaration à la police étant jugée peu fiable, l'affaire se termina par un non-lieu. On ne revit plus jamais Elsa Barker.

Un autre incident mérite d'être signalé. En 1943, les Vogel, famille de trois personnes vivant à Liberty, Mississippi, furent portés disparus. On les retrouva deux jours après le début des recherches, enterrés dans une fosse peu profonde, à un kilomètre et demi de leur ferme. Les corps avaient été recouverts de chaux vive. Selon les rapports de police, un jeune vagabond avait logé chez eux dans les jours précédant leur disparition. Les Vogel l'avaient accueilli parce qu'il paraissait très croyant. Aucun des voisins ne l'avait jamais rencontré ni même vu, mais ils se rappelaient son prénom : Aaron. On découvrit après leur mort que les Vogel n'étaient en fait pas mariés et que leur fille était une enfant naturelle. Parmi les suspects interrogés au cours de l'enquête figure Aaron Faulkner, appréhendé dans un motel de Vicksburg. Il fut relâché trois jours plus tard faute de preuves.

(Si on ne peut établir de rapport direct entre la mort des Vogel et la disparition de la prostituée Elsa Barker, je décèle dans les deux cas des signes de réaction violente, liée peut-être à un désir sublimé, face à ce qui était perçu comme une transgression sexuelle, à savoir d'une part les relations hors mariage du couple Vogel et la naissance de leur enfant naturelle, faisant écho à la propre situation familiale de Faulkner, et d'autre part la profession de Barker. Je pense que les tentatives ultérieures de Faulkner pour restreindre et contrôler les relations sexuelles de la communauté d'Eagle Lake constituent un type de comportement similaire.)

Après son mariage, en 1944, Faulkner fut embauché par un imprimeur de Richmond, Virginie, du nom de George Lemberger, et travailla pour lui les douze années qui suivirent tout en se taillant une réputation de prédicateur sans formation. Un différend sur ses activités religieuses, assorti d'allégations selon lesquelles il aurait imité la signature de Lemberger sur un chèque, incita finalement Faulkner à quitter l'imprimerie au début de 1957. Il partit pour le nord avec sa femme et ses deux enfants. De 1958 à 1963, il gagna chichement sa vie comme prédicateur itinérant, établissant à la longue dans des bourgades du Maine de petites communautés de fidèles d'où émergerait le groupe originel des seize membres de la communauté. Faulkner complétait ses revenus en travaillant par intermittence comme imprimeur, ouvrier agricole ou pêcheur.

Il installa d'abord son quartier général dans une pension de famille de Montgomery Street, à Portland, Maine, appartenant à un cousin des Jessop. Il y prêchait dans la salle à manger, parfois devant une trentaine de personnes. Avec ces premiers sermons, il élargit sa réputation et rassembla autour de lui un groupe d'adeptes restreint mais très dévoué.

Faulkner n'était pas un prédicateur invoquant avec véhémence les feux de l'enfer. Il attirait à lui ceux qui l'écoutaient en parlant d'un ton tranquille, en s'insinuant peu à peu dans leur conscience. (Ce portrait peut paraître inutilement péjoratif, mais il faut noter que, rétrospectivement, les témoins que j'ai rencontrés ont gardé de Faulkner un souvenir négatif. S'il exerça une forte influence par ses sermons et si le nombre de personnes prêtes à le suivre lui aurait indéniablement permis d'établir une communauté bien plus grande que celle d'Eagle Lake, il y avait des gens que Faulkner mettait mal à l'aise.)

Selon tous les témoignages, sa femme, Louise, était d'une beauté saisissante, avec une chevelure brune à peine plus longue que celle de son mari. Elle n'avait pas de rapports directs avec les fidèles de Faulkner : si l'un d'eux venait le voir après l'office, elle restait derrière son époux, écoutait l'échange entre le prédicateur et le suppliant sans faire de commentaire. C'est apparemment sa présence constante et silencieuse aux côtés de son mari qui intimidait les gens, même si deux témoins rapportent qu'elle intervint un jour physiquement quand son mari fut accusé d'escroquerie pendant une séance de guérison à Rumford, Maine, en 1963. Elle ne prononça pas un mot mais la vigueur et la nature de son intervention impressionnèrent assez ceux qui y assistèrent pour qu'ils en gardent un souvenir détaillé près de quarante ans plus tard. Elle montrait cependant un grand respect à son mari, conformément à la doctrine religieuse fondamentaliste, et jamais le moindre signe de désobéissance à son égard.

La famille de Louise, les Dautrieve, était originaire de l'est du Texas et appartenait à l'Eglise baptiste du Sud. Dans le souvenir de ceux que j'ai rencontrés, les Dautrieve étaient, semble-t-il, favorables à la décision de Louise d'épouser Faulkner, qui n'avait alors que dix-neuf ans, parce qu'ils le considéraient comme un homme de foi, bien qu'il ne fût pas lui-même baptiste. Après le mariage, Louise n'entretint que des relations très espacées avec les membres de sa famille et rompit tout contact après son départ pour Eagle Lake.

La plupart de ceux qui vivent encore aujourd'hui pensent qu'elle est morte.

12

Rachel était déjà rentrée à l'appartement quand je revins de ma rencontre avec Mickey Shine. Elle m'accueillit par un baiser sur les lèvres.

— Tu as passé une bonne journée? s'enquit-elle.

Vu les circonstances, « bonne » était probablement excessif.

— J'ai trouvé des choses, répondis-je d'un ton neutre.

— Hum. Bonnes ou mauvaises?

— Plutôt mauvaises, mais rien que je ne soupçonnais déjà.

Elle ne me demanda pas si je voulais en parler. L'idée me frappait quelquefois que Rachel me connaissait parfaitement alors que je ne savais quasiment rien d'elle. Je la regardai ouvrir son sac à main, y prendre un de ses cahiers à spirale et en tirer une feuille imprimée.

— Je ne crois pas que ce que j'ai à te dire soit une bonne nouvelle non plus, annonça-t-elle. Les gars du labo ont examiné ta carte de visite, ils m'ont envoyé les résultats par mail. Ils ont dû penser que c'était un peu trop technique pour être expliqué au téléphone.

— Et?

— La carte était imprégnée de cantharidine, de la cantharidine concentrée. C'est une substance parfois utilisée en médecine et qui provoque des ampoules. Le coin supérieur droit de la carte avait été enduit de cire, sans doute pour que M. Pudd puisse la tenir sans conséquence pour sa propre peau. Quand tu l'as prise dans ta main, la chaleur de ton corps et l'humidité de tes doigts ont fait agir la cantharidine.

Je réfléchis un moment.

— Donc, Pudd a utilisé une sorte de produit médical... commençai-je.

— Non, me coupa Rachel. J'ai dit qu'on l'*utilise* à des fins médicales mais la substance imprégnant la carte est une forme de toxique très spécifique, produite uniquement, selon le technicien qui l'a analysée, par « certains arthropodes vésicants ». C'est du venin de cantharide. L'homme qui t'a remis cette carte a récolté ce venin, l'a concentré et appliqué sur la carte.

Je me rappelai le sourire de M. Pudd quand je lui avais lancé : « Vous êtes aussi irritant mais votre carte ne le dit pas non plus. » Et sa réponse : « Oh ! si, elle le dit à sa façon. »

Je pensai aussi à Epstein et au produit qu'on lui avait injecté.

— Si Pudd a récolté du venin de cantharide, je présume qu'il peut récolter aussi des toxiques d'une autre sorte.

— Comme ?

— Du venin d'araignée, peut-être ?

— Peut-être. J'ai appelé le labo après avoir reçu le mail pour demander des précisions. Si j'ai bien compris, la substance aurait pu être obtenue en soumettant la cantharide à un choc électrique pour l'inciter à lâcher son toxique. Apparemment, obtenir du venin d'arachnide est un peu plus compliqué. Il faut endormir l'araignée, généralement en la refroidissant avec du dioxyde de carbone, puis la placer sous un microscope. Chaque fois qu'elle est choquée, elle produit une petite quantité de venin. On peut généralement choquer une araignée trois ou quatre fois avant de la mettre au repos.

— Donc, il faut une grande quantité d'araignées pour produire une quantité suffisante de venin ?

— Probablement, répondit Rachel.

Je me demandai combien il avait fallu « traire » d'araignées pour tuer Yossi Epstein. Je me demandai aussi pourquoi on avait pris cette peine. Après tout, il aurait été bien plus facile, et moins voyant, d'éliminer le rabbin d'une manière classique. Puis je me rappelai Alison Beck et ce qu'elle avait dû éprouver quand les veuves noires se battaient dans sa bouche, quand les recluses grouillaient autour d'elle dans l'espace confiné de sa voiture. Je me rappelai la lueur d'effroi dans les yeux de Mickey Shine lorsqu'il m'avait parlé des araignées de la baignoire, et les trous laissés dans sa chair par leurs piqûres. Je songeai à ce que j'avais moi-même ressenti quand les doigts fins et velus de M. Pudd avaient effleuré les miens, quand les premières ampoules étaient apparues sur ma peau.

Il l'avait fait parce que c'était drôle. Parce que être la proie d'une petite créature sombre et dévorante terrifie bien plus que ne peut le faire un couteau ou un pistolet, et décuple la souffrance des victimes. Même Epstein, tué par une injection, avait dû éprouver cette souffrance quand ses muscles avaient été pris de spasmes et de crampes, quand le souffle lui avait manqué, quand son cœur avait enfin lâché sous la pression imposée à son organisme.

C'était aussi un message, j'en étais convaincu. Et la seule personne à qui ce message pouvait être destiné, c'était Jack Mercier. Epstein et Beck figuraient sur la photo accrochée à son mur, et le cabinet Warren Ober avait été chargé de l'offensive juridique d'Epstein contre les exonérations fiscales accordées à la Confrérie. Je sus alors que je devais retourner dans le Maine, que la mort de Grace Peltier était liée aux attaques que son père et d'autres avaient menées contre la Confrérie. Mais comment Pudd et ceux qui l'avaient aidé avaient-ils appris que Grace Peltier était la fille de Jack Mercier? Restait à savoir également pourquoi une femme faisant des recherches sur une communauté religieuse depuis longtemps disparue avait fini par essayer de coincer le leader de la Confrérie. A cette question, je n'avais qu'une seule réponse : quelqu'un avait orienté Grace dans la direction de la Confrérie. Et elle en était morte.

J'essayai de nouveau d'avoir Mercier pendant que Rachel prenait une douche mais je tombai une fois de plus sur la bonne, qui promit d'informer son patron que j'avais appelé. Je demandai Quentin Harrold et on me répondit de même qu'il n'était pas disponible. Je fus tenté de jeter mon portable par terre et de le piétiner puis je me dis que j'en aurais peut-être encore besoin et je me contentai de le lancer d'un air dégoûté sur le canapé de Rachel. Je n'avais rien de sensationnel à annoncer à Mercier, rien qu'il ne sût déjà, sans doute. Mais je n'aimais pas qu'on me laisse dans le noir, en particulier quand M. Pudd traînait dans le coin.

Les méthodes d'élimination de Pudd tenaient cependant à une autre raison que je ne connaissais pas encore, une croyance qui avait ses racines dans un passé lointain et dans des générations plus anciennes.

La croyance selon laquelle les araignées étaient les gardiennes du monde souterrain.

Le Wang Center de Tremont Street passant pour le plus beau théâtre de la partie supérieure de la côte Est, et le Boston Ballet étant, selon mon expérience limitée, une compagnie remarquable, il était difficile de résister à l'attrait de cette conjugaison, surtout un soir de première. Lorsque nous traversâmes à pied Boston Common, où un orchestre jouait à la fenêtre de la station de radio WERS d'Emerson College, les spectateurs se dirigeant vers le théâtre s'arrêtaient brièvement pour examiner le visage contracté du chanteur. Nous prîmes nos billets au guichet, pénétrâmes dans le hall tout en marbre et dorures, passâmes devant les éventaires proposant des programmes et des souvenirs de *Cléopâtre*. Nous avions des places dans les loges d'orchestre, tout à fait à gauche dans le fond de la salle, un peu au-dessus des rangées de fauteuils s'étirant devant nous, de sorte qu'aucun spectateur ne pourrait nous barrer la vue.

— Tu sais, quand j'ai dit à Angel qu'on venait ici, il m'a demandé si j'étais sûr de ne pas être homo, murmurai-je à Rachel.

— Qu'est-ce que tu as répondu ?

— Que je ne le dansais pas, le ballet, que j'y assistais seulement.

— Alors je suis juste un moyen de te rassurer sur ton hétérosexualité ? me taquina-t-elle.

— Un moyen très agréable...

Sur ma droite, une silhouette entra dans l'une des loges situées au-dessus de la nôtre. Elle s'avança lentement, s'installa avec précaution dans son fauteuil avant d'ajuster ses prothèses auditives. A l'arrière-plan, Tommy Caci plia le manteau d'Al Z, servit un verre de vin rouge à son patron puis s'assit derrière lui.

Le Wang est un théâtre égalitaire : il n'y a pas de loges fermées. Certaines parties sont cependant mieux protégées des regards que d'autres. L'endroit qu'Al Z occupait était partiellement masqué par un pilier, mais ouvert sur l'allée à droite. Les sièges voisins étaient libres, ce qui signifiait qu'Al avait réservé toute cette partie des loges pour la première.

Al Z, incurable romantique, pensai-je.

Les lumières s'éteignirent, le public se tut. La musique

de Rimski-Korsakov, arrangée pour le ballet par le compositeur John Lanchbery, emplit le vaste bâtiment quand la soirée commença. Des suivantes firent en dansant le tour de la chambre de Cléopâtre tandis que la reine dormait à l'arrière-plan et que son frère Ptolémée conspirait avec son confident Pothinus la chute de Cléopâtre. C'était brillamment exécuté et pourtant, pendant toute la première partie, je ne parvins pas à empêcher mes pensées de dériver. J'avais l'esprit envahi par des images de créatures rampantes, par ce que j'imaginais des derniers moments de la vie de Grace Peltier.

Un pistolet près de sa tête, une main enfoncée dans ses cheveux pour l'immobiliser tandis que le doigt presse la détente. C'est le doigt de Grace, mais un autre doigt appuie dessus. Elle est à moitié consciente, étourdie par un coup qu'elle a reçu sur la tempe et ne parvient pas à résister quand on met son bras en position. Le coup à la tempe n'a pas entamé la peau, et de toute façon, l'orifice d'entrée de la balle déchirera la chair et l'os, dissimulant toute blessure antérieure. Ce n'est que lorsque le métal froid touche sa tête qu'elle comprend enfin ce qui se passe. Elle se débat, ouvre la bouche pour crier...

Un claquement troue la nuit, une flamme rouge jaillit de la tempe de Grace, éclaire la vitre et la portière. La lumière meurt dans ses yeux, son corps s'affale vers la droite; une odeur de brûlé se dégage tandis que ses cheveux grésillent doucement.

Il n'y a pas de souffrance.

Il n'y aura plus jamais de souffrance.

Je sentis une pression sur mon bras et vis Rachel me couler un regard interrogateur tandis que sur la scène le ballet atteignait son point culminant avant l'entracte. Dans sa chambre, Cléopâtre dansait pour César, l'aguichait. Je tapotai la main de Rachel, geste condescendant qui lui fit froncer les sourcils, mais avant que je puisse m'expliquer, un mouvement sur la droite attira mon attention. Tommy Caci s'était levé et avait plongé une main à l'intérieur de sa veste. Al Z, ignorant apparemment ce qui se passait derrière lui, continuait à regarder le ballet. Tommy s'écarta de son siège et disparut dans l'allée.

Sur la scène, l'assassin Pothinus, tapi dans l'ombre, attendait le moment opportun pour frapper la reine. Inconscients du danger, Cléopâtre et César dansaient. La musique enfla à l'instant où une forme prenait place sur le fauteuil derrière Al Z. Ce n'était pas Tommy Caci, la silhouette était plus maigre, plus anguleuse. Captivé par le ballet, Al Z remuait la tête au rythme de la musique et échappait pour un temps au monde obscur qu'il avait choisi d'habiter. Une main bougea, une pointe d'argent étincela. Pothinus s'avança, glaive brandi, mais César fut plus rapide et sa lame transperça l'estomac du confident.

Dans la loge, le corps d'Al Z se raidit, un trait rouge jaillit au moment où la silhouette se pencha vers lui, une main sur son épaule, l'autre près de la base de son crâne. Vus de dos, les deux hommes donnaient sans doute l'impression de bavarder, rien de plus, mais j'avais vu l'éclair de la lame, je savais ce qui se passait. La bouche d'Al Z s'ouvrit toute grande et, sous mes yeux, M. Pudd plaqua sa main gantée dessus et la maintint tandis que le vieux truand tressaillait et mourait.

Pudd parut braquer un instant son regard vers l'endroit où j'étais assis avant de poser le manteau d'Al Z sur les épaules du gangster et de reculer dans l'ombre.

Sur scène, le rideau tombait sous des applaudissements frénétiques mais je m'étais déjà élancé. Passant par-dessus le rebord des loges, je remontai l'allée en courant. A ma gauche, une volée de marches conduisait au niveau supérieur. Je les montai deux par deux, écartai une ouvreuse tout en dégainant mon arme.

— Appelez une ambulance! lui criai-je en passant. Et la police!

J'entendis le bruit de ses pas résonner sur le marbre quand je parvins en haut de l'escalier, tenant mon pistolet devant moi. Par une sortie de secours ouverte, je vis l'escalier d'incendie s'abaisser sous le poids d'un corps. En bas, sur un quai de chargement, une voiture prenait déjà de la vitesse, une Mercury Sable argent. Elle me montra son flanc en tournant dans Washington Street et je ne pus relever son numéro d'immatriculation, mais j'eus le temps de distinguer deux silhouettes à l'intérieur.

Derrière moi, les spectateurs sortaient pour l'entracte et une ou deux personnes jetèrent un coup d'œil par la porte ouverte. Comme toutes les issues étaient munies de systèmes d'alarme, le service de sécurité ne tarderait pas à rappliquer pour voir qui en avait ouvert une et pourquoi. Je retournai dans la salle, m'approchai d'Al Z. Il avait la tête baissée, le menton sur la poitrine, et le manteau drapé sur ses épaules cachait le manche du couteau qui l'épinglait sur son fauteuil, l'empêchant de basculer en avant. Du sang avait coulé de sa bouche, imprégnant le devant de sa chemise blanche. Tommy Caci avait disparu.

Deux vigiles du Wang surgirent derrière moi, reculèrent en voyant mon arme.

— Vous avez prévenu la police? leur demandai-je.

Ils hochèrent la tête.

De l'autre côté du couloir, une porte était entrouverte.

— Qu'est-ce qu'il y a derrière?

— Le salon des personnalités, répondit l'un des gardes.

Je baissai les yeux, vis dans l'entrebâillement ce qui ressemblait à la pointe d'une chaussure. Doucement, je poussai la porte du coude.

Tommy Caci gisait par terre, allongé sur le ventre, la

tête tournée de côté, le bord de sa blessure à la gorge nettement visible. Le sang avait giclé partout : sur le sol, sur les murs. Caci avait probablement été assailli par-derrière quand il avait pénétré dans le salon. Plus loin, il y avait un bar, des canapés et des fauteuils, mais la pièce était déserte.

Je retournai dans le couloir au moment où deux agents en uniforme bleu s'avançaient, l'arme à la main. Par-dessus les exclamations de surprise et de peur du public, j'entendis l'un d'eux m'ordonner de lâcher mon pistolet. J'obtempérai aussitôt.

— Je suis détective privé, déclarai-je.

L'un des policiers me poussa contre le mur et me fouilla tandis que son collègue jetait un coup d'œil à Tommy Caci puis se dirigeait vers l'autre cadavre.

— C'est Al Z, lui dis-je quand il revint (et je sentis alors comme une pointe de tristesse pour le vieux gangster). Il ne vous embêtera plus.

Je fus interrogé sur les lieux mêmes par deux inspecteurs nommés Carras et McCann. Je leur rapportai tout ce que j'avais vu, sans dire toutefois ce que je savais de M. Pudd. Je le décrivis aussi précisément que je pus et ajoutai que j'avais fait la connaissance d'Al Z au cours d'une autre affaire.

— Quelle autre affaire? me demanda McCann.

Quand je prononçai le nom de Dark Hollow, l'endroit où Tony Celli avait été abattu par l'homme qui gisait maintenant près de nous, leurs visages s'éclairèrent et McCann promit même de me payer un verre un de ces jours.

Je me tins près d'eux à la porte principale du théâtre tandis que le public passait lentement devant une rangée de policiers qui demandaient à chaque spectateur s'il avait vu quelque chose puis notaient son nom et son numéro de téléphone. Au poste de police, je fis ma déposition assis près du bureau en désordre de McCann et laissai mon numéro de portable et l'adresse de Rachel, au cas où les inspecteurs auraient encore besoin de moi.

Après les avoir quittés, j'appelai Mickey Shine à sa boutique mais il ne répondit pas et les renseignements m'informèrent que le numéro de son domicile était sur liste rouge. Autre coup de fil et, cinq minutes plus tard, j'avais le numéro et l'adresse d'un certain Michael Sheinberg, Bowdoin Street, Cambridge. On ne répondait pas à ce numéro non plus. Je laissai un message, hélai un taxi et le dirigeai vers Cambridge. Je demandai au chauffeur de m'attendre, descendis de voiture dans une rue bordée d'arbres. Mickey Shine vivait dans une *brownstone* mais personne ne m'ouvrit la porte lorsque je pressai le bouton de sa sonnette. J'envisageais d'entrer par effraction quand un voisin apparut à une fenêtre. C'était un vieil homme en sweat-shirt et jean trop grand, dont une maladie nerveuse faisait trembler les mains.

— Vous cherchez Mickey?

— Oui.

— Z'êtes un de ses amis?

— Oui, mais je suis pas d'ici.

— Désolé, il est parti. Y a une heure, quelque chose comme ça.

— Il a dit où il allait?

— Non, je l'ai seulement vu partir. Au moins pour deux jours : il avait une valise.

Je le remerciai, remontai dans le taxi. La nouvelle de la mort d'Al Z avait dû se répandre rapidement, assortie de spéculations sur l'identité de son meurtrier, mais Mickey savait à quoi s'en tenir. Je crois qu'il avait prévu ce qui arriverait dès le moment où il avait reçu le coup de téléphone le prévenant de ma visite. Le moment de régler les comptes était enfin venu.

Le taxi me ramena au Jacob Wirth's de Stuart Street, où Rachel m'attendait avec Angel et Louis. Autour du piano, des clients chantaient en chœur, des gens sourds de naissance qui massacraient « The Wanderer ». Nous les laissâmes à leurs beuglements pour remonter de quelques numéros dans la rue, entrer au Montien, nous installer dans un box et piocher sans appétit dans nos spécialités thaïes.

— Il est fort, dit Louis. Il te surveille sûrement depuis ton arrivée.

Je hochai la tête.

— Alors, il est au courant, pour Sheinberg, et pour vous deux. Et pour Rachel. Je suis désolé.

— C'est un jeu, pour lui, reprit Louis. Tu t'en rends compte ? La carte de visite, les araignées dans ta boîte aux lettres... Il joue avec toi, mec, il te teste. Il sait qui tu es, ça le fait bander de s'attaquer à toi.

Angel approuva d'un signe de tête.

— Tu as une réputation, maintenant. Le plus étonnant, c'est que tous les fêlés d'ici à la Floride n'aient pas encore déboulé dans le Maine pour voir si t'es aussi bon que ça.

— Ce n'est pas très rassurant, Angel.

— Si tu veux être rassuré, appelle un prêtre.

Tout le monde se tut un moment puis Louis annonça :

— Angel et moi, on t'accompagne dans le Maine, bien sûr.

— Moi aussi, dit Rachel.

— Mes anges gardiens, fis-je.

Je savais qu'il était inutile de discuter. Et je préférais avoir Rachel près de moi : seule, elle était vulnérable. Une fois de plus, elle lut dans mes pensées.

— Pas pour une question de sécurité, Parker, me dit-elle, le visage grave et le regard dur. Je viens parce que tu auras besoin d'aide pour Marcy Becker et ses parents, pour les Mercier aussi, peut-être. Si tu te sens rassuré parce que je suis près de toi, c'est un avantage collatéral, rien de plus. Je ne viens pas pour que tu me protèges.

Angel lui adressa un sourire à la fois admiratif et amusé.

— Quel mec, cette meuf. Avec un flingue et un gilet, tu ferais une vraie icône lesbienne.

— Tu veux te battre, pète-dans-le-sable ?

Apparemment, c'était réglé. Je levai mon verre d'eau et les autres levèrent leur bière en réponse.

— Alors, bienvenue au front, leur souhaitai-je.

13

Le lendemain matin, le *Herald* publiait en première page une assez bonne photo d'Al Z affalé dans son fauteuil du Wang, sous la manchette « Le roi de la pègre abattu ». Il y a peu de mots que les rédac' chef adjoints aiment davantage que « roi de la pègre » et « abattu », sauf peut-être « sexe » et « adolescente », et le *Herald* les avait imprimés en caractères si gros qu'il ne restait quasiment plus de place pour l'article.

Tommy Caci avait eu la gorge tranchée de gauche à droite. Le couteau avait pénétré si profondément qu'il avait sectionné les deux artères carotides, les jugulaires externes et internes, décapitant presque le garde du corps. M. Pudd avait ensuite frappé Al Z à la nuque avec une lame longue et mince qui avait transpercé le cervelet et pénétré dans le cortex. Enfin, à l'aide d'un petit couteau très tranchant, il avait pratiqué une incision oblique aux trois quarts du majeur de la main droite d'Al Z, l'amputant de la dernière phalange.

Ce détail, je le tenais non du *Herald* mais du sergent McCann, qui m'avait appelé sur mon portable alors que je lisais le journal à la table du petit déjeuner. Dans la salle de bains, Rachel se douchait en chantant faux des airs d'Al Green.

— Il a des couilles, ce mec, commenta McCann. Descendre deux types comme ça en public... Y a pas de caméra sur les issues de secours, alors on a rien à part votre description. Un machiniste a relevé le numéro de la caisse sur le quai de chargement. Une Impala volée y a deux jours à Concord : ça nous mène nulle part. Pour accéder au salon des personnalités, il faut une carte magnétique, donc on suppose que le tueur s'en est fabriqué une. C'est pas si dur quand on sait comment s'y prendre. Al Z assistait à toutes les premières — c'était un enfoiré, un tordu, mais il avait de la classe —, et il s'asseyait toujours dans ce fauteuil, ou à côté, c'était pas dur non plus de savoir où il serait. Quant au bout de doigt amputé, on pense que c'est une sorte de carte de visite et on cherche dans le VICAP[1] un mode opératoire similaire.

Il me demanda si je me rappelais quoi que ce soit d'autre de la veille — je savais que ce n'était pas un simple coup de fil de politesse — et je répondis que je ne pouvais l'aider davantage. Il me demanda de rester en contact et j'assurai que je n'y manquerais pas.

McCann avait raison : Pudd avait pris des risques énormes pour parvenir à Al Z. Il n'avait peut-être pas eu le choix. Il était impossible de descendre le vieux truand chez lui ou à son bureau parce qu'il était toujours entouré de ses hommes et que ses fenêtres étaient conçues pour résister à tout projectile moins puissant qu'une ogive. Au

1. Programme informatique rassemblant des données sur les crimes violents. *(N.d.T.)*

théâtre, avec Tommy assis derrière et des centaines de gens autour, Al Z se sentait en sécurité, cela se comprenait, mais il avait sous-estimé la ténacité de son assassin. Pudd avait saisi l'occasion quand elle s'était présentée.

L'idée me vint que Pudd faisait peut-être aussi le ménage et il n'y a qu'un certain nombre de raisons possibles à un tel comportement. La première étant qu'on se prépare à disparaître et qu'on fait en sorte qu'il ne reste plus personne pour continuer la traque. D'après moi, si Pudd choisissait de disparaître, personne ne le retrouverait jamais.

Quelque chose d'autre me préoccupait. Il semblait bien que Pudd n'avait pas seulement la passion des insectes ; il collectionnait aussi les morceaux de peau ou d'os prélevés sur ses victimes. En matière de souvenirs, il avait des goûts très particuliers, mais il ne me faisait pas l'impression d'un homme qui aurait mutilé des cadavres dans le seul but de mettre les morceaux dans un bocal et de les admirer. Il devait avoir un autre mobile.

Assis à la table du petit déjeuner, devant le journal maintenant délaissé, je me demandai si je ne devrais pas confier à la police tout ce que je savais. Non que cela se montât à grand-chose mais les morts d'Epstein, de Beck, d'Al Z et de Grace Peltier étaient liées entre elles, soit par le biais de la Confrérie, soit par les mesures prises par Jack Mercier pour lutter contre elle. Il était temps d'avoir une conversation sérieuse en tête à tête avec Mercier, si déplaisante qu'elle risquât d'être, pour lui comme pour moi. J'étais sur le point de préparer mon sac pour rentrer à Scarborough quand je reçus mon second coup de téléphone de la matinée, d'une source pas tout à fait inattendue : Mickey Shine. L'écran d'identification du correspondant indiquait seulement que le numéro d'où il appelait était sur liste rouge.

— Vous avez lu les journaux? me demanda-t-il.

— J'étais sur place.
— Vous savez qui a fait le coup?
— Je pencherais pour notre connaissance commune.
Après un silence, Shine reprit :
— Comment il a su que vous aviez rencontré Al?
— Il me surveillait peut-être, concédai-je. Mais il se peut aussi qu'il connaissait depuis un moment l'intérêt d'Al Z pour sa personne, et mon enquête n'aura fait que précipiter une ligne de conduite qu'il projetait depuis quelque temps.
Il avait appris de ses petites protégées que lorsque quelque chose bouge au bout de la toile, il vaut mieux aller voir de quoi il s'agit et y mettre fin, si possible.
— Vous n'étiez pas chez vous hier soir, poursuivis-je. Je suis passé.
— J'ai quitté la ville en apprenant la nouvelle. Un vieil ami m'a téléphoné pour m'annoncer qu'on avait tué Al Z et j'ai su que ça ne pouvait être que Pudd. Personne d'autre n'aurait eu le culot de le buter de cette façon.
— Où êtes-vous?
— A New York.
— Vous pensez pouvoir vous y cacher, Mickey?
— J'ai des amis, ici. Je vais donner quelques coups de fil, voir ce qu'ils peuvent faire pour moi.
— Il faut qu'on se parle avant que vous ne disparaissiez. J'ai l'impression que vous ne m'avez pas dit tout ce que vous savez.
Je m'attendais à ce qu'il proteste mais il reconnut :
— Il y a des choses que je sais, d'autres que je soupçonne.
— Alors il faut qu'on se voie.
— Je ne sais pas trop...
— Mickey, vous voulez passer le reste de votre vie à fuir? Pas très drôle, comme existence, non?
— Ça vaut mieux que d'être mort, marmonna-t-il.

Il n'avait pas l'air vraiment convaincu.

— Vous savez ce qu'il manigance, n'est-ce pas? Vous savez ce que ça signifie d'avoir son nom « écrit »?

Il ne répondit pas immédiatement et je m'attendais à entendre le déclic annonçant la fin de la communication.

— Les Cloisters, lâcha-t-il soudain. Dix heures, demain. Il y a dans la salle du Trésor une exposition que vous pourrez voir en m'attendant. Elle répondra à certaines de vos questions et j'essaierai ensuite de vous expliquer le reste. Mais si vous n'êtes pas là à dix heures, je m'en vais. Vous ne me verrez jamais plus.

Là-dessus, il raccrocha.

Je pris un billet pour La Guardia puis appelai Angel et Louis au Copley. Je les retrouvai au Starbucks de Newbury avec Rachel pour boire un café avant de prendre un taxi pour Logan. J'arrivai à New York à treize heures trente et je réservai une chambre pour deux au Larchmont, 11e Rue Ouest dans le Village. Le Larchmont n'était pas le genre d'établissement que Donald Trump était susceptible de fréquenter mais c'était propre, pas cher, et à la différence de la plupart des hôtels de New York pour petits budgets, les chambres pour deux n'étaient pas si exiguës qu'il faille sortir dans le couloir pour se changer. En outre, l'entrée de devant était équipée d'un système de sécurité et d'un portier aussi imposant que le Flatiron Building, ce qui devait contribuer à dissuader les visiteurs indésirables.

Il faisait une chaleur étouffante et j'étais trempé de sueur quand je parvins à l'hôtel. Le temps devait changer dans la nuit, mais d'ici là, la climatisation marcherait à fond dans toute la ville, et ceux qui n'avaient pas les moyens de se l'offrir devraient se contenter de ventilateurs bon marché. Après une douche rapide dans une salle de bains commune, je pris un taxi pour la 89e Rue

Ouest. B'Nai Jeshurun, la synagogue que Yossi Epstein avait fréquentée jusqu'à ces derniers temps, avait un bureau dans cette rue, près de Claremont Riding Academy, et il me semblait avisé de profiter de mon passage à Manhattan pour essayer d'en savoir un peu plus sur le rabbin assassiné. Les cris des enfants sortant de l'école primaire 166 résonnèrent à mes oreilles tandis que je me rendais à pied au bureau de la synagogue, mais je fis le déplacement pour rien. Personne à B'Nai Jeshurun ne put me dire quoi que ce soit que je ne savais déjà sur Epstein et on me conseilla d'essayer plutôt le Centre Orensanz de Norfolk Street, dans le Lower East Side, où il s'était replié après sa brouille avec la communauté de l'Upper West Side.

Pour éviter la circulation de l'heure de pointe, je pris le métro de Central Park West à Broadway et East Houston, ce qui me laissa de nouveau inondé de sueur, puis je descendis lentement Houston à pied, passant devant le Katz's Deli et les boutiques vendant des saletés déguisées en antiquités, jusqu'à Norfolk Street. C'était le cœur du Lower East Side, un quartier accueillant autrefois quantité d'érudits et de *yeshiva*[1], des Lituaniens antihassidiques et le reste de la première vague de juifs russes, que les juifs allemands déjà installés considéraient comme des Orientaux attardés. On disait à l'époque qu'Allen Street appartenait à la Russie tant les juifs russes y étaient nombreux. Des gens originaires de la même petite ville formaient des associations, devenaient commerçants, économisaient pour que leurs gosses fassent des études et améliorent leur sort. Il leur fallait partager le quartier avec les Irlandais et les empoignades étaient fréquentes.

Ces temps étaient en grande partie révolus. Il y avait

1. Ecoles talmudiques. *(N.d.T.)*

encore une coopérative ouvrière dans Grand Street, quelques librairies juives et deux ou trois fabricants de calottes entre Hester et Division, une ou deux bonnes boulangeries, les vins kasher Schapiro, et bien sûr le Katz's, le dernier *delicatessen* à l'ancienne, où le personnel était maintenant presque entièrement dominicain. Mais la plupart des juifs orthodoxes étaient partis pour Borough Park et Williamsburg, ou Crown Heights. Ceux qui étaient restés étaient en général trop pauvres ou trop têtus pour prendre leur retraite dans les quartiers extérieurs ou à Miami.

Le Centre Orensanz, la plus ancienne synagogue de New York, autrefois connu sous le nom d'Anshe Chesed, le Peuple de la gentillesse, semblait appartenir à une autre époque. Construit en 1850 par l'architecte berlinois Alexander Saeltzer pour la communauté juive allemande sur le modèle de la cathédrale de Cologne, il dominait Norfolk Street, vestige d'un passé encore vivant.

J'entrai par une porte latérale, traversai un hall obscur et me retrouvai dans la salle principale, de style néogothique avec ses élégants piliers et ses galeries. Un jour pâle passant par les vitraux donnait à l'intérieur une teinte vieux bronze et projetait des ombres sur les fleurs et les rubans blancs, restes d'un mariage célébré quelques jours plus tôt. Un petit homme, cheveux blancs et salopette bleue, poussait des papiers et du verre brisé dans un coin avec un balai. Il s'immobilisa en me voyant approcher. Je lui montrai ma carte d'identité, lui demandai si quelqu'un pouvait me parler de Yossi Epstein.

— Y a personne, maugréa-t-il en se remettant à balayer. Revenez demain.

— Quelqu'un à qui je pourrais téléphoner? insistai-je.

— Appelez demain.

Apparemment, mon charme seul ne me mènerait nulle part.

— Ça vous dérange si je jette un coup d'œil? fis-je.

Sans attendre de réponse, je me dirigeai vers un petit escalier conduisant au sous-sol. Je tombai sur une porte fermée à clef sur laquelle une carte épinglée exprimait la peine de la communauté après la mort d'Epstein. A droite un tableau d'affichage donnait l'horaire des offices et des cours d'hébreu, ainsi que les dates d'une série de conférences sur l'histoire du quartier. Il n'y avait pas grand-chose d'autre à voir et, après avoir fureté vainement une dizaine de minutes dans le reste du sous-sol, j'époussetai ma veste et remontai l'escalier.

L'homme au balai avait disparu, remplacé par deux types qui m'attendaient. L'un était jeune, avec une calotte noire qui semblait trop petite pour sa tête, laquelle semblait trop petite pour ses épaules. Il portait une chemise sombre et un jean noir, et à en juger par son expression il n'appartenait pas au Peuple de la gentillesse. Plus âgé, l'homme qui l'accompagnait avait des cheveux gris clairsemés et une barbe épaisse. Sa mise était plus traditionnelle — chemise blanche et cravate noire sous un costume et un manteau noirs — mais il n'avait pas l'air plus aimable pour autant.

— Vous êtes le rabbin? lui demandai-je.

— Non, nous ne faisons pas partie du Centre Orensanz, répondit-il.

Après un temps, il ajouta :

— Pour vous, tous ceux qui s'habillent en noir sont des rabbins?

— Ça fait de moi un antisémite?

— Non, mais porter une arme dans une synagogue, peut-être.

— N'y voyez rien de personnel, ni même de religieux.

Le vieil homme hocha la tête.

— Je n'en doute pas, mais avec ce genre de choses, il vaut mieux être prudent. J'ai cru comprendre que vous êtes détective privé. Je peux voir vos papiers, s'il vous plaît?

Je glissai lentement une main dans la poche intérieure de ma veste pour y prendre mon portefeuille, le tendis au jeune, qui le passa à son aîné. Celui-ci examina ma carte une bonne minute avant de me la rendre.

— Et pourquoi un détective privé du Maine s'intéresse-t-il à la mort d'un rabbin new-yorkais?

— Je pense que sa mort pourrait être liée à une affaire sur laquelle j'enquête. J'espérais trouver quelqu'un qui m'en dirait un peu plus sur lui.

— Il est mort, monsieur Parker. Que voulez-vous savoir de plus?

— Qui l'a tué, pour commencer. Ça ne vous tracasse pas, vous?

— Cela me tracasse beaucoup.

Il adressa un signe de tête à l'homme plus jeune, qui sortit en refermant doucement la porte derrière lui.

— Sur quelle affaire enquêtez-vous?

— La mort d'une jeune femme. Elle avait été mon amie, dans le temps.

— Alors enquêtez sur sa mort et laissez-nous faire notre travail de notre côté.

— Si sa mort est liée à celle du rabbin, nous aurions peut-être intérêt à nous entraider. Je peux trouver l'homme qui les a tués.

— *L'homme*, répéta-t-il, accentuant le mot. Vous êtes certain que c'est un homme?

— Je le connais, répondis-je simplement.

— Nous aussi. Nous nous occupons de lui, nous avons pris des mesures pour régler le problème.

— Quelles mesures?

— Œil pour œil, monsieur Parker. Nous le trouverons.

Il s'approcha de moi et son regard s'adoucit un peu.

— Ce n'est pas votre affaire. Toutes les morts violentes ne doivent pas alimenter votre colère.

Il savait qui j'étais, je le voyais sur son visage : mon passé se reflétait dans le miroir de ses yeux. Les journaux avaient tellement parlé de la mort de Susan et de Jennifer, de la fin sanglante du Voyageur qu'il y aurait toujours quelqu'un pour se souvenir de moi. Dans cette vieille synagogue, je sentis ma tragédie personnelle exposée de nouveau, comme une particule de poussière prise dans le soleil tombant des vitraux.

— La mort de cette femme me concerne, répliquai-je. Si celle du rabbin y est liée, elle me concerne aussi.

Il secoua la tête, me pressa doucement l'épaule.

— Vous savez ce qu'est un *tashlikh*, monsieur Parker? C'est un acte symbolique : on jette dans l'eau des miettes de pain qui symbolisent les péchés du passé, un fardeau avec lequel on ne veut plus vivre. Je crois que vous devriez vous décider à poser vos fardeaux avant qu'ils ne vous tuent.

Il commença à s'éloigner et était presque à la porte quand je lui lançai :

— « Cela fut dit par mon père et je suis là pour réparer ce qu'il a fait. »

Le vieil homme s'immobilisa, me regarda fixement.

— C'est dans le Talmud, ajoutai-je.

— Je le sais, fit-il, murmurant presque.

— Ça ne parle pas de vengeance.

— De quoi, alors?

— D'expiation.

— Des péchés de votre père ou des vôtres?

— Les deux.

Il parut un moment se perdre dans ses pensées, et quand il reposa les yeux sur moi il avait pris une décision.

— Connaissez-vous le mythe du golem? Le rabbin Loew modela le premier golem dans de l'argile, à Prague, en 5340, et plaça dans sa bouche le *shem*, parchemin portant le nom de Dieu. Dans la légende, le rabbin est justifié par son intention de créer un être capable de protéger les juifs des pogroms, de la colère de leurs ennemis. Croyez-vous qu'une telle créature puisse exister et servir la justice ?

— Je pense que de tels *hommes* peuvent exister, repartis-je. Mais je ne suis pas sûr qu'ils servent la justice par leurs actes.

— Oui, un homme, peut-être, fit le vieux juif à voix basse. Et la justice, peut-être, si elle est d'inspiration divine. Nous avons envoyé notre golem. Que la volonté de Dieu soit faite.

Je perçus le doute dans son regard : ils avaient envoyé un tueur en traquer un autre, déchaînant la violence contre la violence, avec tous les risques qu'un tel acte comportait.

— Qui êtes-vous ?

— Mon nom est Ben Epstein, répondit-il, et je suis là pour réparer ce qu'a fait mon fils.

La porte se referma derrière lui avec un bruit qui, dans la synagogue vide, ressemblait peut-être au souffle exhalé par la bouche de Dieu.

Lester Bargus est seul derrière le comptoir du magasin le jour de sa mort, ce jour où je rencontre le père de Yossi Epstein. Jim Gould, qui travaille à mi-temps pour Bargus, démonte tout au fond du bâtiment deux semi-automatiques H&K volés, de sorte qu'il n'y a personne dans l'arrière-boutique, où deux écrans de télévision montrent l'intérieur du magasin filmé selon deux angles différents par une caméra visible fixée au-dessus de la porte et par une caméra dissimulée dans la coque d'un poste stéréo posé sur une étagère près du registre. Lester Bargus est un homme prudent. Pas assez, cependant, car on a installé des micros dans son magasin et il ne le sait pas. Les seules personnes au courant sont les agents de l'ATF qui surveillent le trafic d'armes de Bargus depuis onze jours.

Ce jour-là, les affaires tournent au ralenti et Bargus tue le temps en donnant des sauterelles à croquer à sa mante chérie quand la porte s'ouvre. Même sur les images en noir et blanc curieusement cadrées par les caméras, le nouveau venu semble déplacé. Il est vêtu d'un costume noir, d'une mince cravate noire sur une chemise blanche, d'un long manteau noir qui lui bat les mollets. Un chapeau noir lui couvre la tête. Il est grand — un mètre quatre-vingt-cinq, quatre-vingt-dix — et bien bâti. Son âge est plus difficile à estimer : quelque part entre quarante et soixante-dix ans.

Sa peau est tendue sur son visage et l'homme semble n'avoir presque pas de chair. Les tendons de sa mâchoire et de son cou saillent, nettement visibles ; ses pommettes sont comme des éclats de verre sous ses yeux sombres. Il n'a pas de sourcils. Les agents de l'ATF qui visionneront plus tard la bande penseront d'abord que les poils sont si clairs qu'on ne les voit pas, mais un arrêt sur image ne montrera que de la peau légèrement rugueuse au-dessus des yeux, comme du tissu cicatriciel ancien.

Son aspect ébranle manifestement Lester Bargus, qu'on voit reculer d'un pas sur les écrans. Il porte un tee-shirt blanc frappé dans le dos du logo *Smith* & *Wesson*, un jean qui laisse beaucoup de place autour de l'entrejambe et des fesses. Il espère peut-être continuer à se développer dedans.

« C'est pour quoi ? »

La voix enregistrée est à la fois circonspecte et pleine d'espoir. Un jour où les affaires ne marchent pas, une vente est une vente, même avec un dingue.

« Je cherche cet homme. »

L'accent du client indique clairement que l'anglais

n'est pour lui qu'une seconde langue, voire une troisième. C'est un accent européen, pas allemand, plutôt polonais, ou tchèque. Plus tard, un expert l'identifiera comme hongrois, avec des inflexions yiddish sur certains mots. L'homme est juif, originaire d'Europe centrale, mais il a passé quelques années dans la partie ouest du continent, probablement en France.

Il tire une photo de sa poche et la fait glisser sur le comptoir en direction de Lester Bargus. Sans même y jeter un coup d'œil, Bargus répond :

« Connais pas. »

« Regardez-la », insiste l'inconnu, et son ton fait comprendre à Bargus que rien désormais ne pourra le sauver de cet homme.

Lester tend la main, touche la photo, mais seulement pour la repousser. Sa tête ne bouge pas, il n'a pas encore regardé la photo et, pendant que sa main gauche demeure bien en vue, la droite se coule vers le fusil de chasse posé sur l'étagère sous le comptoir. Il l'a presque saisi quand le pistolet-mitrailleur apparaît. L'ATF identifiera plus tard un Jericho 941, fabriqué en Israël. La main droite de Lester Bargus rejoint la gauche sur le comptoir et elles se mettent à trembler à l'unisson.

« Pour la dernière fois, monsieur Bargus, regardez la photo. »

Cette fois, Lester baisse la tête. Il passe quelque temps à fixer le cliché en pesant ses options. Manifestement il sait qui est l'homme de la photo et le type au pistolet s'en doute, sinon il ne serait pas là. Sur la bande, on peut presque entendre Lester déglutir.

« Où je peux le trouver? »

Depuis son entrée dans le magasin, l'homme n'a pas changé d'expression. La peau de son visage est si tendue que le seul fait de parler semble exiger de lui un effort. La menace qu'il représente est palpable, même sur l'enregistrement en noir et blanc. Lester Bargus, contraint de l'affronter, est terrifié au-delà de toute expression. Cela s'entend dans sa voix quand il prononce ce qui sera son avant-dernière phrase sur cette terre :

« Il me tuera si je vous le dis. »

« Je te tuerai si tu ne me le dis pas. »

Lester Bargus prononce alors ses derniers mots, qui révèlent une sagacité dont je ne le croyais pas capable :

« Vous me tuerez de toute façon », murmure-t-il, et quelque chose dans sa voix dit à l'inconnu qu'il n'obtiendra rien d'autre de Bargus.

« Oui », confirme l'homme.

Les détonations paraissent incroyablement fortes après la conversation qu'ils viennent d'avoir. Lester Bargus tressaute quand les premières balles l'atteignent à la poitrine puis se raidit et se tord lorsque les suivantes s'enfoncent en lui. Les coups de feu, déformés par la bande, se succèdent, semblent ne jamais devoir finir. Dix détonations au total, puis quelque chose bouge dans la partie gauche de l'image et la silhouette de Jim Gould s'inscrit dans l'encadrement de la porte. Deux autres coups de feu claquent, Gould s'effondre sur le comptoir, l'homme au pistolet saute par-dessus et se rue dans l'arrière-boutique. Le temps que les agents de l'ATF arrivent sur les lieux, il s'est enfui.

La photo est restée sur le comptoir inondé du sang de Lester Bargus. Elle montre un groupe de manifestants devant une clinique du Minnesota. Des hommes et des femmes brandissent des pancartes contre l'avortement, conspuent les policiers qui s'efforcent de les contenir. A droite de la photo, un corps gît contre un mur, entouré de personnes en blouse blanche. Un sang noir macule le trottoir et le mur derrière lui. Au bord du groupe de manifestants, un homme s'éloigne, les mains dans les poches de son manteau. De petits capuchons de peau recouvrent à demi ses yeux, que le photographe a saisis par hasard. On a tracé un trait rouge autour de sa tête.

Sur la photo, M. Pudd sourit.

L'homme qui tua Lester Bargus était arrivé à l'aéroport Logan la veille, muni d'un passeport britannique et se faisant passer pour un homme d'affaires cherchant à acheter des animaux empaillés. L'adresse qu'il avait fournie au Service de l'immigration se révéla être celle d'un restaurant chinois récemment démoli à Balham, dans le sud de Londres.

Le passeport était au nom de Clay Daemon [1].

Le Golem.

14

Ce soir-là, tandis qu'on emmenait à la morgue les corps de Lester Bargus et de Jim Gould, je mis le cap sur le Chumley's, sur Bedford, le meilleur troquet du Village. En principe, il se trouvait entre Barrow et Grove, mais des habitués qui s'y rendaient depuis une dizaine d'années avaient encore quelquefois du mal à le localiser. Il n'y avait ni nom ni enseigne au-dehors, rien qu'une lampe au-dessus de la grande porte à grille de fer. Le Chumley's avait démarré comme speakeasy pendant la prohibition et avait gardé ce profil bas pendant plus de soixante-dix ans. Le week-end, il attirait les jeunes banquiers et patrons de start-up qui portaient tous des chemises d'ouvrier sous leur costume, au motif que des non-conformistes comme eux devaient se serrer les coudes, mais pendant la semaine le Chumley's ressemblait encore

1. « Le démon d'argile ». *(N.d.T.)*

au bar que Salinger, Scott Fitzgerald, Eugene O'Neill, Orson Welles et William Burroughs fréquentaient lorsqu'ils en avaient marre du White Horse ou du Marie's Crisis.

Des nuages bas pesaient sur le Village et il y avait dans l'air une tension terrible qui semblait se communiquer aux gens que je croisais dans la rue. Les couples se chamaillaient ; les rires étaient étouffés. Dans la foule dégorgée par le métro, les gens avaient une expression hargneuse ; leurs chaussures étaient trop serrées, leurs vêtements trop épais. Tout était moite au toucher, comme si la ville elle-même transpirait, rejetant crasse et déchets par les fissures de chaque trottoir, les fentes de chaque mur. Je levai les yeux vers le ciel, dans l'attente d'un orage qui ne venait pas.

A l'intérieur du Chumley's, les labradors étaient allongés, l'air mal à l'aise, sur le plancher couvert de sciure ; des clients s'arrimaient au petit comptoir ou disparaissaient dans les alcôves sombres tout au fond de la salle. Je m'assis sur l'un des longs bancs proches de la porte, commandai un hamburger et un Coca, les hamburgers, les travers de porc et le poisson frit étant ce qu'on faisait de mieux au Chumley's.

J'avais l'impression de ne pas avoir mis les pieds dans le Village depuis longtemps, comme s'il s'était écoulé des lustres et non des années depuis le jour où j'avais quitté mon appartement pour retourner dans le Maine. De vieux fantômes m'attendaient dans le quartier : le Voyageur au coin de St. Marks, dans l'East Village, où la cabine téléphonique marquait encore l'endroit où je m'étais tenu après qu'il m'eut envoyé les restes de ma fille dans un bocal ; le Corner Bistro, où Susan et moi nous retrouvions au début de notre histoire ; l'Elephant & Castle, où nous prenions un brunch le dimanche dans les premiers mois de notre relation, et d'où nous remontions ensuite à pied pour nous promener dans Central Park ou flâner dans un musée.

Même le Chumley's me rappelait des souvenirs : c'étaient ces mêmes chiens que Susan caressait en attendant son verre, que Jennifer avait l'habitude de serrer contre son cœur. Tous ces lieux étaient des bulles de souffrance qui n'attendaient que moi pour éclater, pour libérer les souvenirs qu'elles renfermaient. J'aurais dû avoir mal. J'aurais dû ressentir la même vieille douleur, mais je n'éprouvais qu'une étrange gratitude désespérée pour ce lieu, pour les deux vieux chiens gras et pour les souvenirs sans tache qu'ils avaient conservés pour moi.

Car il est des choses qu'on ne doit pas laisser s'évanouir. Il est bon qu'on s'en souvienne, qu'on leur trouve un endroit pour le présent et pour l'avenir afin qu'elles puissent devenir une précieuse partie de nous-mêmes, un trésor à chérir plutôt qu'un fantôme à craindre. Me rappeler Susan et Jennifer telles qu'elles étaient autrefois et les aimer ainsi, à jamais, ce n'était pas trahir Rachel ni ce qu'elle signifiait pour moi. De même, trouver une façon de vivre dans laquelle les amours perdues et les nouveaux départs pouvaient coexister, ce n'était pas ternir le souvenir de ma femme et de mon enfant. Et je me perdis un moment dans le silence de ce lieu jusqu'à ce qu'un des labradors s'approche paresseusement de moi et renifle mes doigts, ses bajoues laissant tomber une bave chaude sur mon jean, ses yeux doux se fermant avec bonheur sous le poids de ma main.

J'avais trouvé un numéro du *Portland Press Herald* au Barnes & Noble d'Union Square et, tout en mangeant, je parcourus rapidement les pages à la recherche d'articles sur Eagle Lake. J'en trouvai deux : l'un décrivait les difficultés rencontrées dans l'exhumation des ossements, mais le plus étoffé révélait l'identité présumée de deux des morts, Ethan Cornish et Vyrna Kellog, tous deux assassinés. Ethan Cornish avait reçu un coup de fusil dans la nuque ; Vyrna Kellog avait eu le crâne écrasé, peut-être avec une pierre.

Lentement, la vérité sur le sort des baptistes d'Aroostock émergeait. Ils ne s'étaient pas dispersés, ne s'étaient pas égaillés aux quatre vents, emportant avec eux les graines de nouvelles communautés. Ils avaient été massacrés et enterrés dans une fosse commune ; ils y étaient restés, pris dans une cavité oubliée du monde alvéolé, jusqu'à ce que le hasard les ramène à la lumière, un jour de printemps.

Etait-ce pour cette raison que Grace était morte ? Parce que, en crevant les couches mortes dissimulant le passé, elle avait découvert sur les baptistes d'Aroostock quelque chose que personne n'aurait jamais dû savoir ? J'étais de plus en plus résolu à retourner dans le Maine pour discuter le bout de gras avec Jack Mercier et Carter Paragon. J'avais le sentiment que traquer M. Pudd m'éloignait de l'enquête sur la mort de Grace, et pourtant, Pudd et la Confrérie jouaient un rôle indéniable dans tout ce qui était arrivé. Pudd était lié à la mort de Grace, j'en étais sûr, mais il n'était pas le maillon faible. C'était Paragon, le maillon faible, et il me fallait absolument lui parler si je voulais comprendre pourquoi quelqu'un avait mis fin aux jours de Grace.

Mais d'abord, je devais rencontrer Mickey Shine. J'avais trouvé dans le *Village Voice* la liste des expositions. Les Cloisters, qui abritaient la collection médiévale du Metropolitan Museum, accueillaient une exposition temporaire sur les réponses artistiques à l'Apocalypse de saint Jean. Une image des rayonnages de la bibliothèque de Jack Mercier me revint en mémoire. Apparemment, le Met et Mercier partageaient le même intérêt pour les livres et les tableaux relatifs à la fin du monde.

Je quittai le Chumley's vers dix heures après avoir

tapoté une dernière fois les chiens endormis pour me porter chance. Mes mains gardaient leur odeur chaude et humide tandis que je marchais sous un ciel plombé qui semblait renvoyer les bruits de la ville. Une ombre bougea dans une entrée d'immeuble, à ma droite, mais je n'y prêtai pas attention et la laissai derrière moi.

Je passais d'un réverbère à l'autre et le sol sonnait creux sous mes pas.

L'os est poreux. Après des années sous terre, il prend la couleur du sol dans lequel on l'a inhumé. Les ossements du lac Saint-Froid étaient d'un brun profond, comme si les baptistes d'Aroostock ne faisaient plus qu'un avec la nature qui les entourait, impression encore renforcée par les petites plantes qui poussaient entre eux, nourries par leur putréfaction. Des cages thoraciques avaient offert un treillage à des racines ; la concavité d'un crâne avait servi de pépinière à de jeunes pousses.

Les vêtements des baptistes s'étaient en grande partie décomposés puisqu'ils étaient en fibres naturelles et ne pouvaient survivre à des dizaines d'années d'enfouissement comme l'auraient fait des matières synthétiques. Des marques laissées par l'eau sur les arbres environnants indiquaient que le terrain avait parfois été inondé, ce qui avait ajouté d'autres couches de boue et de végétation pourrissante, enfonçant plus encore les os des morts dans le sol. L'exhumation, la séparation entre ossements et terre, entre humain et animal, enfant et adulte exigeraient un travail long et minutieux, accompli à quatre pattes, dos douloureux et doigts gelés, suivant les directives de l'anthropologue légiste. On fit appel à la police de l'Etat, aux services du shérif et même à des étudiants en anthropologie pour participer aux fouilles. Le service du médecin légiste ne disposant que d'un seul véhicule, un fourgon Dodge, pour transporter les dépouilles, on demanda l'aide d'entreprises de pompes funèbres locales et de la Garde nationale afin d'acheminer les ossements jusqu'à la localité voisine de Presque Isle, d'où la compagnie aérienne Bill's Flying Service les transporterait à Augusta.

Au lac Saint-Froid, on utilisa des piquets d'aluminium orange, marque de fabrique de l'adjoint au médecin légiste en chef, pour délimiter un carré clos et protégé par des ficelles. On apporta sur les lieux tout un équipement apparemment rudimentaire mais tout à fait indispensable : niveaux pour mesurer la profondeur des restes sous la surface ; pelles plates et truelles pour creuser, sans jamais perdre de vue qu'un mouvement inconsidéré pouvait endommager les os fragilisés ; tamis à main pour récupérer les petits indices, d'abord avec un grillage de six millimètres puis avec du grillage standard de moustiquaire ; papier quadrillé pour établir une carte du site vu d'en haut, les positions des ossements y étant ajoutées au fur et à mesure de leur découverte ; sacs en plastique, épaisses housses à cadavre bleu vif ; stylos waterproof, détecteurs de métal, appareils photo.

Dès qu'un indice était exhumé, il était photographié, marqué, mis dans un sac avec une étiquette adhésive précisant le numéro de l'affaire, la date et l'heure de la découverte, le lieu et le nom de l'enquêteur qui l'avait trouvé. Puis on l'expédiait dans un endroit où il serait entreposé en toute sécurité, en l'occurrence les bureaux du légiste à Augusta.

On préleva des échantillons de terre aussitôt mis en sachets. Si le sol avait été un peu plus acide près du lac, les ossements auraient disparu, laissant pour seule trace de leur présence passagère une vie végétale florissante à la surface. Du fait de la prédation animale, de l'érosion et de l'éparpillement des restes, des membres manquaient ou étaient endommagés, mais il restait suffisamment d'indices à soumettre à l'examen des spécialistes rassemblés par les services du légiste. Soit — outre l'anthropologue légiste, le personnel permanent du service médicolégal et les chercheurs du laboratoire de l'Etat à Augusta — un anatomiste, trois équipes dentaires jouant le rôle d'un odontologue légiste et le radiologue du Centre médical général du Maine à Augusta. Chacun contribuerait par ses connaissances particulières à l'identification officielle des restes.

Un examen des os intacts avait confirmé la nature humaine de ces restes. Le sexe des victimes serait déterminé par des examens ultérieurs du crâne, du pelvis, du fémur, du sternum et des dents, quand dents il y avait. On estimerait leur âge, à un an près, grâce à elles et d'après l'aspect des centres d'ossification et des épiphyses, extrémités des os longs qui se développent indépendamment du corps même de l'os dans la première partie de la vie. Pour les os plus âgés, on aurait recours à l'examen radiologique de la forme trabéculaire de la tête de l'humérus et du fémur, qui se remodèle avec l'âge, ainsi que des changements de la symphyse pubienne.

On calculerait les tailles en mesurant les fémurs, les tibias et les péronés des victimes, les os des bras étant moins fiables. Les dents — encore elles — fourniraient une première estimation raciale, les caractéristiques dentaires généralement associées à une race particulière permettant d'avancer que telle victime était probablement de type blanc, noir ou asiatique.

Enfin, les dossiers dentaires, l'examen radiologique des restes pour déceler des traces de fracture et les tests comparatifs d'ADN seraient utilisés en vue d'obtenir des identifications formelles des victimes. En l'occurrence, on aurait pu avoir recours à la reconstitution faciale et à la photosuperposition (qui consiste à superposer la photo d'une victime présumée sur un transparent du crâne, ce qui se fait maintenant généralement sur écran d'ordinateur), puisqu'on possédait des photographies des victimes présumées, mais l'Etat du Maine n'avait pas prévu de budget pour ces techniques, essentiellement parce que ceux qui tenaient les cordons de la bourse ne comprenaient pas vraiment de quoi il s'agissait. Ils ne comprenaient pas non plus le fonctionnement des tests d'ADN, mais ils savaient qu'ils marchaient.

Les enquêteurs bénéficièrent en outre d'une aide en provenance d'une source inattendue. On retrouva autour du cou de chaque victime les restes d'une pancarte en bois. Plusieurs avaient pourri, mais les techniciens pensaient que les scanners électroniques, les appareils à détection électrostatique ou la lumière rasante révéleraient les inscriptions effacées. D'autres, en particulier dans la partie supérieure du sol, étaient en partie intactes. L'une d'elles reposait sur la tête d'un jeune garçon enterré près d'un sapin. Les racines de l'arbre avaient poussé entre ses restes, et son exhumation s'annonçait comme l'une des plus difficiles. Près de lui gisait un autre squelette plus petit, celui d'une fillette de sept ans environ, d'après l'examen préliminaire, puisque la suture métopique de l'os frontal du crâne n'avait pas encore totalement disparu. Les os de leurs doigts étaient enchevêtrés, comme s'ils avaient uni leurs mains avant de mourir.

Les os du garçon étaient à demi déterrés, le crâne bien visible, la mâchoire inférieure détachée reposant sur le côté. Il y avait un petit trou là où occipital et pariétal se rejoignent, derrière la tête, mais pas d'orifice de sortie correspondant dans l'os frontal. Toutefois, un petit fragment semblait avoir été délogé du foramen supra-orbital droit, la saillie osseuse au-dessus de l'œil, par la balle en ressortant.

Dans le morceau de bois retrouvé près du crâne, ces mots, gravés d'une écriture enfantine :

James Jessop
pécheur

LA QUÊTE DU SANCTUAIRE

(Extrait de la thèse de troisième cycle de Grace Peltier)

On ne sait pas exactement quand les premiers signes de tension apparurent dans la nouvelle communauté.

Chaque jour, ses membres se levaient aux premières lueurs du jour et priaient, puis ils participaient à l'achèvement des maisons et des bâtiments de ferme, dont plusieurs furent construits en planches à clins provenant de vieux kits achetés à l'origine par correspondance dans les années 1930. Faulkner gardait le contrôle des finances et obligeait les membres à se restreindre sur la nourriture car il croyait aux vertus du jeûne. On disait la prière quatre fois par jour et le prédicateur faisait un sermon au petit déjeuner et un autre après le repas principal, le soir.

Des détails sur la vie quotidienne des baptistes d'Aroostock ont été recueillis en interrogeant des voisins qui eurent des contacts limités avec la communauté, ou retrouvés dans les lettres qu'Elizabeth Jessop, femme de Frank Jessop, écrivit à sa sœur Lena, à Portland. Ces lettres furent en fait envoyées en secret : Elizabeth avait conclu un marché avec le propriétaire du terrain qui, contre une somme modique, jetait un coup d'œil chaque mardi dans le trou d'un chêne creux poussant à la lisière de la communauté et se chargeait ensuite de poster le courrier qu'il y trouvait. Il avait également accepté de recevoir et de remettre à Elizabeth les réponses de Lena.

Elizabeth dresse le tableau de trois premiers mois durs mais joyeux, empreints du sentiment que les baptistes d'Aroostock étaient des pionniers d'un autre âge, créant un nouveau monde là où il n'y avait que nature sauvage. Les habitations, quoique sommaires et traversées de courants d'air, furent rapidement bâties et meublées, les familles ayant apporté quelques éléments de mobilier dans des remorques. Les baptistes élevaient des porcs, des poulets, et avaient cinq vaches, dont une nourrissant un veau. Ils faisaient pousser des pommes de terre — cette partie d'Aroostock est une excellente région à pommes de terre —, des brocolis et des pois, cueillaient des pommes sur les arbres de leur domaine. Ils fertilisaient la terre avec du poisson pourri et entreposaient les fruits et légumes dans des cavernes creusées sous les rives du lac, où l'eau de source gardait l'air à la même température toute l'année, comme une sorte de réfrigérateur naturel.

Les premières frictions survinrent en juillet, quand il apparut que les Faulkner et leurs enfants se tenaient à l'écart des autres familles. Le prédicateur se réservait une part plus grande des vivres en tant que chef de la communauté et refusait de toucher aux fonds que les familles lui avaient confiés, une somme qui s'élevait au moins à vingt mille dollars. Quand Laurie Perrson, la fille de Billy et Olive Perrson, tomba gravement malade de la grippe, Faulkner exigea qu'elle soit soignée au sein de la communauté. Katherine Cornish, qui avait quelques connaissances médicales rudimentaires, fut chargée de s'occuper d'elle. Selon les lettres d'Elizabeth, Laurie survécut de justesse.

L'animosité grandit envers les Faulkner. Leurs enfants, qui, sur ordre du prédicateur, devaient être appelés Adam et Eve, brutalisaient les jeunes membres de la communauté. Elizabeth relate certains des actes de cruauté gratuite qu'ils commettaient sur des animaux et sur des êtres humains. La description qu'elle en fait dut alarmer sa sœur car, dans une lettre datée du 7 août 1963, Elizabeth tente de rassurer Lena en arguant que leurs difficultés « ne sont rien comparées aux souffrances endurées par les pèlerins du Mayflower, *ou par ces âmes intrépides qui partirent pour l'Ouest et furent en butte à l'hostilité des Indiens », concluant par ces mots : « Nous faisons confiance à Dieu, notre sauveur, et au révérend Faulkner, la lumière qui nous guide. »*

Cette lettre contient aussi la première allusion à Lyall Kellog, dont il semble qu'Elizabeth se soit éprise. Apparemment, les rapports entre Frank Jessop et sa femme étaient surtout platoniques, mais on ignore si c'était dû à une mésentente conjugale ou à une impuissance physique. En fait, la liaison entre Lyall et Elizabeth avait peut-être déjà commencé quand elle écrivit cette lettre et, en tout cas, elle s'était suffisamment développée en novembre pour qu'Elizabeth le décrive à sa sœur comme un « homme merveilleux ».

Je pense que cette liaison, quand elle fut connue de tous, contribua grandement à la désintégration de la communauté. Il est également clair, d'après les lettres ultérieures d'Elizabeth Jessop, que Louise Faulkner joua un rôle essentiel dans cette désintégration, un rôle qui semble avoir surpris Elizabeth et pourrait avoir provoqué un conflit aigu entre Louise et son mari.

15

L'ascenseur de la station de métro de la 190e Rue était décoré de photos de chatons et de chiots. Deux pots de fleurs où poussaient des drapeaux américains étaient suspendus au plafond et une petite chaîne stéréo diffusait de la musique douce. Anthony Washington, le liftier à qui l'on devait cette ambiance insolite, était assis dans un fauteuil confortable et accueillait un bon nombre d'usagers en les appelant par leur nom. La direction de la MTA[1] tenta à maintes reprises de forcer Anthony à débarrasser son ascenseur de ses ornements, mais une campagne de presse et les protestations du public la firent définitivement reculer. La station de la 190e Rue sentait l'urine, la peinture de son plafond s'écaillait et un ruisseau d'eau sale coulait en permanence entre les voies. Tout bien considéré, ceux qui prenaient le métro étaient reconnaissants à Anthony de ses efforts et estimaient que la direction aurait dû l'être elle aussi.

Il était juste neuf heures et quart quand l'ascenseur d'Anthony Washington parvint au niveau de la rue et que je sortis devant l'entrée de Fort Tryon Park. Le temps avait changé. L'orage avait commencé peu après l'aube, les averses avaient suivi. Il pleuvait maintenant depuis près de quatre heures, une pluie drue et tiède qui faisait pousser les parapluies comme des champignons dans toute la ville.

Aucun autobus n'attendait le long du trottoir pour emmener les visiteurs aux Cloisters, mais ça n'avait guère d'importance puisque j'étais apparemment le seul à prendre cette direction. Resserrant mon manteau autour de moi, j'entrepris de remonter à pied Margaret Corbin Drive. Devant le petit café situé à gauche de la chaussée, des éboueurs se pressaient les uns contre les autres pour s'abriter de la pluie. Au-dessus d'eux se dressaient les ruines du fort Tryon, qui avait résisté aux assauts de troupes mercenaires allemandes pendant la guerre d'indépendance avec l'aide de Margaret Corbin, la première femme américaine à avoir joué un rôle militaire dans la bataille pour la liberté. Je me demandai si elle aurait été assez coriace pour refouler aussi les bandes de

1. Société de transport. *(N.d.T.)*

toxicos et de voleurs qui sévissaient maintenant sur les lieux de son triomphe, et je conclus que oui, probablement.

Quelques secondes plus tard, j'avisai devant moi la masse des Cloisters, la côte du New Jersey sur ma gauche, la circulation filant sur le pont George Washington. John D. Rockefeller Jr avait fait don du terrain à la ville et réservé le sommet de la colline pour y construire un musée médiéval qui ouvrit en 1938. Des parties de cinq cloîtres moyenâgeux furent intégrées à un bâtiment contemporain, rappelant lui-même les édifices médiévaux européens. Mon père m'y avait emmené quand j'étais enfant et l'endroit n'avait jamais cessé de m'étonner. Entouré de remparts, dominé par une haute tour centrale, des arches et des piliers, vous pouviez vous prendre pour un chevalier errant si vous vouliez bien oublier un instant que les bois sous vos yeux étaient ceux du New Jersey, où les seules damoiselles en détresse sont des victimes de viol ou des mères célibataires.

Je montai les marches vers les guichets, payai les dix dollars demandés et franchis la porte de la salle romane. Elle était déserte. L'heure relativement matinale et le mauvais temps avaient dissuadé les visiteurs potentiels et je me dis qu'il ne devait pas y avoir plus d'une douzaine d'autres personnes dans tout le musée. Je parcourus lentement la chapelle Fuentiduena, m'arrêtai pour admirer l'abside et l'énorme crucifix accroché au plafond, traversai ensuite les cloîtres Saint-Guilhem et Cuxa en direction de la chapelle gothique et de l'escalier menant au niveau inférieur.

Ayant une dizaine de minutes d'avance environ sur l'heure de mon rendez-vous avec Mickey Shine, je me rendis au Trésor, où le musée conservait ses livres manuscrits. Je passai par des portes en verre modernes, m'avançai dans une salle entourée par les panneaux des stalles du chœur de l'abbaye de Jumièges. Les livres étaient exposés dans des vitrines, chacun d'eux ouvert à une page dont l'enluminure était particulièrement belle. Je m'attardai un moment sur un magnifique livre d'heures mais réservai la plus grande partie de mon attention aux pièces de l'exposition temporaire.

L'Apocalypse avait fait l'objet d'enluminures dès le IXe siècle et, si les livres avaient été produits à l'origine pour les monastères, on en avait aussi fabriqué pour de riches laïcs au XIIIe siècle. Quelques-uns des plus beaux spécimens avaient été rassemblés pour cette exposition et des images de jugements et de châtiments emplissaient la salle. Je consacrai un moment à divers pécheurs médiévaux dévorés, déchirés, embrochés sur des piques — ou, dans le cas de la Bouche de l'Enfer du psautier de Winchester, les trois à la fois, tandis qu'un ange consciencieux fermait les portes de l'extérieur —, avant de passer à des gravures sur bois de Dürer, à l'œuvre de Cranach pour la traduction allemande du Nouveau Testament par Martin Luther, et aux visions de dragons rouges de Blake, et d'en venir à la pièce maîtresse de l'exposition.

C'était l'Apocalypse des Cloîtres, ouvrage de la première moitié du XIVe siècle, et l'illustration de la page à laquelle il était ouvert était presque identique à celle que j'avais vue sur les brochures de la Confrérie. Elle représentait une bête aux nombreux yeux, aux longues pattes vaguement arachnéennes, massacrant des pécheurs avec une lance tandis que le Christ et les saints contemplaient la scène, impassibles, dans le coin droit de la page. Selon la note explicative de la vitrine, la bête exterminait ceux dont le nom n'apparaissait pas dans le Livre de Vie de l'Agneau de Dieu. Dessous, il y avait la traduction d'une note en latin que l'illustrateur avait ajoutée dans la marge : « Car si les noms des élus doivent être consignés dans le Livre de Vie, les noms des damnés ne seront-ils pas écrits aussi, et où pourra-t-on les trouver? »

J'entendis l'écho de la menace proférée par M. Pudd contre Mickey Shine et sa famille : les noms seraient écrits. La question — comme l'avait souligné l'enlumineur — était de savoir où.

Il était maintenant dix heures, mais Mickey Shine ne se montrait pas. Je quittai le Trésor, traversai la galerie de verre et ouvris une petite porte sans inscription donnant sur le cloître de Trie. Outre la pluie, on n'entendait que le bruit de l'eau s'écoulant dans la fontaine située au centre des arcades de marbre, dominée par une croix de pierre. A ma droite, une ouverture conduisait au cloître de Bonnefont. Après m'y être engagé, je me retrouvai dans un jardin, avec devant moi l'Hudson et la côte du New Jersey, la tour de la chapelle gothique à ma droite. A gauche, le mur d'enceinte des Cloisters, un à-pic de cinq ou six mètres jusqu'à la pelouse, tout en bas. Des arcades sur piliers constituaient les deux autres côtés du carré.

Le jardin était planté d'arbustes et d'arbres courants au Moyen Age. Un quatuor de cognassiers se dressait au milieu, montrant l'ébauche de leurs fruits dorés. Les grandes feuilles de la moutarde noire ombrageaient la valériane, près de laquelle poussaient cumin et poireaux, ciboulette et livèche, garance et gaillet. Avec ces deux dernières plantes, on fabriquait autrefois les couleurs utilisées pour les manuscrits exposés dans le corps principal du musée.

Il me fallut quelques secondes pour remarquer la touche qu'on avait ajoutée au jardin. Contre le mur du fond, près de l'entrée de la tour, un poirier en espalier rappelait par sa forme une *menorah*. Six branches semblables à des crochets partaient de l'axe central de l'arbre. Sur la pointe de cet axe, on avait empalé la tête de Mickey Shine, le transformant en une créature à la fois de chair et de bois. Des filets de sang pendaient de son cou, telles des vrilles, et les orbites enfoncées de ses yeux recueillaient l'eau d'une pluie qui lavait la pâleur de ses traits. Des lambeaux de peau oscillaient doucement au vent. Sa queue-de-cheval avait été coupée pendant la décapitation et les cheveux libérés collaient, raides et ternes, à son visage gris-bleu.

Je tendais déjà la main vers mon arme quand la silhouette maigre de M. Pudd émergea de l'ombre d'une arcade, à ma droite. Il tenait à la main un Beretta muni d'un silencieux. J'arrêtai mon geste. Il m'ordonna de lever les bras, lentement. Ce que je fis.

— Comme on se retrouve, monsieur Parker, siffla-t-il, ses yeux, derrière leurs capuchons, brillant d'une intensité haineuse. J'espère que vous aimez mes aménagements...

De son pistolet, il désigna l'arbre. Du sang et de l'eau de pluie formaient à sa base une flaque dans laquelle luisait un reflet sombre. Je vis les traits de Mickey Shine trembler sous l'impact des gouttes d'eau, donnant un semblant de vie et d'expression à son visage figé.

— J'ai trouvé M. Sheinberg dans un hôtel à trois sous du Bowery, poursuivit Pudd. Quand on aura découvert ce qui reste de lui dans sa baignoire, ce ne sera plus qu'un hôtel à deux sous, j'en ai peur.

La pluie continuait à tomber. Elle éloignerait les touristes, et c'était ce que M. Pudd voulait.

— L'idée est de moi, dit-il. Son caractère moyenâgeux m'a paru tout à fait indiqué. Mais son exécution — il s'agissait *vraiment* d'une exécution — est l'œuvre de mon... associée.

Plus loin sur ma droite, sous l'arcade, la femme à la gorge mutilée se tenait contre un pilier, un sac à dos ouvert à ses pieds. Elle nous observait, impassible, telle Judith après s'être débarrassée de la tête d'Holopherne.

— Il s'est beaucoup débattu, développa M. Pudd d'un ton presque détaché. Il faut dire que nous avons commencé par-derrière et qu'il nous a fallu un moment pour arriver à l'artère vertébrale. Après quoi il a nettement moins résisté.

Sous ma veste, le Smith & Wesson pesait sur ma peau comme une promesse qui ne serait jamais tenue. M. Pudd ramena toute son attention sur moi et releva légèrement le canon du Beretta.

— La femme Peltier nous a volé quelque chose, monsieur Parker. Nous voulons le récupérer.

— Vous avez fouillé chez moi, répondis-je, ouvrant enfin la bouche. Vous avez pris tout ce que j'avais sur cette affaire.

— Vous mentez. Le vieil homme ne l'avait pas ; vous, c'est moins sûr. Et si ce n'est pas vous, je vous soupçonne de savoir qui l'a en sa possession.

— L'Apocalypse ?

Ce n'était qu'une supposition mais elle se révéla juste : M. Pudd plissa les lèvres, hocha la tête.

— Dites-moi où elle est et vous ne sentirez rien quand je vous liquiderai.

— Et si je refuse ?

Du coin de l'œil, je vis la femme prendre un automatique dans le sac et le braquer sur moi. M. Pudd bougea lui aussi. Sa main gauche, qu'il avait gardée jusque-là dans la poche de son manteau, apparut, tenant une seringue.

— Je vais vous loger une balle dans le corps. Pas pour vous tuer mais pour vous neutraliser, et ensuite...

Il leva la seringue, fit jaillir de l'aiguille un liquide clair.

— C'est avec ça que vous avez assassiné Epstein ? demandai-je.

— Non. Comparé à ce que vous allez endurer, le malheureux rabbin est passé confortablement dans l'autre monde. Vous allez beaucoup souffrir, monsieur Parker.

Il baissa le Beretta pour le pointer vers mon ventre. Pourtant, ce n'était pas son arme que je regardais mais le petit point rouge qui venait d'apparaître sur l'entrejambe de M. Pudd et remontait lentement. Suivant la direction de mon regard, Pudd baissa les yeux et ouvrit la bouche de stupeur tandis que le point continuait sa progression sur sa poitrine et son cou avant de s'arrêter au centre de son front.

— Après vous, dis-je.

La première balle lui arracha un morceau de l'oreille droite au moment où il tirait dans ma direction et la pluie grésilla près de mon visage quand la chaleur du projectile réchauffa l'air. Il y eut ensuite trois autres coups de feu, et autant de trous noirs dans sa poitrine. Pudd fut projeté en arrière contre le mur.

Des éclats de pierre fusèrent à côté de ma jambe gauche et j'entendis le bruit sourd de détonations étouffées se répercuter sous les arcades. Tout en dégainant mon Smith & Wesson, je plongeai derrière la tour pour me mettre à l'abri et fis feu vers le pilier où se tenait la femme, mais elle s'était baissée et filait à toutes jambes vers la porte de la galerie de verre. Les balles pleuvaient sur elle de deux directions : du mur où je me trouvais et d'une arcade, où la forme sombre de Louis apparut soudain. La porte de la galerie s'ouvrit derrière elle, elle disparut à l'intérieur. J'allais la suivre quand une balle siffla à mon oreille. Je me jetai sur le sol, le nez dans une touffe de gaillet. De l'autre côté du jardin, Louis sauta pardessus le muret. Je rampai vers le mur d'enceinte, pris une inspiration et levai la tête pour regarder en bas.

Personne. Pudd avait déjà disparu, laissant pour seule trace de son passage une tache de sang sur l'herbe aplatie.

— Suis la femme ! criai-je.

Louis hocha la tête, courut vers la galerie, l'arme discrètement plaquée contre son flanc. J'escaladai le mur et sautai, me reçus lourdement dans l'herbe et roulai le long de la pente. Quand ma chute s'arrêta, je me levai d'un bond, le pistolet tendu devant moi, mais Pudd n'était pas en vue. Je suivais les traces de sang le long du mur d'enceinte des Cloisters quand j'entendis un coup de feu puis un autre et un hurlement de pneus. Quelques secondes plus tard, un Voyager bleu dévala Margaret Corbin Drive. Je me précipitai vers la route pour pouvoir tirer, mais un autobus de la MTA s'engagea dans le carrefour au même moment et je me ravisai, de crainte de toucher un des passagers. La dernière chose que je vis avant que le Voyager ne disparaisse, ce fut une silhouette penchée sur le tableau de bord. Je n'en étais pas certain mais je pensais que c'était Pudd.

Je brossai de la main mon pantalon et ma veste, rengainai mon arme et fis rapidement le tour du bâtiment jusqu'à l'entrée principale. Un gardien de musée en uniforme gris affalé contre le mur était au centre d'un groupe de touristes français qui venaient d'arriver. Il y avait du sang sur son bras et sa jambe gauches, mais il était conscient. Entendant des pas dans l'herbe derrière moi, je me retournai et vis Louis dans l'ombre du mur. Manifestement, après avoir poursuivi la femme, il avait fait tout le tour du complexe pour éviter de repasser par le musée.

— Saloperie, grogna-t-il en fixant la route que le Voyager avait prise. Elle est coriace, la garce.

— Ils ont réussi à s'enfuir.

— Sans blague, ironisa-t-il. Je me suis retrouvé pris dans ces foutus touristes. Elle a plombé le garde pour les faire paniquer.

— Pudd est blessé. C'est déjà ça.

— Je l'ai touché à la poitrine. Il devrait être mort.

— Il devait porter un gilet pare-balles. Les balles l'ont seulement expédié contre le mur.

— Merde, fit Louis. Tu comptes rester dans le coin?

— Pour organiser une visite guidée avec en point d'orgue la tête de Mickey Shine fichée sur un arbre? Je ne crois pas.

Nous montâmes dans le bus de la MTA, dont le chauffeur semblait ne pas avoir remarqué l'agitation de l'entrée principale, et nous nous assîmes à des places séparées au moment où il démarrait. Lorsqu'il tourna vers la route, il aperçut brièvement l'entrée des Cloisters et la foule attroupée autour du garde.

— Il s'est passé quelque chose? nous lança-t-il.

— Quelqu'un s'est évanoui, je crois, répondis-je.

— C'est pourtant pas si beau que ça, comme bâtiment, marmonna-t-il.

Il ne dit plus rien avant de nous déposer à la station de métro. Un taxi attendait le long du trottoir et je demandai au chauffeur de nous conduire dans le centre.

Je laissai Louis dans l'Upper West Side et descendis jusqu'au Village pour récupérer mon sac. Après quoi je fis un saut à la librairie Strand de Broadway pour acheter le catalogue de l'exposition des Cloisters. Installé à une table du Balducci's de la Sixième Avenue, je feuilletai les illustrations en regardant passer les gens. Ce que Mickey Shine avait deviné ou soupçonné était mort avec lui, mais je savais au moins maintenant ce que Grace Peltier avait pris à la Confrérie : un livre, une Apocalypse, de l'aveu même de M. Pudd. Et pas n'importe laquelle, si on voulait bien considérer qu'il semblait prêt à tuer tout un chacun pour la récupérer.

Rachel était encore à Boston et me rejoindrait à Scarborough le lendemain. Elle avait refusé la protection d'Angel et un Colt Pony modèle de poche offert par Louis. A son insu, cependant, elle était discrètement filée par un nommé Gordon Buntz et l'un de ses associés, Amy Brenner. Ils m'avaient fait le prix spécial collègue mais écornaient quand même sérieusement l'avance de Jack Mercier. Angel, lui, se trouvait déjà à Scarborough. Il était descendu au Black Point Inn de Prouts Neck, ce qui lui laissait toute latitude pour explorer le secteur sans attirer l'attention de la police de Scarborough. Je lui avais donné un guide de la National Audubon Society pour la Nouvelle-Angleterre et, nanti également d'une paire de jumelles, il faisait maintenant un improbable ornithologue. Il surveillait Jack Mercier, sa résidence et ses mouvements depuis l'après-midi de la veille.

Une Lexus SC400 noire s'arrêta devant le Balducci's. Louis était au volant. Quand j'ouvris la portière, Johnny Cash entonnait solennellement « Rusty Cage ».

— Belle voiture, dis-je. C'est pour impressionner ton banquier ?

Il secoua la tête d'un air affligé et me fit signe de monter.

Tout en conduisant, Louis tira de la poche de sa veste un gros cigare cubain de contrebande et entreprit de l'allumer. Une épaisse fumée bleue envahit la Lexus.

— Hé ! protestai-je.

— Quoi, « hé » ?

— Ne fume pas dans la voiture.

— C'est ma voiture.

— Et c'est avec ma santé que tu joues !

Louis s'étrangla sur une bouffée de fumée, haussa un sourcil soigneusement épilé.

— On t'a dérouillé, truffé de plomb, électrocuté, noyé, congelé, injecté du poison, un vieux mec que tu croyais mort t'a fait sauter trois dents à coups de pied et tu te fais de la bile pour de la fumée de cigare ? C'est *toi* qui joues avec ta santé, mon pote !

Là-dessus, il se concentra de nouveau sur sa conduite.

Je le laissai fumer son cigare en paix.

Après tout, il n'avait pas tort.

LA QUÊTE DU SANCTUAIRE

(Extrait de la thèse de troisième cycle de Grace Peltier)

Si Faulkner peut prétendre à la célébrité — en dehors de son association avec Eagle Lake —, c'est au titre de relieur, et en particulier de fabricant d'Apocalypses, versions richement illustrées du dernier livre du Nouveau Testament, détaillant la vision de saint Jean de la fin du monde et du Jugement dernier. Avec ces ouvrages, Faulkner s'inscrivait dans une tradition remontant à la période carolingienne : du IXe *au* XIe *siècle, quand les Apocalypses les plus anciennes qui nous soient parvenues furent créées sur le continent européen. Au début du* XIIIe *siècle, des Apocalypses magnifiquement enluminées, avec textes et commentaires en latin et français vernaculaire, furent fabriquées en Europe pour les riches et les puissants, notamment les hauts prélats et les nobles. On continua à en faire même après l'invention de l'imprimerie, ce qui dénote une sensibilité persistante aux illustrations et au message même du livre.*

Douze « Apocalypses de Faulkner » existent encore et, à en croire les registres de son fournisseur en feuilles d'or, il est peu probable qu'il en ait fabriqué d'autres. Chaque ouvrage était relié en cuir, incrusté d'or et illustré à la main par Faulkner, avec sur le dos une marque distinctive : six traits d'or horizontaux, regroupés en trois paires, et la dernière lettre de l'alphabet grec, oméga.

Le papier n'était pas fabriqué avec du bois mais avec des chiffons de lin et de coton battus dans l'eau jusqu'à obtenir une pulpe homogène. Faulkner plongeait un plateau rectangulaire dans la pulpe, prélevait deux à trois centimètres de la substance, l'égouttait sur un grillage situé à la base du plateau. Puis il le secouait doucement, pour que les fibres emmêlées dans le liquide s'imbriquent. Ces couches de pulpe en partie solidifiées passaient dans une presse avant d'être trempées dans de la gélatine animale qui leur permettait de retenir l'encre. Le papier était relié en folios de six afin de réduire l'épaisseur du fil au dos du livre.

Les illustrations des Apocalypses de Faulkner sont en grande partie empruntées à des artistes antérieurs et montrent une grande cohérence d'un ouvrage à l'autre. (Elles appartiennent toutes à un collectionneur privé qui m'a autorisée à les examiner longuement.) Ainsi, la plus ancienne s'inspire d'Albrecht Dürer (1471-1528), la deuxième de manuscrits médiévaux, la troisième de Lucas Cranach l'Aîné (1472-1553), et ainsi de suite, la dernière présentant six illustrations tirées de l'œuvre de Frans Masereel (1889-1972), dont le cycle de l'Apocalypse est constitué d'images de la Seconde Guerre mondiale. Selon ceux qui l'ont fréquenté, Faulkner était attiré par l'imagerie apocalyptique à cause des connotations de châtiment qu'elle renfermait, non parce qu'elle annonçait le Second Avènement du Messie ou le Jugement dernier. Pour lui, le Jugement avait déjà commencé : jugement et damnation étaient un processus continu.

Les Apocalypses de Faulkner étaient destinées exclusivement à de riches collectionneurs et le produit de leur vente fournit probablement une grande partie des fonds initiaux pour la communauté. Aucune autre version de la main de Faulkner n'est apparue après la fondation de la communauté d'Eagle Lake.

16

Louis me déposa chez moi avant de se rendre au Black Point Inn. Je vérifiai auprès de Gordon Buntz que tout allait bien pour Rachel et un bref coup de fil à Angel m'apprit qu'il ne s'était rien passé d'inhabituel chez les Mercier, à l'exception de l'arrivée de l'avocat Warren Ober et de sa femme. Angel avait en outre observé quatre différents types de sternes et deux pluviers.

J'avais interrogé régulièrement mon répondeur de Boston et de New York, mais il avait enregistré deux nouveaux messages depuis le matin. Le premier émanait d'Arthur Franklin, qui voulait savoir si les informations fournies par son client pornographe, Harvey Ragle, avaient été utiles. J'entendis à l'arrière-plan le cinéaste gémir : « Je suis un homme mort. Dites-le-lui. Je suis un homme mort. » Je ne pris pas la peine de rappeler.

Le second message provenait de l'agent de l'ATF, Norman Boone. Il avait laissé le numéro de son domicile et celui de son portable. Je le joignis chez lui.

— Charlie Parker, annonçai-je. En quoi puis-je vous aider, monsieur Boone?

— Oh! comme c'est aimable à vous de rappeler, monsieur Parker. Je vous ai laissé un message il y a seulement... (je l'imaginai en train de regarder ostensiblement sa montre à l'autre bout du fil)... quatre heures.

— J'étais en voyage.

— Ça vous dérangerait de me dire où?

— Pourquoi? On avait rendez-vous?

Boone poussa un soupir exagéré.

— Monsieur Parker, vous me parlez maintenant ou vous me parlez demain, au 1, City Center. Je dois vous avertir que je suis un homme occupé et que je serai sans doute dans de moins bonnes dispositions demain.

— Je suis allé à Boston rendre visite à un vieil ami.

— Je crois savoir que ce vieil ami s'est retrouvé avec un trou dans la tête en pleine représentation de *Cléopâtre*...

— Oh, ce n'est pas si grave, il connaissait sûrement la fin. Elle meurt, au cas où vous ne seriez pas au courant.

Il ne releva pas.

— Votre visite avait-elle un rapport quelconque avec Lester Bargus ?

Bien que désarçonné par la question, je ne marquai aucun temps d'arrêt avant de répondre :

— Pas directement.

— Mais vous avez vu ledit Bargus, peu avant de quitter la ville...

Merde.

— Lester et moi, on se connaît depuis des lustres.

— Alors vous aurez le cœur brisé d'apprendre qu'il n'est plus parmi nous.

— Brisé, ce n'est peut-être pas le mot. Et pourquoi l'ATF s'intéresse à tout ça ?

— M. Bargus se faisait de petits à-côtés en vendant des araignées et des cafards géants... et beaucoup d'argent en vendant des automatiques et autres armes assorties à des types qui ont des croix gammées sur leur vaisselle. Il est normal qu'il ait attiré notre attention. La question que je pose, c'est comment a-t-il attiré la vôtre ?

— Je cherchais quelqu'un, je pensais que Lester pourrait me renseigner. C'est un interrogatoire, monsieur Boone ?

— C'est une conversation, monsieur Parker. Demain, face à face, ce sera un interrogatoire.

Je devais reconnaître qu'il était bon, même séparé de moi par une ligne téléphonique. Il resserrait le filet, me laissant peu de place pour manœuvrer. Je ne pouvais pas lui parler de Grace Peltier parce que Grace le conduirait à Jack Mercier et peut-être à Paragon, et je ne tenais pas à ce que l'ATF saute à pieds joints sur la Confrérie. Je décidai de lui donner plutôt Harvey Ragle en pâture.

— D'accord. Un avocat appelé Arthur Franklin m'a demandé de parler à son client...

— Qui est-ce, ce client?

— Harvey Ragle. Il tourne des films pornos avec des insectes. La bande d'Al Z assurait la distribution de certaines cassettes.

Ce fut au tour de Boone d'être désarçonné.

— Des insectes? Qu'est-ce que vous me chantez?

— Des femmes en petite culotte qui écrasent des punaises, lui expliquai-je comme si je m'adressais à un enfant. Il fait aussi du porno avec des vieux, des obèses, des nains. Un artiste, quoi.

— Vous rencontrez du beau monde, dans votre boulot...

— Vous constituez un changement bienvenu, soyez-en sûr, monsieur Boone. Donc, il semble qu'un individu ayant des affinités avec les petites bêtes veuille trucider Harvey Ragle à cause de ses films de malade. Comme Lester Bargus fournissait les insectes et connaissait apparemment aussi ce type, j'ai accepté de le voir pour Ragle.

L'invraisemblance de cette histoire était à couper le souffle. Je pouvais presque entendre Boone se demander dans quelle mesure je lui jouais du pipeau.

— Et qui est ce mystérieux herpétologue?

Herpétologue. L'agent Boone devait être un passionné de Scrabble.

— Il se fait appeler M. Pudd et je crois qu'à strictement parler il est plutôt arachnologue qu'herpétologue. Il aime les araignées. Je pense que c'est lui qui a tué Al Z.

— Et vous avez pris contact avec Lester Bargus dans l'espoir de trouver ce Pudd?

— Oui.

— Mais ça ne vous a mené nulle part.

— Lester était du genre coléreux.

— Il est beaucoup plus calme maintenant.

— Si vous le surveilliez, vous savez déjà ce qui s'est passé entre nous, fis-je remarquer. J'en conclus que vous voulez autre chose de moi.

Après une hésitation, Boone m'expliqua qu'un homme voyageant sous le nom de Clay Daemon était entré dans le magasin de Lester, avait demandé des renseignements sur un gars dont il lui avait montré une photo puis avait abattu Lester et son employé.

— J'aimerais que vous jetiez un coup d'œil à cette photo.

— Parce qu'il l'a laissée ?

— Il devait en avoir plusieurs. C'est l'usage, chez les tueurs à gages.

— Vous voulez que je vienne ? Demain, ce serait possible.

— Et maintenant ?

— Ecoutez, Boone, j'ai besoin de me doucher, de me raser et de dormir. Je suis disposé à vous aider mais laissez-moi souffler.

D'un ton légèrement radouci, il demanda :

— Vous avez un e-mail ?

— Oui, et une deuxième ligne.

— Restez sur celle-ci. Je reviens.

J'allumai mon portable et attendis l'e-mail de Boone. Il se composait de deux photos. L'une était celle du meurtre devant la clinique, et je repérai aussitôt M. Pudd ; l'autre, provenant de la caméra vidéo du magasin de Bargus, montrait le tueur, Clay Daemon. Quelques secondes plus tard, Boone revint en ligne.

— Vous avez reconnu quelqu'un sur la première photo ?

— Le gars tout à fait à droite, c'est Pudd, prénom

Elias. Il est venu chez moi, il m'a demandé pourquoi je fourrais mon nez dans ses affaires. Le gars de l'autre photo, je ne le connais pas.

J'entendis Boone émettre de petits claquements de langue sceptiques à l'autre bout du fil, même quand je lui donnai le numéro avec lequel il pourrait joindre l'avocat de Ragle.

— Nous en reparlerons, monsieur Parker, fit-il enfin. J'ai l'impression que vous en savez plus que vous ne le dites.

— Tout le monde en sait plus qu'il ne le dit, repartis-je. Même vous. A ce propos, j'ai une question...

— Hum ?

— Qui est le blessé, sur la première photo ?

— Le mort, plutôt. Il s'appelait David Beck. Il travaillait pour une clinique du Minnesota pratiquant l'IVG. Son assassinat est dans les dossiers du VAAPCON.

VAAPCON était le nom de code d'une enquête commune de l'ATF et du FBI sur les violences dirigées contre le personnel des cliniques accueillant les femmes désirant avorter. L'ATF et le FBI n'avaient pas l'habitude de coopérer. Pendant longtemps, le Bureau fédéral avait refusé de s'impliquer dans ce genre d'affaires, arguant qu'elles ne relevaient pas de ses compétences, et les avait abandonnées à l'ATF. La situation avait changé avec la mise sur pied de VAAPCON et l'adoption d'une nouvelle législation autorisant le FBI et le Département de la Justice à agir contre les violences liées à l'avortement. Les frictions entre les deux agences contribuèrent cependant à l'échec relatif de l'opération : on ne trouva aucune preuve de l'existence d'un réseau organisant ces violences, malgré les indices de liens grandissants entre les milices de droite et les extrémistes anti-avortement.

— Ils ont retrouvé le meurtrier ?

— Pas encore.

— Ils n'ont pas trouvé non plus celui de sa femme ?

— Qu'est-ce que vous savez de cette affaire ?

— Je sais qu'elle avait des araignées dans la bouche quand on a découvert son corps.

— Et notre ami Pudd aime les araignées...

— Ce même Pudd dont la tête est entourée d'un trait sur la photo.

— Vous savez pour qui il travaille ?

— Pour lui-même, je dirais.

Ce n'était pas tout à fait un mensonge : Pudd ne rendait aucun compte à Carter Paragon, et la Confrérie, aux yeux du public en tout cas, semblait trop anodine pour faire appel à ses services.

Boone garda un moment le silence puis lâcha avant de raccrocher :

— On se reverra.

Je n'en doutais pas.

Assis devant mon ordinateur, je passai d'une photo à l'autre. J'examinai d'abord une Alison Beck plus jeune tenant la tête de son mari mort, le visage tordu de douleur, les vêtements et les mains pleins de sang. Puis je scrutai les petits yeux à capuchons de M. Pudd qui s'éclipsait à travers la foule. Je me demandai s'il avait tiré lui-même ou simplement orchestré l'exécution. Dans un cas comme dans l'autre, il était impliqué et un nouvel élément du puzzle se mit en place. D'une manière ou d'une autre, Mercier était entré en contact avec Epstein et Beck, deux personnes qui, pour des raisons qui leur étaient propres, étaient prêtes à l'aider dans ses attaques contre la Confrérie. Mais pourquoi Mercier s'en prenait-il à la Confrérie ? Etait-ce simplement en raison de son libéralisme, ou avait-il d'autres mobiles plus profonds ?

Une réponse possible à la question s'arrêta devant ma

porte trente minutes plus tard, dans une Mercedes décapotable noire. Deborah Mercier en descendit, seule et sans aide, vêtue d'un long manteau noir. Malgré l'obscurité qui commençait à gagner du terrain sur le jour, elle portait des lunettes de soleil. Ses cheveux ne bougeaient pas d'un poil dans le vent. Effet de la laque, peut-être, ou effort de volonté. Ou peut-être que le vent lui-même ne se risquait pas à déconner avec la femme de Jack Mercier.

J'ouvris ma porte dès qu'elle monta la première marche du perron.

— Vous vous êtes trompée de chemin, madame Mercier?

— L'un de nous s'est trompé, et je crois que c'est vous, répliqua-t-elle.

— Je n'ai jamais de chance. Si je dois choisir entre deux routes, je prends toujours celle qui mène au bord de la falaise.

Nous nous tenions à dix pas l'un de l'autre, nous toisant comme deux duellistes mal assortis. Deborah Mercier n'aurait pas eu l'air plus WASP[1] si elle avait eu des bandes jaunes sur son manteau et des yeux de chaque côté de la tête. Elle ôta ses lunettes, dévoilant des yeux bleu pâle qui semblaient contenir toute la chaleur de l'Arctique.

— Vous voulez entrer? l'invitai-je.

Je me retournai, entendis ses pas sur le plancher derrière moi. Ils s'arrêtèrent avant la porte. Par-dessus mon épaule, je la vis froncer un peu les narines avec un léger dégoût en inspectant mon intérieur.

— Si vous attendez que je vous soulève dans mes bras pour vous faire franchir le seuil, je dois vous prévenir que j'ai des problèmes de dos et qu'on n'est pas au bout de nos peines.

1. *White anglo-saxon protestant*, mais aussi *wasp* (« abeille »). *(N.d.T.)*

Les narines se froncèrent un peu plus, les yeux se glacèrent totalement, emprisonnant des pupilles réduites à des têtes d'épingle. Puis, prudemment, les talons de ses escarpins noirs cliquetant sur le bois, elle me suivit dans la maison.

Je la conduisis à la cuisine, lui proposai du café. Elle déclina mon offre mais j'entrepris quand même d'en faire. Elle ouvrit son manteau sur une robe de soirée noire et ajustée s'arrêtant juste au-dessus du genou et s'assit. Ses jambes, comme le reste de sa personne, étaient plutôt bien pour une femme de quarante et quelques années. Elle prit un paquet de cigarettes dans son sac, en alluma une avec un briquet Dunhill en or. Puis elle tira une longue bouffée, rejeta un mince jet de fumée en plissant les lèvres.

— La fumée ne me dérange pas, allez-y.

— Si je me souciais de votre bien-être, je vous aurais posé la question.

— Si la fumée me dérangeait, je vous aurais fait éteindre votre clope.

Elle inclina la tête sur le côté, eut un sourire vide.

— Vous croyez pouvoir imposer aux gens ce que vous voulez?

— Nous aurions donc ça en commun, madame Mercier?

— C'est probablement la seule chose que nous ayons en commun, monsieur Parker.

J'apportai le pot de café à la table, m'en versai une tasse.

— A la réflexion, j'en prendrai aussi, décida-t-elle.

— Il sent bon, hein?

— Ou alors tout le reste sent mauvais chez vous. Vous vivez seul?

— Moi et mon ego.

— Je suis sûre que vous vous entendez parfaitement, tous les deux.

— Le grand bonheur.

Je trouvai une autre tasse, la remplis, pris une brique de lait écrémé dans le réfrigérateur et la posai entre nous.

— Désolé, je n'ai pas de sucre.

Elle plongea de nouveau la main dans son sac, en sortit une boîte d'édulcorants. Elle fit tomber un comprimé dans son café, mélangea avant de goûter. Comme elle ne s'effondrait pas sur le parquet en s'étreignant la gorge, je conclus qu'il était buvable. Elle resta un moment silencieuse puis finit par laisser tomber :

— Il manque une touche féminine dans votre maison.

Elle aspira une autre bouffée, garda la fumée si longtemps en elle que je crus qu'elle allait lui ressortir par les oreilles.

— Pourquoi, vous faites aussi des ménages ?

Elle ne répondit pas, relâcha enfin la fumée et laissa tomber ce qui restait de sa cigarette dans sa tasse. La classe. Elle n'avait pas appris ça à l'institution pour jeunes filles de Madeira.

— Il paraît que vous avez été marié.

— C'est exact.

— Et que vous avez eu un enfant, une petite fille.

— Jennifer, précisai-je, gardant un ton aussi neutre que possible.

— Votre femme et votre enfant sont mortes. Quelqu'un les a tuées et vous avez ensuite tué ce quelqu'un.

Je ne répondis pas. Mon silence ne parut pas préoccuper Mme Mercier, qui poursuivit :

— Cela a dû être très dur pour vous.

Il n'y avait aucune trace de compassion dans sa voix, mais son regard se dégela brièvement sous l'effet de ce qui était peut-être une vague curiosité.

— En effet.

— Moi, monsieur Parker, j'ai encore mon mari et mon enfant. Je n'apprécie pas que Jack vous ait engagé pour enquêter sur la mort d'une fille qui n'a rien à voir avec nos vies. Cela trouble mes rapports avec mon époux et gêne la préparation du mariage de *ma* fille. Je veux que cela cesse.

Je notai l'accent qu'elle fit porter sur le « ma » mais n'émis aucun commentaire. Une fois de plus, elle prit quelque chose dans son sac. Un chèque.

— Je sais combien mon mari vous a payé, dit-elle en me tendant le chèque par-dessus la table, les ongles rouges comme des serres d'aigle couvertes de sang de lapin. Je vous offre la même chose pour arrêter.

Elle replia la main et le chèque resta entre nous sur la table, l'air solitaire et mal aimé.

— Je ne vous crois pas assez riche pour pouvoir refuser une telle somme, monsieur Parker. Vous l'avez acceptée de mon mari, vous ne devriez pas avoir de difficulté à l'accepter de moi.

Au lieu de prendre le chèque, je me servis une autre tasse de café. Sans en proposer à ma visiteuse. Le mégot flottant dans sa tasse me laissait penser qu'elle n'en voulait plus.

— Il y a une différence, soulignai-je. Votre mari paie mon temps et mes capacités professionnelles. Vous, vous cherchez à m'acheter.

— Vraiment? En ce cas, mon offre est particulièrement généreuse.

Je souris, elle sourit en retour. De loin, de *très* loin, nous donnions peut-être l'impression de passer un bon moment. Il était temps de mettre fin à cette erreur d'appréciation.

— Quand avez-vous découvert que Grace était l'enfant de votre mari?

J'éprouvai une brève satisfaction quand elle pâlit et

rejeta légèrement la tête en arrière, comme si je l'avais giflée.

— Je ne sais pas de quoi vous parlez, répondit-elle, d'un ton vraiment peu convaincant.

— Pour commencer, il y a la rupture de l'association entre votre mari et Curtis Peltier, sept mois avant la naissance de Grace, et le fait qu'il est prêt à dépenser une somme importante pour élucider les circonstances de sa mort. Et puis il y a la ressemblance, bien sûr. Elle devait vous faire l'effet d'un coup de pied dans le ventre chaque fois que vous regardiez Grace, madame Mercier.

Elle se leva, ramassa le chèque sur la table et me lança d'une voix sifflante :

— Vous êtes un salaud !

— Cela me blesserait peut-être venant de quelqu'un d'autre, madame Mercier, mais de vous, je dois le reconnaître, ça fait plaisir.

Je tendis brusquement la main en avant et lui saisis le poignet. Pour la première fois depuis son arrivée, elle parut effrayée.

— C'est vous, n'est-ce pas ? C'est vous qui avez parlé à Grace de la Confrérie. Vous l'avez mise sur la piste en sachant ce que ces types lui feraient. Je ne crois pas que votre mari lui en ait touché mot, et la thèse de Grace portait sur le passé, pas sur le présent, elle n'avait donc aucune raison de fouiner dans les affaires de cette organisation. Mais vous, vous étiez au courant des attaques que votre mari lançait contre eux. Qu'est-ce que vous avez dit à Grace, madame Mercier ? Quelles informations lui avez-vous données pour la conduire à la mort ?

Deborah Mercier me montra les dents et ses ongles lacérèrent le dos de ma main, qui se mit aussitôt à saigner.

— Je veillerai à ce que mon mari détruise votre vie

pour ce que vous venez de me dire, éructa-t-elle avec rage au moment où je lui lâchai la main.

— Je ne crois pas qu'il le fera. Quand il découvrira que vous avez envoyé sa fille à la mort, c'est votre vie qui ne vaudra plus la peine d'être vécue.

Je la regardai prendre son sac et se diriger vers le vestibule, mais avant qu'elle parvienne à la porte de la cuisine, je lui barrai le passage de mon bras.

— Il y a une chose que vous devez savoir, madame Mercier. Vous et votre mari avez déclenché une série d'événements sur lesquels vous n'avez aucun contrôle. Certaines personnes sont prêtes à tuer pour se protéger. Alors vous devriez être contente que votre mari m'ait engagé, parce que, en ce moment, je constitue la meilleure chance de voir disparaître ces personnes avant qu'elles ne s'en prennent à vous.

Quand j'eus terminé, je baissai le bras et elle sortit rapidement. Par la porte restée ouverte, je la vis faire démarrer la Mercedes et la lancer à vive allure sur la chaussée. J'examinai ma main et les quatre sillons parallèles qu'elle y avait tracés. Je lavai les plaies sous le robinet, enfilai ma veste et une paire de gants en cuir pour recouvrir la blessure, pris mes clefs et sautai dans ma voiture.

J'aurais dû lui demander de m'emmener, pensai-je en suivant les feux arrière de la Mercedes en direction de Prouts Neck. Je restai assez loin pour ne pas éveiller les soupçons de Deborah Mercier, assez près cependant pour franchir la barrière avant qu'elle ne se referme derrière elle.

Il y avait cinq ou six voitures sur le parking quand je me garai et descendis de la mienne. La femme de Mercier avait déjà disparu à l'intérieur de la maison et le moustachu star du porno sortit lourdement de la véranda. Il portait une oreillette et un micro au revers de sa veste. On avait quelque peu renforcé la sécurité depuis la mort d'Epstein.

— C'est une soirée privée, m'annonça-t-il. Vous ne pouvez pas rester.

— Mais si, je vous assure.

— Je vais devoir vous faire changer d'avis, soupira-t-il. Cette perspective semblait cependant l'enchanter et il enfonça l'index dans ma poitrine pour se faire mieux comprendre.

Je saisis son doigt de la main gauche, agrippai son poignet de la droite et tirai. Il y eut un léger *pop* quand l'os se déboîta et la vedette du porno ouvrit grand la bouche de douleur. Je lui tordis le bras derrière le dos et l'expédiai contre la Mercedes. Sa tête heurta la carrosserie avec un bruit creux et il s'effondra, portant à son crâne sa main indemne.

— Si tu es sage, je remettrai ton doigt en place en repartant, promis-je.

Deux autres gardes faisaient mouvement vers moi quand Jack Mercier apparut sur le perron et les rappela. Ils s'immobilisèrent près de moi, tels des loups attendant un signal pour fondre sur leur proie.

— On dirait que vous vous êtes invité à ma soirée, monsieur Parker. Autant vous joindre à nous.

Je montai les marches et le suivis à l'intérieur de la maison. En fait de soirée, il ne se passait pas grand-chose. Une quantité impressionnante de gnôle coûteuse circulait sur des plateaux parmi une poignée de personnes très habillées, mais aucune d'entre elles ne semblait particulièrement s'amuser. Un homme en qui je reconnus Warren Ober posa sa flûte de champagne et prit notre sillage.

Mercier me conduisit dans la pièce tapissée de livres où nous nous étions rencontrés la semaine précédente, mais, de l'autre côté de la fenêtre, le disque du soleil avait été remplacé par un mince fragment de lune. L'insecte avait disparu, probablement dévoré par une bestiole plus grosse et plus cruelle qu'il ne le serait jamais. On n'apporta pas de café, cette fois : Mercier ne m'offrait pas son hospitalité. Il avait les yeux bordés de rouge et s'était mal rasé, laissant sous le menton et les narines des touffes de poils. Même la chemise blanche de son smoking était froissée et je remarquai des taches de sueur sous ses aisselles lorsqu'il ôta sa veste. Son nœud papillon était de travers et, sous son eau de toilette, je crus détecter une odeur aigre.

J'allai droit à la photo de mon hôte en compagnie d'Ober, Epstein et Beck, la décrochai du mur et la lui lançai. Il l'attrapa maladroitement.

— Qu'est-ce que vous m'avez caché? fis-je au moment où Ober entrait et refermait la porte derrière lui.

— Que voulez-vous dire?

— Qu'est-ce que vous avez fait, tous les quatre, pour que ces types vous tombent dessus? Et comment Grace s'est-elle retrouvée mêlée à cette histoire, d'après vous?

La seconde question le fit tressaillir.

— Et pourquoi m'avoir engagé, puisque vous saviez qui était responsable de sa mort? ajoutai-je.

Il se laissa tomber lourdement dans un fauteuil, se prit la tête entre les mains.

— Vous savez que Curtis est mort? murmura-t-il d'une voix à peine audible.

Une douleur me transperça l'estomac et je dus m'appuyer à la table pour garder l'équilibre.

— Personne ne m'a prévenu.

— On ne l'a découvert que ce soir. Il était mort depuis plusieurs jours. J'avais l'intention de vous appeler après le départ de mes invités.

— Comment est-il mort?

— Quelqu'un a pénétré chez lui par effraction, l'a torturé et lui a tailladé les veines du poignet dans son bain.

Mercier leva vers moi des yeux implorant pitié et compréhension. Je faillis lui taper dessus.

— Il n'était pas au courant, hein? Il ne savait rien de la Confrérie, de Beck ou d'Epstein. La seule chose qui comptait pour lui, c'était sa fille, et il lui donnait tout ce qu'il pouvait. J'ai vu comment il vivait. Il avait une grande maison qu'il n'arrivait pas à entretenir et dont il n'occupait de fait que la cuisine. Vous, vous savez où elle est, votre cuisine, monsieur Mercier?

— Pas *sa* fille, la *mienne*, corrigea-t-il avec un rictus qu'il n'avait sans doute jamais montré à ses électeurs. Grace était mon enfant.

— Vous vous faites des illusions, monsieur Mercier, répliquai-je sans parvenir à cacher mon dégoût.

— Je suis resté en dehors de sa vie parce que nous l'avions tous décidé, mais je me suis toujours soucié d'elle. Quand elle a fait une demande de bourse à ma fondation, j'ai saisi l'occasion de l'aider. Je lui aurais donné de l'argent même pour faire du surf au Malibu Tech. Elle voulait étudier les mouvements religieux dans le Maine — un en particulier. Je l'ai encouragée dans cette voie pour l'avoir près de moi en lui donnant accès aux livres de ma collection. C'est ma faute. Parce que nous ignorions alors l'existence du lien...

Il s'interrompit sous le poids de la culpabilité.

— Quel lien?

Derrière nous, Warren Ober toussa.

— Jack, je dois vous conseiller de ne pas en dire plus en présence de M. Parker, intervint-il de sa plus belle voix à mille dollars l'heure.

En ce qui le concernait, la mort de Grace n'avait aucune importance. L'important, c'était de veiller à ce que la culpabilité de Mercier ne devienne pas publique.

Le pistolet se retrouva dans ma main sans que je m'en rende compte. A travers un brouillard rouge, je vis Ober reculer et le canon de mon arme s'enfoncer dans la chair molle sous son menton.

— Encore un mot et je ne serai plus responsable de mes actes, murmurai-je.

Malgré la peur que je lisais dans ses yeux, l'avocat me lança :

— Vous n'êtes qu'un malfrat, monsieur Parker.

— Vous aussi, Ober. La seule différence, c'est que vous êtes mieux payé que moi.

— Arrêtez !

C'était une voix d'empereur, une voix habituée à être obéie. Je ne la déçus pas. Eloignant mon arme du menton d'Ober, je grommelai :

— Le cran de sûreté était mis. On n'est jamais trop prudent.

Je rengainai le Smith & Wesson, Ober rajusta son nœud papillon.

Mercier se servit un cognac, en versa un autre pour Ober, agita la carafe dans ma direction mais je refusai. Il tendit un verre à l'avocat, but une longue gorgée du sien puis se rassit et reprit, comme s'il ne s'était rien passé :

— Curtis vous avait parlé de nos liens familiaux respectifs avec les baptistes d'Aroostock?

J'acquiesçai de la tête. Derrière moi, un nuage obscurcit la lune.

— Pendant trente-sept ans, on a ignoré ce qu'ils étaient devenus, poursuivit-il. Je crois que l'homme responsable de leur mort est encore en vie.

Le premier indice selon lequel Faulkner était vivant était venu en mars, d'une source improbable. Une Apocalypse de Faulkner avait été mise en vente aux enchères et Mercier l'avait acquise, comme il l'avait fait pour les douze autres. Tout en parlant, il alla en chercher une dans sa bibliothèque et me la tendit. Faulkner avait le talent d'un enlumineur médiéval, marquant chaque début de chapitre par une lettre décorée d'animaux fantastiques. Il utilisait comme encre le même mélange de tanins et de sulfate de fer qu'au Moyen Age. Chaque chapitre contenait des illustrations tirées d'œuvres semblables à l'Apocalypse des Cloîtres, images de jugements, de châtiments et de tortures rendues avec une minutie qui frôlait le sadisme.

— Les illustrations et la calligraphie sont dans le même style d'un bout à l'autre, expliqua Mercier. D'autres Apocalypses de Faulkner sont inspirées par des artistes plus proches de nous, comme Meidner et Grosz, et les caractères ont été modernisés en conséquence, mais à certains égards ils sont tout aussi beaux.

La treizième Apocalypse achetée par Mercier était différente. On avait appliqué un adhésif sur les pages avant de les brocher parce que le papier était d'un poids plus léger qu'avant et que le relieur avait apparemment eu des difficultés à passer ses fils. Bibliophile, Mercier avait remarqué les traces d'adhésif peu après son achat et avait fait examiner l'ouvrage par un expert. Il estima l'ouvrage authentique — Faulkner en était l'auteur, cela ne faisait aucun doute —, mais l'adhésif recouvrant le papier n'existait que depuis une dizaine d'années et il avait été utilisé pour la fabrication même du livre, non pour une restauration ultérieure.

Faulkner était vivant, ou du moins il l'était encore dans un passé relativement récent. En le retrouvant, on apporterait peut-être enfin une réponse à l'énigme de la disparition des baptistes d'Aroostock.

— Pour être franc, c'étaient les livres qui m'intéressaient, pas ces gens, déclara Mercier avec dédain, aveu qui me le rendit plus antipathique encore. Mes liens familiaux avec le troupeau de Faulkner ajoutaient un frisson supplémentaire, mais rien de plus. Je trouvais ses œuvres fascinantes.

C'était la provenance de la treizième Apocalypse qui l'avait conduit à la Confrérie. Il était apparu, après enquête, que Carter Paragon l'avait vendue — par l'intermédiaire d'un cabinet d'avocats de troisième ordre de Waterville — pour couvrir ses dettes de jeu. Mais, au lieu de s'en prendre à Paragon, Mercier avait décidé d'attendre et d'exercer des pressions sur son organisation par d'autres moyens. Il avait trouvé Epstein, qui soupçonnait déjà la Confrérie d'être bien plus dangereuse qu'elle ne le paraissait et qui était prêt à rendre publique une mise en cause des avantages fiscaux accordés à l'organisation. Il avait trouvé Alison Beck, qui avait assisté à l'assassinat de son mari des années plus tôt et qui cherchait à obtenir la réouverture du dossier et une enquête approfondie sur un lien possible avec la Confrérie, sur la base de menaces proférées par ses hommes de main quelques mois avant la mort de David Beck. Avec leur aide, Mercier parviendrait peut-être à briser la façade de la Confrérie, révélant enfin ce qu'il y avait derrière.

Pendant ce temps, Grace poursuivait ses recherches sur les baptistes d'Aroostock et Mercier les avait quasiment oubliées. Jusqu'au jour où la vie de la jeune femme s'était terminée dans le fracas d'une détonation qui avait fait détaler les petits animaux des sous-bois. Curtis Peltier était ensuite venu le voir et le lien qui les unissait tous deux à Grace les avait rapprochés.

— Elle s'est attaquée à la Confrérie et elle en est morte, monsieur Parker, dit-il en me regardant. Je ne sais pas pourquoi elle l'a fait, poursuivit-il, réfutant une accusation qui n'avait pas encore été portée.

— Je crois que vous le savez parfaitement. Je crois que

c'est pour cette raison que vous m'avez engagé : pour confirmer ce que vous soupçonniez déjà.

Il semblait sur le point d'ajouter quelque chose quand une voix de femme se fit entendre de l'autre côté de la porte et les mots fondirent sur sa langue comme des flocons de neige.

Deborah Mercier fit irruption dans la pièce.

— Il m'a suivie jusqu'ici, Jack, se plaignit-elle. Il a pénétré chez nous, il s'en est pris au personnel. Pourquoi est-ce que tu tolères sa présence?

— Deborah... commença Mercier d'un ton qui, en d'autres circonstances, aurait pu paraître apaisant mais qui ressemblait plutôt au murmure du bourreau à un condamné.

— Non! s'écria-t-elle. Ne dis rien. Fais-le jeter dehors, fais-le arrêter. Fais-le tuer si tu veux, je m'en moque, mais qu'il sorte de notre vie!

Il s'approcha de sa femme, la tint fermement par les épaules. Pour la première fois, elle me parut plus petite et moins forte que lui.

— Deborah... répéta-t-il.

Il l'attira contre lui dans ce qui était à l'origine un geste d'amour mais qui se transforma en son contraire quand elle se débattit.

— Deborah, qu'est-ce que tu as fait?

— Je ne sais pas de quoi tu parles...

— Je t'en prie, ne mens pas. Pas maintenant.

Instantanément, elle cessa toute résistance et se mit à sangloter.

— Nous n'avons plus besoin de vos services, monsieur Parker, me signifia-t-il, sans même prendre la peine de se tourner vers moi. Merci de votre aide.

Je l'avertis :

— Ils vont vous tomber dessus.

— Nous nous occuperons d'eux. J'ai l'intention de

remettre l'Apocalypse de Faulkner à la police après le mariage de ma fille. Ce sera la fin de cette affaire. Maintenant, quittez ma maison, s'il vous plaît.

En sortant de la pièce, j'entendis Deborah Mercier murmurer :

— Je suis désolée, Jack, je suis désolée...

Quelque chose dans sa voix me fit me retourner et le regard de ses yeux froids m'empala comme un papillon sur une épingle.

La vedette du porno n'étant pas dans les parages, je ne pus remettre son doigt en place. J'allais remonter dans ma voiture quand Warren Ober descendit le perron derrière moi et se tint dans le cône de lumière projeté par la porte ouverte.

— Monsieur Parker...

Je m'immobilisai, regardai les traits de son visage tenter de s'ordonner en un sourire. Ils renoncèrent à mi-chemin, lui donnant l'expression d'un type qui vient de goûter un morceau de poisson pas frais.

— Nous oublierons le petit incident de la bibliothèque à condition que vous compreniez bien que vous ne devez plus enquêter sur la mort de Grace Peltier ni sur les événements qui y sont liés.

— Ça ne marche pas comme ça, répondis-je en secouant la tête. Comme je l'ai déjà expliqué à Mme Mercier, son mari a uniquement payé mon temps et mes capacités. Il n'a acheté ni ma conscience ni ma personne. Je n'aime pas laisser une affaire irrésolue, monsieur Ober. Après, j'ai plein de problèmes moraux.

L'expression impassible d'Ober se lézarda sous l'effet de la déception.

— Alors vous avez intérêt à vous trouver un bon avocat, Parker.

Je ne répondis pas et démarrai, le laissant planté dans

la lumière tel un ange solitaire attendant d'être englouti par les ténèbres.

Jack Mercier ne m'avait pas engagé pour découvrir qui avait assassiné Grace, du moins ce n'était pas la raison principale pour laquelle il avait fait appel à mes services. Il voulait savoir pourquoi elle s'était intéressée à la Confrérie à l'origine, et je crois qu'il soupçonnait la réponse depuis le début, qu'il la voyait dans les yeux de sa femme chaque fois qu'il prononçait le nom de Grace. Deborah voulait que Grace s'en aille, qu'elle disparaisse. Elle et Jack avaient déjà une fille, il n'avait pas besoin de Grace Peltier. Par son mari, elle savait que les adeptes de la Confrérie pouvaient être extrêmement dangereux et elle leur avait livré la jeune femme.

Je me garai dans le parking clients du Black Point Inn et rejoignis Angel et Louis dans la vaste salle à manger où ils étaient assis à une table jonchée des restes de ce qui semblait avoir été un dîner très agréable et passablement onéreux. Je fus content de les voir dépenser l'argent de Mercier, sali d'être passé dans les mains de sa famille. Après avoir commandé du café et un dessert, je leur rapportai les derniers événements.

— Cette Deborah Mercier, faut se la faire, dit Angel au final, en secouant la tête.

Nous quittâmes la table pour passer au bar. Angel — je ne pus faire autrement que le remarquer et je n'étais pas le seul — portait encore ses bottes rouges, auxquelles il avait ajouté un pantalon en toile de mauvaise qualité et une chemise blanche à la couture tordue. Sentant mon regard, il m'expliqua avec un sourire radieux :

— TJ Maxx. Crois-le ou non, je me suis offert ces nouvelles fringues pour cinquante-neuf dollars quatre-vingt-quinze.

— Pas mal, mais moi, à ta place, j'aurais demandé cinq cents, répliquai-je.

Ils commandèrent des bières et de l'eau de Seltz pour moi. Nous étions les seuls clients du bar.

— Et maintenant? s'enquit Louis.

— Demain soir, nous rendrons à la Confrérie une visite trop longtemps reportée, répondis-je.

— Et en attendant?

Dehors, les arbres gémissaient, les vagues se brisaient en gerbes blanches sur Crescent Beach. Les lumières d'Old Orchard flottaient dans le noir tels les yeux d'étranges créatures marines peuplant les profondeurs de sombres océans. Elles m'appelaient, ces réminiscences du passé, de mon enfance et de ma jeunesse.

Comme ces prédateurs cauchemardesques, le passé pouvait vous dévorer si vous n'y preniez garde. Sa main morte émergeant de la boue et de la vase d'un lac du nord du Maine avait saisi Grace et l'avait entraînée vers le fond. Grace, Curtis Peltier, Jack Mercier : tous liés par les rêves, la disparition et l'exhumation finale des baptistes d'Aroostock. Grace n'était pas née quand ils avaient disparu et cependant une partie d'elle était enterrée depuis toujours avec eux, et sa courte vie avait été gâchée par le mystère de leur disparition.

Un faux pas, un incident mineur, avait révélé la vérité sur leur fin. Ils avaient surgi dans le monde, brisant la mince croûte séparant le présent du passé, la vie de la mort.

Et je les avais vus.

— Je vais dans le Nord, annonçai-je. D'une certaine façon, tout est lié aux baptistes d'Aroostock. Je veux voir l'endroit où ils sont morts.

Louis me regarda. Près de lui, Angel gardait le silence. Tout recommençait, ils le savaient.

LA QUÊTE DU SANCTUAIRE

(Extrait de la thèse de troisième cycle de Grace Peltier)

La nature précise des relations entre Lyall et Elizabeth nous est évidemment en grande partie inconnue mais on peut raisonnablement supposer qu'elles comportaient une part importante d'attirance sexuelle. Elizabeth était une jolie femme, âgée de trente-cinq ans au moment où elle rejoignit la communauté. On ne trouve guère de photos d'elle jeune sur lesquelles elle ne sourit pas mais, sur les photos prises plus tard, elle apparaît comme une présence plus grave aux côtés de la silhouette austère de Frank, son mari. Issue d'une famille pauvre, Elizabeth était apparemment une jeune femme brillante qui, dans une communauté plus éclairée (ou plus libre) et dans des conditions matérielles moins contraignantes, aurait disposé de l'espace nécessaire pour s'épanouir. Au lieu de quoi, elle se maria avec Frank Jessop, de quinze ans son aîné, qui possédait un peu de terre et d'argent. Ce ne fut pas une union particulièrement heureuse, semble-t-il, et Frank eut des problèmes de santé dans les années qui suivirent la naissance de leur premier enfant, James, ce qui creusa un peu plus le fossé entre les deux époux.

Lyall Kellog avait deux ans de moins qu'Elizabeth. Les photos qu'on a gardées de lui montrent un homme trapu de taille moyenne avec des traits un peu grossiers : autrement dit pas le type classique de l'homme séduisant. Selon tous les témoignages, il était heureux en ménage et Elizabeth Jessop dut exercer sur lui une influence exceptionnellement forte pour que non seulement il prenne le risque de briser son couple et d'encourir la colère du révérend Faulkner mais qu'il enfreigne aussi de profondes convictions religieuses.

Vers novembre 1963, Faulkner avait resserré son emprise sur la communauté. Comme Sandford avant lui, il exigeait une obéissance absolue et interdisait tout contact extérieur, excepté pendant les premières semaines d'hiver, où chaque famille devait écrire aux parents restés en dehors de la communauté pour solliciter des dons de vivres, de vêtements et d'argent. Comme la plupart des membres de la communauté n'avaient plus de rapports avec leurs parents, ces demandes restaient le plus souvent vaines, et Lena Myers fut la seule à envoyer une petite somme.

Le seul parent qui tenta de prendre directement contact avec un membre de la communauté fut un cousin de Katherine Cornish qui, craignant pour la vie de celle-ci, se rendit sur les lieux accompagné d'un adjoint au shérif. Pour apaiser ses craintes, Katherine Cornish eut la permission de le rencontrer brièvement, sous la surveillance de Faulkner. Selon Elizabeth Jessop, la famille Cornish fut ensuite forcée, en guise de punition, de passer la nuit en prière dans une grange non chauffée. Lorsque l'un de ses membres s'endormait, Leonard Faulkner — « Adam » — le réveillait en l'aspergeant d'eau froide.

Lettre d'Elizabeth Jessop à sa sœur Lena Myers, novembre 1963, et reproduite avec l'aimable autorisation des héritiers de Lena Myers :

Très chère Lena,

Merci de ta générosité. Je m'excuse de ne pas t'avoir écrit plus tôt comme je l'avais promis mais la vie est dure ici. J'ai l'impression que Frank m'épie constamment et qu'il attend que je commette une erreur. Je ne pense pas qu'il sache vraiment, mais il doit avoir des soupçons car mon comportement a sans doute changé.

Je continue à voir L. quand je peux. Lena, je suis encore allée avec lui. Je prie Dieu de me venir en aide mais je vois L. dans mes rêves et je le désire. Je sais que cela finira mal mais je ne peux pas m'en empêcher. Cela faisait longtemps qu'un homme ne m'avait pas touchée comme ça. Maintenant que j'ai goûté au fruit, je n'en veux plus d'autre. J'espère que tu comprends.

Le mécontentement monte parmi les pèlerins. Certains d'entre eux critiquent le révérend Faulkner à cause de sa conduite. Ils lui reprochent sa dureté, ils demandent à récupérer une partie de l'argent que nous lui avons donné, au moins de quoi subsister en cas de besoin. Ses enfants causent aussi des problèmes. La fille a été malade, elle n'a presque plus de voix. Elle ne peut plus chanter au souper et le révérend propose d'utiliser notre argent pour faire venir un docteur. Laurie Perrson a failli mourir faute de médecin, mais le révérend ne veut pas laisser souffrir sa propre enfant. Billy Perrson l'a traité d'hypocrite en pleine figure.

Mais le pire de tous, c'est le garçon. Il est mauvais, Lena. Il n'y a pas d'autre mot. James avait un petit chat, il l'avait amené avec lui de Portland. L'animal se nourrissait de souris et de ce que nous prélevions pour lui sur notre table. C'était une jolie petite bête marron à laquelle James avait donné le nom de Jake.

Hier, Jake a disparu. Nous avons fouillé toute la maison sans le trouver. Quand l'heure est venue pour James de prendre ses leçons quotidiennes chez le révérend, il a quitté la maison mais au lieu de se rendre chez Faulkner, il est parti chercher son chat. Nous ne nous en sommes aperçus que lorsque Lyall l'a entendu pleurer dans les bois et est allé voir ce qu'il avait.

Il a trouvé James près d'une cabane, l'ancienne remise d'une ferme qui a brûlé des années plus tôt. Nous avions interdit aux enfants de s'en approcher, de peur qu'il ne leur arrive quelque chose. Lyall m'a raconté que James se tenait devant la porte, tremblant et en larmes.

Quelqu'un avait passé une corde au cou de Jake et l'avait attaché à un clou enfoncé dans le plancher de la remise. La corde ne faisait que cinq ou six centimètres de long et le chat était quasiment allongé par terre. Il était couvert d'araignées,

Lena, de petites araignées brunes que personne n'avait jamais vues avant. Elles grimpaient sur sa bouche, sur ses yeux, et le pauvre animal se grattait et se débattait, à moitié étranglé par la corde. Puis il a été pris de convulsions et il est mort, comme ça.

Lyall jure qu'il a vu Adam traîner autour de la remise, où il n'avait rien à faire, et il en a parlé au révérend. Mais le révérend lui a récité les Commandements et l'a averti des châtiments encourus par celui qui calomnie son prochain. Les hommes ont soutenu Lyall et le révérend leur a conseillé de ne pas endurcir leur cœur contre lui. Pendant tout ce temps, le garçon n'a pas prononcé un mot mais Lyall l'a vu sourire en le regardant et Lyall s'est dit que si Adam trouvait le moyen de l'attacher et de le livrer lui aussi aux araignées, il n'hésiterait pas à le faire.

Je ne sais pas ce qui va se passer ici, Lena. L'hiver arrive et je ne vois que de nouvelles difficultés pour nous mais, avec l'aide de Dieu, nous en viendrons à bout. Je prierai pour toi et les tiens. Je vous embrasse tous.

Ta sœur,

Elizabeth

P.-S. : Je joins à ma lettre une coupure de journal. Fais-en ce que tu voudras.

LA VICTIME D'UNE NOYADE
ENTERRÉE AUJOURD'HUI

Eagle Lake. Edie Rattray, morte mercredi au lac Saint-Froid, Aroostock, sera inhumée aujourd'hui. Le corps de la jeune fille, âgée de treize ans, et celui de son jeune chien avaient été retrouvés flottant sur le lac devant la Red River Road, non loin de la ville d'Eagle Lake.

Selon le seul témoin, Muriel Faulkner, quinze ans, Edie s'est retrouvée en difficulté en se portant au secours de son chien, tombé de la rive, et s'est noyée avant qu'elle puisse aller chercher de l'aide.

Edie était membre de la chorale de l'église Sainte-Marie d'Eagle Lake, qui chantera pour sa messe d'enterrement. Muriel appartient à la petite communauté religieuse connue sous le nom des baptistes d'Aroostock, dont son père, Aaron, est le pasteur.

La police de l'Etat pense qu'il s'agit d'un accident mais s'étonne qu'Edie se soit noyée dans cette eau relativement peu profonde.

Cette semaine, des bougies resteront allumées dans chaque maison de la ville en hommage à la jeune fille, surnommée, en raison de sa magnifique voix de chanteuse, « le Rossignol d'Eagle Lake ».

(Extrait du Bangor Daily News, *28 octobre 1963.)*

TROISIÈME PARTIE

« Aux légions des hommes perdus,
aux cohortes des damnés... »

Rudyard Kipling, *Gentlemen simples soldats*

17

Le lendemain matin, je sentis à mon réveil un élancement sur le dos de ma main, souvenir de ma rencontre avec Deborah Mercier. Je ne travaillais plus pour son mari mais j'avais quand même quelques coups de téléphone à donner. J'appelai de nouveau Buntz, à Boston, qui m'assura que Rachel était en sécurité, puis composai le numéro de la police de Portland.

Je voulais voir l'endroit où les baptistes d'Aroostock avaient été enterrés. On pouvait m'accuser de curiosité morbide mais il y avait autre chose : tout ce qui était arrivé — les morts, les histoires familiales troubles — était lié à ces âmes perdues. La fosse commune de Saint-Froid était l'épicentre d'une série d'ondes de choc qui avaient affecté la vie de plusieurs générations, touchant parfois même des gens qui n'avaient aucun lien de sang avec les cadavres enfouis dans la terre froide et humide. Elle avait réuni les Peltier et les Mercier, et cette union avait trouvé son ultime expression avec Grace.

Je la revis, effrayée et désespérée sur la plage de Higgins Beach tandis qu'un jeune homme égoïste jetait des cailloux dans l'eau, uniquement préoccupé de tout ce qu'il perdrait s'il devenait père à son âge. Je la rendais responsable, pourtant : d'avoir eu envie de moi, de m'avoir accepté en elle. Et je coulais avec les cailloux, m'enfonçant lentement vers le fond de la mer, là où le grondement des vagues couvrait sa voix et le bruit de ses larmes, où le monde adulte se perdait, avec ses tourments et ses trahisons, dans une masse confuse de vert et de bleu.

Même alors, Grace devait savoir la vérité sur le passé de sa famille. Elle se sentait peut-être un lien de parenté avec Elizabeth Jessop, qui était partie pour une nouvelle existence des années plus tôt et qu'on n'avait jamais revue. Romantique, Grace avait sans doute voulu croire qu'Elizabeth avait trouvé le paradis sur terre qu'elle cherchait, qu'elle était parvenue à refaire sa vie, rompant totalement avec le passé dans l'espoir de prendre un nouveau départ. Sauf que quelque chose en elle lui murmurait qu'Elizabeth était morte : Ali Wynn me l'avait confié.

Deborah Mercier avait alors informé Grace que Faulkner vivait peut-être encore et qu'à travers lui elle pourrait découvrir la vérité sur la disparition d'Elizabeth Jessop. Il semblait établi que Grace avait ensuite pris contact avec Carter Paragon, qui, en vendant par faiblesse une Apocalypse de Faulkner récente, avait pris le risque de révéler que le révérend vivait toujours. Après leur rencontre, quelqu'un avait assassiné Grace et pris ses notes, ainsi qu'autre chose qui, selon moi, devait être une Apocalypse qui était entrée en sa possession d'une manière ou d'une autre. Pour en savoir plus, il me faudrait exercer de nouvelles pressions sur les Becker afin de découvrir si leur fille Marcy pouvait remplir les blancs. Ça, ce serait pour demain. Au programme du jour, il y avait Paragon, le lac Saint-Froid et une autre visite dont j'avais préféré ne pas parler à Angel et Louis.

Les privés n'ont généralement pas accès aux lieux des crimes, à moins d'y arriver les premiers. C'était la deuxième fois en moins de dix-huit mois que je demandais l'aide d'Ellis Howard, chef adjoint du service des enquêtes de la police de Portland, pour contourner un peu les règles. Un moment, il avait essayé de me convaincre de rejoindre son unité, mais les événements de Dark Hollow l'avaient amené à reconsidérer sa proposition.

— Pourquoi? me demanda-t-il quand il eut enfin accepté de me prendre en ligne. Pourquoi je ferais ça?

— Ne vous donnez pas la peine de dire bonjour, grognai-je.

— Bonjour. Pourquoi? Qu'est-ce qui vous intéresse dans cette histoire?

Je décidai de ne pas lui mentir :

— Grace et Curtis Peltier.

Il y eut un silence pendant lequel Ellis parcourut la liste des relations possibles et ne trouva rien.

— Je vois pas le rapport.

— Ils étaient apparentés à Elizabeth Jessop. L'une des baptistes d'Aroostock.

Je m'abstins de mentionner l'autre lien, celui qui unissait Grace aux baptistes par Jack Mercier.

— Avant de mourir, Grace préparait une thèse sur l'histoire de la communauté.

— C'est pour ça que Curtis Peltier est mort dans son bain?

C'était l'ennui, avec Ellis. Il finissait toujours par poser les questions difficiles. Je concoctai la réponse la plus nébuleuse possible dans un effort pour masquer la vérité sans mentir carrément. Au bout du compte, mes mensonges, directs ou par omission, me retomberaient dessus, je le savais. J'espérais seulement avoir accumulé suffisamment d'éléments d'ici là pour sauver ma peau.

— Je pense que quelqu'un s'est imaginé que Curtis en savait plus qu'il n'en savait en réalité, avançai-je.

— Et ce quelqu'un, ce serait qui, d'après vous?

— Je ne connais que son nom. Il se fait appeler

M. Pudd. Il a essayé de me dissuader d'enquêter sur les circonstances de la mort de Grace. Il est peut-être aussi mêlé aux meurtres de Lester Bargus et d'Al Z à Boston. Norman Boone, de l'ATF, en sait plus que moi, si vous voulez lui parler.

Je n'avais pas prononcé le nom de Curtis Peltier dans ma conversation avec Boone, mais Curtis était mort, maintenant, et je n'étais pas sûr d'avoir encore un devoir de réserve envers Jack Mercier. Je subissais des pressions de plus en plus fortes pour me faire révéler les véritables rapports de l'affaire avec la Confrérie. Je mentais aux gens, je dissimulais les preuves potentielles d'un complot et je ne savais même pas pourquoi. Il s'agissait peut-être en partie d'un désir romantique de réparer le petit chagrin d'adolescence que j'avais causé à Grace et qu'elle avait probablement très vite oublié. Mais j'avais également conscience que Marcy Becker était en danger et que Lutz, un policier, était mêlé d'une manière ou d'une autre à la mort de son amie. Je n'en avais pas la preuve et si je faisais part à Ellis ou à quelqu'un d'autre de mes soupçons, je devrais révéler l'existence de Marcy. Et signer du même coup son arrêt de mort, j'en étais persuadé.

Il me tira de mes réflexions en me demandant :

— Vous bossiez pour Curtis Peltier ?

— Oui.

— Vous enquêtiez sur la mort de sa fille ?

— Exact.

— Je croyais que vous n'acceptiez plus ce genre de boulot.

— Grace était une amie.

— Vous vous foutez de moi ?

— Hé, j'en ai, des amis !

— Pas tant que ça, je parie. Qu'est-ce que vous avez trouvé ?

— Pas grand-chose. Je crois qu'avant sa mort elle a rencontré Carter Paragon, le sac de merde qui dirige la Confrérie. Mais sa secrétaire prétend que non.

— C'est tout?

— C'est tout.

Et on vous paic bicn pour ça?

— Ça arrive.

D'un ton un peu radouci, Ellis poursuivit :

— L'enquête sur la mort de Grace Peltier a été... relancée, disons, depuis la mort de son père. Nous coopérons avec la police de l'Etat pour établir d'éventuelles connexions.

— C'est qui, votre contact, au CID?

J'entendis un bruissement de papier.

— Lutz, répondit Ellis. John Lutz, de Machias. Si vous savez quelque chose sur la mort de Grace Peltier, vous devriez lui parler. Je suis sûr que ça l'intéresserait.

— J'en suis convaincu.

— Et maintenant, vous voulez aller voir une fosse commune dans le nord du Maine?

— Je veux simplement jeter un coup d'œil sur les lieux. Mais je ne voudrais pas me taper tout ce trajet pour qu'un rigolo me fasse faire demi-tour à un kilomètre du lac.

Ellis poussa un long soupir.

— D'accord, je leur donne un coup de fil. Mais...

Je le savais, qu'il y aurait un « mais ».

— A votre retour, vous passez me voir, exigea-t-il. Tout ce que vous me direz restera confidentiel. Je vous le garantis.

J'acquiesçai. Ellis était un type correct et j'avais envie de l'aider de toutes les façons possibles. Seulement, je ne savais pas au juste ce que je pouvais révéler sans tout faire sauter.

J'avais une halte à faire avant de monter dans le Nord, un retour sur mon passé et sur mes propres fautes.

Je devais me rendre à la Colonie.

Les abords de la communauté connue sous le nom de Colonie étaient restés à peu près les mêmes que dans mon souvenir. De South Portland, je pris la direction de l'est, traversai Westbrook, White Rock et Little Falls avant de me retrouver devant le lac Sebago. Je suivis la berge jusqu'à la ville même de Sebago Lake, empruntai Richville Road jusqu'au carrefour de Smith Hill Road. Des deux côtés, la route était bordée de marécages dans lesquels se reflétaient les troncs des résineux. Des adlumias et des nénuphars déployaient leurs feuilles, des cornouillers fleurissaient sur la terre humide. Plus loin, la route était tapissée de graines de bouleaux tombées des cônes se desséchant dans les branches. Finalement, la route se réduisit à un chemin de terre battue, à des sillons jumeaux creusés par les roues des voitures et séparés par un ruban d'herbe, avant de se perdre totalement dans un bosquet, cent mètres plus loin. Rien n'indiquait ce qui se trouvait derrière les arbres, hormis, sur le bas-côté, une petite pancarte en bois sur laquelle étaient gravées une croix et des mains formant une coupe.

Quand j'avais touché le fond, après la mort de Susan et de Jennifer, j'avais passé quelque temps à la Colonie. Ses membres m'avaient déniché, puant la gnôle et le désespoir, recroquevillé dans l'entrée d'un magasin d'électronique de Congress Street condamné par des planches. Ils m'avaient chargé à l'arrière d'un pick-up et m'avaient emmené à la Colonie.

J'y étais resté six semaines. Il y en avait d'autres comme moi, là-bas. Des alcooliques et des drogués. Ou des hommes qui avaient simplement perdu pied et avaient été rejetés par leur famille et leurs amis. Ils avaient trouvé le chemin de la communauté ou y avaient été envoyés par des gens qui se souciaient encore d'eux. Dans certains cas, comme le mien, c'était les membres mêmes de la Colonie qui les avaient trouvés et leur avaient tendu la main. Chacun était libre de partir quand il le voulait, mais tant qu'on faisait partie de la communauté, on devait respecter ses règles. Pas d'alcool, pas de drogue, pas de rapports sexuels. Tout le monde travaillait. Tout le monde contribuait au bien de la communauté. Chaque jour, nous nous rassemblions pour ce qu'on aurait pu appeler une prière mais qui était plus proche de la méditation, d'une tentative d'acceptation de nos propres défaillances et de celles des autres. De temps à autre, des conseillers extérieurs se joignaient à nous pour nous faciliter les choses, pour prodiguer conseils et soutien à ceux qui en faisaient la demande. Mais, pour la plupart, nous nous écoutions et nous soutenions mutuellement, aidés par les fondateurs de la communauté, Doug et Amy Greaves. La seule pression qui s'exerçait sur nous provenait des autres membres : il était clair pour chacun de nous que nous n'étions pas seulement en train de nous aider nous-mêmes mais que, par notre présence, nous aidions aussi nos frères.

Je crois, avec le recul, que je n'étais pas encore prêt pour ce que la Colonie avait à offrir. Quand je partis, un homme à l'esprit confus, s'apitoyant sur lui-même, avait été remplacé par un homme animé d'un objectif clair : je voulais retrouver le type qui avait tué Susan et Jennifer, pour le tuer à mon tour. Finalement, c'est ce que je fis. J'exécutai le Voyageur, anéantissant au passage tous ceux qui tentaient de se mettre en travers de mon chemin.

En progressant parmi les arbres, j'avisai la maison aux murs blanchis à la chaux, les granges et les remises, blanches elles aussi, les écuries transformées en dortoir. Il était plus de neuf heures du matin et les membres de la communauté s'étaient déjà attelés à leurs tâches quotidiennes. Sur ma droite, un Noir traversait le poulailler en ramassant des œufs et je voyais des silhouettes s'affairer dans les serres, plus loin. D'une des granges s'échappait le bourdonnement d'une scie circulaire : ceux qui avaient les capacités requises participaient à la fabrication des meubles, chandeliers et jouets vendus pour subvenir en partie aux activités de la Colonie. Le reste du financement provenait essentiellement de dons privés, notamment de personnes qui, au fil des ans, avaient franchi les portes de la communauté, faisant du même coup le premier pas vers la reconstruction de leur vie. Moi-même, j'avais envoyé ce que je pouvais et j'avais écrit une ou deux fois à Amy, mais je n'étais pas revenu à la Colonie depuis que je lui avais tourné le dos.

Comme je roulais vers la maison, une femme apparut sous la véranda. Elle était de petite taille, un peu plus d'un mètre soixante, avec de longs cheveux gris ramenés en un chignon lâche sur le dessus de la tête. Ses fortes épaules se perdaient dans un sweat-shirt ample et le bas élimé de son jean cachait presque ses tennis. Elle me regarda sortir de la voiture. Lorsque je m'approchai d'elle, son visage s'éclaira d'un sourire et elle descendit les marches pour me serrer dans ses bras.

— Charlie Parker, fit-elle d'un ton à demi étonné.

Ses bras puissants m'emprisonnaient et je sentais l'odeur de pommes montant de sa chevelure. Elle recula d'un pas, m'examina attentivement, rivant ses yeux aux miens. Ses pensées défilèrent sur son visage et, dans le mouvement de ses traits, je crus revoir les événements de ces deux dernières années.

Elle me prit par la main pour m'entraîner à l'intérieur de la maison, me conduisit à une chaise de la longue table commune du petit déjeuner puis disparut dans la cuisine et revint quelques minutes plus tard avec une tasse de déca pour moi et un thé à la menthe pour elle.

Pendant l'heure qui suivit, nous parlâmes de ma vie depuis que j'avais quitté la communauté. A l'est, les marécages miroitaient sous le soleil matinal. Des hommes passaient de temps à autre devant la fenêtre et levaient la main pour nous saluer. L'un d'eux, remarquai-je, avait du mal à marcher. Son ventre s'arrondissait au-dessus de sa ceinture et, malgré le froid, son corps luisait de transpiration. Ses mains étaient agitées d'un tremblement incontrôlable. Je devinai qu'il n'était à la Colonie que depuis un ou deux jours et que le sevrage torturait son organisme.

— Un nouveau, dis-je.

J'avais fini de me raconter, de me décharger de mon fardeau sur Amy, et je ressentais à la fois une joie débordante et une tristesse infinie.

— Tu as été comme ça, me rappela-t-elle.

— Alcoolique?

— Tu n'as jamais été alcoolique.

— Comment le sais-tu?

— Je le sais à cause de la façon dont tu as arrêté. De la raison pour laquelle tu as arrêté. Tu penses encore à l'alcool?

— Quelquefois.

— Mais pas tous les jours, pas à chaque heure de la journée?

— Non.

— Tu viens de répondre à ta question. L'alcool n'était pour toi qu'une façon de combler un trou dans ton être, ç'aurait pu être n'importe quoi d'autre : le sexe, la drogue, le marathon. En partant d'ici, tu as simplement remplacé l'alcool par autre chose. Tu as trouvé une autre façon de combler le trou. La violence et la vengeance.

Amy n'était pas du genre à vous dorer la pilule. Elle et

son mari avaient bâti une communauté reposant sur une franchise absolue : envers soi-même et, partant de là, envers les autres.

— Tu crois toujours avoir le droit de prendre une vie, de juger les autres et de les trouver défaillants ?

J'entendais dans sa question des échos d'Al Z, ça ne me plaisait pas trop.

— Je n'avais pas le choix, me justifiai-je.

— On a toujours le choix.

— Je n'ai pas eu cette impression, à l'époque. Si j'avais laissé ces types vivre, je serais mort. Et d'autres aussi, des innocents. Je ne pouvais pas le permettre.

— L'argument de nécessité ?

L'argument de nécessité était un vieux concept du droit coutumier anglais selon lequel un individu qui enfreint une loi mineure pour parvenir à un bien supérieur doit être déclaré innocent. Les avocats l'invoquaient encore à l'occasion et se faisaient aussitôt expédier dans les cordes par le premier juge ayant un peu de métier.

— Il n'y a qu'une alternative quand on prend une vie, continua Amy. Ou la victime obtient son salut, et tu as tué quelqu'un de bien ; ou tu l'envoies en enfer, auquel cas tu l'as privé de tout espoir de rédemption. A toi ensuite de porter ce fardeau.

— Ils ne cherchaient pas la rédemption, arguai-je d'une voix calme. Et ils ne voulaient pas du salut.

— Et toi ?

Je ne répondis pas.

— Tu ne parviendras pas au salut une arme à la main.

— Amy, fis-je avec douceur en me penchant en avant. J'ai réfléchi à tout ça. J'ai cru pouvoir me dérober mais c'est impossible. Il faut protéger les gens des hommes violents. Ça, je peux le faire. Quelquefois, j'arrive trop tard pour les protéger, et alors je dois veiller à ce que justice leur soit en partie rendue.

— C'est pour ça que tu es ici, Charlie?

J'entendis un bruit derrière moi et Doug, le mari d'Amy, entra dans la pièce. Je me demandai depuis combien de temps il était là. Il tenait à la main une grande bouteille d'eau. Un peu de cette eau avait coulé de son menton et mouillé le devant de sa chemise blanche propre. Il était grand, un mètre quatre-vingt-dix au moins, le teint pâle, des cheveux presque complètement blancs, des yeux d'un vert étonnant. Quand je me levai pour le saluer, il me pressa l'épaule et scruta mon visage comme sa femme l'avait fait un peu plus tôt. Puis il s'assit auprès d'elle et tous deux attendirent en silence que je réponde à la question d'Amy.

— D'une certaine façon, dis-je. J'enquête sur la mort d'une femme. Elle s'appelait Grace Peltier, elle était mon amie, autrefois.

Je pris une inspiration, regardai de nouveau le soleil. Dans ce lieu dont l'unique raison d'être était de rendre un peu meilleure la vie de ceux qui y passaient, la mort de Grace et de son père, l'image d'un jeune garçon surgi du passé, la blessure cachée derrière du papier noir bon marché, semblaient lointaines. C'était comme si cette petite communauté était invulnérable aux incursions des hommes violents et aux conséquences d'actes commis à des années et à des kilomètres de distance. Mais l'apparente simplicité de la vie de la Colonie et la clarté des objectifs qu'elle se donnait masquaient une force et un savoir profonds. C'était la raison pour laquelle j'étais venu : la Colonie était, à sa façon, l'antithèse du groupe que je traquais.

— Cette enquête m'a mis en contact avec la Confrérie et avec un homme qui semble agir en son nom.

Ils gardèrent un moment le silence. Doug fixa le sol, fit aller et venir son pied droit sur le plancher. Amy détourna la tête et regarda les arbres, comme si les réponses que je cherchais pouvaient se trouver au fin fond des bois. Ils finirent par échanger un regard et ce fut Amy qui parla :

— Nous les connaissons, dit-elle avec douceur, comme je m'y attendais. Tu t'es fait des ennemis intéressants, Charlie.

Elle but une gorgée de thé avant de poursuivre :

— Il y a deux Confréries. L'une qui prend la forme publique de Carter Paragon, celle qui vend des brochures de prières à dix dollars et promet de guérir les maux de ceux qui touchent de la main l'écran de leur poste de télé. Cette Confrérie-là est mensongère et ne s'adresse qu'aux gogos. Elle ne diffère pas d'une centaine d'autres mouvements similaires : ni meilleure ni pire. L'autre Confrérie est tout à fait différente. C'est une force, une entité, pas une organisation. Elle soutient des individus violents. Elle finance des assassins et des fanatiques. Elle est animée par la rage, la haine et la peur. Elle s'en prend à tout ce qui n'est pas elle ou comme elle. Certaines cibles vont de soi : les homos, les juifs, les Noirs, les catholiques, les médecins qui pratiquent l'avortement, le personnel des centres de planning familial, les partisans de la coexistence pacifique entre peuples de races et de croyances différentes. Mais en réalité c'est toute l'humanité qu'elle hait. Et combat. Elle hait la nature imparfaite des hommes, elle est aveugle à ce qu'il y a de divin en eux, même chez le plus humble d'entre nous.

A côté d'elle, Doug eut un hochement de tête approbateur.

— Elle se tourne contre tout ce qu'elle perçoit comme une menace pour elle-même ou sa mission. Elle commence par des propositions courtoises puis elle passe à l'intimidation, aux dégradations de biens, aux voies de fait et pour finir, si elle le juge nécessaire, au meurtre.

Le vent s'était levé de l'autre côté du lac, nous apportant une odeur d'eaux mortes et de pourriture.

— Qui est derrière? demandai-je.

Doug haussa les épaules mais ce fut Amy qui répondit :

— Nous n'en savons pas plus que toi. Carter Paragon lui sert de façade; son autre visage reste caché. Ce n'est pas un groupe très nombreux. On dit que le meilleur complot est celui qui n'est ourdi que par un seul homme : moins il y a de gens au courant, mieux c'est. Nous supposons que l'autre Confrérie ne compte qu'une poignée de personnes.

— Des flics?

Amy plissa les yeux.

— Peut-être. Oui, sûrement un ou deux policiers. Elle les utilise pour couvrir ses traces, ou pour être prévenue des manœuvres des autorités contre elle. Mais son principal instrument, c'est un homme, un homme maigre aux cheveux rouges qui aime faire mal. Il est parfois accompagné d'une femme, une muette.

— C'est lui, dis-je. C'est Pudd.

Amy prit la main de Doug et la serra fortement, comme si la seule mention de Pudd risquait de le faire apparaître.

— Il a plusieurs noms, reprit-elle après un silence. Il se fait aussi appeler Ed Monker, Walter Zaren ou Eric Dumah. Je crois qu'il a aussi été Ted Bune, autrefois, et Alex Tchort, pendant un certain temps.

— Vous semblez en savoir long sur lui.

— Nous sommes croyants mais pas naïfs. Ce sont des gens dangereux, il vaut mieux les connaître. Ces autres noms ne te disent absolument rien?

— Je ne crois pas.

— Tu connais quelque chose à la démonologie?

— Désolé, j'ai résilié mon abonnement à *Tous démons!*, ça faisait peur au facteur.

Doug se permit l'ombre d'un sourire.

— Tchort est le Satan russe, connu aussi comme le Dieu noir. Bune est un démon à trois têtes qui fait passer les cadavres d'une tombe à l'autre. Dumah est l'ange de la mort et Zaren est le démon de la sixième heure, le génie vengeur. Monker est le nom dont cet homme se sert le plus souvent. Il semble avoir un attrait particulier pour lui.

— Monker est aussi un démon?

— Un démon très particulier. Monker et Nakir sont des diables islamiques.

Une image jaillit dans mon esprit : Pudd caressant de ses doigts la joue de la muette et murmurant doucement. *Ma Nakir.*

— Il appelle cette femme Nakir, leur révélai-je.

— Monker et Nakir examinent et jugent les morts puis les envoient au ciel ou en enfer, dit Amy. Apparemment, ton M. Pudd s'amuse à faire des plaisanteries démonologiques.

— C'est un humour un peu particulier. Je ne le vois pas faire un tabac à Broadway.

— Ce nom de Pudd a aussi un sens particulier pour lui, intervint Doug. Nous l'avons trouvé sur un site Internet d'arachnologie. Elias Pudd fut un pionnier dans ce domaine, un contemporain d'Emerton et de McCook. Il a publié son ouvrage le plus réputé, *A Natural History of the Arachnid*, en 1933. Sa spécialité, c'étaient les recluses.

— Foutues araignées, fis-je en secouant la tête. On dit que les gens finissent par ressembler à leurs animaux de compagnie.

— Ou ils choisissent au départ des animaux qui leur ressemblent, suggéra Doug.

— Vous l'avez vu, alors.

— Il est venu ici une fois, avec la femme. Ils se sont garés devant le poulailler et ils ont attendu. Dès que nous sommes sortis, Pudd a jeté un sac par la fenêtre puis il a fait demi-tour et il est reparti. Nous ne les avons plus jamais revus.

— Est-ce que j'ai besoin de savoir ce qu'il y avait dans le sac?

— Des lapins, répondit Amy, qui avait baissé la tête pour me cacher l'expression de son visage.

— Les vôtres?

— Nous les gardions dans un clapier près du poulailler. Un matin, ils avaient disparu. Pas de sang, pas de poils arrachés, aucun signe d'un quelconque prédateur. Et deux jours plus tard, Pudd nous lançait ce sac. Nous avons découvert à l'intérieur les cadavres des lapins, couverts de piqûres. Leur chair avait commencé à pourrir. Nous en avons apporté un chez le vétérinaire local, il nous a dit que c'étaient des piqûres de recluses. Pudd nous prévenait qu'il ne fallait pas nous mêler de ses affaires. Nous enquêtions sur la Confrérie. Après sa visite, nous avons tout arrêté.

Amy releva la tête et rien sur son visage, hormis une légère tension autour de la bouche, ne trahissait ce qu'elle ressentait.

— Vous savez autre chose?

— Des rumeurs, c'est tout, relativisa Doug, portant la bouteille d'eau à ses lèvres.

— Des rumeurs sur un livre?

La bouteille s'immobilisa en l'air.

— Ils inscrivent des noms, c'est ça? ajoutai-je. M. Pudd est une sorte de scribe infernal qui écrit les noms des damnés dans un grand livre noir?

Ils ne répondirent pas et le silence fut bientôt rompu par le bruit des hommes entrant un par un dans la maison pour la pause matinale. Doug et Amy se levèrent puis Doug me pressa de nouveau l'épaule et alla préparer le repas. Amy me raccompagna à ma voiture.

— Doug a raison, ce n'est qu'une rumeur, cette histoire de livre, me dit-elle. Et la vérité sur la Confrérie reste en grande partie cachée. Jusqu'ici, personne n'a réussi à relier son visage public à ses activités occultes.

Amy respira profondément avant d'ajouter :

— Je dois te parler d'autre chose. Tu n'es pas le premier à poser des questions sur la Confrérie. Il y a quelques années, un homme est venu de New York. Nous ne connaissions pas bien la Confrérie, à l'époque, et nous lui en avons dit encore moins que ce que nous savions, mais cela a suffi pour provoquer la mise en garde de Pudd. Il est reparti et nous n'avons plus entendu parler de lui... jusqu'à il y a deux ans.

Le monde autour de moi bascula dans l'ombre, le soleil disparut. Quand je levai les yeux, je vis dans le ciel des formes noires qui descendaient en vrille. Le battement de leurs ailes emplissait l'air du matin et bloquait le jour. La main d'Amy se tendit vers la mienne mais toute mon attention se concentrait sur le ciel, où les anges noirs planaient maintenant. L'un d'eux s'approcha et ses traits, auparavant perdus dans un clair-obscur de lumière et d'ombre, m'apparurent.

Je connaissais son visage.

— C'était lui, murmura Amy.

L'ange noir me sourit, montrant des dents limées en pointe, agitant ses ailes emplumées de nuit. Un père, un mari, tueur d'hommes, de femmes et d'enfants, transfiguré par son passage dans l'au-delà.

— C'était le Voyageur.

Je restai assis sur le capot de ma voiture jusqu'à ce que la nausée fût passée. Je me rappelai une conversation à La Nouvelle-Orléans, quelques mois après la mort de Susan et de Jennifer, une voix m'entretenant de sa conviction que les pires tueurs parviennent d'une façon ou d'une autre à se trouver et parfois à se joindre, qu'ils sont sensibles à la présence d'autres créatures de leur espèce.

Ils se reconnaissent en se reniflant.

Il les avait sûrement trouvés. Sa nature, son passage dans les forces de l'ordre le lui avaient permis. S'il était venu à la Colonie parce qu'il cherchait les membres de la Confrérie, il avait sûrement mené sa traque jusqu'au bout.

Et il les avait laissés vivre, parce qu'ils étaient de son espèce. Je me souvins de ses références bibliques obscures, de son intérêt pour les apocryphes. Il se prenait pour une sorte d'ange déchu envoyé pour juger les hommes, tous fautifs à ses yeux.

Oui, il les avait trouvés, et ils avaient contribué à attiser son ardeur vengeresse.

Amy prit mes deux mains dans les siennes.

— C'était il y a sept ou huit ans, précisa-t-elle. Cela ne m'avait pas paru important alors.

Je hochai la tête.

— Tu vas continuer à les chercher?

— A plus forte raison, répondis-je.

— Je peux te dire quelque chose? Quelque chose que tu n'as peut-être pas envie d'entendre?

J'acquiesçai.

— Après tout ce que tu as fait, après tout ce que tu m'as confié, il me semble que tu as cherché à aider les morts autant que les vivants. Mais nous avons d'abord des devoirs envers les vivants, Charlie, envers nous-mêmes et ceux qui nous entourent. Les morts n'ont pas besoin de notre aide.

Je marquai une pause avant de répondre :

— De cela, je suis loin d'être convaincu, Amy.

Pour la première fois, je vis le doute apparaître sur son visage.

— Tu ne peux pas vivre dans les deux mondes, fit-elle

d'un ton hésitant. Tu dois choisir. Est-ce que tu sens encore les morts de Susan et de Jennifer te tirer en arrière ?

— Quelquefois. Mais pas seulement ces morts-là.

Elle dut déceler quelque chose dans mon expression, ou capter quelque chose dans ma voix, car pendant un bref moment elle fut en moi, voyant ce que je voyais, entendant ce que j'entendais, éprouvant ce que j'éprouvais. Je fermai les yeux et je sentis des ombres se mouvoir autour de moi ; des voix murmuraient à mes oreilles, des petites mains s'agrippaient aux miennes.

Nous t'attendions tous.

Un petit garçon avec un orifice de balle en guise d'œil, une jeune femme dont la robe d'été chatoyait dans l'obscurité, des silhouettes qui volaient à la limite de mon champ de vision : tous me disaient que ce n'était pas vrai, qu'il fallait bien que quelqu'un agisse pour ceux qui ne le pouvaient plus et apporte au moins un peu de justice aux êtres perdus. Pendant un instant, Amy Greaves, qui tenait mes mains dans les siennes, eut un aperçu, une vision fugace de ce qui attendait dans les profondeurs du monde alvéolé.

— Oh ! mon Dieu, geignit-elle.

Elle lâcha mes mains et je l'entendis s'éloigner. Quand je rouvris les yeux, elle avait disparu dans la maison et j'étais seul sous le soleil. Le vent m'apportait une odeur de pin pourrissant. Un geai bleu s'envola parmi les arbres en direction du nord.

Je le suivis.

LA QUÊTE DU SANCTUAIRE

(Extrait de la thèse de troisième cycle de Grace Peltier)

Lettre d'Elizabeth Jessop à sa sœur Lena Myers, novembre 1963, reproduite avec l'aimable autorisation des héritiers de Lena Myers :

Très chère Lena,

Je viens de passer la plus terrible semaine dont je puisse me souvenir. La vérité sur Lyall et moi a éclaté et toute la communauté nous tient à l'écart. Le prédicateur ne s'est pas montré depuis deux jours. Il demande au Seigneur de le guider dans son jugement sur nous.

C'est le garçon qui nous a surpris, le fils du révérend. Je pense qu'il nous épiait depuis longtemps. Nous étions dans les bois ensemble, Lyall et moi, quand j'ai aperçu Leonard dans les fourrés. J'ai poussé un cri en le voyant mais, lorsque nous nous sommes approchés de sa cachette, il avait déjà déguerpi.

Le soir, le prédicateur nous attendait. Nous avons été privés de souper et renvoyés chez nous pendant que les autres mangeaient. A son retour à la maison, Frank m'a battue et m'a obligée à dormir par terre. Lyall et moi ne pouvons plus du tout nous voir. Muriel, la fille, le surveille, et Leonard me suit comme mon ombre. Hier, il m'a jeté une pierre et m'a blessée à la tête. Il m'a dit que c'est ainsi qu'il faut punir les prostituées, d'après la Bible, et que son père me traitera de cette façon. Les Cornish ont été témoins de la scène et Ethan a frappé Leonard avant qu'il puisse jeter une deuxième pierre. Le garçon a sorti son couteau et a tailladé le bras d'Ethan. Toutes les familles ont plaidé en faveur du pardon pour le bien de la communauté, mais la femme de Lyall ne me regarde plus et l'un de ses enfants a craché sur moi à mon passage.

Hier soir, le ton est monté chez le révérend. Les familles ont exposé leur situation misérable au prédicateur mais il ne s'est pas laissé ébranler. L'amertume est grande : contre Lyall et moi, mais bien plus encore contre le révérend et ses manières. Les membres ont demandé des comptes sur l'argent qu'ils lui ont confié mais il a refusé de répondre. J'ai peur que Lyall et moi ne soyons chassés de la communauté ou que le prédicateur ne nous fasse tous partir pour recommencer ailleurs. J'ai imploré le Seigneur de nous pardonner notre faute, de nous accorder Son aide, mais une partie de moi ne regretterait pas de partir si Lyall m'accompagnait. Je ne peux cependant pas abandonner mes enfants et j'éprouve de la tristesse et de la honte pour ce que j'ai fait à Frank.

D'après Ethan Cornish, la femme du prédicateur lui a demandé de faire preuve de clémence envers nous et il refuse depuis de lui adresser la parole. On dit qu'il nous dispersera aux quatre vents et que chaque famille devra expier les péchés de la communauté en prêchant la parole de Dieu dans d'autres villes et villages. Demain, hommes, femmes et enfants seront divisés en groupes séparés qui prieront chacun de leur côté pour que Dieu leur pardonne et les guide.

J'ai demandé à Ethan Cornish de laisser cette lettre à l'endroit habituel et je prie pour qu'elle te trouve en bonne santé.

Ta sœur,

Elizabeth

18

J'avais quatorze ans quand mon père m'offrit mon baptême de l'air. Il avait obtenu un prix d'ami d'une de ses connaissances travaillant pour American Airlines, un voisin à qui il avait donné un coup de main quand un de ses fils s'était fait arrêter pour recel de radios volées. Nous

nous envolâmes de New York pour Denver puis, de là, pour Billings, dans le Montana, où nous louâmes une voiture. Après avoir passé la nuit dans un motel, nous partîmes vers l'est au matin.

Le soleil éclairait les collines, donnant aux verts et aux beiges dominants une teinte argentée qui allait se perdre dans les eaux de la Little Bighorn River. Après avoir traversé la rivière, nous roulâmes en silence jusqu'au champ de bataille de Little Bighorn. C'était le jour du souvenir, le Memorial Day, et une estrade avait été dressée dans le cimetière. Devant, un petit groupe occupait quelques rangées de chaises, quelques personnes demeurant debout au milieu des pierres tombales, écoutant le service commémoratif. Au-dessus d'eux, la bannière étoilée flottait dans la brise matinale. Nous ne restâmes pas mais, tandis que nous grimpions vers le monument, des mots comme « jeunesse », « tombe », « champ d'honneur » et « mort » nous parvenaient par bouffées plus ou moins distinctes, se réverbérant sur l'herbe ondulante, comme prononcés à la fois dans l'instant et dans un lointain passé.

C'est là que cinq sections de cavalerie, placées sous les ordres de Custer, de jeunes hommes pour la plupart, avaient été taillées en pièces par les forces combinées des Cheyennes et des Sioux Lakota. La bataille avait duré une heure à peine, mais les soldats n'avaient sans doute guère eu le loisir de distinguer leurs ennemis ; tapis dans les herbes hautes, ceux-ci avaient abattu leurs adversaires un par un, en prenant leur temps.

Contemplant le paysage, je me dis que ce lieu, ceint de collines vertes, jaunes et ocre se perdant au loin dans les bleus et les pourpres, n'était pas bien plaisant pour y mourir. Du haut de n'importe quel monticule, le regard portait sur des kilomètres à la ronde. Les hommes qui avaient trouvé la mort ici avaient dû savoir sans le moindre doute que personne ne viendrait à leur secours, qu'ils vivaient là leurs derniers moments en ce bas monde. Ils avaient connu une fin horrible et solitaire, loin de leur foyer; leurs corps mutilés demeureraient répandus sur le champ de bataille trois jours durant avant de recevoir une sépulture dans une tombe collective au sommet d'une crête, au fin fond du Montana, leurs noms gravés sur une stèle de granit.

Fermant les yeux, j'eus le sentiment que leurs fantômes se pressaient autour de moi. J'avais l'impression de les entendre : le hennissement des chevaux, les coups de feu, l'herbe crissant sous les pas, les cris de douleur, de fureur, de peur.

L'espace d'un moment, je me sentis là avec eux, et je compris.

Il existe des lieux où les années ne signifient rien, où seul un infime laps de temps dans l'histoire sépare le présent du passé. Planté là au sommet de cette colline sinistre, jeune homme en un lieu où d'autres jeunes hommes avaient trouvé la mort, je ressentais une sorte de lien avec ce passé, le sentiment que, loin dans le cours du temps, ces jeunes hommes continuaient de se battre, et de mourir, qu'ils disputeraient perpétuellement cette bataille, à cet endroit précis, encore et encore, avec toujours la même issue.

Ce fut là ma première vision du monde alvéolé, la première fois que je me dis que le passé ne meurt jamais vraiment mais qu'il demeure étrangement, magnifiquement, en vie dans le présent. Il existe une interconnection entre toutes choses, un lien entre ce qui repose sous la terre et ce qui vit au-dessus, une capacité de mutabilité qui permet à une bonne action accomplie dans le présent de venir rectifier une injustice commise dans les temps passés. Telle est, au bout du compte, la nature de la justice : son but n'est pas de gommer le passé mais, en agissant en aval de la ligne du temps, de restaurer une certaine harmonie, un équilibre permettant aux vivants de poursuivre leur route avec un fardeau moins lourd, aux morts de trouver la paix dans un monde au-delà du nôtre.

En ce jour, alors que je roulais vers le nord, je me rappelai celui sur le champ de bataille, mon père silencieux à mes côtés tandis que le vent agitait notre chevelure, ce jour du souvenir des défunts. Ce serait un autre pèlerinage, une autre reconnaissance de la dette due aux morts par les vivants. Ce n'est qu'en me tenant à l'endroit où des familles s'étaient tenues jadis, en me plaçant au milieu des souvenirs de leurs derniers instants et en en écoutant les échos, que je pourrais avoir l'espoir de comprendre.

Ce monde est alvéolé. Et l'intérieur en était visible au lac Saint-Froid.

Pendant ma remontée vers le nord, je réclamai un renvoi d'ascenseur qu'on me devait depuis longtemps. A New York, une voix de femme me demanda mon nom et, après une pause, me mit en contact avec Hal Ross. Ross avait eu une promotion récemment et était maintenant l'un des trois agents spéciaux responsables du bureau de New York du FBI, opérant sous les ordres d'un directeur adjoint. Nous avions croisé le fer lui et moi lors de notre première rencontre mais, après la mort du Voyageur, nos rapports étaient devenus progressivement plus cordiaux. Le FBI revoyait maintenant toutes les affaires dans lesquelles le Voyageur avait été impliqué, et une pièce de Quantico servait à centraliser tous les matériaux pertinents envoyés par les services de police de tout le pays. L'opération avait reçu pour nom de code Charon, d'après le cocher qui, dans la mythologie grecque, conduisait les âmes perdues à Hadès, et toutes les références au Voyageur portaient ce nom.

— Charlie Parker, annonçai-je quand j'eus Ross en ligne.

— Salut, comment ça va ? Un coup de fil de politesse ?

— Je t'ai déjà donné un coup de fil de politesse ?

— Pas que je me souvienne, mais il y a un début à tout.

— Tu te souviens du service que tu m'as promis ?

— On peut dire que tu ne tournes pas autour du pot, toi. Vas-y.

— Il s'agit de Charon. Il y a sept ou huit ans, il est venu dans le Maine enquêter sur une organisation appelée la Confrérie. Vous pourriez savoir où il est allé et à qui il a parlé ?

— Je peux te demander pourquoi ?

— La Confrérie est peut-être mêlée à une affaire sur laquelle j'enquête. La mort d'une jeune femme. Tout ce que vous pourriez me donner sur ces types m'aiderait.

— C'est un sacré service, Parker. Nous n'avons pas pour habitude de prêter nos dossiers.

Une certaine irritation se glissa dans ma voix et je dus faire un effort pour ne pas m'énerver davantage.

— Je ne te demande pas tes dossiers, juste une idée des endroits où il est allé. C'est important, Hal.

Il soupira.

— Il te faut ça pour quand ?

— Vite. Le plus vite possible.

— Je vais voir ce que je peux faire. Tu viens d'utiliser ta neuvième vie, j'espère que tu t'en rends compte.

Je haussai mentalement les épaules.

— Je n'en faisais pas grand-chose, de toute façon.

Par des avenues d'arbres aux branches vertes d'une nouvelle poussée de vie, je roulais vers ce lieu des espoirs anéantis et de la mort violente, sous un soleil qui tachetait ma voiture. Je restai sur la I-95 jusqu'à Houlton, puis gagnai Presque Isle par l'US-I et traversai ensuite Ashland, Portage et Winterville avant de parvenir enfin à la limite de la commune d'Eagle Lake. Je montrai mes papiers à un *trooper*[1] qui contrôlait les véhicules et il me fit signe de passer.

Ellis m'avait rappelé pour me donner le nom d'un inspecteur de la police de l'Etat rattaché à la caserne de Houlton. Il s'appelait John Brouchard et je le trouvai disparaissant à demi dans un trou boueux sous une grande bâche tendue pour protéger les ossements, creusant avec une pelle sur un rythme lent et régulier. Ça se passait comme ça, ici, tout le monde faisait sa part : les policiers de l'Etat, les adjoints au shérif, le personnel des services du médecin légiste. Tous retroussaient leurs manches et se salissaient les mains. A défaut d'autre chose, cela se traduisait en heures supplémentaires, et quand on a des enfants qui font des études, ou des pensions alimentaires à verser, les heures payées double sont toujours bienvenues, quelle que soit la façon de les faire.

Je restai derrière le ruban jaune délimitant le lieu du crime et criai son nom. Il leva une main pour faire signe qu'il m'avait entendu puis sortit du trou, déployant une carcasse d'au moins deux mètres. Il me dominait d'une bonne tête et me cachait le soleil. Il avait les ongles noirs de terre et sous sa combinaison sa chemise était trempée de sueur. De la boue maculait ses bottes, son front et ses joues.

— Paraît que vous aidez Ellis Howard pour une enquête? fit-il après m'avoir serré la main. Vous pouvez me dire pourquoi vous êtes ici si c'est une affaire de Portland?

— Vous avez demandé ça à Ellis?

1. Agent de la police de l'Etat. *(N.d.T.)*

— Il m'a répondu de vous poser la question. Il dit que vous avez toutes les réponses.

— Il est optimiste. Curtis Peltier, l'homme assassiné à Portland ce week-end, était un parent d'Elizabeth Jessop, dont on a dû retrouver les restes ici. Curtis était aussi le père de Grace Peltier, et la mort de cette jeune femme fait l'objet d'une enquête du CID III. Elle préparait une thèse sur les gens enterrés dans cette fosse.

Brouchard me lorgna une bonne dizaine de secondes puis me conduisit à l'unité mobile où l'on m'autorisa à regarder la cassette vidéo du lieu du crime sur une télé portative empruntée pour la durée des fouilles. Il semblait heureux d'avoir un prétexte pour faire une pause et nous servit du café pendant que je regardais la bande : de la boue, des os et des arbres; de brèves images de crânes fracturés et de doigts éparpillés; des eaux sombres; une cage thoracique fracassée par une décharge de fusil de chasse; un squelette d'enfant recroquevillé comme un fœtus.

A la fin de la bande, je suivis Brouchard jusqu'au bord de la fosse, de l'autre côté de la route.

— Je peux pas vous laisser aller plus loin, s'excusa-t-il. Il y a encore des victimes, dans le fond.

Je hochai la tête. Je n'avais pas besoin de faire un pas de plus, je voyais tout ce que j'avais besoin de voir de l'endroit où je me tenais. Les techniciens avaient déjà pris photos et mesures. Au-dessus de chaque trou, des rectangles de carton attachés à des piquets en bois détaillaient la nature des restes découverts. Certains trous étaient vides mais, dans un coin, je vis deux hommes en combinaison bleue dégager avec soin un morceau d'os. Quand l'un d'eux changea de position, je vis les courbes parallèles d'une cage thoracique, semblables à des doigts sombres sur le point de s'unir pour la prière.

— Ils avaient tous leur nom accroché autour du cou?

Ce détail avait été révélé dans un article du *Maine Sunday Telegram*. Etant donné la nature macabre de la découverte, il aurait été étonnant que les enquêteurs réussissent à garder quoi que ce soit de secret bien longtemps.

— La plupart, répondit Brouchard. Mais le bois a salement pourri.

Il tira de sa poche une feuille de papier pliée en deux, me la tendit. C'était une liste dactylographiée de dix-sept noms, probablement obtenus en comparant l'identité des baptistes d'Aroostock aux pancartes trouvées sur les corps. Des tests d'ADN seraient pratiqués sur les parents encore en vie, pour les cas où il n'y avait pas de dossier dentaire. Des croix en face des noms indiquaient ceux pour lesquels on n'avait pas encore d'identification formelle. Celui de James Jessop était l'avant-dernier de la liste.

— Le corps du petit Jessop est encore là ?

Brouchard jeta un coup d'œil à la feuille que je tenais.

— On les emmène aujourd'hui, lui et sa sœur. Ce gosse a de l'importance pour vous ?

Je ne répondis pas. Un autre nom sur la liste avait attiré mon attention : Louise Faulkner, la femme du révérend. Je remarquai que Faulkner lui-même n'y figurait pas. Ni ses enfants.

— On a une idée de la façon dont ils sont morts ?

— On n'aura pas de certitude avant les autopsies, mais tous les hommes et deux des femmes ont reçu des balles dans la tête ou dans le corps. Les autres femmes ont été frappées à coups de gourdin, apparemment. Louise Faulkner a sans doute été étranglée : on a retrouvé des fragments de corde autour de son cou, en plus de celle qui tenait la pancarte. Plusieurs enfants ont eu le crâne fracassé, avec une pierre ou un marteau. Ou par une balle, pour deux d'entre eux.

Il s'interrompit, regarda en direction du lac et reprit :

— Vous les connaissez, ces gens, je crois.

— Un peu, admis-je. A en juger par la liste, vous avez au moins un suspect.

Il hocha la tête.

— Ouais, le prédicateur. A moins que quelqu'un n'ait mis ces pancartes pour nous lancer sur une fausse piste et que Faulkner ne soit dans le trou avec les autres.

C'était une possibilité, mais l'Apocalypse achetée par Jack Mercier ne militait pas pour elle.

— Il a tué sa femme, dis-je, plus à moi-même qu'à Brouchard.

— Pourquoi, d'après vous ?

— Peut-être parce qu'elle n'était pas d'accord avec ce qu'il s'apprêtait à faire.

L'article que Grace Peltier avait écrit pour le magazine *Down East* précisait que Faulkner était fondamentaliste, or, selon la doctrine fondamentaliste, la femme est soumise à l'autorité de son mari. Aucune discussion, aucun défi ne sont tolérés. Faulkner avait sans doute aussi besoin qu'elle approuve et admire tout ce qu'il faisait. Quand elle cessa de le faire, elle ne lui fut plus d'aucune utilité.

Brouchard me regardait avec intérêt, maintenant.

— Et les autres, vous savez aussi pourquoi ?

Je pensai à ce qu'Amy m'avait dit de la Confrérie, de sa haine pour ce qu'elle considérait comme la faiblesse des hommes, leur faillibilité. Je pensai aux Apocalypses de Faulkner, aux images du Jugement dernier et au mot tracé sous le nom de James Jessop sur un morceau de bois couvert de boue. *Pécheur.*

— Ce n'est qu'une hypothèse mais je crois qu'ils l'ont déçu, d'une manière ou d'une autre, ou qu'ils se sont retournés contre lui, et il les a châtiés pour leurs insuffisances. Dès qu'ils se sont opposés à lui, ils étaient finis, maudits pour s'être rebellés contre l'oint du Seigneur.

— Plutôt dur, comme châtiment, commenta-t-il.

— Faulkner n'était pas du genre mou, semble-t-il.

Je me demandai si, dans un recoin obscur de son être, Faulkner n'avait pas toujours su que ses adeptes failliraient. C'est le lot des êtres humains : ils tentent et ils échouent. Ils échouent encore et encore, jusqu'à ce qu'ils réussissent enfin ou doivent se contenter de ce qu'ils ont. Mais avec Faulkner, ils n'eurent droit qu'à une seule chance : leur échec prouvait qu'ils ne valaient rien, qu'ils ne pouvaient être sauvés. Ils étaient damnés, ils l'avaient toujours été, et ce qui leur arrivait n'avait aucune importance, ni dans ce monde ni dans l'autre.

Ces gens avaient suivi Faulkner jusqu'à la mort, aveuglés par leur espoir d'un nouvel âge d'or, par leur désir d'avoir quelque chose en quoi croire. Personne n'était intervenu pour les secourir. On était en 1963 : la menace, c'était les communistes, pas des gens craignant Dieu qui voulaient se bâtir une vie plus simple. Quinze années passeraient avant que Jim Jones et ses disciples ne fassent exploser le visage du parlementaire Leo Ryan et n'organisent le « suicide » en masse de neuf cents adeptes. Après quoi l'opinion commencerait à changer.

Mais, même après Jonestown, les faux messies continuèrent à faire des disciples. Dans l'Ontario, Rock Theriault tortura systématiquement ses adeptes avant de dépecer de ses mains nues une femme nommée Solange Boilard, en 1988. Jeffrey Lundgren, chef d'une secte mormone dissidente, massacra cinq membres de la famille Avery — Dennis et Cheryl Avery et leurs trois filles, Trina, Rebecca et Karen — dans une grange de Kirtland, Ohio, en avril 1989, et enterra leurs cadavres sous des pierres et des détritus. On ne découvrit leur disparition qu'un an plus tard, après les révélations faites à la police par un membre de la secte mécontent. La famille LeBaron et ses disciples de l'Eglise mormone scissionniste des Premiers-Nés assassinèrent près de trente personnes, dont une petite fille de dix-huit mois, dans un cycle de violence qui courut du début des années 1970 à 1991.

Et puis il y eut Waco, qui montra pourquoi les autorités rechignaient généralement à s'immiscer dans les affaires des mouvements religieux. Mais, en 1963, de tels événements étaient inimaginables. Il n'y avait aucune raison de craindre pour la sécurité des baptistes d'Aroostock, aucune raison de mettre en doute les intentions du révérend Faulkner, et ses adeptes n'en avaient pas plus de craindre de l'accompagner dans la vallée de l'ombre de la mort.

Le Dodge des services du médecin légiste arriva tandis que nous contemplions le lac en silence et on commença à préparer le transport d'autres dépouilles vers l'aérodrome de Presque Isle. Brouchard étant maintenant occupé, je m'approchai de la lisière des arbres et regardai les silhouettes s'activant sous la bâche. On approchait de trois heures, il faisait frais près de la rivière. Le vent soufflant du lac ébouriffa les cheveux des gars du légiste quand ils emportèrent une housse à cadavre, attachée sur une civière pour prévenir tout autre dommage aux ossements. Au nord, les hybrides chantaient.

Tous les membres de la communauté n'étaient pas morts au bord du lac, j'en étais certain. L'endroit ne faisait même pas partie des terres qui leur avaient été louées à l'origine. Les champs qu'ils avaient cultivés se trouvaient de l'autre côté de la butte, derrière les niches, et les maisons, maintenant disparues, avaient été bâties plus loin encore. Les adultes avaient probablement été tués dans la communauté même, ou à proximité : il aurait été difficile de les faire venir là où on projetait de les enterrer, plus difficile encore de les maîtriser une fois que le massacre aurait commencé. Il était plus sûr de les enfouir loin des maisons au cas où, ultérieurement, les soupçons suscités par leur disparition auraient incité à effectuer des recherches sur le lieu même.

Selon l'article de Grace, la communauté s'était apparemment dispersée en décembre 1963. Les traces de la fosse commune avaient été recouvertes par les neiges de l'hiver. Quand le temps s'était radouci et que la terre s'était transformée en boue, il n'avait pas dû rester grand-chose pour distinguer ce coin de terrain d'un autre. La berge était solide, elle n'aurait pas dû s'effondrer. Elle l'avait fait, pourtant.

Après tout, ils avaient attendu longtemps.

Je fermai les yeux, écoutai et, tandis que le monde s'estompait autour de moi, j'essayai d'imaginer ce qu'avaient été leurs derniers instants. Les hurlements faiblirent, le bruit des voitures sur la route se changea en bourdonnement de mouches, et par-dessus le doux bruissement des branches...

J'entends des coups de feu.

Des hommes courent, surpris en plein champ. Deux sont déjà tombés, un trou sanglant dans le dos. L'un de ceux qui sont encore vivants se retourne, une fourche dans les mains. Le manche de l'outil se fracasse quand la balle le traverse, bois et métal percent le corps de l'homme simultanément. Ils poursuivent le dernier dans un pré, rechargent en avançant. Au-dessus d'eux, une bande de corbeaux tourne en rond, mêlant ses cris à ceux du dernier homme qui meurt, puis c'est le silence.

J'entendis un bruit dans les arbres derrière moi mais, quand je regardai, seules des branches basses oscillaient légèrement, comme après le passage de quelque animal.

Plus loin, le vert virait au noir et les formes des arbres devenaient indistinctes.

C'est ensuite au tour des femmes de mourir. On leur a ordonné de s'agenouiller et de prier dans l'une des maisons, de méditer les fautes de la communauté. Elles entendent les détonations mais ne comprennent pas ce qu'elles signifient. La porte s'ouvre, Elizabeth Jessop tourne la tête. La silhouette d'un homme se découpe sur la lumière du soir. Il lui ordonne de se retourner, de se prosterner devant la croix et d'implorer son pardon.

Elizabeth ferme les yeux et se met à prier.

Le bruit à nouveau derrière moi, comme des pas légers se rapprochant. Quelqu'un ou quelque chose sortait de l'obscurité mais je ne me retournai pas.

Les enfants sont les derniers à mourir. Ils sentent que quelque chose ne va pas, qu'il est arrivé quelque chose qui n'aurait pas dû arriver, et cependant ils ont suivi le prédicateur au bord du lac, où la fosse est déjà creusée. Ils sont obéissants, comme les enfants devraient toujours l'être.

Eux aussi s'agenouillent pour prier, la boue froide sous leurs jambes repliées, les pancartes en bois pesant à leur cou, les cordes entaillant leur peau. On leur a dit de tenir leurs mains jointes contre leur poitrine, les pouces croisés, comme on le leur a appris, mais James Jessop tend le bras et prend la main de sa sœur. Elle se met à sangloter et il lui presse la main plus fort en disant :

— Pleure pas.

Une ombre tombe sur lui.

— Pleure...

Je sentis un contact froid sur ma main droite. James Jessop se tenait près de moi dans l'ombre d'un bouleau, sa petite main refermée sur la mienne. Le jour se reflétait dans l'unique verre clair de ses lunettes. En bas, deux silhouettes apparurent de dessous la bâche, portant sur une civière un autre petit sac.

— Ils vont t'emmener, James, annonçai-je.

Il hocha la tête, se rapprocha de moi, glaçant par sa présence mes jambes et mon flanc.

— Ça a pas fait mal du tout, dit-il. Tout est seulement devenu noir.

J'étais content qu'il n'ait pas souffert. Quand je voulus presser sa main en guise de réponse, je ne sentis que de l'air froid.

Il leva les yeux vers moi.

— Il faut que je parte, maintenant.

— Je sais.

Son œil unique était marron, avec en son centre des éclats de jaune éclipsés par la lune sombre de la pupille. J'aurais dû voir mon visage reflété dans cet œil et dans le verre de ses lunettes, mais je ne vis aucune trace de moi. Comme si j'étais le fantôme, la créature irréelle, et James Jessop un être de chair et de sang, de peau et d'os.

— Il a dit qu'on avait tous été méchants. Moi, j'ai pas été méchant, pourtant. J'ai toujours fait ce qu'on me demandait, jusqu'à la fin.

Le froid quitta mes doigts lorsque James lâcha ma main et se mit à marcher vers la forêt, levant les genoux pour enjamber les bruyères et l'herbe haute. Je ne voulais pas qu'il parte.

Je voulais le consoler.

Je voulais comprendre.

Je criai son nom; il s'arrêta et me regarda.

— Tu as vu la Dame de l'Eté, James?

Une larme tomba sur ma joue, roula jusqu'au coin de ma bouche. Je la goûtai de la langue.

Hochant la tête d'un air solennel, il répondit :

— Elle m'attend. Elle doit me conduire auprès des autres.

— Où est-elle, James?

James Jessop leva une main et désigna l'obscurité de la

forêt, puis il se retourna et s'avança parmi les arbres jusqu'à ce que les branches l'enveloppent et que je ne puisse plus le voir.

19

En roulant vers Waterville pour retrouver Angel et Louis, je sentais encore des fourmillements sur ma peau là où la main d'un enfant perdu m'avait touché. J'avais encore dans les oreilles les hurlements des hybrides, chœur perpétuel pleurant les morts. Des images de monticules de terre, d'eaux noires et d'ossements surgirent dans mon esprit avant de se fondre en une seule : James Jessop disparaissant dans les profondeurs de la forêt, où une femme en robe d'été attendait pour l'emmener.

J'étais heureux de savoir que quelqu'un l'attendait au bord des ténèbres et qu'il ne devrait pas faire le voyage seul.

J'espérais simplement qu'il y aurait quelqu'un pour accompagner chacun de nous, à la fin.

A Waterville, je me garai devant le centre commercial et j'attendis. Près d'une heure s'écoula avant que la Lexus noire apparût. Elle tourna dans la rue principale, s'arrêta. Je vis Angel en descendre, se diriger nonchalamment vers le coin de Temple puis pénétrer dans le parking de derrière de l'immeuble de la Confrérie après avoir vérifié que la voie était libre. Je fermai les portières de la Mustang, retrouvai Louis et nous rejoignîmes Angel ensemble. Il se tenait dans l'ombre et nous remit à chacun une paire de gants. Lui-même avait déjà les mains gantées et s'en servait pour maintenir ouverte la porte qu'il venait de crocheter.

— Je crois que je vais ajouter Waterville à la liste des endroits où je ne prendrai jamais ma retraite, dit-il en entrant dans l'immeuble. Avec Bogotá et le Bangladesh.

— J'annoncerai la triste nouvelle aux membres de la chambre de commerce, répondis-je. Je ne peux pas te promettre qu'ils s'en remettront.

— Où tu comptes prendre ta retraite, toi?

— Je ne vivrai peut-être pas assez longtemps pour que la question se pose.

— Tu fais ce qu'il faut pour, en tout cas, intervint Louis. T'es sûrement sur la liste des numéros préenregistrés de la Faucheuse.

Nous suivîmes Angel dans l'escalier à la moquette élimée jusqu'à une porte en bois où une petite plaque en plastique clouée à hauteur des yeux annonçait simplement : *La Confrérie.* Il y avait une sonnette dans l'encadrement de la porte, à droite, dans l'éventualité où quelqu'un aurait réussi à passer le barrage de la porte de devant sans que Mlle Torrance le livre à un rottweiler affamé.

Je tirai d'une poche ma mini-torche électrique, la braquai sur la serrure. J'avais pris la précaution d'entourer le verre de ruban adhésif pour qu'elle n'émette qu'un mince faisceau lumineux. A l'aide d'une pointe et d'un outil à ressort, Angel déverrouilla la porte en cinq secondes. A l'intérieur, les lumières de la rue éclairaient une réception avec trois chaises en plastique, un bureau en bois, un classeur dans un coin et, sur les murs, des photos vaguement romantiques de couchers de soleil, de colombes et de jeunes enfants.

Angel crocheta la serrure du classeur, ouvrit le tiroir du haut. Avec sa propre torche, il fit apparaître une pile de brochures réactionnaires et religieuses publiées par la

Confrérie et d'autres groupes bénéficiant sans doute de son soutien. *Famille chrétienne, autres races, autres règles, Les Ennemis du peuple, La Juiverie, La Vérité sur le peuple élu, Tuer l'avenir, la réalité de l'avortement, Papa ne m'aime plus : la famille américaine et le divorce.*

— Regarde celle-là, fit Angel. *Lois naturelles, actes contre nature : comment l'homosexualité empoisonne l'Amérique.*

— Ils ont dû sentir ton après-rasage, hasardai-je. Et dans les autres tiroirs ?

Il en fit rapidement l'inventaire.

— La même chose, on dirait.

Il ouvrit la porte du bureau principal, plus élégamment meublé que la réception : un bureau sensiblement plus chic, avec derrière un fauteuil à haut dossier en similicuir, une paire de canapés de la même matière flanquée d'une table basse. Les murs étaient couverts de photographies de Carter Paragon prises en diverses occasions, généralement entouré de gens assez bêtes pour avoir l'air contents d'être avec lui. Le soleil avait sans doute baigné directement ces murs pendant des années. Plusieurs photos avaient perdu de leurs couleurs, leurs coins avaient jauni et la couche de poussière qui les recouvrait toutes ajoutait une note triste supplémentaire. Dans un coin, sous un crucifix, il y avait un autre classeur, plus trapu et plus solide que celui de la réception. Angel dut s'y prendre à deux ou trois fois pour le crocheter et, quand il l'eut réduit à merci, son front se plissa d'étonnement.

— Qu'est-ce que c'est ? demandai-je.

— Regarde.

J'approchai, dirigeai ma lampe à l'intérieur du tiroir ouvert. Mis à part une épaisse couche de poussière, il était vide. Angel ouvrit tour à tour les autres tiroirs mais seul celui du bas contenait une bouteille de whisky et deux verres.

— Ou c'est de la poussière sacrée, ce qui expliquerait pourquoi on la met à l'abri pour la nuit, supputa Angel, ou y a rien ici et y a jamais rien eu.

— C'est une façade, dis-je. Rien qu'une façade.

Comme Amy me l'avait expliqué, l'organisation de Waterville n'était qu'un masque pour abuser les gens sans méfiance. L'autre Confrérie, celle qui détenait vraiment le pouvoir, était ailleurs.

— Il doit quand même y avoir des dossiers, fis-je.

— Il les garde peut-être chez lui, suggéra Angel.

Je me tournai vers lui.

— Tu as mieux à faire?

— Que de cambrioler une baraque? Non, pas vraiment.

Il examina de plus près la serrure du classeur et ajouta :

— Tu sais quoi? Je crois que quelqu'un est venu jeter un coup d'œil ici avant nous. Y a des éraflures récentes autour du trou de serrure et c'est pas moi qui les ai faites. Je les ai pas vues tout à l'heure parce que je les cherchais pas.

Il n'y avait rien à ajouter. Nous n'étions pas les seuls à nous intéresser aux dossiers de Paragon et je savais que nous n'étions pas les seuls non plus à traquer M. Pudd. Lester Bargus l'avait appris à ses dépens.

La maison de Carter Paragon était tranquille et silencieuse quand nous passâmes devant. Nous garâmes nos voitures à l'écart de la route, dans l'ombre d'un bosquet de pins, et nous suivîmes le mur d'enceinte du jardin jusqu'à une grille, à l'arrière du bâtiment. Je ne repérai pas de caméra vidéo mais il y avait un interphone dans l'un des piliers de la grille, comme à l'entrée principale. Angel escalada le mur et je le suivis, puis Louis nous rejoignit après avoir tergiversé. Quand il atterrit sur la pelouse molle, il regarda avec consternation les marques que le mur blanc avait laissées sur son jean noir mais n'émit aucun commentaire.

Nous fîmes le tour de la maison en restant sous le couvert des arbres. Seule une pièce était éclairée, au premier étage, côté ouest. Une voiture bleue déglinguée était garée dans l'allée mais son capot était froid : elle n'avait pas roulé de la soirée. Il n'y avait pas trace de l'Explorer. Comme les rideaux de la pièce éclairée étaient fermés, on ne voyait rien de ce qui se passait à l'intérieur.

— Qu'est-ce que tu veux faire ? me demanda Angel.

— Sonner, répondis-je.

— Je croyais qu'on venait le cambrioler, pas essayer de lui fourguer un abonnement à *Watchtower*.

J'appuyai quand même sur la sonnette et Angel se tut. Personne ne vint ouvrir, même lorsque je laissai le bouton enfoncé pendant une dizaine de secondes. Angel partit en direction de l'arrière du bâtiment, revint deux minutes plus tard.

— Faut que tu viennes voir ça, dit-il.

Je le suivis jusqu'à la porte de derrière grande ouverte, pénétrai dans une petite cuisine équipée au rabais. Des morceaux de verre jonchaient le sol à l'endroit où quelqu'un avait brisé un carreau pour glisser une main à l'intérieur.

— Je présume que ce n'est pas ton œuvre ? demandai-je à Angel.

— Je m'abaisserai même pas à répondre.

Louis avait déjà dégainé son arme et passa devant. Je suivis, jetant un coup d'œil dans les pièces au passage, mais elles étaient quasiment vides : presque pas de meubles, pas de photos sur les murs, pas de tapis sur le sol. L'une d'elles était équipée d'un poste de télévision et d'un magnétoscope, face à deux vieux fauteuils et à une table basse branlante, mais le reste de la maison semblait inoccupé. Seule la pièce de devant contenait quelque chose d'intéressant : des centaines de livres et de brochures récemment mis en caisses, prêts pour le transport. Il y avait des manuels d'entraînement à la clandestinité, des guides pour fabriquer des bombes à retardement artisanales, des catalogues de fournitures militaires et tout un éventail d'ouvrages sur la surveillance discrète. La caisse la plus proche de la porte contenait une pile de volumes photocopiés et grossièrement reliés dont la couverture portait ces mots : *L'Armée de Dieu.*

Ce nom était apparu pour la première fois en 1982, quand le Dr Zevallos, pratiquant l'IVG, et sa femme avaient été enlevés dans l'Illinois. Leurs ravisseurs s'étaient présentés comme les soldats de l'Armée de Dieu dans leurs négociations avec le FBI. Depuis, on retrouvait des cartes de visite de l'Armée de Dieu sur les lieux d'attentats à la bombe contre des cliniques, et le manuel publié anonymement que je tenais dans la main était devenu synonyme d'une sorte particulière d'extrémisme religieux. C'était comme un livre de recettes pour dingues religieux, un guide expliquant comment faire sauter des bâtiments et, au besoin, des personnes pour la plus grande gloire de Dieu.

Louis me montra une liasse de feuilles photocopiées qu'il avait prise sur une pile.

— Des listes de cliniques pratiquant l'IVG ou soignant les malades du sida, des adresses personnelles de médecins, les numéros d'immatriculation de voitures appartenant à des militants pour les droits civiques, à des féministes. Le type, là, à la page 3, Gordon Eastman, il milite dans le Wisconsin pour les droits des homosexuels.

— Dur, comme boulot, murmura Angel. Encore plus dur que de vendre des godes en Alabama.

Je laissai le manuel de l'Armée de Dieu retomber dans la caisse.

— Ces gens-là fournissent un chaos en miniature à

tous les frappadingues qui ont une boîte aux lettres et une rancune à assouvir.

— Ouais, mais ils sont où ? chuchota Angel.

Tous ensemble, nous levâmes les yeux vers le plafond et le premier étage.

— Il a fallu que je demande, gémit-il.

Nous montâmes l'escalier en silence, Louis en tête, Angel derrière lui, moi fermant la marche. La pièce éclairée se trouvait tout au bout du couloir, sur le devant de la maison. Louis s'arrêta à la première porte devant laquelle nous passâmes, jeta un coup d'œil pour s'assurer qu'il n'y avait personne dans la pièce. Elle ne contenait qu'un lit en fer sans sommier, une valise à moitié remplie de vêtements masculins. Les pièces voisines avaient été vidées de leur mobilier.

— Il a peut-être organisé une vente aux enchères pour tout bazarder, suggéra Louis.

— Alors quelqu'un a pas été content de la marchandise, dit Angel.

Il se tenait devant l'entrée de la pièce éclairée, l'arme à la main.

A l'intérieur, il y avait un lit, un réchaud électrique, des étagères couvertes de livres de poche et surmontées d'une plante en pot. Un petit placard renfermait une partie des costumes de Carter Paragon, dont une autre partie était étalée sur le lit. Un poste de télévision portatif était posé, silencieux et obscur, sur un support bon marché. Une chaise en bois faisait face à une coiffeuse.

Carter Paragon était assis sur la seconde chaise, aux pieds entourés de flaques de sang. Il avait les bras ramenés en arrière, entravés par des menottes, et on l'avait sévèrement battu : un œil réduit en bouillie, le visage boursouflé, couvert de bleus. Il avait les pieds nus et deux des orteils de son pied droit étaient brisés.

— Regardez ça, dit Angel, indiquant le dos de la chaise.

Je regardai et fis la grimace. Quatre des ongles de Paragon avaient été arrachés. Je cherchai son pouls. Aucun battement, mais le corps était encore chaud au toucher.

La tête de Carter Paragon était renversée en arrière, le visage tourné vers le plafond. Il avait la bouche grande ouverte et je remarquai à l'intérieur, dans le sang, un petit objet brun. Je tirai un mouchoir de ma poche, glissai deux doigts entre les lèvres du mort. Un filet de salive ensanglantée tomba par terre. Je tins l'objet à la lumière.

C'était un tesson d'argile.

20

Quand nous retournâmes à Scarborough, ce soir-là, je laissai Angel et Louis partir devant et fis une brève halte à Augusta. D'une cabine, j'appelai le siège du *Portland Press Herald*, demandai le service des informations et annonçai à la femme qui me répondit qu'il y avait un cadavre chez Carter Paragon, à Waterville, mais que la police ne le savait pas encore. Et je raccrochai. Au minimum, le journal vérifierait auprès des flics, qui iraient frapper à la porte de Paragon. Par cette opération, j'avais évité de téléphoner au 911, qui aurait localisé l'origine de l'appel ou enregistré ma voix. Je roulai ensuite en pensant à Carter Paragon et au tesson d'argile déposé dans sa bouche, tel un message pour qui trouverait le corps.

Angel et Louis s'étaient déjà installés à leur aise quand je revins chez moi. J'entendis Angel dans la salle de bains et frappai de grands coups à la porte.

— Ne mets pas le bazar partout, Rachel va venir ! prévins-je. J'ai fait le ménage spécialement pour elle.

Rachel n'aimait pas le désordre. Elle faisait partie de ces gens qui trouvent une sorte de satisfaction à enlever la poussière et la saleté, même celles des autres. Chaque fois qu'elle passait quelques jours à Scarborough, j'étais sûr de la voir fondre sur la salle de bains ou la cuisine avec des gants de caoutchouc et une expression résolue.

« Elle nettoie *ta* salle de bains ? s'était un jour exclamé Angel, comme si je lui avais dit qu'elle sacrifiait régulièrement des chèvres. Moi, je nettoie même pas la mienne, alors, celle d'un inconnu...

— Je ne suis pas un inconnu, Angel.

— Quand il s'agit de salles de bains, tout le monde est un inconnu », avait-il répliqué.

Je trouvai Louis dans la cuisine, accroupi devant le réfrigérateur qu'il vidait de son contenu. Il vérifia la date de péremption d'une assiette anglaise sous plastique.

— Putain, tu l'achètes dans les vide-greniers, ta bouffe ?

Tout en commandant des pizzas par téléphone, je me demandai si leur laisser franchir le pas de ma porte avait été une bonne idée, finalement.

— Qui c'est, ce mec ? demanda Louis.

Assis à la table de la cuisine, nous discutions, en attendant les pizzas, du tesson d'argile que l'assassin de Paragon lui avait laissé dans la bouche.

— D'après Al Z, il se fait appeler le Golem, et le père d'Epstein me l'a confirmé. C'est tout ce que je sais. Tu as déjà entendu parler de lui ?

Il secoua la tête.

— Ce qui veut dire qu'il est très bon, ou que c'est un amateur. En tout cas, il est hyper-cool, son nom.

— Ouais, approuva Angel. Tu devrais te trouver un nom cool comme ça.

— Hé, Louis, c'est un prénom cool!

— Seulement si t'es roi de France. Tu crois qu'il a tiré quelque chose de Paragon?

— Tu as vu dans quel état il l'a mis, répondis-je. Paragon lui a sûrement raconté tout ce dont il se souvenait depuis l'école primaire.

— Alors, ton Golem en sait plus que nous?

J'entendis une voiture s'arrêter devant la maison.

— Les pizzas, dis-je.

Comme personne autour de la table ne sortait précipitamment son portefeuille, j'ajoutai :

— Bon, c'est moi qui régale, on dirait.

J'allai à la porte, je pris les deux cartons que me tendait le jeune livreur.

— Je voudrais pas vous faire flipper, mais y a un mec là-bas qui surveille votre maison, me dit-il à voix basse.

— Où?

— Derrière mon épaule droite, planqué dans les arbres.

— Ne le regardez pas en repartant.

Je lui donnai dix dollars de pourboire, jetai négligemment un coup d'œil sur ma gauche quand la voiture du livreur redémarra. Une tache pâle flottait parmi les arbres, immobile dans l'obscurité : un visage d'homme. Je reculai d'un pas dans l'entrée, dégainai mon arme et dis à voix basse :

— Les gars, on a de la visite.

Je m'avançai sous la véranda, le Smith & Wesson contre la cuisse. Angel était derrière moi, son Glock à la main. Louis avait disparu mais il était sûrement déjà en train de faire le tour de la maison par-derrière. Je descendis lentement les marches du perron, avançai jusqu'à ce que je puisse mieux voir l'homme qui nous observait. Je distinguai son crâne chauve, sa peau blême, sa bouche en lame de couteau et ses yeux sombres. Il portait un costume noir, une chemise blanche et une cravate noire sous un long manteau noir. Il ressemblait trait pour trait à l'homme qui avait occis Lester Bargus.

— Qui c'est? chuchota Angel.

— Le gars au nom hyper cool, je crois.

Je me baissai pour poser mon automatique par terre et me dirigeai vers le Golem.

— Bird, me rappela Angel, comme pour me mettre en garde.

— Il est chez moi et il le sait. S'il a quelque chose à me dire, il me le dira en face.

— Alors reste sur la droite. S'il bouge, j'arriverai peut-être à le dézinguer avant qu'il te descende.

— Merci, je me sens déjà mieux, ironisai-je tout en restant sur la droite comme il me l'avait demandé.

Quand je ne fus plus qu'à quelques pas du Golem, il leva une main blanche.

— Pas plus loin, monsieur Parker, me signifia-t-il avec un accent aux étranges inflexions européennes. Je suggère que votre ami qui est en train de faire le tour par-derrière s'arrête aussi. Je ne veux de mal à personne.

J'hésitai un instant puis criai :

— Tout va bien, Louis!

A cinq mètres sur ma gauche, une forme sombre se détacha des arbres en tenant une arme fermement devant elle. Louis ne baissa pas le bras mais cessa d'avancer.

De près, l'homme était d'une blancheur étonnante, avec des joues et des lèvres décolorées, une vague trace sombre sous des yeux d'un bleu délavé, presque sans vie. Conjugué à une absence totale de pilosité, ce teint livide le faisait ressembler à un modèle en cire inachevé. Son crâne portait de profondes cicatrices, de même que l'endroit où auraient dû se trouver ses sourcils. Je remarquai un autre détail : son visage donnait l'impression de s'écailler, comme un reptile perdant sa peau.

— Qui êtes-vous ? demandai-je.

— Vous le savez.

— Le Golem.

Je m'attendais à un hochement de tête, ou même à un sourire, mais il répondit simplement :

— Le Golem est un mythe, monsieur Parker. Vous croyez aux mythes ?

— J'avais pour principe de ne pas trop y croire mais les circonstances m'ont plusieurs fois donné tort. Je m'efforce maintenant d'avoir l'esprit ouvert. Pourquoi avez-vous tué Carter Paragon ?

— Vous devriez plutôt demander pourquoi je lui ai fait mal. Eh bien, pour cette même raison qui vous a incité une heure plus tard à pénétrer chez lui par effraction : découvrir ce qu'il savait. Sa mort a été fortuite, pas intentionnelle.

— Vous avez aussi tué Lester Bargus.

— M. Bargus fournissait des armes à des individus mauvais. Il ne le fera plus, maintenant.

— Il n'était pas armé, objectai-je.

— Le *rabbi* non plus.

— Œil pour œil, c'est ça ?

— Peut-être. Je vous connais aussi un peu, monsieur Parker. Vous n'êtes pas en position de me juger.

— Je ne vous juge pas. Lester Bargus était une saloperie ambulante et personne ne le regrettera, mais l'expérience m'a appris que ceux qui sont prêts à tirer sur un homme désarmé tuent indifféremment n'importe qui. Cela me préoccupe.

— Je le répète, je ne vous veux aucun mal. L'homme que je vise se fait appeler Pudd. Vous le connaissez, je crois.

— Je l'ai rencontré.

— Vous savez où il est?

Je supposai que Paragon était mort avant de tout lui révéler ou, hypothèse plus intéressante, qu'il n'avait pu dire à son meurtrier où se cachait Pudd parce qu'il l'ignorait.

— Pas encore. Mais j'ai l'intention de le découvrir.

— Vos intentions et les miennes pourraient entrer en conflit, alors.

— Nous poursuivons peut-être des objectifs similaires, suggérai-je.

— Non. Vous menez une croisade morale. Ceux qui m'ont engagé pour cette tâche ont un but plus spécifique.

— La vengeance?

— Je ne fais que ce qu'on me demande, dit-il. Rien de plus.

Il avait une voix profonde et les mots semblaient résonner en lui comme s'il était creux, sans substance.

— Je suis venu vous apporter un message, continua-t-il. Ne vous mettez pas entre moi et cet homme. Sinon, je serai contraint de m'en prendre à vous.

— Cela ressemble fort à une menace.

Je ne le vis même pas bouger. Il était là devant moi, les mains vides, et l'instant d'après, il appuyait contre ma gorge un petit Derringer aux canons jumeaux pointés vers mon cerveau. Le rayon laser d'un pistolet troua l'obscurité tandis que Louis cherchait un point sur lequel tirer, mais mon corps protégeait le Golem à la fois de Louis et d'Angel.

— Dites-leur de reculer, monsieur Parker, murmura-t-il à mon oreille, sa tête derrière la mienne. Je veux que vous m'accompagniez à ma voiture. Ça prendra deux minutes.

Je criai en direction de Louis, qui éteignit aussitôt le rayon. Le Golem me tira en arrière dans le bois, guidant mes pas. Il avait remonté une manche de son manteau et je distinguai les petits chiffres bleus tatoués sur sa peau. C'était un rescapé des camps de concentration. Je remarquai aussi qu'il n'avait pas d'empreintes digitales : au bout des doigts, peau et chair semblaient s'être rétractées, laissant une cicatrice plissée, dentelée. Le feu, pensai-je. C'est le feu qui lui a fait ça.

Comment crée-t-on un démon d'argile ?

On le cuit au four.

Quand nous fûmes à sa voiture, il me tint devant la portière du conducteur, le Derringer contre ma colonne vertébrale, puis se glissa derrière le volant.

— Un conseil, monsieur Parker, dit-il dans mon dos. Ne me gênez pas dans mon travail.

Puis il démarra à vive allure, la tête baissée.

Louis et Angel surgirent des arbres. Je tremblai en portant la main aux marques jumelles que le petit pistolet avait imprimées dans ma chair. En regardant les feux arrière de la voiture s'éloigner, je demandai à Louis :

— Tu crois que tu aurais pu le toucher avant qu'il me tue ?

Il réfléchit avant de répondre :

— Probablement pas. Tu crois qu'il aurait saigné ?

— Non. Il se serait juste fendillé.

— Et maintenant ? fit Angel.

— On mange, répondis-je, sans trop savoir pourtant dans quelles dispositions était mon estomac.

Nous retournions vers la maison quand nous entendîmes une voiture approcher derrière nous. Elle s'engagea dans l'allée et nous prit dans le faisceau de ses phares, les yeux écarquillés, l'arme à la main. Le chauffeur éteignit aussitôt ses lumières et nous nous dispersâmes comme une volée de moineaux. Après un silence, une portière s'ouvrit et Rachel Wolfe s'exclama :

— Bon, plus de café pour vous, les gars. Terminé.

Après le repas, Rachel alla prendre une douche. Tandis qu'Angel sirotait sa bière près de la fenêtre, Louis finissait une bouteille de vin à la table. C'était un sauvignon blanc Flagstone d'une nouvelle cave du Cap, en Afrique du Sud. Louis en faisait venir deux caisses, de blanc et de rouge, deux fois par an et avait apporté une bouteille dans le coffre de sa voiture. Lui et Rachel avaient passé tellement de temps à s'extasier dessus qu'on aurait pu croire que l'un d'eux l'avait mise au monde.

— Comment ça se fait que t'aies pas de bureau? finit par me demander Angel.

— Je n'en ai pas les moyens. Pour avoir un bureau, il faudrait que je vende la maison et alors je devrais y dormir, au bureau.

— Ça changerait pas grand-chose. T'as presque rien, dans cette vieille baraque. T'as pensé aux voleurs?

— Aux voleurs en général ou à celui qui vient de dévaliser ma cuisine?

— En général, grogna Angel.

— Je n'ai rien qui vaille la peine d'être volé.

— Justement. T'as pensé à l'effet qu'un grand espace vide comme ça pourrait avoir sur un gars qui s'est emmerdé à y pénétrer par effraction? Vaudrait mieux pour toi qu'il soit pas agoraphobe, sinon t'aurais un procès au cul.

— Tu es qui, au juste? Le président de SOS Cambrioleurs en détresse?

— Non, rien qu'une mouche sur un mur. Une mouche parmi beaucoup d'autres, à en juger par l'état de ta cuisine.

— Qu'est-ce que tu insinues?

— Qu'est-ce que j'insinue tout le temps? T'as besoin de compagnie.

— J'ai pensé à prendre un chien.

— Je parle pas de ça, tu le sais bien. Tu comptes la

tenir à bout de bras encore longtemps ? Jusqu'à ce que tu meures ? Tu sais, même si on vous enterre l'un à côté de l'autre, vous aurez du mal à vous toucher, sous terre.

— L'occasion ne frappe qu'une fois à la porte, fit Louis de sa voix traînante.

J'entendis derrière nous un bruit de pieds nus sur le plancher et Rachel apparut dans l'encadrement de la porte, se séchant les cheveux. Louis me lança un coup d'œil, se leva et jeta la bouteille vide dans la poubelle à verre.

— Je vais me pieuter, c'est l'heure, annonça-t-il.

Du menton, il fit signe à Angel en arrivant à la porte.

— Pour toi aussi.

Il embrassa Rachel sur la joue et sortit.

— Hé, les jeunes, restez pas trop longtemps en bas à vous bécoter, nous lança Angel avant de suivre Louis dans la nuit.

— Unis par deux marieurs homos porteurs de flingue, dis-je quand leur voiture démarra. Une belle histoire à raconter à nos petits-enfants.

Rachel m'examina en se demandant si j'ironisais ou non. A vrai dire, je n'en savais rien moi-même.

— Pourquoi tu m'as fait filer, à Boston ? m'assena-t-elle soudain.

— Tu les as repérés ?

— Je devais être sur mes gardes. J'ai noté le numéro de leur voiture quand ils se sont relayés et j'ai réussi à obtenir le nom du propriétaire.

Le frère de Rachel, policier, avait été abattu pendant le boulot, quelques années plus tôt. Apparemment, elle avait gardé des amis dans le service.

— L'un de tes gars m'a suivie jusqu'à ta grille, ajouta-t-elle.

— Je me faisais du souci pour toi.

— Je ne veux pas que tu te sentes obligé de me protéger, répliqua-t-elle, haussant le ton.

— Rachel, ces types sont dangereux. Je me faisais du souci aussi pour Angel, mais lui, au moins, il est armé. Qu'est-ce que tu aurais fait s'ils t'étaient tombés dessus? Tu leur aurais lancé des assiettes à la figure?

— Tu aurais dû me le dire! explosa-t-elle en abattant sa main sur la table.

— Si je t'avais prévenue, tu aurais été d'accord? Je t'aime, Rach, mais tu es assez têtue pour diriger le syndicat des camionneurs.

Sur la table, sa main se referma en un petit poing qui trembla tandis que la colère et la tension la quittaient peu à peu.

— Comment pouvons-nous être ensemble si tu as toujours peur de me perdre? fit-elle avec douceur.

Je pensai aux morts du lac Saint-Froid perdus dans une ruelle de Portland. A James Jessop et à la silhouette que j'avais vue se pencher vers lui, la Dame de l'Eté. Elle m'était déjà apparue : dans le métro, devant la maison de Scarborough, ou à l'intérieur, reflétée dans la fenêtre de ma cuisine, comme si elle se tenait derrière moi, mais quand je me retournais il n'y avait personne. Au Chumley's, quelques jours plus tôt seulement, j'avais eu l'impression qu'un accommodement avec le passé était possible. Mais c'était avant que je découvre la tête de Mickey Shine fichée sur un arbre, avant que James Jessop sorte d'une forêt sombre et me prenne la main. Comment aurais-je pu entraîner Rachel dans ce monde?

— Je ne peux pas lutter contre les morts, murmura-t-elle.

— Je ne te le demande pas.

— Il ne s'agit pas de demander.

Assise en face de moi, le menton dans les mains, elle avait l'air triste et lointaine.

— J'essaie, Rachel.

— Je sais.

— Je t'aime. Je veux être avec toi.

— Comment? fit-elle en baissant la tête. Le week-end à Boston ou le week-end ici?

— Ici, non?

Elle releva la tête, comme si elle n'était pas sûre de ce qu'elle avait entendu.

— Je parle sérieusement, déclarai-je.

— Quand, alors? Avant que je sois vieille?

— Plus vieille.

Elle me punit d'une gifle légère et je tendis la main pour toucher ses cheveux. Elle me fit un petit sourire.

— Nous le ferons, dis-je, et je la sentis hocher la tête contre ma main. Bientôt, je te le promets.

— Il vaudrait mieux pour nous, répondit-elle d'une voix si basse que c'était comme si je l'avais entendue penser.

Je la tins contre moi, sentis qu'elle avait autre chose à dire mais rien ne vint.

— Quel genre de chien tu voudrais? me demanda-t-elle au bout d'un moment, tandis que sa chaleur se répandait en moi.

Je lui souris. Elle avait probablement entendu toute ma conversation avec Angel et Louis. C'était aussi bien.

— Je n'ai pas encore décidé. Je compte sur toi pour m'aider à en choisir un à la fourrière.

— C'est un truc de couple, ça.

— Nous formons un couple, non?

— Pas un couple ordinaire.

— Non. Louis ne nous le pardonnerait pas, si nous formions un couple ordinaire.

Elle m'embrassa, je lui rendis son baiser. Le passé et

l'avenir s'éloignèrent de nous tels des créanciers renonçant provisoirement à leurs exigences, et il n'y eut plus que la beauté fugace du présent pour nous retenir.

Cette nuit-là, je tins Rachel dans mes bras pendant qu'elle dormait et je tentai d'imaginer un avenir pour nous deux, mais je nous perdais toujours dans les recoins et les détours. Pourtant, quand je me réveillai, j'avais le poing serré comme si j'avais saisi quelque chose d'essentiel dans mes rêves et refusais maintenant de le laisser partir.

21

Allongé contre Rachel, j'écoutais les petits *ouip* d'un gobe-mouches perché haut dans un arbre. Son séjour en Nouvelle-Angleterre serait bref : il était probablement arrivé la semaine précédente et serait reparti fin septembre. Mais s'il réussissait à échapper aux faucons et aux chouettes, son petit ventre jaune se remplirait d'un assortiment d'insectes quand la population des bestioles exploserait. Déjà les premiers taons tournaient en rond, leurs gros yeux verts luisants de voracité. Ils seraient bientôt rejoints par des sauterelles, des tiques et toutes sortes de mouches. Des essaims de moustiques dorés se formeraient au-dessus des marais de Scarborough, les mâles aspirant le suc des plantes, les femelles explorant les bords de route à la recherche d'un menu plus carné.

Et les oiseaux s'en gaveraient, les araignées s'en nourriraient.

Rachel murmura dans son sommeil et je sentis la chaleur de son dos contre ma poitrine. La ligne de sa colonne vertébrale sous sa peau pâle ressemblait à une allée de pierres recouverte par une neige fraîchement tombée. Je me soulevai pour observer son visage, écartai doucement les mèches de cheveux roux prises entre ses lèvres. Elle sourit, les yeux toujours clos, et ses doigts effleurèrent ma cuisse. Je l'embrassai derrière l'oreille et elle appuya la tête contre l'oreiller, m'offrant son cou dont je suivis la ligne jusqu'à l'épaule et au petit creux de la gorge. Son corps s'arqua quand elle se pressa contre moi et tout le reste se perdit dans le soleil et les chants d'oiseaux.

Il était presque midi quand je laissai Rachel fredonnant dans la salle de bains pour aller acheter des *bagels* et du lait, conscient du poids du Smith & Wesson sous mon bras. La rapidité avec laquelle j'avais repris ma vieille habitude d'emporter une arme chaque fois que je quittais la maison, fût-ce pour une simple course, me rendait mal à l'aise.

La journée était déjà bien entamée mais j'espérais trouver Marcy Becker avant qu'elle ne s'achève. Si les circonstances m'avaient forcé à cesser provisoirement de la rechercher, j'étais de plus en plus convaincu qu'elle était la clef de ce qui s'était passé la nuit où Grace Peltier était morte, un élément d'un tableau plus grand dont je commençais seulement à saisir les dimensions. Faulkner, ou quelque chose de lui, avait survécu. Avec des complices, il avait massacré les baptistes d'Aroostock et sa propre femme, puis avait disparu pour refaire finalement surface sous le couvert d'une organisation connue comme la Confrérie. Paragon n'avait été qu'un prête-nom, une dupe. La vraie Confrérie, la substance derrière l'ombre, c'était Faulkner, et Pudd était son glaive.

A mon retour, je garai la voiture dans l'allée, pris le sac de provisions sur la banquette avant. Je brassais encore dans ma tête toutes les possibilités quand j'arrivai à la porte de la cuisine. Je l'ouvris d'une bourrade et un morceau de papier blanc s'éleva du sol, emporté par le courant d'air.

Un emballage de sucre.

Rachel se tenait dans l'encadrement de la porte du couloir. Pudd, posté derrière, la poussa dans la cuisine. Elle avait les mains attachées derrière le dos, la bouche bâillonnée par un foulard.

Je lâchai le sac, tendis la main vers mon pistolet. Au même moment, Rachel se retourna et dans le mouvement expédia sa tête dans le visage de Pudd, en plein sur l'arête du nez. Il tituba en arrière, frappant Rachel du dos de la main. Mes doigts touchaient déjà la crosse du Smith & Wesson lorsque je reçus un coup violent sur la tempe. Une douleur blanche et vive fit irruption dans mon cerveau; je m'écroulai. Je sentis des mains me toucher, prendre mon arme. Dans le lait répandu, des gouttelettes rouges provoquaient de minuscules explosions solaires. Je tentai de me relever mais mes mains glissaient sur le sol humide, j'avais les jambes lourdes, engourdies. Levant les yeux, je vis le poing de Pudd faire tomber une grêle de coups sur la tête de Rachel, qui s'affala. Il avait le visage et la main en sang. Mon crâne encaissa un deuxième puis un troisième impact et je ne sentis plus rien d'autre pendant un long moment.

Je revins à moi lentement, péniblement, comme si je me débattais dans une eau rouge et profonde. J'avais vaguement conscience de la présence de Rachel, assise sur une chaise près de la table de la cuisine, encore vêtue de son peignoir de coton blanc. Le foulard noué serré sur sa bouche ouverte dévoilait ses dents et ses mains étaient toujours liées. Elle avait la joue et l'œil gauche contusionnés. Le sang qui coulait de son front avait taché son bâillon. Elle m'adressa un regard implorant puis ses yeux, affolés, se portèrent vers la droite mais, quand je voulus tourner la tête, je reçus un nouveau coup et tout devint noir.

Je perdis et repris conscience comme ça un bon moment. J'avais les bras attachés séparément, chaque poignet fixé à un barreau de chaise par ce qui devait être du câble électrique. Ma tête me faisait atrocement mal et j'avais du sang dans les yeux. A travers la brume, j'entendis une voix :

— Alors, le voilà...

C'était une voix de vieillard, faible et éraillée comme un enregistrement écouté sur un vieux poste de radio. Parvenant à lever légèrement la tête, je vis quelque chose bouger dans la pénombre du couloir : une silhouette un peu voûtée, vêtue de noir. Une forme plus grande, celle d'une femme, peut-être, s'en approcha.

— Je crois que tu devrais partir, maintenant, fit une autre voix d'homme.

Je reconnus la façon de parler, guindée et rythmée, de M. Pudd.

— Je préfère rester. Tu sais que j'aime vous regarder travailler, répondit la première voix, qui s'approchait de moi.

Je sentis des doigts sur mon menton, une odeur d'eau salée et de cuir. Une puanteur intérieure empestait son haleine. Je fis un effort pour garder les yeux ouverts mais la pièce tournoyait et je n'avais conscience que de la présence de ce vieil homme, de la façon dont ses doigts palpaient ma chair, cherchant la structure osseuse sous ma peau. Sa main descendit vers mon épaule, mon bras, mes doigts.

— Non, dit Pudd. C'était imprudent de ta part de venir ici, surtout aujourd'hui. Il faut que tu partes.

J'entendis une expiration lasse.

— Il les voit, tu sais. Je le sens en lui. C'est un homme peu ordinaire, un homme tourmenté.

— Je vais mettre fin à ses souffrances.

— Et aux nôtres, enchaîna le vieillard. Il a des os solides. N'endommage ni ses doigts ni ses bras. Je les veux.

— Et la femme ?

— Fais ce que tu dois faire, mais une promesse de l'épargner pourrait inciter son amant à être plus coopératif.

— Mais si elle meurt... ?

— Elle a une belle peau, je pourrai m'en servir.

— Quelle partie ? demanda Pudd.

Après une pause, le vieillard répondit :

— Toutes.

J'entendis des bruits de pas près de moi sur le sol de la cuisine. La pellicule rouge couvrant mes yeux se déchira quand je battis plusieurs fois des cils et je vis l'étrange femme au cou balafré m'examiner avec de petits yeux haineux. J'eus un frisson quand elle toucha ma joue de ses doigts.

— Partez, maintenant, dit M. Pudd.

Elle resta un moment encore puis s'éloigna comme à regret et se fondit dans l'ombre. Des silhouettes franchirent la porte de devant à demi ouverte et sortirent dans le jardin. Je m'efforçai de les suivre du regard mais une gifle me ramena dans la cuisine et quelqu'un d'autre entra dans mon champ de vision. Une femme en pantalon et sweat-shirt bleus, les cheveux tombant sur les épaules.

— Mademoiselle Torrance, fis-je, la bouche sèche. J'espère que Paragon a pu vous faire un certificat, avant de mourir.

Elle m'assena une autre gifle, pas très appuyée. Ce n'était pas la peine de frapper fort : elle avait visé l'endroit où j'avais reçu les premiers coups. La douleur fut presque visible pour moi, tels des éclairs dans un ciel de nuit. Je laissai ma tête pendre sur ma poitrine, refoulai une envie de vomir. Un bruit de moteur qui démarre me parvint de l'avant de la maison ; une paire de chaussures marron apparut sur le seuil de la cuisine. Mon regard remonta des chaussures au pantalon, à la veste à carreaux et, enfin, aux yeux sombres, encapuchonnés, de M. Pudd.

Il avait l'air considérablement plus mal en point qu'à notre dernière rencontre. Le reste de son oreille droite était couvert de gaze et son nez avait enflé là où la tête de Rachel l'avait percuté. Il y avait encore des traces de sang autour de ses narines.

— Bienvenue parmi nous, cher monsieur, dit-il en souriant. Bienvenue, vraiment.

De sa main gantée, il désigna Rachel et poursuivit :

— Nous avons dû nous distraire sans vous pendant votre absence, mais votre putain n'avait pas grand-chose à nous apprendre. En revanche, monsieur Parker, vous en savez sûrement beaucoup plus.

Il fit un pas en avant pour se poster juste derrière Rachel et, d'un seul mouvement, arracha une manche de son peignoir, révélant la blancheur du bras, piquetée çà et là de petits grains de beauté. Mlle Torrance se tenait maintenant devant moi et légèrement sur ma droite, son Kahr K9 braqué sur ma poitrine, tandis que mon Smith & Wesson était posé sur la table, dans son étui. Les débris de mon portable jonchaient le sol et le fil du téléphone de la cuisine avait été arraché.

— Comme vous le savez, monsieur Parker, reprit Pudd, nous cherchons quelque chose, quelque chose que Mlle Peltier nous a pris. Nous recherchons également une personne dont nous pensons qu'elle se trouvait peut-être dans la voiture avec Mlle Peltier peu avant sa mort.

Nous pensons que cette personne pourrait avoir en sa possession l'objet que nous cherchons. J'aimerais que vous nous confirmiez l'identité de cette personne. J'aimerais aussi que vous nous rapportiez le contenu de votre conversation avec feu M. Al Z, de votre conversation avec M. Mercier il y a deux jours, ainsi que tout ce que vous savez de l'homme qui a tué M. Paragon.

Je ne répondis pas. Pudd demeura silencieux une trentaine de secondes puis soupira.

— Je sais que vous êtes têtu, et peut-être même prêt à mourir plutôt que de parler. C'est très louable, je le reconnais, de donner sa vie pour sauver celle d'un autre. Après tout, ne sommes-nous pas le fruit du sacrifice d'un seul homme ? Et vous mourrez, monsieur Parker, que vous parliez ou non. Votre vie est sur le point de s'achever.

Il se pencha par-dessus l'épaule de Rachel, lui prit le menton et la força à me regarder.

— Mais êtes-vous prêt à sacrifier la vie de *quelqu'un d'autre* pour protéger l'amie de Grace Peltier ou pour entretenir votre curieuse croisade ? C'est la vraie question : combien de vies vaut cette personne ? L'avez-vous même déjà rencontrée ? Quelqu'un que vous ne connaissez pas peut-il valoir plus que la vie de cette femme, assise devant vous ? Avez-vous le droit d'abandonner Mlle Wolfe pour sauvegarder vos principes ?

Il lâcha le menton de Rachel, haussa les épaules.

— Ce sont des questions difficiles, monsieur Parker, mais soyez assuré que nous leur apporterons bientôt une réponse.

Il prit par terre une grande valise en plastique au dessus criblé de petits trous, la posa sur la table à côté de son Beretta et l'ouvrit. A l'intérieur il y avait cinq récipients en verre : trois boîtes rectangulaires de huit à dix centimètres de long, deux boîtes cylindriques qui avaient dû contenir des herbes ou des épices. Ces dernières étaient du modèle réutilisable, avec couvercle perforé. Dans chacune d'elles, une petite créature éprouvait la solidité du verre d'une de ses nombreuses pattes. Pudd plaça l'une des boîtes sur la table, s'approcha de moi avec l'autre, qu'il tenait délicatement entre le pouce et l'index pour que son contenu ne me soit pas caché.

— Vous la reconnaissez?

La petite araignée brune tentait d'escalader la paroi de verre, montrant son abdomen avant de glisser et de retomber en arrière. Son céphalothorax portait la marque sombre qui lui donnait son nom courant d'araignée-violon.

— C'est une recluse, monsieur Parker. *Loxosceles reclusa*. Je lui ai raconté ce que vous avez fait à ses sœurs dans votre boîte aux lettres. Vous les avez brûlées vives. Pas très chic de votre part.

Il tint la boîte à deux centimètres de mon œil, la secoua doucement. L'araignée, de plus en plus agitée, tournait en rond dans sa prison.

— Certaines personnes considèrent les recluses comme des bêtes malfaisantes : de la vermine. Moi, je les admire. Je les trouve d'une remarquable agressivité. Je leur donne parfois des veuves noires à manger et vous seriez étonné de voir avec quelle rapidité une veuve devient un en-cas savoureux pour une famille de recluses. Mais le plus intéressant, monsieur Parker, c'est leur venin...

Les yeux de Pudd brillèrent sous leurs capuchons et je sentis émaner de lui une faible odeur chimique déplaisante, comme si son corps, dans son excitation, avait commencé à produire sa propre toxine.

— Le venin qu'elle utilise pour attaquer l'homme n'est pas le même que celui dont elle se sert pour paralyser d'autres insectes. Le premier contient une toxine supplémentaire, comme si cette petite araignée, consciente du danger que nous représentons pour elle, avait trouvé un moyen de nous faire mal.

Il retourna près de Rachel, lui frôla la joue avec la boîte. Elle tressaillit et se mit à trembler. Les narines de Pudd palpitèrent, comme s'il pouvait sentir sa peur et son dégoût.

Lorsqu'elle me regarda, elle secoua discrètement la tête, une seule fois.

— Le venin provoque une nécrose, continua Pudd. Les globules blancs se retournent contre l'organisme ; la peau enfle, commence à pourrir, et le corps est incapable de réparer les dégâts. Certaines personnes souffrent beaucoup ; d'autres meurent, même. J'ai entendu parler d'un homme qui a expiré une heure après avoir été piqué. Etonnant, non, qu'une si petite araignée puisse causer tant de souffrances ? Feu M. Shine en a personnellement eu la révélation, avant de succomber.

Par contre, certaines personnes ne sont pas du tout affectées. Le venin n'a aucun effet sur elles. C'est ce qui rend notre petit test si intéressant. Si vous ne parlez pas, j'appliquerai la recluse sur la peau de votre putain. Elle ne sentira probablement même pas la piqûre. Puis nous attendrons. L'antidote doit être administré moins d'une demi-heure après pour être efficace. Si vous ne vous montrez pas coopératif, nous resterons ici bien plus longtemps, j'en ai peur. Nous commencerons par ses bras, nous passerons ensuite à son visage et à ses seins. Si cela ne vous ébranle pas, j'aurai recours à quelques-uns de mes autres spécimens. J'ai aussi une veuve noire dans ma valise, et une araignée des sables d'Afrique du Sud, pour laquelle, force m'est de le reconnaître, j'ai un petit faible. Votre amie la sentira dans sa bouche quand elle mourra.

Il secoua de nouveau la petite fiole.

— Pour la dernière fois, donc, monsieur Parker, qui était dans la voiture avec Grace Peltier, et où se trouve cette personne maintenant?

— Je ne sais pas. Je n'ai pas encore trouvé la réponse.

— Je ne vous crois pas.

Lentement, il entreprit de dévisser le couvercle de la boîte.

Je gigotai sur ma chaise quand il approcha de nouveau l'araignée de Rachel. Pudd y vit un signe d'agitation, mais il se trompait. Ces chaises étaient vieilles, elles faisaient partie du mobilier de la maison depuis cinquante ans. Elles avaient été cassées, réparées, recassées. En pressant les épaules et en tournant ma main, je fis jouer le barreau de derrière. Je pressai encore, entendis un léger craquement. Le barreau se souleva d'un centimètre quand le cadre du siège commença à se disloquer.

— Je ne sais pas, répétai-je, je vous assure.

Je tirai plus fort de ma main droite et le barreau tourna dans son logement. Il en était presque sorti. Près de moi, Mlle Torrance n'avait d'yeux que pour Rachel et l'araignée. Pudd ôta le couvercle et renversa la boîte sur le bras de Rachel, la fit glisser sur la peau pour inciter la recluse à piquer. Les yeux de Rachel s'agrandirent, elle poussa un cri étouffé par le bâillon. A côté d'elle, Pudd ouvrit la bouche et émit une sorte de hoquet quand l'araignée piqua. Il se tourna vers moi et me regarda avec une joie perverse.

— Mauvaise nouvelle, monsieur Parker! clama-t-il au moment où le barreau se dégageait totalement dans ma main.

Je tournai le poignet, enfonçai le morceau de bois de toutes mes forces dans le flanc de Torrance, sentis une brève résistance avant qu'il ne perce la peau entre la troisième et la quatrième côte. Elle hurla. Je me dressai d'un bond, lui assenai un coup de tête qui la projeta contre l'évier. Elle s'effondra en lâchant son Kahr K9. Au même moment, Rachel fit basculer son siège en arrière, forçant Pudd à s'écarter de la table. La chaise pendant encore à ma main gauche, je saisis mon arme, tirai deux fois sur Pudd à travers l'étui. Les balles arrachèrent des échardes au chambranle de la porte tandis qu'il plongeait dans le couloir.

Torrance s'agrippa à mes jambes, je me dégageai d'une ruade, sentis mon pied faire mouche. Elle ne bougea plus. Je libérai mon bras des débris de la chaise, me précipitai dans le couloir juste à temps pour voir la porte d'entrée s'ouvrir et la longue silhouette de Pudd filer vers la droite. Je descendis le couloir au pas de charge, m'arrêtai, risquai un œil dehors, reculai vivement la tête quand les coups de feu claquèrent. Pudd avait une autre arme. Je respirai à fond, roulai sur le plancher de la véranda et ouvris le feu, le Smith & Wesson tressautant dans ma main droite. Pudd disparut parmi les arbres et je m'élançai derrière lui, accélérai en entendant une voiture démarrer. Quelques secondes plus tard, la Cirrus déboula. Je tirai balle sur balle tandis qu'elle descendait l'allée et tournait dans Mussey Road. La lunette et l'un des feux arrière explosèrent avant qu'un claquement sec ne m'indique que mon chargeur était vide. Je retournai dans la maison en courant et détachai Rachel. Elle se réfugia aussitôt dans l'entrée et se recroquevilla dans un coin, frottant encore et encore l'endroit où l'araignée l'avait piquée.

Torrance rampait vers la porte de derrière, le barreau encore planté dans son flanc, une trace de sang noir la suivant sur le sol. Elle avait le nez cassé, un œil fermé par mon coup de pied. Quand je me penchai vers elle, elle posa sur moi un regard trouble : sa vision et sa vie déclinaient déjà.

— Où est-il allé? fis-je d'une voix sifflante.

Elle secoua la tête, me cracha du sang au visage. J'empoignai le barreau et le fis tourner ; elle serra les dents de douleur.

— Où est-il allé ? répétai-je.

Mlle Torrance battit le sol d'une main ; sa bouche s'ouvrit toute grande, son corps se tordit. Je lâchai le barreau, reculai, ses yeux se révulsèrent et elle mourut. Je la fouillai rapidement mais elle n'avait aucun papier sur elle, rien qui pût m'indiquer où Pudd avait son QG. Saisi d'une rage impuissante, je lui décochai un nouveau coup de pied et rechargeai mon arme avant de conduire Rachel à ma voiture.

22

J'appelai Angel et Louis du centre médical du Maine, mais il n'y avait apparemment personne dans leur chambre d'hôtel. Je téléphonai ensuite à la police de Scarborough pour signaler qu'un homme et une femme s'étaient introduits chez moi, avaient molesté mon amie et que la femme gisait maintenant, morte, sur le carrelage de ma cuisine. Je précisai que l'homme s'était enfui dans une Cirrus dont la vitre et un feu arrière étaient bousillés.

On m'assura que la voiture de ronde la plus proche allait immédiatement se rendre chez moi. Les services voisins et la police de l'Etat seraient également alertés afin d'essayer de retrouver Pudd avant qu'il ne se débarrasse du véhicule.

Au centre médical, on injecta une dose d'antivenin à Rachel après qu'elle eut subi un interrogatoire auquel on ne m'autorisa pas à assister, puis on l'allongea sur une civière dans une partie de la salle isolée par un rideau.

Entre-temps, Angel et Louis avaient reçu mon message et le premier nommé, assis au chevet de Rachel, lui tenait des propos réconfortants tandis que le second attendait dehors dans la voiture.

Rachel n'avait pas prononcé un mot pendant le trajet pour l'hôpital. Tremblant légèrement, elle avait gardé la main plaquée sur l'endroit de la piqûre. Elle présentait aussi de multiples entailles et contusions, mais elle ne souffrait pas de commotion cérébrale et elle se remettrait rapidement. On me fit une radio et dix points de suture pour refermer ma blessure au cuir chevelu. J'étais encore un peu sonné quand Ramos, l'un des inspecteurs de Scarborough, arriva en milieu d'après-midi, avec son collègue Wallace MacArthur et une charretée de questions. Une, surtout, pour le moins étonnante, lancée par Ramos :

— Où est passée la femme que vous avez mentionnée ?

— Elle était par terre dans la cuisine quand je suis parti.

— Elle n'y était plus quand la première voiture est arrivée chez vous. Il y avait plein de sang sur le carrelage, et aussi dehors, dans le jardin, mais pas de femme.

MacArthur était assis en face de moi dans une petite pièce utilisée généralement pour réconforter les parents de patients récemment décédés.

— Tu es sûr qu'elle était morte ?

Je hochai la tête, avalai une gorgée de café tiède.

— Je lui ai enfoncé un barreau de chaise dans le corps, entre la troisième et la quatrième côte. Je l'ai vue mourir. Impossible qu'elle se soit relevée et qu'elle soit partie.

— Alors ton M. Pudd serait revenu la chercher ?

— Vous avez trouvé une valise pleine d'araignées sur ma table de cuisine ?

Non, fit MacArthur de la tête.

— Alors il est revenu.

C'était pour Pudd un risque énorme à courir : il ne disposait que de quelques minutes pour récupérer le corps.

— Il s'efforce de brouiller les pistes, ajoutai-je. Sans cadavre, pas d'identification formelle, rien qui puisse ramener à lui. Ou à quiconque d'autre.

— Mais toi, tu sais qui c'était?

— Je crois qu'elle s'appelait Torrance. C'était la secrétaire de Carter Paragon.

— Celui qui vient d'être assassiné?

MacArthur se renversa en arrière sur son siège, ouvrit son calepin à une page vierge et attendit que je commence. J'entendis Rachel m'appeler de l'autre côté de la salle.

— J'en ai pour une minute, promis-je à l'inspecteur.

Une seconde ou deux, il parut tenté de me sauter dessus et de me secouer par le gosier jusqu'à ce que je crache tout ce que je savais. Au lieu de quoi, il m'adressa un hochement de tête réticent.

Angel se leva et, discret, alla à la fenêtre quand je m'approchai de Rachel. Elle était pâle, le front et la lèvre supérieure couverts de sueur, mais elle me pressa fortement la main lorsque je m'assis au bord du chariot.

— Comment te sens-tu?

— Je suis plus costaud que tu ne crois, Parker.

— Je le sais que tu es costaud.

Elle regarda en direction de la pièce où Ramos et MacArthur m'attendaient.

— Qu'est-ce que tu vas leur dire?

— Tout ce que je pourrai.

— Mais pas tout ce que tu sais?

— Ce serait imprudent.

— Tu comptes toujours rendre visite aux Becker?

— Oui.

— Je t'accompagnerai. Je réussirai peut-être là où tu échouerais. Si toi et Louis allez voir ces gens, vu l'humeur dans laquelle vous êtes, vous leur flanquerez la trouille. Et si nous retrouvons Marcy, un visage amical pourrait faciliter les choses.

Elle avait raison.

— D'accord, dis-je. Tu te reposes un moment et on y va. Personne n'ira où que ce soit sans toi.

Elle relâcha ma main avec un sourire satisfait et Angel revint s'asseoir près du chariot. Il portait son Glock à la ceinture dans un étui IWB dissimulé sous le pan de sa longue chemise.

Comme je retournais vers les inspecteurs, j'entendis des voix fortes dans la pièce où je les avais laissés. Ramos sortit en courant, MacArthur suivit aussitôt mais s'arrêta en me voyant.

— Qu'est-ce qui se passe?

— Un chalutier a repéré le yacht de Jack Mercier croisant à petite vitesse à deux milles au large. La marée le ramenait vers la côte. D'après le capitaine, il y aurait un corps attaché au mât.

Un bateau avait accosté à la marina de Portland, cinq jours plus tôt. Le *Revenant*, un Grady White Sailfish 25 de neuf mètres, équipé de deux moteurs Suzuki de deux cents chevaux, dont le locataire avait réglé d'avance une semaine de mouillage au tarif habituel de trois dollars par mètre et par nuit. Le nom, l'adresse et le numéro d'enregistrement du bateau qu'il avait donnés aux Portland Yacht Services, administrateurs de la marina, étaient tous faux.

C'était un homme courtaud au crâne rasé affligé d'un strabisme. Il passait le plus clair de son temps sur son bateau ou à proximité, dormant dans la cabine. Dans la journée, il restait assis sur le pont, une paire de jumelles dans une main, un téléphone portable dans l'autre, un livre sur le giron. Il ne parlait à personne, quittait rarement le yacht plus d'un quart d'heure. Son regard semblait braqué en permanence sur les eaux de Casco Bay.

Tôt dans la matinée du sixième jour, un groupe de six personnes — deux femmes, quatre hommes — monta à bord d'un yacht ancré dans la baie : l'*Eliza May*, un vingt-trois mètres construit trois ans plus tôt par Hodgdon Yachts à East Boothbay. Pont en teck, corps en résine époxy, verre et acajou sur cèdre d'Alaska. En plus de la voile Doyle de son mât de vingt-cinq mètres, il disposait d'un moteur Diesel Perkins de cent cinquante chevaux et pouvait accueillir sept personnes dans un cadre luxueux. Il était équipé d'un radar de quarante milles de portée, des systèmes GPS et LORAN, de WeatherFax, d'un émetteur radio VHF avec bande latérale unique, ainsi que d'un système de sécurité EPIRB. Il avait coûté à Jack Mercier plus de deux millions et demi de dollars, et comme il était trop grand pour Scarborough, il mouillait en permanence à Portland.

L'*Eliza May* quitta Portland pour la dernière fois peu après six heures du matin. Il faisait un temps superbe pour naviguer et un vent de nord-ouest ébouriffait les cheveux blancs de Mercier tandis qu'il dirigeait son bateau vers Casco Bay. Deborah Mercier se tenait à l'écart, la tête baissée. Entre-temps, l'homme qui louchait avait été rejoint par deux autres personnes, une femme en bleu et un grand roux maigre, tous deux munis de cannes pour la pêche au thon. Au moment où l'*Eliza May* gagnait le large, le *Revenant* avait quitté le port et pris son sillage.

Je rattrapai MacArthur devant l'ascenseur.

— Mercier est mêlé à cette histoire, lui révélai-je.

Je n'avais plus aucune raison de garder le secret sur le rôle du millionnaire.

— Qu'est-ce que... ?

— Tu peux me croire. Je travaillais pour lui.

Le voyant hésiter, je pris les devants :

— Emmène-moi, je te dirai ce que je sais en chemin.

Il me gratifia d'un regard long et dur, hocha la tête et tendit la main.

— Donne-moi ton calibre, Charlie. Tu peux nous accompagner jusqu'à Pine Point.

Je lui remis mon Smith & Wesson à contrecœur. Il éjecta le chargeur, vérifia que la chambre était vide et me rendit l'arme.

— Laisse-le à ton copain, dit-il.

Je retournai auprès de Rachel, confiai le pistolet à Angel. Au moment où j'allais faire demi-tour, je sentis une légère traction sur ma ceinture et la fraîcheur du Glock glissant contre ma peau. Je pris ma veste sur la chaise, saluai poliment Angel de la tête et suivis MacArthur dans le couloir.

La dernière entrée du journal de bord de Mercier rapportait que le *Revenant* avait pris contact avec l'*Eliza May* un peu après neuf heures trente, à une cinquantaine de milles du port. Si un vent de nord-ouest est idéal pour naviguer, il peut aussi entraîner vers le large un yacht en difficulté et le *Revenant* avait des problèmes. Il émit un signal de détresse sur VHF mais l'*Eliza May* fut le seul à le capter, bien qu'il y eût d'autres bateaux à deux ou trois milles de distance. La radio avait été réglée sur une toute petite puissance, peut-être un watt, pour empêcher qu'un autre navire reçoive le signal et intervienne. Les batteries du *Revenant* étaient presque vides et il dérivait. Mercier modifia sa route et cingla à toute vitesse vers sa mort.

Je racontai presque tout à MacArthur, de ma première rencontre avec Jack Mercier à celle du matin même avec M. Pudd. Les omissions étaient peu nombreuses mais cruciales : j'avais laissé de côté Marcy Becker, le meurtre de Mickey Shine et notre découverte du corps de Carter Paragon avant la police. Je n'avais pas non plus mentionné que je soupçonnais qu'un membre de la police de l'Etat — Lutz, ou Voisine, ou les deux — était impliqué dans la mort de Grace.

— Tu penses que ce Pudd a tué les Peltier?

— Probablement. La Confrérie, ou du moins ce que le public en voit, n'est qu'un paravent pour quelqu'un ou quelque chose d'autre. Grace avait découvert ce que ce paravent cachait, elle en est morte.

— Et ce qu'elle savait, Pudd a cru que Curtis Peltier le savait aussi? Et il pense maintenant que tu le sais?

— Exactement.

— Mais tu ne le sais pas

— Pas encore.

— Si Jack Mercier est mort, tout le monde trinquera, prédit MacArthur.

Près de lui, Ramos approuva de la tête tandis que MacArthur se renversait en arrière pour me regarder.

— Et ne t'imagine pas que tu pourras te défiler sans payer une partie de l'ardoise.

Nous prîmes l'US-I en direction du sud avant de tourner à gauche pour emprunter la 9 et filer vers la côte en passant devant l'église baptiste de brique rouge et le clocher blanc de l'église catholique Saint-Jude. A Pine Point, dans King Street, sept ou huit voitures étaient garées dans la caserne de pompiers aux portes grandes ouvertes. Un homme en jean et tee-shirt de pompier nous fit signe de pousser jusqu'à la coopérative des pêcheurs, où le *Marine 4* était déjà à l'eau.

La police de Scarborough utilisait deux bateaux pour ses opérations en mer. Le *Marine 1* était un canot pneumatique de soixante-dix chevaux rattaché à Spurwink, localité située au nord de Pine Point. Le *Marine 4* était un Boston Whaler de sept mètres équipé d'un moteur Johnson de deux cent vingt-cinq chevaux, mouillant le long de la jetée de la coopérative des pêcheurs et remisé dans la caserne des pompiers quand on n'en avait pas besoin. Il avait un équipage de cinq hommes, qui se trouvaient tous déjà à bord quand notre voiture s'arrêta devant le bâtiment gris et blanc de la coopérative. La vedette du capitaine du port, sur laquelle deux policiers de Scarborough avaient embarqué, escortait le Whaler. Les deux hommes étaient armés de fusils Mossberg de calibre 12, une arme équipant généralement les unités des voitures de patrouille. Deux autres policiers munis de M-16 se trouvaient à bord du Whaler. Tous portaient des coupe-vent bleus. De la jetée, des pêcheurs curieux observaient la scène.

Ramos et MacArthur déplièrent leur K-way en se dirigeant vers le bateau. Je les suivis. Au moment où il montait à bord, MacArthur me vit et s'exclama :

— Où tu vas, toi?

— Allez, Wallace, ne me fais pas ça, plaidai-je. Je resterai dans mon coin. Si vous ne m'emmenez pas, je paierai un pêcheur pour qu'il vous suive et c'est là que je serai vraiment dans vos jambes. Ou pire, je disparaîtrai et tu auras laissé filer un témoin essentiel. Tu te retrouveras à régler la circulation aux carrefours.

Il jeta un coup d'œil aux autres. Le capitaine, Ted Adams, haussa les épaules.

— Monte, grommela MacArthur. Si tu me causes la moindre emmerde, je te donne à bouffer aux homards.

Je le suivis dans le bateau. Comme il n'y avait plus de coupe-vent, je remontai le col de ma veste et me recroquevillai sur le banc en plastique, les mains dans les poches, le menton contre la poitrine, tandis que le Whaler quittait le quai.

— Donne-moi ta main, me dit MacArthur.

Je tendis la main droite, il referma une de ses menottes sur mon poignet, attacha l'autre au bastingage.

— Et si on coule? m'enquis-je.

— Ben, comme ça, ton cadavre dérivera pas.

Le bateau fendait les eaux grises de la baie, projetant des gerbes d'écume blanche. Debout près du cockpit couvert, MacArthur regardait Scarborough derrière nous cependant que, devant, l'horizon dansait joyeusement avec le mouvement du bateau.

A la barre, Adams communiquait par radio.

— Il avance toujours, dit-il à MacArthur. Il est à moins de deux milles, maintenant, et se rapproche de la côte.

La proue s'enfonça, projetant des embruns sur le pont. Je me retrouvai trempé. Frissonnant, je regardai les mouettes raser la surface de l'eau en poussant leurs cris par-dessus le bruit du moteur.

— Le voilà, annonça Adams.

Du doigt, il indiqua un petit point vert sur l'écran du radar au moment même où l'aiguille à demi visible d'un mât apparaissait à l'horizon au-dessus d'une tache noire. Près de moi, Ramos vérifia le cran de sûreté de son Glock.

Lentement, la tache se transforma en un yacht de vingt-trois mètres à la dérive. Un bateau plus petit, le chalutier de Portland qui avait été le premier à repérer l'*Eliza May*, le suivait à distance. Du nord nous parvint le grondement du moteur du *Marine 1*, qui approchait. Pour des raisons de sécurité, les deux embarcations de la police répondaient toujours ensemble à un appel.

Le *Marine 4* vira au sud et fit demi-tour pour se placer sur le flanc est du yacht, dont les lignes se dessinaient dans le soleil couchant. Il y avait sur le pont de l'*Eliza May* des traces de sang que même l'eau de mer n'avait pas réussi à effacer et le bois était percé par ce qui ressemblait à des impacts de balles. Près de l'avant, les planches portaient une marque noire à l'endroit où l'on avait sans doute mis le feu à une fusée.

En haut du mât, en partie caché par la voile ferlée, un corps était suspendu, les bras en croix attachés à une vergue. Hormis un caleçon blanc maculé de noir et de rouge, il était nu. Les pieds étaient liés ensemble et un second cordage entourait le torse, le maintenant contre le mât avant de descendre vers le bastingage auquel il était noué. La peau avait été écorchée de l'estomac à la tête. Les cheveux avaient en grande partie disparu, les yeux étaient des trous sombres, un rictus de douleur révélait les dents, mais je savais néanmoins que j'avais sous les yeux ce qu'il restait de Jack Mercier.

Le Whaler héla le yacht et, ne recevant pas de réponse, l'aborda par bâbord. Un jeune matelot sauta sur le pont de l'*Eliza May*, coupa les moteurs. Ramos et MacArthur enfilèrent des gants avant de le rejoindre.

— Inspecteurs ! cria-t-il du cockpit.

Ils se dirigèrent vers lui en s'efforçant de ne rien toucher de leurs mains malgré les oscillations du bateau. Le matelot leur montra une longue traînée de sang sur l'échelle menant aux cabines. MacArthur s'agenouilla, examina les marches : la pointe d'un long cheveu blond se recourbait au-dessus du sang. Il tira d'une de ses poches un sac à indice, y glissa délicatement le cheveu.

— Tu restes là, dit-il au matelot tandis que Ramos le rejoignait.

Sur le pont des *Marine*, des policiers braquaient leurs armes sur les deux autres écoutilles du yacht. MacArthur descendit, posant les pieds au bord des marches, le seul endroit qui ne fût pas couvert de sang.

Et voici ce que Ramos et lui découvrirent.

Il y avait un petit couloir sombre, avec la poulaine tout

de suite à droite et le poste d'équipage à gauche. La poulaine était vide et sentait le désinfectant; un rideau en plastique relevé montrait une cabine de douche blanche et propre. Les couchettes du poste d'équipage étaient inoccupées. Le sol du couloir était couvert d'une moquette qui recrachait du sang avec un bruit de succion sous leurs pas. Ils passèrent devant la coquerie et deux autres portes menant, de part et d'autre du couloir, à deux cabines équipées de lits pour deux personnes et de placards juste assez larges pour accueillir deux paires de chaussures côte à côte.

La porte du salon était fermée et on n'entendait aucun bruit de l'autre côté. Ramos regarda son collègue, haussa les épaules. MacArthur recula dans l'une des cabines, l'arme à la main. Ramos se posta dans l'autre et cria :

— Police! Sortez, les mains en l'air!

Pas de réponse. MacArthur revint dans le couloir, tendit la main vers la poignée de la porte et, le dos plaqué contre la paroi, l'ouvrit lentement.

Il y avait du sang sur les murs, sur le plafond et sur le sol. Il coulait des lampes, sur les peintures entre les hublots. Trois corps nus étaient accrochés aux poutres, la tête en bas : deux femmes, un homme. L'une des femmes avait des cheveux gris-blond qui touchaient presque le sol, l'autre était petite et brune. L'homme avait le crâne chauve, ceint d'une mince couronne de cheveux blancs rougis par son sang. Tous trois avaient la gorge tranchée et la blonde avait aussi reçu des coups de couteau à la poitrine et aux jambes. C'était son sang qui avait taché les marches et imbibé la moquette. Deborah Mercier avait essayé de s'enfuir, ou d'intervenir, quand ils avaient tué son mari.

L'odeur du sang était suffocante dans l'espace exigu; les corps se balançaient avec le roulis du bateau, se cognaient l'un contre l'autre. Ils avaient été égorgés face à la porte et leur sang avait giclé devant et sur les côtés. Mais il y avait quand même des traces rouges derrière eux. Elles formaient un dessin qu'on apercevait entre les corps oscillants.

MacArthur s'approcha, immobilisa le cadavre de Deborah Mercier. Elle était froide et il frissonna à son contact mais les autres corps s'arrêtèrent aussi de bouger et il put voir clairement ce qu'on avait écrit derrière eux avec du sang artériel rouge vif.

Un seul mot :

PÉCHEURS

23

Quel mal pourrait en résulter?

Les paroles prononcées par Jack Mercier le jour où il m'avait demandé d'enquêter sur la mort de Grace me revinrent en mémoire quand MacArthur me fit le récit de leur macabre découverte. Et quand je vis les photos du yacht, de Jack et Deborah Mercier, de l'avocat Warren Ober et de sa femme Eleanor, dans les journaux du lendemain.

Quel mal pourrait en résulter?

Je me souvins d'être resté assis, mouillé et tremblant, à l'avant du *Marine 4*, cerné par les cris des mouettes, tandis que l'équipage préparait le remorquage de l'*Eliza May* jusqu'à la côte. J'y restai plus de deux heures, cependant que les contours du corps de Mercier s'estompaient lentement avec le crépuscule. MacArthur fut le seul à me parler, et uniquement pour me détailler la scène macabre. *Pécheurs.*

— Les baptistes d'Aroostock, fis-je.

— Un peu tôt pour un meurtrier copieur, tu crois pas ?

— Ce n'est pas un copieur. Ce sont les mêmes.

Il se laissa tomber lourdement à côté de moi. De l'eau de mer tourbillonnait autour de ses chaussures de cuir noir.

— Les baptistes d'Aroostock sont morts depuis plus de trente ans, argua-t-il. Même si celui qui les a assassinés est encore en vie, pourquoi il remettrait ça tout d'un coup ?

J'étais trop exténué pour continuer à faire des cachotteries.

— Je crois qu'ils ne se sont jamais arrêtés de tuer. Ils l'ont toujours fait, tranquillement et discrètement. Mercier était sur leur piste. Il a cherché à les faire sortir de leur tanière en mettant la Confrérie sous pression à travers le fisc et les tribunaux, et il a réussi. Ils ont réagi en l'éliminant, lui, et tous ceux qui étaient prêts à se battre à ses côtés : Yossi Epstein à New York, Alison Beck à Minneapolis, Warren Ober, et même Grace Peltier.

Les représailles étaient presque terminées. Le mot écrit sur le mur l'indiquait en faisant délibérément écho au massacre par lequel ils avaient commencé et qui venait seulement d'être révélé. Il ne leur restait plus qu'à récupérer l'Apocalypse manquante. Une fois ce dernier acte accompli, ils disparaîtraient pour s'en retourner hiberner dans quelque grotte obscure du monde alvéolé.

— Mais c'est qui ? demanda MacArthur.

— Les Faulkner, répondis-je. Derrière la Confrérie, il y a les Faulkner.

— T'es pas dans la merde, soupira MacArthur en secouant la tête.

Le grondement du moteur du *Marine 1* me tira de mes pensées.

— Ils retournent prendre le légiste local pour qu'il

vienne constater la mort des victimes sur les lieux, expliqua MacArthur, qui ouvrit les menottes. Tu rentres avec eux, quelqu'un t'amènera à mon bureau. J'y serai dans une heure et on reprendra cette conversation là où on l'a laissée.

Il me regarda enjamber prudemment le bastingage pour passer du Whaler dans l'autre embarcation. Le *Marine 1* décrivit un large arc de cercle et mit le cap sur la côte, laissant l'*Eliza May* derrière lui. Le soleil se couchait, les vagues étaient en feu. Le corps de Jack Mercier se détachait sur le ciel flamboyant, tel un drapeau noir dans le firmament.

Au QG de la police de Scarborough, j'attendis un moment dans le couloir en observant les standardistes derrière leur écran protecteur. Mes vêtements étaient trempés, j'avais l'impression que je n'arriverais jamais à me réchauffer. Je me surpris à lire et à relire les mises en garde contre la rage et la conduite en état d'ivresse punaisées au tableau d'affichage. Je me sentais fiévreux, j'avais mal à la tête et mes points de suture tiraient sur la peau de mon crâne.

Finalement, on me conduisit à une salle de réunion polyvalente. Dans une salle plus petite, les chefs venaient de terminer un conseil de guerre au cours duquel MacArthur s'était fait engueuler pour m'avoir laissé monter à bord du Whaler. J'essayais de puiser un peu de chaleur dans un gobelet de café — sous le regard d'un agent posté à la porte pour m'empêcher de voler les trophées canins disposés dans une vitrine — quand MacArthur me rejoignit avec Bobby Melai, l'un des deux capitaines servant de second au chef Byron Fischer. MacArthur ferma la porte derrière lui, s'assit en face de moi, posa un magnétophone sur la table et me demanda de tout leur raconter. Puis Norman Boone arriva de l'ATF, et Ellis Howard de la police de Portland.

Et je repris tout depuis le début.

Encore et encore.

J'étais épuisé, gelé, mort de faim. A chaque fois que je resservais mon histoire, j'avais de plus en plus de mal à me souvenir de ce que j'avais passé sous silence et leurs questions devenaient de plus en plus inquisitrices. Mais je ne pouvais pas leur parler de Marcy Becker parce que si la Confrérie avait effectivement des taupes dans la police, je la condamnais à mort en prononçant son nom. Ils me menacèrent de m'inculper de complicité dans le meurtre de Mercier, en plus de dissimulation de preuves et d'entrave à la justice. Je laissai les vagues de leur colère se briser sur moi.

Deux corps manquaient à l'appel : ceux de la vedette du porno et de Quentin Harrold, montés à bord pour protéger les Ober et les Mercier. La police de Scarborough présumait qu'ils étaient morts au cours du premier échange de coups de feu. Jack Mercier avait alors dû tenter de donner l'alarme en lançant une fusée mais n'avait réussi qu'à mettre le feu à ses vêtements. On retrouva un Colt dans le salon du yacht mais il n'avait pas servi. Des balles jonchaient le sol, comme si quelqu'un, dans un dernier effort désespéré, avait tenté de le charger.

Quel mal pourrait en résulter?

Je voulais quitter cette salle. Je voulais parler aux Becker, les forcer — sous la menace d'une arme, au besoin — à me dire où se cachait leur fille. Je voulais savoir ce que Grace avait trouvé. Je voulais dormir.

Avant tout, je voulais retrouver M. Pudd, et la muette, et le vieil homme qui avait réservé la peau de Rachel : le révérend Faulkner. Sa femme figurait parmi les morts du lac Saint-Froid, mais pas lui, ni ses deux enfants. Un garçon et une fille, me rappelai-je. Quel âge pouvaient-ils avoir maintenant? Une cinquantaine d'années? Mlle Torrance était trop jeune, Lutz aussi. A moins qu'il n'y en eût d'autres cachés quelque part, ce dont je doutais, il ne restait que Pudd et la muette : ils étaient Leonard et Muriel Faulkner, envoyés exécuter les volontés de leur père.

Quand les flics me ramenèrent à ma voiture, à plus de onze heures du soir, mes oreilles tintaient encore de leurs menaces de représailles. A la maison, Angel et Louis regardaient la télé avec Rachel, le son presque coupé, en buvant de la bière. Je me déshabillai, me douchai, enfilai un pantalon de toile et un sweat-shirt. Sur la table de la cuisine, je trouvai un nouveau téléphone portable avec la carte à puce récupérée dans les débris de l'ancien. Je pris une canette de Pete's Wicked Ale dans le frigo, la décapsulai et sentis une odeur de houblon mêlée à l'arôme fruité caractéristique de cette bière. Je portai le goulot à mes lèvres et pris une gorgée, ma première goutte d'alcool depuis deux ans, et la gardai dans ma bouche aussi longtemps que je pus. Quand je l'avalai enfin, elle était chaude, épaissie par ma salive. Je versai la canette dans un verre, en bus la moitié et fixai longuement ce qui en restait. Au bout d'un moment, j'allai vider mon verre dans l'évier.

Ce n'était pas précisément une révélation, plutôt une confirmation. Je n'en avais pas envie, pas maintenant. J'avais le choix et je choisis de m'abstenir. Amy avait raison : boire n'avait été pour moi qu'un moyen de combler un trou, et j'avais depuis trouvé d'autres façons de le faire.

Je frissonnais de nouveau. Malgré la douche et les vêtements secs, je ne parvenais toujours pas à me réchauffer. Un goût de sel sur les lèvres, une odeur de mer dans mes cheveux me ramenaient sans cesse aux eaux de la baie, à l'*Eliza May* dérivant devant moi, au corps de Jack Mercier se balançant sur le ciel.

Je jetai la canette à la poubelle et, quand je relevai la tête, je découvris Rachel appuyée au chambranle de la porte.

— Pas envie de bière? me dit-elle.

Je secouai la tête. Pendant un moment je fus incapable de parler. Quelque chose s'émiettait en moi, une pierre dans mon cœur que j'étais maintenant prêt à expulser. Une douleur née au centre même de mon être se répandit dans tout mon corps. Vague après vague, elle me traversa, si forte que je dus me retenir à l'évier pour m'empêcher de tomber. Fermant les yeux, je vis :

Une jeune femme émergeait d'un tonneau d'huile près d'un canal de Louisiane, les dents dénudées par un rictus de souffrance, le corps pris dans un cocon de graisses animales, jetée là par le Voyageur après qu'il lui eut crevé les yeux; un petit garçon mort trottinait dans ma maison en pleine nuit, m'appelant pour jouer; Jack Mercier se transformait en torche tandis qu'on traînait le corps sanglant de sa femme vers les cabines; le sang et l'eau se mêlaient sur les traits pâles, déformés, de Mickey Shine; mon grand-père perdait peu à peu la mémoire; mon père, assis à une table de cuisine, ébouriffait mes cheveux de sa grosse patte; Susan et Jennifer, mortes et cependant à jamais avec moi...

La douleur gronda en me traversant et je crus entendre des voix m'appeler lorsqu'elle atteignit enfin son point culminant. Mon corps se raidit, ma bouche s'ouvrit et je m'entendis murmurer :

— Ce n'était pas ma faute.

Rachel plissa le front.

— Charlie...

— Ce... n'était... pas... ma... faute, répétai-je.

Je laissai de grands intervalles entre les mots, vomissant chacun d'eux dans un hoquet et le crachant dans la lumière. Je passai la langue sur ma lèvre supérieure et sentis de nouveau le sel et la bière. Mon crâne palpitait en cadence avec mon cœur et j'avais l'impression de me consumer. Le passé et le présent se tordaient et s'enroulaient l'un à l'autre comme des serpents dans une fosse. Morts récentes et morts anciennes, culpabilité d'aujourd'hui et culpabilité de naguère : la souffrance qu'elles me causaient me brûlait comme un fer rouge.

— Pas ma faute, bredouillai-je, les yeux larmoyants. N'aurais pas pu les sauver. Si j'avais été là, je serais mort aussi. J'ai fait tout ce que j'ai pu mais je n'ai pas pu les sauver...

Je ne savais pas de qui je parlais. De tous, peut-être : l'homme accroché au mât, Grace et Curtis Peltier, une femme et un enfant retrouvés morts un an plus tôt sur le sol d'un modeste appartement ; une autre femme, une autre enfant, dans notre cuisine, à Brooklyn, un an encore avant ; mon père, ma mère, mon grand-père ; un petit garçon avec une blessure par balle à la place de l'œil.

Tous.

Je les entendais m'appeler de l'endroit où ils gisaient, leurs voix résonnant dans les terriers et les fosses, les cavernes et les grottes du monde alvéolé.

— J'ai essayé, fis-je à voix basse. Mais je n'ai pas pu les sauver.

Rachel referma ses bras autour de moi et le monde s'effondra, attendant que nous le reconstruisions à notre image.

24

Cette nuit-là, je dormis d'un sommeil étrange et agité dans les bras de Rachel. Angel et Louis occupaient la chambre d'amis et toutes les portes avaient été fermées et verrouillées, de sorte que nous étions provisoirement en sécurité, mais Rachel ne connut pas un instant de tranquillité auprès de moi. J'imaginai que je sombrais dans des eaux sombres où m'attendait Jack Mercier, dont la peau brûlait entre les vagues, avec, à côté de lui, Curtis Peltier perdant un sang noir dans les profondeurs. Quand je tentais de remonter, ils me retenaient, enfonçant leurs doigts morts dans la chair de mes jambes. Ma tête palpitait, mes poumons me faisaient mal ; la pression montait en moi jusqu'à ce que je sois obligé d'ouvrir la bouche, laissant l'eau salée m'investir.

Je me réveillais alors pour découvrir Rachel près de moi, murmurant, passant lentement la main sur mon front et dans mes cheveux. Toute la nuit s'écoula ainsi.

Le lendemain matin, après un rapide petit déjeuner, nous nous apprêtâmes à nous séparer. Louis, Rachel et moi partirions pour Bar Harbor et la confrontation finale avec les Becker. Angel, qui avait réparé le téléphone, resterait à la maison au cas où nous aurions besoin de renfort. Dans la voiture, je consultai les messages de mon portable. Il n'y en avait qu'un : Ali Wynn me demandait de la rappeler.

— Vous vouliez que je vous prévienne si quelqu'un posait des questions sur Grace, dit-elle quand je l'eus en ligne. Quelqu'un l'a fait.

— Qui ?

— Un policier. Il est venu au restaurant hier. C'est un inspecteur, il m'a montré son insigne.

— Vous avez noté son nom ?

— Lutz. Il a dit qu'il enquêtait sur la mort de Grace. Il voulait savoir quand je l'avais vue pour la dernière fois.

— Qu'est-ce que vous lui avez répondu ?

— La même chose qu'à vous, rien de plus.

— Qu'est-ce que vous pensez de ce type ?

Elle pesa la question avant de répondre :

— Il m'a fait peur. Je ne suis pas rentrée chez moi hier soir, j'ai dormi chez une copine.

— Vous l'avez revu depuis hier ?

— Non. Je pense qu'il m'a crue.

— Comment il a eu votre nom ?

— Par la prof de Grace. Je l'ai appelée hier, elle dit qu'elle lui a donné les noms de deux amies de Grace : moi et Marcy Becker.

Il était un peu plus de neuf heures et nous arrivions à Augusta quand mon portable émit son jingle. Je ne reconnus pas le numéro.

— Monsieur Parker ? fit une voix de femme. Je suis Francine Becker, la mère de Marcy.

« Becker », articulai-je silencieusement à l'intention de Rachel.

— Nous venons justement vous voir, madame Becker.

— Vous cherchez toujours Marcy, alors ?

— Les meurtriers de Grace Peltier se rapprochent de votre fille. Ils la tueront elle aussi quand ils la trouveront.

Elle hoqueta, se reprit :

— Je suis désolée pour ce qui s'est passé quand vous êtes venu nous voir. Nous avions peur. Peur pour Marcy et peur pour nous...

— Où est-elle, madame Becker ?

— Un policier est venu ce matin, un inspecteur. Il a dit que Marcy était en danger et qu'il voulait la conduire en lieu sûr.

Après une pause, elle reprit :

— Mon mari lui a dit où elle était. Nous sommes des gens respectueux de la loi, monsieur Parker. Marcy nous avait recommandé de ne rien dire à la police, mais cet inspecteur semblait se faire tellement de souci pour elle... Nous n'avions aucune raison de ne pas lui faire confiance et nous n'avons aucun moyen de joindre Marcy. Il n'y a pas le téléphone, là-bas.

— Là-bas?

— Nous avons une maison à Boothbay Harbor. Un bungalow, plutôt. Avant, nous le louions tout l'été mais nous l'avons laissé un peu à l'abandon, ces dernières années.

— Où est-ce, exactement?

Rachel me tendit un stylo et des Post-it; je notai les indications de la mère de Marcy, les lui relus.

— Je vous en prie, monsieur Parker, faites qu'il ne lui arrive rien.

Je pris un ton rassurant :

— Ne vous inquiétez pas, madame Becker. Une dernière chose : comment s'appelait le policier?

— Lutz. L'inspecteur John Lutz.

Je mis mon clignotant à droite, obliquai vers la bande d'arrêt d'urgence. Quelques secondes plus tard, la Lexus de Louis apparut dans mon rétroviseur. Je descendis de voiture, courus vers lui.

— Changement de programme, annonçai-je.

— On va où?

— Chercher Marcy Becker. Nous savons où elle est, maintenant.

Louis déchiffra mon expression :

— Laisse-moi deviner : quelqu'un d'autre le sait aussi?

— Exact.

— C'est toujours comme ça, non?

Boothbay Harbor avait dû être un endroit agréable trente ans plus tôt, quand il n'était qu'un village de pêcheurs. Trente ans plus tôt encore, tout le village sentait probablement le fumier puisque Boothbay était alors le centre du commerce de l'engrais. Si l'on remontait plus loin encore dans le temps, l'endroit avait été assez attrayant pour retenir les premiers colons sur la côte du Maine, en 1622. Aujourd'hui, pendant la saison, Boothbay Harbor grouillait de touristes et dé marins en bordée qui envahissaient un port défiguré par un développement économique incontrôlé.

Je pris la 27 à la sortie d'Augusta et gagnai Boothbay en un peu plus d'une heure, descendis Middle Street jusqu'à ce qu'elle se transforme en Barters Island Road. J'avais failli demander à Rachel de nous attendre à Boothbay, mais je savais que sa présence rassurerait Marcy Becker.

Nous arrivâmes enfin à une route privée qui montait en s'incurvant vers une maison en bois perchée sur une colline, avec une véranda délabrée et des planches fichées dans la pente en guise de perron. Elle ne devait pas avoir plus de deux ou trois pièces. Des arbres l'entouraient à l'ouest et au sud, laissant une vue dégagée sur la route qui y menait. Il n'y avait pas de voiture dans l'allée mais un VTT était appuyé sous une fenêtre, à gauche de la porte.

— On laisse les voitures ici ? suggéra Louis quand nous fîmes halte flanc contre flanc à l'entrée de la route.

Si nous avancions un peu plus, nous serions visibles de la maison.

— Non, je veux aller là-bas et repartir avant l'arrivée de Lutz.

— A supposer qu'il n'y soit pas déjà.

— Tu crois qu'il est venu avec son VTT ?

— Ou alors il est déjà venu et reparti.

Je ne répondis pas : je ne voulais pas envisager cette possibilité.

Louis haussa les épaules.

— Alors vaudrait mieux ne pas arriver les mains vides.

Il appuya sur le bouton ouvrant le coffre, descendit de voiture, souleva le tapis cachant la roue de secours. Il dévissa le boulon qui la maintenait en place et me la tendit. Ce fut seulement quand il pressa sur deux fermoirs dissimulés dans les parois que je remarquai que son coffre était peu profond. L'explication m'apparut deux secondes plus tard lorsque le plancher pivota sur des charnières, révélant un petit arsenal rangé dans des compartiments spécialement conçus à cet effet.

— Je sais, tu as un permis pour tous ces engins, fis-je.

— Mon pote, y a des trucs là-dedans pour lesquels il existe même pas de permis.

Je vis un des petits pistolets-mitrailleurs Calico que Louis affectionnait particulièrement, avec deux chargeurs de cinquante balles de chaque côté. Il y avait un autre Glock 9 mm et une carabine de précision Mauser SP 66, ainsi qu'un pistolet-mitrailleur BXP de fabrication sud-africaine équipé d'un silencieux, et un lance-grenades, ce qui me parut contradictoire.

— Tu sais, si tu roules dans une ornière, tu seras le seul mort qui aura donné son nom à un cratère, dis-je.

Il se pencha pour prendre un fusil à l'arrière du coffre, me le passa puis remit en place le double fond et la roue de secours.

Je n'avais jamais vu de spécimen de ce genre. Il était à peu près de la longueur d'un fusil de chasse à canons sciés. Sous les cylindres jumeaux, un troisième tube, plus épais, faisait fonction de crosse. L'arme était étonnamment légère et sa crosse se logea aisément au creux de mon épaule quand je l'essayai.

— Très impressionnant, dis-je. Qu'est-ce que c'est?

— Un Neostead. Sud-africain. Treize balles stabilisées par rotation, un recul si faible que tu peux tirer d'une seule main.

— C'est un fusil de chasse?

— C'est *le* fusil de chasse.

Je secouai la tête en lui rendant l'engin. Derrière nous,

Rachel s'appuyait à la voiture, les lèvres plissées. Elle n'aimait pas les armes. Elle avait ses raisons pour ça.

— Bon, allons-y, décidai-je.

Louis secoua la tête à son tour en montant dans la Lexus.

— J'arrive pas à croire que t'aimes pas mon fusil, soupira-t-il en posant le Neostead contre le tableau de bord.

Je lançai la Mustang sur la pente à vive allure, fis crisser le gravier en m'arrêtant devant la maison. Je descendis de voiture le premier, aussitôt suivi de Louis. Au moment où il me rejoignait, j'entendis la porte de derrière claquer.

Nous nous élançâmes simultanément, Louis vers la gauche, moi vers la droite. En contournant le coin du bungalow, je vis une femme en jean et tee-shirt rouge dévaler la colline en direction des arbres, un sac à dos en bandoulière. Elle était grande et forte, un peu lente, et je la rattrapai avant même qu'elle soit à mi-chemin du bosquet. Devant nous, sous les branches, je distinguai la forme d'un scooter couvert d'une bâche.

J'étais assez près de la femme pour la toucher quand elle se retourna brusquement, tenant le sac par ses bretelles, et m'en donna un bon coup sur le côté de la tête. Je trébuchai, les oreilles sifflantes, tendis une jambe en avant et lui fis un croche-pied au moment où elle essayait de repartir. Elle atterrit lourdement, lâcha le sac. Je fus sur elle avant qu'elle ne songe à essayer de se relever. Derrière moi, j'entendis Louis ralentir puis son ombre tomba sur nous.

— Bon Dieu, vous avez failli m'arracher la tête ! protestai-je.

Marcy Becker gigotait furieusement sous moi. Elle avait vingt-huit ou vingt-neuf ans, des cheveux châtain clair, des traits épais. Ses épaules étaient larges, musclées, comme si elle avait fait de la natation ou de l'athlétisme.

En voyant l'expression de son visage, je me sentis coupable de l'avoir effrayée.

— Du calme, Marcy. Nous sommes là pour vous aider.

Je la libérai de mon poids, la laissai se redresser. Presque aussitôt, elle tenta de nouveau de s'enfuir. Je passai mes bras autour d'elle, lui saisis les poignets et la tournai face à Louis.

— Je m'appelle Charlie Parker. Je suis détective privé. J'ai été engagé par Curtis Peltier pour découvrir ce qui est arrivé à sa fille et je crois que vous le savez.

— Je ne sais rien, répliqua-t-elle d'une voix sifflante.

Elle ramena son pied gauche en arrière, tenta de me décocher un méchant coup dans le tibia. Elle était jeune, solide, et la maîtriser demandait des efforts. Louis me regardait d'un air amusé : aucune aide à attendre de ce côté. Je tournai de nouveau Marcy vers moi, la secouai.

— Ecoutez, nous n'avons pas de temps à perdre...

— Je vous emmerde ! cracha-t-elle, furieuse et effrayée.

Je sentis la présence de Rachel près de moi et vis les yeux de Marcy se porter sur elle.

— Un policier sera bientôt ici, et pas pour vous protéger, dit Rachel d'un débit rapide. Il a appris où vous vous cachiez par vos parents. Il pense que vous avez été témoin de la mort de Grace Peltier. Nous pouvons vous aider, mais uniquement si vous coopérez.

Marcy cessa de se débattre, chercha la vérité dans les yeux de Rachel. Une confiance naissante changea l'expression de son visage, lissant les rides qui creusaient son front, éteignant le feu de ses yeux.

— C'est un policier qui a tué Grace, dit-elle simplement.

Je me tournai vers Louis.

— Va cacher les voitures.

Il remonta la colline en courant. Quelques secondes plus tard, la Lexus se gara dans le jardin, au-dessus de nous, et la Mustang la rejoignit peu après. Derrière la maison, elles étaient invisibles de la route.

— Je crois que l'assassin de Grace s'appelle Lutz, dis-je à Marcy. C'est lui qui est en chemin. Vous allez nous laisser vous aider?

Elle hocha la tête en silence. Je ramassai son sac, le lui tendis, mais, au moment où elle allait le prendre, je le mis hors de sa portée.

— Plus de castagne, d'accord?

Avec un petit sourire penaud, elle acquiesça :

— Plus de castagne.

Comme nous repartions vers la maison, elle ajouta :

— Ce n'est pas seulement moi qu'il veut.

— Qu'est-ce qu'il veut d'autre?

Ses yeux retrouvèrent leur expression apeurée et elle montra le sac.

— Il veut le livre, répondit-elle.

En rangeant le reste de ses affaires, les vêtements et le maquillage qu'elle avait abandonnés dans sa fuite, Marcy Becker nous raconta les dernières heures de Grace Peltier. Elle ne nous laissa cependant pas regarder dans le sac à dos : je crois qu'elle ne nous faisait pas encore complètement confiance.

— Après son rendez-vous avec Paragon, elle s'est précipitée à la voiture, elle a démarré immédiatement. Jamais je ne l'avais vue aussi en colère. Elle n'a pas arrêté de jurer, de le traiter de menteur.

« Le soir, elle m'a laissée au motel de Waterville et elle n'est pas rentrée avant deux ou trois heures du matin. Elle n'a pas voulu me dire d'où elle venait. Le lendemain matin, nous sommes parties de bonne heure vers le nord. Elle m'a laissée — une fois de plus — à Machias en me recommandant de m'amuser. Je ne l'ai pas revue pendant deux jours.

« La plupart du temps, je restais dans ma chambre à boire quelques bières en regardant la télé. Vers deux heures du matin, le deuxième jour, j'ai entendu des coups à la porte. C'était Grace. Les cheveux emmêlés, les vêtements trempés. Et pâle, vraiment pâle, comme si quelque chose l'avait terrifiée. Elle m'a dit que nous devions partir, et vite.

« Je me suis habillée, j'ai pris mon sac à dos et nous sommes montées dans la voiture. Il y avait un paquet sur la banquette arrière, emballé dans un sac en plastique. On aurait dit un morceau de bois sombre.

— Qu'est-ce que c'était?

— Il vaut mieux que vous ne le sachiez pas.

— OK, fis-je. Où allons-nous?

— Voir mon père.

— On ferait bien de se grouiller, dit Louis, qui se tenait près de la fenêtre et surveillait la route.

Je savais que Lutz allait arriver, mais maintenant que Marcy Becker avait commencé à parler, je voulais qu'elle aille jusqu'au bout.

— Grace ne vous a pas donné d'explication?

— Elle était comme hystérique. Elle répétait toujours la même chose : « Il est vivant, il est vivant », ajoutant : « Ils l'ont emmené en ville parce qu'il est malade. Je l'ai vu s'effondrer sur la route. » C'est tout ce qu'elle a dit. D'après elle, il valait mieux que je n'en sache pas plus pour le moment.

« Nous avons roulé une heure environ. Je sommeillais sur la banquette arrière quand Grace m'a réveillée. J'ai tout de suite compris que nous avions des ennuis. Elle n'arrêtait pas de regarder dans le rétroviseur. Une voiture de flic nous suivait, gyrophare allumé. Grace a accéléré pour la semer puis elle a quitté la route et s'est garée. Elle m'a dit de descendre. Je lui ai demandé de m'expliquer ce qui se passait mais elle n'a pas voulu. Elle m'a jeté mon sac puis elle m'a donné le paquet et toutes les notes de sa thèse. Je devais les garder jusqu'à ce qu'elle puisse me joindre. Le flic est arrivé, j'ai ouvert la portière, je me suis cachée dans les fourrés. Le comportement de Grace avait dû déteindre sur moi parce que j'étais terrifiée moi aussi, alors que je n'avais aucune raison de l'être. Parce que, enfin, qu'est-ce que nous avions fait? Qu'est-ce qu'elle avait fait? Et puis ce type était un flic, non? Si Grace avait volé quelque chose, elle aurait quelques ennuis, rien de plus.

« Bref, je l'ai vue essayer de repartir tout de suite mais le flic s'est approché de la portière et lui a dit de couper le contact. Il était de votre taille, à peu près, et il fumait une cigarette. Il avait gardé ses gants. Je l'entendais lui poser des questions : ce qu'elle faisait là, d'où elle venait. Il ne la laissait pas sortir de la voiture et restait penché vers elle. Il répétait : "Où vous l'avez mis?", et Grace répondait qu'elle ne savait pas de quoi il parlait.

« Il lui a pris ses clefs de voiture et il a donné un coup de fil avec son portable. L'autre est arrivé quinze ou vingt minutes plus tard. Un grand balèze, avec une moustache.

Marcy se mit à pleurer.

— J'aurais dû essayer d'aider Grace, parce que je savais ce qui allait se passer avant même qu'il dégaine son arme. Je le savais. Quand il est monté dans la voiture, j'ai cru qu'il voulait la violer mais je ne pouvais rien faire, j'avais trop peur. J'ai entendu Grace crier et il l'a frappée à la tête pour la faire taire. Après il a fouillé le coffre et le reste de la voiture puis il a inspecté le bas-côté de la route. J'ai reculé dans les broussailles. J'ai cru qu'il m'avait entendue parce qu'il a brusquement relevé la tête et écouté un moment avant de se remettre à chercher.

Finalement, il a refermé le coffre et il est retourné près de la voiture de Grace, son pistolet à la main.

« Il s'est mis à l'injurier en lui pressant le canon de son arme contre la tête. Elle a levé un bras pour le repousser, ils se sont battus. Le coup est parti, les vitres sont devenues rouges. L'autre policier a commencé à l'engueuler, mais le premier lui a dit de se taire.

« Il s'est penché à l'intérieur de la voiture, il a fait quelque chose à la tête de Grace. Quand il est réapparu, il avait des mèches de cheveux à la main et regardait les arbres, comme s'il avait deviné que j'étais là. J'ai reculé en rampant. Je voyais Grace à travers le pare-brise. Sa tête était inclinée sur le côté et il y avait du sang partout. C'était mon amie, je l'ai laissée mourir.

Rachel prit la main de Marcy.

— Vous n'auriez rien pu faire, lui dit-elle doucement tandis que j'entendais dans sa voix des échos de la mienne la nuit d'avant. Rien. Ce Lutz vous aurait tuées toutes les deux et personne n'aurait su ce qui s'était passé. Vous n'avez parlé à personne de ce dont vous avez été témoin ?

Elle secoua la tête.

— J'en avais l'intention avant d'avoir vu le livre. Après, j'ai eu trop peur. J'ai pensé que le mieux, c'était de rester cachée et d'éviter la police. J'ai appelé ma mère, je lui ai dit qu'il était arrivé quelque chose à Grace et que je devais disparaître un moment. Je lui ai dit de ne révéler à personne où j'étais, pas même à la police. J'ai pris le premier car pour Ellsworth le lendemain matin et je n'ai pas bougé d'ici depuis, sauf pour aller faire des courses une ou deux fois. J'ai loué un scooter, au cas où j'aurais besoin de partir rapidement.

— Vous comptiez rester ici éternellement, Marcy ? demandai-je.

Elle eut une longue expiration.

— Je n'avais aucun autre endroit où aller.

— Grace vous avait dit où elle avait trouvé le livre ?

— Non. Elle avait parlé d'un phare, c'est tout, mais elle était hors d'elle-même, à la fois effrayée et surexcitée, vous voyez ? Ses propos n'étaient pas très cohérents.

— Et vous avez encore le livre ?

Marcy hocha la tête en montrant son sac à dos.

— Il est là-dedans, dit-elle.

A cet instant, Louis m'appela et je me tournai vers lui.

— Les voilà, fit-il.

L'Acura blanche monta la route en rugissant et s'arrêta à une trentaine de mètres de la maison. Lutz descendit le premier, suivi d'un petit homme frêle aux cheveux en brosse. Il louchait et portait une combinaison de peintre et des gants de caoutchouc. Il avait l'air de ce que Louis appelait un « noyeur de chiots », le genre d'individu qui n'est heureux que lorsqu'il fait mal à quelqu'un de plus faible que lui. Lutz et lui avaient une arme à la main.

— Ils ont l'air plutôt décidés à l'avoir, morte ou vivante, commentai-je.

Le compagnon de Lutz ouvrit le coffre de l'Acura et y prit une housse à cadavre.

— Non, dit Louis. Ils viennent d'exprimer leur préférence.

Nous nous reculâmes quand Lutz examina les fenêtres du bungalow de l'endroit où il se tenait. Il fit signe au petit homme de passer par-derrière et se dirigea vers la porte de devant. Je murmurai à Rachel d'emmener Marcy dans la petite chambre. Louis tendit son SIG à Rachel et, après un instant d'hésitation, elle le prit. Puis, fusil en main, il s'approcha à pas de loup de la porte de derrière, l'ouvrit et sortit pour intercepter le coéquipier de Lutz. J'attendis qu'il eût disparu pour relever le cran de sûreté de mon Smith & Wesson et considérer mes options.

La porte de devant s'ouvrait sur un mur. A un mètre sur la gauche commençait la salle de séjour, avec un coin cuisine tout au fond. A droite du séjour, il y avait la chambre, où Marcy et Rachel étaient accroupies sous la fenêtre, pour qu'on ne puisse pas les voir de l'extérieur. Je levai mon arme, allai me poster là où le couloir finissait et où commençait la salle de séjour et attendis, invisible de l'entrée. J'entendis la poignée de la porte tourner puis une détonation forte comme un coup de canon derrière la maison. Lutz entra, tenant son arme devant lui. Déstabilisé par le bruit qu'il venait d'entendre, il entra un peu trop vite, pointant son arme vers la salle de séjour. Je me ruai sur lui, le bras gauche tendu pour écarter son arme, le projetai contre la fenêtre puis abattis la crosse du Smith & Wesson sur son crâne, de toutes mes forces. Il chancela, je frappai de nouveau. Il tira une balle dans le plafond et je lui donnai un troisième coup, qui le fit tomber à genoux. Quand il fut par terre, je lui pris son arme des doigts et la lançai dans la cuisine avant de le fouiller pour m'assurer qu'il n'en portait pas d'autre. Je trouvai ses menottes. Je cognai une dernière fois pour plus de sûreté, lui attachai les mains et le traînai dehors, jusqu'au gravier. Je m'attendais à voir Louis et il était bien là, mais pas seul.

Il avait les mains sur la tête et son fusil gisait par terre devant lui. Derrière, le Golem dressait sa haute silhouette chauve et tenait un Jericho à cinq centimètres de la tête de Louis. Il avait un autre Jericho dans la main gauche, braqué sur moi, et une corde sur le bras.

— Désolé, mec, fit Louis.

A sa gauche, le coéquipier de Lutz était allongé sur le dos, mort, un trou énorme dans la poitrine.

Le Golem me regarda sans ciller.

— Lâchez votre arme, monsieur Parker, ou j'abats votre ami.

Je tins le Smith & Wesson par le pontet, le posai doucement par terre. Lutz releva sa tête ensanglantée et regarda l'homme chauve. J'éprouvai une certaine satisfaction à voir la peur s'inscrire peu à peu sur le visage de Lutz, mais ce petit plaisir fut de courte durée : l'étrange être creux nous menaçait tous, sans distinction.

— Maintenant, vous allez ôter les chaussures et les chaussettes de l'inspecteur...

Je fis ce qu'il m'ordonnait en m'asseyant sur Lutz pour qu'il se tienne tranquille. D'un mouvement du poignet, le Golem me lança la corde.

— Attachez-lui les jambes.

Je m'exécutai de nouveau et, tandis que je le ligotais, Lutz me murmurait :

— Ne le laissez pas m'emmener, Parker. Je vous dirai ce que vous voulez savoir, mais ne le laissez pas m'emmener...

Le Golem l'entendit.

— Taisez-vous, inspecteur. M. Parker et moi sommes sur le point de parvenir à un arrangement.

Je vis Rachel bouger derrière la fenêtre et secouai légèrement la tête, manière de lui indiquer qu'elle ne devait pas intervenir.

— Vraiment? fis-je.

— Je vous laisse vivre, vous et votre ami, votre copine aussi, et vous pourrez emmener la jeune femme.

J'aurais dû me douter que rien n'échappait à cet homme.

— Moi, je garde l'inspecteur, conclut-il.

— Non! beugla Lutz. Il me tuera!

Je regardai le Golem, même si je n'avais pas vraiment besoin d'une confirmation.

— L'inspecteur a raison, dit-il. Mais pas avant qu'il

m'ait révélé l'endroit où je pourrai trouver ses associés. Mettez-le dans la housse, monsieur Parker. Ensuite, avec votre ami, vous le porterez à ma voiture.

Je ne bougeai pas. Je n'étais pas prêt à renoncer à Lutz sans l'avoir d'abord fait parler.

— Nous voulons tous les deux la même chose, arguai-je. Trouver les responsables de toutes ces morts...

Les Jericho se redressèrent dans ses mains. La discussion était close.

Avec l'aide de Louis, je mis Lutz dans la housse à cadavre, lui fourrai ses chaussettes dans la bouche pour le faire taire et le portai à l'endroit de la route où le Golem avait garé sa Lincoln Continental. Le coffre se referma sur Lutz tel un couvercle de cercueil. A travers le métal, j'entendis ses hurlements étouffés et le bruit de ses pieds frappant les parois.

— Maintenant, retournez dans la maison, s'il vous plaît, fit le Golem.

Nous reculâmes lentement, sans le quitter des yeux.

— Je ne pense pas que nous nous reverrons, monsieur Parker.

— Je n'en ferai pas un drame.

Il attendit que nous soyons à une cinquantaine de mètres de la voiture, ouvrit la portière, se glissa prestement derrière le volant et démarra. A côté de moi, Louis poussa un soupir.

— Ça ne s'est pas trop mal passé, estimai-je. Quoique ta réputation professionnelle en ait pris un coup.

Il me lança un regard renfrogné.

— Dans le temps, je passais des mois à préparer un contrat. Toi, tu m'as donné cinq minutes. Je suis pas James Bond.

— Ne te tracasse pas. Il n'a pas l'air du genre à cafter.

— Non, je crois pas.

Rachel s'avança à notre rencontre sous la véranda. Elle avait le visage exsangue et semblait sur le point de tourner de l'œil.

— Qu'est-ce qu'il y a? demandai-je en la prenant par les épaules.

— Va voir toi-même, murmura-t-elle.

Je découvris Marcy Becker assise dans l'un des gros fauteuils, les jambes repliées sous elle. Elle fixait le mur en mordillant un de ses ongles. A mon entrée, elle me jeta un coup d'œil puis fit brièvement passer son regard sur l'objet posé par terre avant de le ramener sur le mur nu. Nous restâmes figés dans cette position un long moment jusqu'à ce que j'entende Louis jurer à voix basse derrière moi en voyant ce qui se trouvait entre nous.

C'était un livre.

Un livre en os.

QUATRIÈME PARTIE

« Un grand livre est comme un grand mal... »

Callimaque (v. -305/v. -240)

25

Le livre faisait trente-cinq centimètres de long sur dix-huit de large. Six petits os regroupés en trois paires équidistantes se recourbaient sur son dos. Ils étaient légèrement jaunes et enduits d'une substance protectrice qui les faisait luire au soleil. Sans avoir de certitude, je pensai que ce devait être des extrémités de côte. Ils étaient lisses au toucher, comparés au matériau sur lequel ils étaient fixés. La couverture du livre était teinte en rouge, un rouge profond à travers lequel on distinguait des lignes, des rides et, près du coin supérieur gauche, un grain de beauté.

De la peau humaine. On l'avait séchée et cousue avec ce qui devait être des nerfs et des boyaux. En passant doucement un doigt sur la couverture, je sentis non seulement les pores et les lignes de l'épiderme utilisé mais aussi la forme des os qui formaient un cadre dessous : un radius et un cubitus, supposai-je, ainsi que d'autres côtes. C'était comme si le livre lui-même avait été autrefois un être vivant auquel il ne manquait que de la chair et du sang pour redevenir comme avant.

Il n'y avait rien d'écrit sur la couverture ni sur le dos, aucune indication sur ce que le livre pouvait contenir. L'illustration de la couverture, janséniste de style, se composait d'un motif central repris dans chacun des quatre coins : une araignée, incrustée à la feuille d'or, tenant dans ses huit pattes repliées une clef dorée.

J'ouvris le livre du bout des doigts. Son dos était une colonne vertébrale humaine, maintenue par un fil d'or, le seul matériau utilisé qui ne fût pas d'origine humaine. Les pages y étaient attachées par d'autres nerfs. Le verso de la couverture n'avait pas été teint et les différences de pigmentation des diverses peaux utilisées se voyaient plus nettement. Du haut de l'épine dorsale un signet descendait en boucle, fait de mèches de cheveux tressées ensemble.

Le livre comptait une trentaine de pages de dimensions diverses. Deux ou trois étaient faites d'un seul morceau de peau deux fois plus grand que le livre même. Elles avaient été pliées et reliées à la pliure pour donner une page double. D'autres avaient été obtenues en assemblant des morceaux de peau dont quelques-uns n'excédaient pas huit ou dix centimètres carrés. L'épaisseur variait aussi : certaines pages étaient si fines que la couleur de mes doigts transparaissait dessous ; d'autres n'en laissaient rien voir. La plupart des morceaux semblaient avoir été prélevés sur des épaules ou un bas de dos mais une page montrait l'étrange renfoncement d'un nombril et une autre portait, près de son centre, un mamelon ratatiné. Comme les *bifolia* de jadis, les parchemins en peau de chèvre ou de veau des scribes médiévaux, les pages avaient un côté lisse, sans la moindre trace de poils, et un côté rugueux. Les côtés lisses avaient été utilisés pour le texte et les illustrations, de sorte que, pour certaines doubles pages, seul le côté droit avait servi.

Page après page, le livre reprenait des passages de l'Apocalypse magnifiquement calligraphiés : parfois des chapitres entiers, parfois de simples citations pour éclairer le sens d'une illustration. Les caractères étaient carolingiens, imités de la belle écriture claire inspirée par l'érudit anglo-saxon Alcuin d'York, qui donnait à chaque lettre une forme distinctive mais simple pour accroître la lisibilité. Faulkner avait travaillé autour des défauts naturels de la peau, les dissimulant au besoin par une lettre ou une ornementation adéquate. Chaque page commençait par une onciale, une lettre de deux à trois centimètres de haut, tracée avec soin par des centaines de traits de plume. Des grotesques, animaux et humains, gambadaient autour de leur base et de leurs jambages.

C'était cependant les illustrations qui retenaient l'attention. On y trouvait des réminiscences de Dürer et de Duvet, de Blake et de Cranach, d'artistes plus récents aussi : Goerg, Meidner, Masereel. Ce n'étaient pas des copies d'originaux mais des variations sur un thème. Certaines étaient en couleur ; pour d'autres, on avait utilisé uniquement du noir de carbone mélangé à de l'oxyde de fer pour obtenir une encre qui semblait jaillir de la page. Une version de la Bouche de l'Enfer tirée du Psautier de Winchester illustrait la première page : des centaines de corps minuscules se tordaient entre les mâchoires d'une créature mi-homme mi-poisson. On avait donné une teinte verdâtre aux formes humaines afin qu'elles se détachent de la peau sur laquelle elles avaient été dessinées, et les écailles du poisson étaient rendues séparément en nuances de bleu et de rouge. Ailleurs, il y avait les quatre cavaliers de Cranach en rouge et en noir ; *La Moisson du Monde* de Burgkmair en vert et or ; une vision d'une sorte d'arachnide inspirée d'Edouard Goerg, artiste du XXe siècle, près de ces mots : *La bête qui monte du puits sans fond leur fera la guerre, les vaincra et les tuera tous* ; et une variation riche en détails du frontispice de Duvet pour son Apocalypse de 1555, montrant saint Jean entouré d'emblèmes de mort, notamment un cygne tenant une flèche dans son bec, avec en toile de fond une grande cité.

Je passai à la dernière illustration, qui accompagnait une citation de l'Apocalypse, 10-10 : *Je pris le petit livre de la main de l'ange et le mangeai. Dans ma bouche, il avait la douceur du miel. Mais dès que je l'eus mangé, mes entrailles en devinrent amères.* Inspirée de Dürer, l'illustration représentait là encore saint Jean, un glaive à la main, avalant la reproduction du livre même que j'avais en main, l'épine dorsale et l'araignée à la clef clairement visibles. L'ange qui l'observait avait des pieds semblables à des piliers de feu, la tête comme un soleil.

L'artiste avait dessiné saint Jean à l'encre noire en s'attachant à l'expression du visage. C'était Faulkner, tel qu'il était dans sa jeunesse et sur la photo publiée dans le journal après la découverte des corps. Je voyais le même front haut, les mêmes joues creuses et la bouche presque féminine, les mêmes sourcils droits. Enveloppé d'une longue cape blanche, il brandissait son épée vers le ciel.

Faulkner figurait sur chaque illustration : il était l'un des quatre cavaliers ; il était les mâchoires de l'enfer ; il était saint Jean ; il était la bête. Faulkner jugeant, torturant, dévorant, tuant. Créant un livre qui consignait le châtiment et était un châtiment en soi, qui dévoilait et masquait la vérité, qui était à la fois vanité et dérision des vanités, œuvre d'art et acte de cannibalisme. C'était le livre de sa vie, entamé quand ses disciples avaient révélé leurs faiblesses et qu'il s'était tourné contre eux, les anéantissant avec l'aide de sa progéniture : les hommes d'abord, puis les femmes, et enfin les enfants. Il avait continué comme il avait commencé et les déchus étaient devenus partie intégrante de son grand livre.

Dans la partie inférieure droite de chaque page, des noms étaient écrits, telles des notes. Les pages faites d'un seul morceau de peau ne portaient qu'un nom, les assemblages en comptaient deux, trois, quelquefois quatre. Le nom de James Jessop figurait sur le troisième morceau de peau, celui de sa mère sur le quatrième, celui de son père sur le cinquième. Les autres baptistes d'Aroostock représentaient la majeure partie des entrées du livre, mais il y avait d'autres noms encore, que je ne connaissais pas, quelques-uns relativement récents à en juger par la couleur de l'encre sur la peau. Alison Beck n'en faisait pas partie. Al Z, Epstein et Mickey Shine non plus. Ils auraient sans doute été ajoutés plus tard, après récupération du livre, de même que le nom de Grace Peltier, et peut-être aussi le mien.

Je repensai à Jack Mercier et au livre que j'avais vu dans sa bibliothèque, aux trois paires de traits dorés transformés maintenant en os. Un artiste comme Faulkner ne pouvait simplement cesser de fabriquer ces livres qu'il aimait tant. L'exemplaire offert à Carter Paragon en donnait la preuve. Il était clair à présent que Faulkner avait un dessein plus ambitieux : créer un texte dont la forme refléterait le sujet, un livre sur la damnation fait avec les corps des damnés, un registre des jugements fait avec les restes de ceux qui avaient été jugés.

Grace avait retrouvé Faulkner. Jalouse, Deborah Mercier avait révélé à la première fille de son mari l'existence de la nouvelle Apocalypse et son origine. A ce moment-là, Jack Mercier avait déjà lancé son offensive contre la Confrérie, gagnant Ober, Beck et Epstein à sa cause, mais Grace l'ignorait car c'était plus que Deborah ne souhaitait qu'elle sache : c'était Grace qu'elle voulait mettre en danger, pas son mari.

Grace était allée trouver Paragon, mais il n'était qu'un comparse et, en femme intelligente qu'elle était, elle l'avait compris. Paragon n'avait sans doute pas osé avouer à Pudd et à Faulkner qu'il avait vendu le livre, mais il avait probablement trop peur aussi pour ne rien leur dire de la visite de Grace. Elle l'avait surveillé, elle avait attendu qu'il panique. L'avait-elle suivi dans le

Nord ou avait-elle attendu qu'ils viennent le voir? Je penchais pour la seconde hypothèse, si Paragon était bien mort parce qu'il était incapable de révéler leur cachette au Golem. D'une façon ou d'une autre, Grace avait trouvé le chemin des portes de l'enfer personnel de Faulkner. Puis, quand l'occasion s'était présentée, elle y avait pénétré et avait réussi à en ressortir avec le livre, un livre contenant la vérité sur le sort des baptistes d'Aroostock et, en particulier, d'Elizabeth Jessop. Ce vol avait contraint la Confrérie à réagir rapidement : tout en cherchant le livre, Pudd et les autres avaient entrepris d'éliminer ceux qui s'attaquaient à eux et pour qui le livre dérobé par Grace aurait constitué une arme puissante, tâche dont la découverte des corps du lac Saint-Froid avait accru l'urgence.

Je refermai le livre, le reposai soigneusement sur son emballage et allai me laver très soigneusement les mains sous le robinet de la cuisine. Après quoi je pris une serviette et me tournai vers Rachel et Louis.

— On dirait qu'on vient de trouver une nouvelle définition du mot « fou », marmonna-t-il. C'est censé être quoi, ce truc?

— Un registre, répondis-je. Un registre des morts et peut-être un peu plus. Le livre des damnés, par opposition au livre de vie. Les baptistes d'Aroostock y figurent, avec au moins une douzaine d'autres noms d'hommes et de femmes, tous utilisés pour créer une nouvelle Apocalypse.

« Faulkner en est l'auteur. Sa dépouille n'a pas été retrouvée dans la fosse commune, ni celles de son fils et de sa fille. Ils ont massacré tous ces gens puis se sont servis de parties de leurs corps pour fabriquer ce livre. Je crois que les autres noms appartiennent à des individus qui ont eu la malchance de contrarier la Confrérie à un moment ou à un autre, ou qui représentaient un danger pour elle.

Plus tard, des morceaux de Grace et Curtis Peltier, de Yossi Epstein, et peut-être de Jack Mercier et des autres morts retrouvés sur le yacht, auraient été ajoutés au livre une fois qu'ils l'auraient retrouvé. Le registre devait être aussi complet que possible pour avoir un sens.

— Je présume que tu utilises le mot « sens » dans son acception la plus large, dit Rachel avec un dégoût patent.

J'avais les mains rouges à force de les essuyer mais je ne parvenais pas à me défaire de l'impression qu'elles gardaient la souillure du livre.

— Peu importe le sens. Ce livre équivaut à des aveux de meurtre si nous pouvons le relier à Faulkner.

— Si on arrive à le trouver, enchaîna Louis. Qu'est-ce qui se passera quand ils verront que Lutz rentre pas ?

— Faulkner enverra quelqu'un d'autre aux nouvelles. Pudd, probablement. Il doit absolument récupérer ce livre. Enfin, à supposer que notre ami au crâne chauve ne le trouve pas d'abord.

Je songeai à ce que je savais de la tanière de Faulkner. Elle était dans le Nord, après Bangor, près de la côte, à proximité d'un phare. Il y avait une soixantaine de phares sur la côte du Maine, pour la plupart automatisés, dont deux ou trois affectés à un usage civil. Sur ce nombre, une poignée seulement au nord de Machias.

Je m'agenouillai, pris le livre dans son emballage.

— Qu'est-ce que tu vas en faire ? voulut savoir Rachel.

— Rien. Pour le moment.

Elle s'approcha de moi et me regarda dans les yeux.

— Tu veux trouver Faulkner, n'est-ce pas ? Tu n'es pas prêt à laisser la police s'en charger.

— Lutz et Voisine travaillent pour lui et Voisine est encore dans la nature. Il y en a peut-être d'autres. Si nous remettons l'affaire à la police, Faulkner sera prévenu et disparaîtra à jamais. Je pense qu'il se prépare à lever le camp depuis un moment, probablement depuis le vol du livre et à coup sûr depuis la découverte des corps à Saint-Froid. Marcy?

La jeune femme se tourna vers moi.

— Nous allons vous mettre en lieu sûr, dis-je. Vous pouvez téléphoner à vos parents pour leur faire savoir que vous allez bien.

Je sortis, appelai la Colonie sur mon portable. Ce fut Amy qui répondit.

— Charlie Parker. J'ai besoin de ton aide. J'ai là une femme qui a des ennuis et qu'il faudrait cacher un moment.

Il y eut un silence à l'autre bout du fil.

— Quel genre d'ennuis? demanda-t-elle enfin, bien qu'elle sût de quoi je parlais.

— Je suis sur leur piste, Amy. Tout sera bientôt fini.

J'entendis de la résignation dans sa voix quand elle répondit :

— Bon, elle logera à la maison.

Les femmes, à l'exception évidente d'Amy elle-même, n'étaient généralement pas admises à la Colonie, mais il y avait dans la maison principale des chambres d'amis qu'on utilisait dans des circonstances exceptionnelles.

— Merci. Un homme l'accompagnera. Il sera armé.

— Tu sais ce que nous pensons des armes, Charlie.

— Je sais, mais c'est à Pudd que nous avons affaire. Si tu pouvais les héberger jusqu'à ce que ce soit fini... Ça prendra un jour ou deux, tout au plus.

Je lui demandai d'accueillir aussi Rachel et elle accepta. Après que Marcy eut donné un bref coup de fil à sa mère, nous partîmes pour Boothbay. Là, nous nous séparâmes. Louis et Rachel retourneraient à Scarborough, et de là Angel conduirait Marcy et Rachel à la Colonie. Louis me rejoindrait après avoir confié les deux femmes à son ami. J'emportai le livre, que je cachai sous le siège avant droit de la Mustang.

Je roulai jusqu'à Bangor, où j'achetai le bouquin de Thompson, *Les Phares du Maine*, à la librairie Betts sur Main Street. Il y avait sept phares aux environs de Machias, la ville où Grace avait laissé Marcy pour suivre seule la piste de Faulkner : Whitlock's Mill à Calais, East Quoddy à Campobello Island et, plus au sud, Mulholland Light, West Quoddy, Lubec Channel, Little River et Machias Seal Island. Machias Seal était trop loin au large pour faire l'affaire, ce qui réduisait les possibilités à six.

J'appelai Ross à New York mais j'eus seulement sa secrétaire et j'étais déjà à trente kilomètres de Bangor quand il me rappela.

— J'ai lu les rapports de Charon en provenance du Maine, attaqua-t-il. Cette partie de l'enquête était mineure, simple travail de terrain. Un militant homo tué dans le Village en 1991, abattu dans les toilettes d'un bar de Bleecker. Le modus operandi était le même que dans une affaire similaire à Miami. On a retrouvé le coupable et sa facture de téléphone indiquait qu'il avait appelé sept fois la Confrérie dans les jours précédant le meurtre. Une nommée Torrance a déclaré que le type était un malade et qu'elle avait signalé les coups de fil à la police locale. Un inspecteur du nom de Lutz confirme.

— C'était qui, le meurtrier?

— Un certain Lusky, Barrett Lusky. Il a été libéré sous caution et on l'a retrouvé mort, deux jours plus tard, dans une benne à ordures du Queens. Une balle dans la tête. D'après son rapport, Charon ne serait pas remonté plus loin que Waterville pendant son enquête. Il y a un détail qui ne colle pas, pourtant : dans ses notes de frais, un reçu pour un plein d'essence fait à Lubec, à plus de deux cents kilomètres au nord de Waterville. C'est sur la côte.

— Lubec, répétai-je.

— Qu'est-ce qu'il y a, là-bas?

— Des phares, répondis-je. Et un pont.

Lubec avait trois phares. C'était aussi la ville la plus à l'est de tous les Etats-Unis. De Lubec, le FDR Memorial Bridge enjambait les eaux de l'Atlantique pour rejoindre le Canada. Un endroit idéal pour disposer d'une voie de sortie ouverte en permanence vers un autre pays accessible en quelques minutes par voiture ou par bateau. Ils étaient à Lubec, j'en étais sûr, et le Voyageur les y avait trouvés. Le reçu pour le plein d'essence était une imprudence, mais uniquement dans le contexte d'événements ultérieurs et de meurtres que Charon avait lui-même commis, en se justifiant par d'étranges considérations sur la fragilité et l'inconséquence humaines qui rappelaient les convictions de Faulkner.

Mais j'avais sous-estimé Faulkner, comme j'avais sous-estimé Pudd. Pendant que je suivais leur piste, ils s'étaient emparés du plus vulnérable d'entre nous, celui que nous avions laissé seul.

Angel.

26

Il y avait du sang sur la véranda, du sang sur la porte d'entrée. Dans la cuisine, des crevasses s'étoilaient dans le plâtre du mur autour d'un impact de balle. Du sang encore dans le couloir, une traînée ondulant comme la trace d'un crotale. La porte de la cuisine avait quasiment été arrachée de ses gonds et les carreaux de la fenêtre brisés par d'autres coups de feu.

Pas de corps à l'intérieur.

S'emparer d'Angel était une précaution au cas où nous trouverions Marcy avant eux, mais c'était aussi une vengeance personnelle contre moi. Ils étaient probablement venus afin de nous liquider une fois pour toutes et, ne trouvant qu'Angel, ils l'avaient emmené. J'imaginai Pudd et la muette l'empoignant, le traînant hors de la maison. Nous n'aurions jamais dû le laisser seul.

Ils seraient obligés de le tuer, bien sûr. Finalement, ils seraient obligés de tuer chacun de nous. S'ils parvenaient à nous échapper et à disparaître, ils referaient surface un jour et nous tomberaient dessus. Nous les traquerions mais le monde alvéolé est profond, riche en recoins obscurs où se terrer. Et nous connaîtrions des semaines, des mois, voire des années de peur et de souffrance, sortant chaque matin d'un sommeil agité en nous disant que la journée qui s'annonçait serait peut-être celle de leur retour.

Car nous finirions par souhaiter qu'ils reviennent, pour que l'attente s'achève enfin.

Par-dessus un bruit de moteur, Rachel me rapporta au téléphone ce qu'elle avait vu à Scarborough. Pour l'heure, elle conduisait Marcy Becker à la Colonie avec sa voiture. Maintenant qu'ils avaient Angel, elle ne risquait plus rien, du moins pour un certain temps. Louis remontait vers le nord, il m'appellerait dans quelques minutes.

— Il n'est pas mort, énonça Rachel d'une voix blanche.

— Je sais. S'il était mort, ils l'auraient laissé sur place pour que nous le découvrions.

Je me demandais au bout de combien de temps Lutz avait parlé et si le Golem les avait déjà trouvés. Auquel cas, tout le reste était sans importance.

— Comment va Marcy?

— Elle dort sur le siège à côté de moi. Elle n'a pas dû beaucoup se reposer depuis la mort de Grace. Elle voulait savoir pourquoi nous étions prêts à risquer notre vie dans cette histoire : Angel, Louis, moi, mais toi, surtout. Elle a dit que ce n'était pas ton combat.

— Qu'est-ce que tu as répondu ?

— C'est Louis qui a répondu. Il a dit que tout était ton combat. Il souriait, je crois. Difficile à dire, avec lui.

— Rachel, je sais où ils sont. A Lubec.

Sa voix monta d'un cran dans les aigus quand elle me recommanda :

— Fais attention.

— Je fais toujours attention.

— Non, ce n'est pas vrai.

— D'accord, mais cette fois, je parle sérieusement.

Je venais de passer Bangor, Lubec était à deux cents kilomètres sur l'US-I. Je pouvais les couvrir en moins de deux heures à condition qu'aucun policier au regard d'aigle ne me harponne pour excès de vitesse. J'appuyai sur l'accélérateur et sentis la Mustang bondir en avant.

Louis m'appela au moment où je laissais Ellsworth Falls derrière moi pour prendre la 1A en direction de la côte.

— J'arrive à Waterville, annonça-t-il.

— Je crois qu'ils sont à Lubec. C'est sur la côte nord, près du Nouveau-Brunswick. Il te reste un bout de chemin à faire.

— Ils t'ont appelé ?

— Non.

— Attends-moi à l'entrée de la ville, dit Louis d'un ton neutre, comme s'il me recommandait de ne pas oublier d'acheter du lait.

A Milbridge, à cent trente kilomètres de Lubec, mon portable sonna pour la troisième fois. En pressant le bouton, je remarquai que le numéro de mon correspondant ne s'était pas inscrit sur l'écran.

— Monsieur Parker, fit la voix de Pudd.

— Il est vivant ?

— A peine. Disons que ses espoirs d'en réchapper s'amenuisent. Il a grièvement blessé mon associé...

— Toutes mes condoléances, Leonard.

— Cela méritait une punition. Il a beaucoup saigné. En fait, il saigne encore beaucoup. Ainsi, vous avez reconstitué notre petit arbre généalogique. Il n'est pas très joli, n'est-ce pas ?

— Pas particulièrement.

— Vous avez le livre ?

Il savait que Lutz avait échoué. Je me demandai s'il savait pourquoi et si l'ombre du Golem était déjà sur lui.

— Oui, je l'ai.

— Où êtes-vous ?

— A Augusta, mentis-je.

Il parut me croire, j'en aurais pleuré de soulagement.

— Il y a une route privée qui part de la 9, là où elle traverse la Machias River. Elle mène au lac. Soyez sur la berge dans une heure et demie, seul et avec le livre. Je vous remettrai ce qu'il restera de votre ami. Si vous êtes en retard, ou si je flaire une présence policière, je l'embrocherai de l'anus à la bouche comme un porcelet.

Il raccrocha.

Je me demandai comment il comptait me tuer quand j'arriverais au lac. Il ne pouvait pas me laisser en vie, pas après tout ce qui s'était passé. Et une heure et demie, ça ne suffisait pas pour aller d'Augusta à Machias, pas sur ces routes. Il n'avait pas l'intention d'amener Angel vivant là-bas.

J'appelai Louis. Je m'apprêtais à tester sa confiance en moi et je ne savais pas comment il réagirait. J'étais le plus près de Lubec ; Louis ne pouvait absolument pas y arriver avant l'expiration de l'ultimatum de Pudd. Et si je m'étais trompé pour Lubec, il fallait que quelqu'un soit au rendez-vous pour rencontrer Pudd. Ce ne pouvait être que Louis.

Le temps d'hésitation qu'il marqua avant d'acquiescer fut à peine détectable.

27

Trois phares en bois décoraient le panneau planté à la lisière de Lubec : le Mulholland Light rouge et blanc, de l'autre côté du Lubec Channel, au Nouveau-Brunswick, le Lubec Channel Light blanc, une structure de fonte en forme de bougie de voiture, et le West Quoddy Light, aux rayures rouges et blanches. Des symboles de stabilité et de certitude, une promesse de sécurité et de salut à présent souillée par la présence des Faulkner.

Après une brève halte à l'entrée de la ville, je repartis, passai devant la façade condamnée par des planches du vieux Hillside Restaurant, le bâtiment blanc de l'American Legion, avant d'arriver dans Lubec même. La ville était riche en Eglises : les baptistes de la Crête-Blanche, la Première Assemblée de Dieu, les adventistes du septième jour, les chrétiens congrégationalistes et les disciples du Temple chrétien avaient convergé vers cet endroit, ils avaient enterré leurs morts dans le cimetière voisin ou érigé des monuments aux hommes perdus en mer. Grace Peltier avait raison, pensai-je. J'avais seulement jeté un coup d'œil aux notes pour sa thèse que Marcy m'avait remises, mais j'avais remarqué que Grace utilisait le terme « frontière » pour décrire le Maine. Ici, à la pointe la plus à l'est de l'Etat et du pays, dans ce lieu d'églises et d'ossements, on avait l'impression d'être à la fin des choses.

Sur le quai, des oiseaux de mer occupaient la jetée délabrée, dont l'accès était interdit par des pancartes *Pro-*

priété privée. Elle était flanquée d'un brise-lames à gauche, et à droite d'un groupe de bâtisses, dont la vieille fumerie McMurdy, en cours de restauration. De l'autre côté de l'eau, on voyait le Mulholland Light, vers lequel le pont s'étirait par-dessus le détroit de Lubec.

Le soir tombait déjà quand je remontai Pleasant Street en voiture jusqu'à un espace de terre battue jouxtant le centre de traitement des eaux usées de la ville. De là, un sentier descendait vers la côte. Je le suivis, évitant algues et cailloux, boîtes de bière et paquets de cigarettes abandonnés. La plage se composait essentiellement de rochers et d'oyats, avec çà et là quelques plaques de sable gris. Au-delà, le Lubec Channel Light éventrait l'obscurité naissante.

A huit cents mètres sur ma droite, une digue en pierre se jetait dans la mer, droit vers une petite île couverte d'arbres dont les troncs se dessinaient comme des flèches d'église sur l'horizon. Une lueur verte brillait par endroits parmi leurs branches et je distinguai les lumières blanches plus vives d'un bâtiment proche de la partie nord de l'île.

Trois phares ornaient le panneau de Lubec, mais il y en avait eu un quatrième : un bâtiment en pierre édifié sur la côte nord du détroit de Quoddy par un pasteur baptiste local, à la fois pour symboliser la lumière de Dieu et avertir les marins. Mal construit, il s'était écroulé pendant une forte tempête, en 1804, tuant le fils du pasteur qui faisait office de gardien de phare. Deux ans plus tard, les habitants du coin avaient estimé que West Quoddy Head, plus bas sur la côte, offrait un site plus adapté et, en 1806, Thomas Jefferson avait ordonné la construction d'un phare en moellons à cet endroit. Le Northern Light était maintenant oublié et l'île sur laquelle il avait été bâti était devenue une propriété privée.

Je tenais tous ces renseignements d'une femme du petit supermarché-station-service McFadden, où je m'étais arrêté en route. Elle avait précisé que les occupants de l'île ne fréquentaient presque personne et passaient pour des gens très croyants. Il y avait un vieil homme, qui tombait assez souvent malade et se faisait soigner par le docteur, en ville, et deux personnes plus jeunes, un homme et une femme. L'homme faisait parfois ses courses au supermarché et payait toujours en liquide.

Elle connaissait son nom, cependant.

Il s'appelait Monker.

Ed Monker.

Il avait commencé à pleuvoir, signe avant-coureur d'une tempête qui devait balayer le nord du Maine cette nuit-là, et de grosses gouttes s'écrasaient sur mon crâne tandis que je contemplais la digue. Je retournai à la Mustang, pris la direction de Quoddy Head Park. Je roulais lentement quand j'avisai une petite route privée sans panneau indicateur qui menait sûrement à la côte. J'éteignis mes feux, la suivis jusqu'à ce qu'elle se perde parmi les arbres. Je laissai la voiture, continuai à pied dans l'herbe en m'efforçant de rester à couvert. J'arrivai à une grille flanquée de chaque côté d'une haute clôture électrifiée et équipée d'une caméra. Derrière, une cabane était nichée au milieu d'un bosquet de pins. A travers les branches, le phare était visible. Je devinai ce qu'il y avait dans la cabane : une vieille baignoire en fer, une cuvette de WC et des cadavres d'araignées pourrissant dans le tuyau d'écoulement.

J'allai prendre ma torche électrique dans la boîte à gants et, occultant son faisceau de ma main, longeai la clôture. Je repérai deux détecteurs de mouvements sur une quinzaine de mètres, là où l'herbe avait été coupée ras. Il y en avait probablement d'autres entre les arbres.

Cinglé par la pluie, je continuai à suivre la clôture jusqu'au sommet d'une pente raide descendant vers la côte. La marée était montante et la base de la digue avait maintenant disparu sous l'eau. Le seul moyen d'accéder à l'île sans être trempé, voire emporté au large, consistait à franchir la grille et à emprunter la digue, mais cela alerterait les occupants de l'île.

Grace Peltier avait dû se tenir à cet endroit même, quelques semaines plus tôt, avant d'escalader la grille. Elle avait attendu qu'ils soient partis, elle avait attendu d'être sûre que l'île était inoccupée et que personne n'y reviendrait avant un moment. Mais elle avait sans doute déclenché les détecteurs et le système avait averti Pudd ou sa sœur en appelant automatiquement un bipeur ou un téléphone portable. Quand ils étaient revenus, lui barrant la digue, Grace était repartie par la mer. C'était pour cette raison qu'elle était trempée en retrouvant Marcy. Elle était bonne nageuse, elle savait qu'elle s'en tirerait. Mais ils avaient vu son visage sur l'enregistrement de la caméra, ils avaient peut-être même repéré sa voiture. Lutz et Voisine avaient été prévenus, le piège s'était refermé sur Grace.

Je fixai les vagues sombres qui brillaient brièvement d'une lumière blanche en se brisant et décidai de tenter le coup moi aussi par la mer. Je déchargeai le 38 de secours que je portais à la cheville, mis les balles dans une poche à fermeture Eclair, vérifiai le cran de sûreté du Smith & Wesson, sous mon bras. Mon ventre se contracta et je fus envahi du même sentiment familier. Je m'étais enfoncé si souvent dans cette mer qui s'étendait devant moi, noire et terrifiante, et je m'apprêtais à y plonger de nouveau.

Je pataugeai dans l'eau, claquant des dents en approchant de la digue. Les vagues me repoussaient et une ou deux fois je fus presque ramené à la côte. Les rochers étaient lisses, couverts d'algues vertes, et la marée faisait déjà bouillonner l'eau autour de ma taille. Parvenu près de la digue, j'essayai de grimper en coinçant la pointe de mes bottes dans les fissures et les anfractuosités, mais les pierres avaient été cimentées et, après deux mouvements maladroits sur le côté, mes pieds glissèrent sous moi et je perdis prise. Je retombai dans l'eau jusqu'au menton. Je me remettais à peine du choc quand je vis un mur blanc émerger à ma gauche et j'eus juste le temps de prendre ma respiration avant qu'une énorme vague me soulève et me rejette cinq mètres en arrière, de l'eau salée plein la bouche.

Après le passage de la vague, je recommençai à avancer le long des rochers en cherchant comment prendre pied sur la digue. Il me fallut une dizaine de minutes et deux autres plongeons involontaires pour trouver un endroit où une pierre s'était détachée du ciment. Maladroitement, je plaçai une botte humide dans le creux, m'égratignai douloureusement le genou quand elle dérapa. M'agrippant à l'une des pierres les plus hautes, je fis un nouvel essai et réussis à me hisser sur la chaussée. J'y demeurai étendu un moment, pantelant et parcouru de frissons. Mon téléphone portable, me rendis-je compte, se trouvait maintenant au fond de l'océan. Je me levai, laissai l'eau couler du canon du Smith & Wesson, rechargeai le 38 et, tête baissée, franchis les derniers mètres me séparant de l'île.

D'épais sapins verts poussaient de chaque côté de la route qui se frayait un chemin vers les vestiges du phare, où elle se fondait dans une cour de gravier s'étendant devant l'entrée des bâtiments. Au lieu du tas de vieilles pierres que je m'attendais à trouver à l'emplacement de l'ancien phare, je découvris un édifice d'une dizaine de mètres de haut, avec au sommet une galerie qui offrait une vue dégagée sur la digue et la côte même. C'était un phare sans lumière, mis à part une faible lueur provenant de l'une des fenêtres du niveau le plus haut.

A droite du nouveau phare, je vis un bâtiment en bois percé de quatre fenêtres grillagées, deux de chaque côté d'une lourde porte. La lumière qui en émanait était verte, comme si, pour en sortir, elle avait dû traverser de l'eau ou un feuillage épais. Devant, ce qui devait être un garage me cachait l'entrée du phare. Plus loin, presque à la pointe est de l'île, il y avait une autre construction en bois, peut-être une remise à bateaux. Appuyé contre l'arrière du garage, je tendis l'oreille mais n'entendis que le bruit régulier de la pluie. Restant sur l'herbe et utilisant le garage comme paravent, je m'approchai du phare.

Ce fut seulement après avoir passé le garage que je découvris le corps. Deux troncs d'arbre liés ensemble pour former un X soutenaient une autre paire de troncs qui maintenait la croix à un angle de soixante degrés avec le sol. Il était nu, les bras et les jambes attachés au bois par du fil de fer. Son visage et son torse portaient de nombreuses contusions; ses bras, sa poitrine et ses jambes étaient gonflés, criblés de traces de piqûre. Le sang qui avait coulé de ses plaies formait une flaque sous lui. La pluie ruisselait sur son corps blême, faisant luire son crâne chauve et son visage glabre. Un rectangle de peau avait été prélevé sur son estomac. Je m'approchai, cherchai son pouls sur un poignet encore chaud au toucher. Le Golem était mort.

Je m'apprêtais à m'éloigner quand le gravier crissa sur ma droite et la muette apparut. De la boue maculait ses bottes et son jean; son coupe-vent jaune était ouvert sur un sweat-shirt noir. Elle tenait dans la main droite un pistolet pointé vers le sol.

Elle s'immobilisa en me voyant, ouvrit la bouche sur un cri silencieux, leva le bras et tira. Je plongeai sur la gauche. Le corps du Golem frémit quand la balle s'enfonça dans son épaule, près de l'endroit où se trouvait ma tête l'instant d'avant. Je m'agenouillai en visant, pressai la détente. Ma première balle la toucha au cou, la deuxième à la poitrine. Ses jambes se tordirent et elle tomba, tira deux balles dans le ciel en heurtant le sol. Je me ruai vers elle en gardant mon arme braquée sur son corps, expédiai son Beretta au loin d'un coup de pied. Un tremblement incontrôlable agitait sa jambe gauche. Elle leva les yeux vers moi, les cicatrices de son cou disparaissant à demi sous le sang qui coulait de sa blessure. Sa gorge émit un gargouillis, sa bouche s'ouvrit et se referma deux fois puis elle mourut.

Dans le bâtiment en bois, une forme arrêta un instant le flot de lumière verte. Une ombre mince passa devant le carreau et je sus que M. Pudd m'attendait à l'intérieur. Il avait forcément entendu les coups de feu et n'avait pourtant pas réagi. Derrière moi, la porte du phare demeurait fermée, mais, en levant la tête, je vis que la lumière s'était éteinte dans la partie supérieure du bâtiment, et j'eus l'impression que quelque chose m'épiait, là-haut dans l'obscurité. D'abord Pudd, pensai-je. Je ne voulais pas l'avoir sur mes arrières.

Effleurant de mes mains l'herbe humide, je courus vers la porte du bâtiment en bois. Dans la porte, à hauteur de visage, un petit panneau de verre protégé par un grillage permettait de voir à l'extérieur et je restai baissé pour passer dessous. La porte au loquet relevé était entrouverte. Je me postai sur le côté, glissai un pied dans l'entrebâillement et poussai.

Trois coups de feu claquèrent, le chambranle explosa en une gerbe d'éclats de bois. Je tirai cinq fois en décrivant un arc de cercle, me ruai à l'intérieur. J'entendis encore du verre tomber quand je courus vers le mur de gauche mais il n'y eut pas d'autres détonations. Rapidement, j'éjectai le chargeur du Smith & Wesson et le remplaçai par un autre en parcourant la pièce des yeux.

Il y flottait une puanteur incroyable, une puissante odeur de pourriture et de défécation. Il n'y avait de lampe ni au plafond ni sur les murs et l'unique lucarne avait été aveuglée par plusieurs épaisseurs de coton pour empêcher le soleil d'éclairer directement l'intérieur. La seule lumière provenait de petites ampoules grillagées fixées sous des étagères métalliques courant en cinq rangées sur toute la largeur de la pièce. Elles avaient quatre niveaux et la couleur verte de la lumière provenait de plantes qui poussaient en pot près des sortes d'aquariums posés sur chaque étagère. Ils étaient équipés de thermomètres et d'hygromètres, de variateurs montés en série avec les lampes pour régler l'intensité de la chaleur émise par les ampoules. Celles-ci étaient en partie entourées de papier d'aluminium afin de protéger les insectes des terrariums d'une lumière directe, que les plantes contribuaient aussi à atténuer. L'éclairage n'était pas assez fort pour atteindre les coins les plus éloignés de la pièce, où subsistaient d'épaisses flaques sombres. Pudd y était tapi quelque part, caché par l'obscurité et les plantes.

J'entendis un bruit près de l'endroit où ma main s'appuyait par terre, un faible tapotement sur le sol de ciment. Je tournai la tête vers la gauche et vis, dans un petit arc de lumière verte, une forme foncée, semi-circulaire. Son corps devait faire trois ou quatre centimètres de long, comme ses pattes couvertes de piquants. Dans un réflexe, je reculai la main. L'araignée s'arrêta, leva sa première paire de pattes et montra des mâchoires rougeâtres.

Soudain, avec une rapidité surprenante, elle fonça vers moi. Je fis un pas en arrière et d'un coup de pied l'expédiai dans un coin de la pièce où on avait empilé des terrariums vides.

Dans ma panique, je m'étais presque avancé dans l'allée séparant la première et la deuxième rangée d'étagères. Sur ma droite, par terre, des morceaux de verre captaient la lumière, et les restes d'un terrarium fracassé par mes balles de 10 mm jonchaient le deuxième niveau. Parmi les débris, je vis un rectangle de carton protégé par du plastique et sur lequel on avait écrit, en lettres noires soigneusement formées, les mots *Phoneutria nigriventer* et, dessous, *Araignée vagabonde du Brésil*. Je tournai la tête vers l'obscurité dans laquelle l'araignée agressive avait disparu et frissonnai.

Loin sur ma droite, quelque chose fit bruire les feuilles d'une plante et les ombres bougèrent brièvement au plafond. Pudd savait maintenant où j'étais ; ma réaction de panique l'avait renseigné. Je m'aperçus que ma main gauche tremblait et je la posai sur la droite, qui serrait la crosse de mon arme. Si je ne pouvais pas l'empêcher de trembler, je pouvais au moins me convaincre que je n'avais pas peur. Lentement, je m'approchai de la deuxième rangée d'étagères, pris une profonde inspiration et jetai un coup d'œil dans l'allée.

Elle était déserte. A la lisière gauche de mon champ de vision, une forme remua dans un terrarium. Elle était petite, à peine plus de deux centimètres et demi au total, avec une large bande rouge sur l'abdomen. Des sacs à œufs sphériques et blancs, presque aussi gros que l'araignée même, étaient suspendus à la toile qui l'entourait. *Latrodectus hasselti*, disait le carton. *Araignée à dos rouge*. En train de fonder une famille, pensai-je. Comme c'est touchant.

Les débris de deux autres terrariums se mêlaient dans la troisième rangée. Parmi les éclats tranchants, une longue silhouette verte demeurait immobile. La mante semblait me fixer de ses grands yeux cependant que ses mandibules s'activaient sur les restes de l'occupant de la case voisine. De petites pattes brunes s'agitaient faiblement tandis que l'énorme insecte mâchait. Je n'éprouvai aucune compassion pour la créature que la mante dévorait. En ce qui me concernait, plus vite elle aurait fini son amuse-gueule et s'attaquerait aux plats de résistance trottinant par terre, mieux cela vaudrait.

J'avais la chair de poule. Une forte envie de me frotter le cou et les cheveux détourna en partie mon attention quand je passai devant l'allée suivante. Tournant la tête à gauche, je vis Pudd à l'autre bout, l'arme braquée devant lui. Je me jetai en avant et sa balle toucha la boîte à fusibles, près de la porte. Des étincelles jaillirent, les ampoules s'éteignirent tandis que je roulais par terre. Je m'arrêtai contre le mur, le Smith & Wesson dans la main droite, la gauche soutenant mon poids le temps qu'il me fallut pour me rendre compte que quelque chose trottinait dessus. Je la levai vivement du sol, la secouai mais pas avant d'avoir senti une piqûre, comme si des aiguilles jumelles s'enfonçaient sous ma peau. Les lèvres retroussées de dégoût, je me mis debout, examinai ma main à la faible lumière passant par les fenêtres. Sous la première phalange de mon majeur, un petit renflement rouge commençait déjà à se former.

Sur ma droite, des milliers de corps minuscules s'agitaient dans deux grands aquariums en plastique. Des stridulations de criquets montaient du premier. L'autre contenait de la bouillie d'avoine et du son, où rampaient des vers de farine, avec çà et là de petits coléoptères noirs déjà parvenus au stade adulte. A gauche, disposés dans une sorte de vitrine à plusieurs niveaux, des alignements de ce qui ressemblait à des coupes en plastique s'étiraient le long du mur. Je me penchai, distinguai à la base de chaque coupe une forme noir et rouge, les restes de criquets et de mouches à fruits pris dans la toile hideuse près de l'araignée. L'odeur était si forte à cet endroit que je me mis à hoqueter.

C'était l'élevage de veuves noires de M. Pudd.

Mes oreilles tintaient encore du bruit des détonations, et des points lumineux dansaient devant mes yeux quand je reportai mon attention sur la pièce elle-même. Sur le plafond, une ombre longue s'éloignait de moi. A travers les feuilles, j'entrevis ce qui pouvait être une chemise jaune et je tirai. J'entendis un grognement de douleur, un bruit de verre brisé lorsque les terrariums vides entassés dans ce coin s'écroulèrent. Les éclats crissèrent sous les pieds de Pudd quand il marcha dessus. Il était maintenant près du mur du fond, d'où j'étais parti. Je sus alors ce que je devais faire.

Les étagères n'étaient pas vissées au sol de ciment mais simplement posées sur des trépieds, le poids des planches et des terrariums qu'elles supportaient constituant une garantie suffisante contre un choc éventuel. Ignorant la douleur qui se répandait dans ma main, et la possibilité que l'araignée qui l'avait causée fût encore à proximité, je m'assis par terre, calai mon dos contre le mur en face des veuves noires et poussai, les pieds à plat sur l'étagère. Un moment, je crus qu'elle ne ferait que glisser sur le sol puis la partie supérieure s'inclina et la lourde structure bascula lentement et vint heurter l'étagère suivante, créant un effet de dominos. Deux, trois, quatre étagères tombèrent dans un fracas de verre brisé et de grincements de métal. Leurs poids conjugués firent choir la dernière et j'entendis ce qui était peut-être un cri poussé par une voix d'homme, perdu dans un grondement de métal et de verre s'écrasant au sol.

Je m'étais déjà relevé et je m'appuyai aux montants des étagères renversées. Je sentais un grouillement autour de moi, des créatures prédatrices aux nombreuses pattes qui se mettaient en mouvement, s'affrontaient et mouraient.

Je parvins à la porte, l'ouvris. Le vent de la mer et la pluie froide m'apportèrent une sensation délicieuse après l'odeur rance de la pièce. La porte claqua derrière moi ; j'abaissai le loquet et reculai d'un pas. Ma main palpitait à présent et avait encore enflé, mais elle ne me faisait pas trop mal. Il me fallait quand même une piqûre antivenimeuse dans les meilleurs délais.

A l'intérieur de la ferme d'insectes, j'entendis un nouveau bruit. Je levai mon arme. Un visage apparut derrière le panneau de verre et la porte trembla quand M. Pudd se jeta contre elle. Il avait les yeux exorbités, le gauche déjà strié de sang, et un muscle de sa joue se contractait de manière spasmodique. De petites araignées brunes traversaient son visage et se perdaient dans ses cheveux, poursuivies implacablement par une grosse araignée noire aux pattes squelettiques.

Pudd ouvrit la bouche et deux pattes apparurent à chaque coin, écartèrent les lèvres, et je vis des palpes remuer à l'intérieur, puis une grappe d'yeux sombres tandis que l'araignée sortait de sa bouche. Je me détournai un instant et, quand je regardai de nouveau, Pudd avait disparu.

Un coup sourd se fit entendre derrière moi et la porte du phare claqua contre son encadrement. J'étais trempé, transi de froid, mais, essuyant la pluie qui coulait dans mes yeux, je me dirigeai vers le bâtiment.

Derrière la porte, le sol était pavé et un escalier de métal serpentait vers le sommet de l'édifice. Il n'y avait aucun niveau intermédiaire entre l'endroit où je me trouvais et la plate-forme du phare, percée d'une sorte d'écoutille qui donnait accès à la galerie.

A mes pieds, une trappe en chêne bordée de fer révélait une volée de marches de pierre menant à un rectangle de lumière jaune et vive.

J'avais trouvé l'entrée du monde alvéolé.

Le Smith & Wesson contre mon flanc, je descendis chaque marche lentement. La dernière conduisait à un bunker de béton meublé de quelques fauteuils et d'un vieux canapé. Une petite table de salle à manger occupait un coin, sur un tapis persan élimé. Sur ma droite, une cuisine toute en longueur était séparée de la pièce principale par des portes de saloon. Des ampoules grillagées pendaient au plafond. Dans un autre coin, j'avisai des étagères vides et, devant, une caisse pleine de livres et de journaux. L'air sentait l'encaustique. Le plateau de la table luisait, comme les étagères et le comptoir du petit déjeuner.

Mais c'étaient les murs qui retenaient l'œil : toute la surface disponible du sol au plafond était décorée. Il y avait des représentations de la mort sur un cheval sombre dans le style de Kohn, des images de victimes de la guerre inspirées de Dix et de Goerg, des villes s'écroulant dans une frénésie de rouges et de jaunes comme dans les paysages apocalyptiques de Meidner. Elles se chevauchaient, les couleurs devenant troubles sur les bords, là où les pigments s'étaient mélangés. Des formes empruntées à un artiste revenaient dans l'œuvre d'un autre, déplacées et cependant parties intégrantes d'une vision plus large. L'un des démons de Goerg s'abattait sur les foules fuyant la destruction de Meidner ; le cheval de Kohn errait parmi les cadavres du champ de bataille de Dix.

Pas étonnant que les enfants de Faulkner soient devenus fous.

La pièce suivante était elle aussi décorée, mais les illustrations étaient cette fois d'origine médiévale. Plus vaste que sa voisine, elle contenait deux lits pour deux personnes séparés par une cloison en lattes de bois. Il y avait des livres et des magazines sur des étagères grossières, deux placards, une petite douche et une cuvette de WC derrière des portes en verre coulissantes. La seule lumière provenait d'une lampe posée sur une table de chevet. Près de l'endroit où je me tenais, deux cartons débordaient de vêtements de femme et une valise ouverte montrait quelques costumes et vestes d'homme. Tous semblaient démodés, vieux d'au moins une vingtaine d'années. On avait retiré les draps des lits pour les nouer en deux ballots. Près d'un aspirateur, un sac à poussière attendait d'être jeté à la poubelle. Apparemment, on était en train d'effacer toute trace des occupants du bunker.

Une porte à demi ouverte conduisait à la troisième pièce. Je me figeai en entendant un bruit à l'intérieur, une sorte de tintement de chaîne. Je sentis une odeur de sang. J'attendis, ne détectai aucun mouvement près de la porte. De nouveau, le bruit métallique. Je poussai la porte du pied, me plaquai contre le mur. Il n'y eut pas de coups de feu. J'attendis quelques secondes encore avant de regarder dans la pièce.

Un billot de boucher posé sur quatre pieds épais trônait au centre du sol de pierre. Ses bords étaient recouverts de sang séché. Plus loin, contre le mur du fond, des instruments chirurgicaux récemment utilisés étaient posés sur une table en acier inoxydable munie d'un tuyau d'écoulement relié à un récipient métallique scellé. Je reconnus une scie à os, deux scalpels à la lame tachée de sang. Derrière, un couperet pendait à un crochet. Toute la pièce sentait la viande.

Ce ne fut qu'en entrant que je découvris Angel. Il était nu, les bras attachés par des menottes à une barre métallique au-dessus d'une baignoire en fer. A demi debout, à demi agenouillé, il avait sur les flancs des taches brunes de sang séché. Sa bouche était fermée par du ruban adhésif, sa poitrine zébrée de sang mêlé de sueur. Ses yeux à demi clos s'ouvrirent brièvement quand je m'approchai de lui et il émit un son derrière son bâillon. Il avait des bleus sur le visage, une longue entaille à la jambe droite, probablement faite par un couteau. On avait laissé la plaie saigner.

J'allais lui passer un bras dans le dos pour le soutenir avant de le détacher quand son espèce de miaulement devint plus fort. Je reculai, fis tourner légèrement son corps. Une bande de peau d'une trentaine de centimètres de long sur autant de large avait été découpée dans son dos et la chair dénudée suintait, rouge et palpitante. Comme je regardais fixement la blessure, les jambes d'Angel furent prises de tremblements et il se mit à sangloter. Je trouvai les clefs des menottes accrochées à un clou, libérai mon ami et sentis tout son poids peser dans mes bras quand je le sortis de la baignoire et l'agenouillai par terre. J'ôtai le ruban adhésif de sa bouche le plus doucement que je pus, puis je pris sur une étagère un gobelet en plastique et allai le remplir à l'évier. Angel but avidement en faisant couler de l'eau sur son menton et sur sa poitrine. Ses premiers mots furent :

— Donne-moi mon fute.

— Qui t'a fait ça, Angel?

— Donne-moi mon fute. S'il te plaît.

Ses vêtements étaient en tas près de la baignoire. Je trouvai le pantalon et aidai Angel à le passer, assis par terre, se soutenant du mieux qu'il pouvait de ses bras affaiblis.

— C'est le vieux, répondit-il enfin.

Ensemble, nous tirâmes le pantalon jusqu'à sa taille. Immédiatement, le tissu colla à la blessure de sa jambe et une tache rouge apparut. Chaque fois qu'Angel faisait un mouvement, son visage se crispait de douleur et il devait serrer les dents pour ne pas hurler.

— Y a eu des coups de feu dehors et il est parti par l'escalier, là-bas. Il a laissé le four en marche. Y a des trucs à moi dedans

Il indiqua près du mur une sorte de caisse métallique

munie d'un cadran de température sur le dessus. La mince feuille accrochée à l'intérieur aurait ressemblé à du papier si du papier pouvait saigner. J'arrêtai le four.

— T'as vu les deux autres ? me demanda Angel.

J'acquiesçai de la tête.

— Ce sont ses gosses, Bird.

— Je sais.

— Quelle famille, bordel, dit-il, esquissant un sourire. Tu les as refroidis ?

— Je crois.

— Ça veut dire quoi, ça ?

— La femme est morte. J'ai donné M. Pudd à bouffer à ses petites bêtes.

Je laissai Angel pour m'approcher d'un escalier montant vers une entrée, au fond de la pièce. A gauche de la première marche, je découvris une pièce avec un autre lit et un crucifix accroché au plafond. Les murs étaient couverts d'étagères déformées par le poids des livres. On en avait déjà emballé une bonne partie en prévision du départ mais il en restait beaucoup : avec l'arrivée d'Angel, Faulkner avait revu l'ordre de ses priorités. Il n'avait probablement pas souvent eu l'occasion de pratiquer sur des sujets vivants. Sur un établi, une boîte métallique à compartiments contenait des bouteilles d'encre, des crayons, des couteaux et des plumes soigneusement rangés. Dans une alcôve, en face de la chambre, un générateur bourdonnait.

Quand je revins dans la salle de préparation de Faulkner, Angel avait réussi à se mettre debout et se tenait près du mur, légèrement penché en avant, appuyé sur une main. Son dos avait recommencé à saigner.

— Tu y arriveras ?

Il hocha la tête. Je pris son bras gauche, le passai autour de mon épaule puis je le tins par la taille avec précaution. Lentement, la souffrance imprimée sur son visage, il monta les marches de pierre. Il était presque en haut quand son pied glissa et son dos heurta le mur, y laissant une trace rouge. Angel perdit connaissance et je dus le porter. L'escalier se terminait par une sorte de renfoncement au fond duquel une porte métallique était ouverte. Derrière, une feuille de plastique épais claquait au vent. A côté, une autre feuille, tachée de sang, enveloppait une forme étendue sur le sol. Je reconnus le visage de Voisine, en partie découvert, et me rappelai la colère de Pudd quand il avait parlé des blessures qu'Angel avait faites à son associé. Apparemment, Voisine en était mort.

Angel reprit conscience quand je l'allongeai par terre sur le ventre. Je dégainai mon 38 et le lui mis dans la main.

— Je t'annonce que tu as tué Voisine.

Posant sur moi des yeux troubles, il murmura :

— Bingo.

— Bon, tu bouges pas de là, je vais chercher Faulkner.

— Si tu le trouves, fais-lui une bise de ma part avant de le plomber.

Je sortis. La pluie tombait de plus belle et le sol était boueux sous mes pas. A une quinzaine de mètres derrière moi, la femme gisait toujours là où elle était tombée et aucun bruit ne s'échappait de la maison des araignées. Devant moi, une étendue de gazon descendait vers la remise à bateaux. En bas, une anse enserrait une petite jetée flottante. La porte de la remise était ouverte et une embarcation flottait au bout de la rampe en béton. C'était un runabout Cape Craft équipé d'un moteur Evinrude. A bord, une silhouette versait du gazole dans l'écoutille du réservoir. La pluie tombait sur son crâne nu, sur les longs cheveux blancs plaqués sur son visage et ses épaules, sur son manteau et ses chaussures de cuir noir. Il dut sentir ma présence car il leva les yeux et du carburant se répandit sur le pont.

Il sourit.

— Salut, pécheur, dit le révérend Faulkner.

Lâchant le bidon, il tendit la main vers le revolver glissé sous sa ceinture et je fis feu. L'arme tomba de ses mains, il vacilla en arrière, le bras droit fracturé, mais le sourire resta en place, un peu tremblant, cependant. Je tirai deux autres balles sur le hors-bord. Du gazole coula du réservoir percé.

Faulkner devait mesurer plus d'un mètre quatre-vingts et avait des doigts blancs fuselés, un visage tout en longueur. A la lumière de la cabine, ses yeux étaient d'un bleu profond tirant sur le noir. Il avait un nez démesurément long et sa bouche presque dépourvue de lèvres semblait commencer là où se terminaient ses narines. Son cou était décharné et de la chair pendait sous son menton comme une caroncule.

A mes pieds, il y avait une valise et une boîte étanche cabossée contenant du matériel de secours.

— Vous allez quelque part, révérend?

Ignorant ma question, il me demanda ·

— Comment nous avez-vous trouvés?

— C'est le Voyageur qui m'a mené ici.

— Un personnage intéressant. J'ai été désolé quand vous l'avez tué.

— Vous étiez bien le seul. Votre fille est morte, révérend, votre fils aussi. C'est fini.

Le vieil homme cracha dans l'eau et regarda par-dessus mon épaule le corps étendu sous la pluie. Ses yeux ne trahissaient aucune émotion.

— Descendez de ce bateau, ordonnai-je. Vous serez jugé pour la mort de vos ouailles, l'assassinat de Jack Mercier, de sa femme et de ses amis, le meurtre de Curtis et Grace Peltier. Vous devrez en répondre.

— Je ne répondrai de rien, répliqua-t-il. Le Seigneur n'a pas envoyé de démons pour exterminer les premiers-nés d'Egypte, il a envoyé des anges. Nous sommes des anges accomplissant l'œuvre de Dieu, moissonnant les pécheurs.

— Tuer des femmes et des enfants, en quoi est-ce que ça ressemble à l'œuvre de Dieu?

Du sang dégouttait de ses doigts sur les planches du pont. Apparemment insensible à la douleur, Faulkner leva doucement son bras, me montra sa main ensanglantée.

— Le Seigneur tue des femmes et des enfants tous les jours. Il a pris la vie de votre femme et de votre fille. S'Il les avait jugées dignes de vivre, Il les aurait épargnées.

Ma main se resserra sur la crosse du Smith & Wesson, la détente recula d'une fraction de millimètre sous la pression de mon doigt.

— Ce n'est pas Dieu qui les a tuées, répliquai-je. C'est un homme violent et fou, encouragé par vous.

— Il n'avait pas besoin d'encouragements. Il lui fallait seulement un cadre pour ses idéaux, une dimension supplémentaire...

Faulkner garda un moment le silence et, la tête penchée sur le côté, parut m'examiner.

— Vous les voyez, n'est-ce pas? dit-il enfin.

Je ne répondis pas.

— Vous croyez être le seul? poursuivit-il, souriant de nouveau. Je les vois, moi aussi. Ils me parlent. Ils me disent des choses. Ils vous attendent, pécheur, ils vous attendent tous. Vous pensez que tout s'est achevé avec leur mort? Ce n'est pas fini, ils vous attendent.

Il se pencha en avant, ajoutant avec une mine de conspirateur :

— Et ils baisent votre putain en attendant. Ils baisent vos deux putains.

J'étais à un doigt, à une pression de doigt, de le tuer.

Quand je soupirai et relâchai mon index sur la détente, il sembla presque déçu.

— Vous mentez, Faulkner. Où que se trouvent ma femme et mon enfant, elles sont à l'abri de vous et des individus de votre espèce. Pour la dernière fois, descendez de ce bateau.

Il ne bougea pas.

— Aucun tribunal au monde ne me jugera. Dieu sera mon juge.

— Au bout du compte, oui, acquiesçai-je.

— Adieu, pécheur, dit le révérend Faulkner.

Quelque chose me frappa violemment dans le dos et je tombai à genoux. Une chaussure marron écrasa mes doigts, le Smith & Wesson tirant une balle dans la jetée avant de sauter de ma main et de disparaître dans l'eau. Un poids énorme s'abattit sur moi, projetant mon visage dans la boue. Des genoux s'enfoncèrent dans mon dos, chassant l'air de mes poumons. J'enfonçai la pointe de mes pieds dans la terre molle, plaquai mon bras gauche sur le sol et poussai de toutes mes forces en ripostant de la main droite. Mon poing toucha quelque chose et la pression se relâcha un peu sur mon dos. Je parvins à me retourner mais, aussitôt, des mains se refermèrent sur ma gorge, un genou me frappa au bas-ventre. Retombant sur le dos, je me retrouvai face au visage de l'enfer.

M. Pudd, la figure boursouflée de piqûres d'araignée. Ses lèvres étaient énormes et violacées, comme si on les avait bourrées de collagène. Le gonflement des chairs avait presque obturé ses narines, le forçant à respirer bruyamment par la bouche, sa langue déformée pendant sur ses dents. L'un de ses yeux était quasiment fermé, l'autre avait doublé de volume et semblait sur le point d'éclater. Une araignée noire prise entre le col de sa chemise et son cou tuméfié agitait désespérément les pattes en le piquant. Je martelai ses bras de mes poings mais il maintint son étreinte. De la salive mêlée de sang sortit de sa bouche et coula sur son menton quand j'enfonçai les doigts de ma main droite dans son visage en visant son œil blessé.

Derrière moi, j'entendis le moteur du bateau démarrer. L'étreinte de Pudd sur mon cou se déplaça quand il se mit à presser ma pomme d'Adam de ses pouces. Ma trachée lentement écrasée ne laissait plus passer l'air, ma tête allait exploser. Le runabout toussota en quittant la jetée mais je m'en fichais. Mes oreilles étaient pleines du grondement de ma tête et des halètements de l'homme en train de me tuer. Je sentais une douleur cuisante derrière mes yeux. Je tentais désespérément de griffer le visage de Pudd mais mes doigts s'engourdissaient, ma vision se troublait.

Alors, la tête de M. Pudd vola en éclats, m'aspergeant de sang et de matière grise. Il resta droit un instant, saignant du nez et des oreilles, puis tomba sur le côté. L'étreinte de ses mains sur ma gorge se desserra, j'aspirai une longue goulée d'air et me dégageai de son corps. Je me redressai en crachant de la terre.

Au bout de la bande de gazon, Angel était allongé sur le ventre, tenant le 38 de la main droite, protégeant son dos de la gauche avec la feuille de plastique. Je me tournai vers la mer, où le runabout s'éloignait sur des eaux sombres et houleuses. Il n'était encore qu'à une vingtaine de mètres de la berge et son étrave soulevait une écume blanche. Faulkner se tenait à la barre, le visage tordu de rage et de souffrance.

Le moteur hoqueta, mourut.

Nous nous fîmes face par-dessus les vagues ; la pluie tombait sur nos têtes, sur les corps gisant derrière moi, sur les eaux noires de la baie.

— Tu seras damné, pécheur ! cria Faulkner.

De son bras indemne, il leva son arme et tira. La balle

siffla loin de moi, s'écrasa sur les rochers. Oscillant avec le mouvement du bateau, Faulkner visa, fit feu de nouveau. Cette fois, je sentis la balle transpercer la manche de ma veste mais elle ne me toucha pas. Elle passa simplement à travers la laine, en laissant une faible odeur de brûlé. Les deux projectiles suivants frôlèrent ma tête tandis que je m'agenouillais et ouvrais la boîte de secours.

Le lance-fusées était un Helly-Hanson et sa crosse pesait agréablement dans ma main. Je songeai à Grace et à Curtis, au cache noir dissimulant l'œil crevé de James Jessop. Je songeai à Susan, à sa beauté le jour où nous nous étions rencontrés, à l'odeur de noix de pécan de son haleine. Je songeai à Jennifer, à ses cheveux blonds effleurant les miens, au bruit de sa respiration quand elle dormait.

Il y eut un autre coup de feu, la balle me manqua cette fois d'un bon mètre. Je dirigeai le lance-fusées vers les vagues et imaginai la lueur incandescente qui se répandrait sur l'eau quand la fusée frôlerait la surface, l'éclair rose et bleu quand le gazole s'enflammerait, le feu sautant de vague en vague et filant vers l'homme au pistolet, l'explosion du moteur et les flammes envahissant le pont, cernant la silhouette. La chaleur du brasier me cuirait le visage, la mer flamboierait de rouge et d'or, et le vieillard, au milieu des flammes, passerait de ce monde-ci à l'autre.

J'accrus la pression de mon doigt sur la détente.

Clic.

Sur le bateau, Faulkner chancela quand le percuteur de son revolver se rabattit sur une chambre vide du barillet. Il tenta de nouveau de tirer.

Clic.

J'avançai au bord de l'eau, levai le lance-fusées. Le percuteur cliqueta de nouveau mais le vieillard ne parut pas s'en apercevoir. Le canon du revolver me suivait dans mes mouvements, et c'était comme si chaque pression sur la détente de l'arme vide expédiait une nouvelle volée de plomb qui transperçait mon corps et me rapprochait peu à peu de la mort.

Clic.

Un instant, le lance-fusées se retrouva braqué sur Faulkner, le gros cylindre pointé droit sur sa poitrine, et je vis sur son visage une expression satisfaite. Il mourrait mais je me damnerais en le détruisant, je deviendrais pareil à lui.

Clic.

Mon bras se leva jusqu'à ce que le lance-fusées soit au-dessus de ma tête, pointé vers le ciel.

— Non ! cria Faulkner. Non !

J'appuyai sur la détente et la fusée jaillit, éclairant les vagues d'une lumière vive, transformant la pluie en grêle d'or et d'argent, le vieil homme hurlant sa rage tandis qu'une nouvelle étoile naissait au firmament.

Je rejoignis Angel. Une tache de sang s'étalait sur la feuille de plastique posée sur sa blessure. Je la soulevai avec précaution pour qu'elle ne colle pas à la plaie. Il avait encore le 38 à la main et ses yeux, ouverts, fixaient la silhouette, là-bas, sur l'eau.

— Il aurait dû brûler, dit-il.

— Il brûlera, répondis-je.

Et je le tins contre moi en attendant qu'on vienne nous chercher.

LA QUÊTE DU SANCTUAIRE

(Extrait de la thèse de troisième cycle de Grace Peltier)

La vérité existe, a écrit le peintre Georges Braque. Seuls les mensonges sont inventés. La vérité sur les baptistes d'Aroostock reste à découvrir et à écrire enfin. J'ai simplement essayé d'éclairer le contexte de ce qui est arrivé : les espoirs qui ont inspiré l'entreprise, les émotions qui l'ont minée, les actes qui l'ont anéantie.

En août 1964, des lettres furent envoyées aux parents de chacune des familles qui avaient suivi Faulkner un an plus tôt. Elles étaient écrites par l'homme ou la femme concernés. Celle de Lyall Kellog fut postée à Fairbanks, Alaska, celle de Katherine Cornish provenait de Johnstown, Pennsylvanie, et celle de Frida Perrson de Rochester, Minnesota. Ce fut de Porterville, Californie, que Frank Jessop assura sa famille que tout allait bien pour lui-même, sa femme et ses enfants. Non datées, les lettres se contentaient de saluer les parents, d'expliquer que la communauté des baptistes d'Aroostock n'existait plus et que ses membres avaient été choisis pour répandre la parole du révérend Faulkner dans le monde, comme les missionnaires d'autrefois. Peu de parents s'inquiétèrent. Seule Lena Myers, la sœur d'Elizabeth Jessop, persista à croire qu'il était arrivé quelque chose à sa sœur et à sa famille. En 1969, avec l'autorisation du propriétaire, elle engagea un entrepreneur local pour faire des fouilles sur le terrain de la communauté d'Eagle Lake. Les recherches ne donnèrent rien. En 1970, Lena Myers mourut de ses blessures après avoir été renversée par un chauffard qui prit la fuite, à Kennebec, Maine. L'enquête ne déboucha sur aucune inculpation.

On ne retrouva aucune trace des membres des baptistes d'Aroostock dans les villes d'où les lettres avaient été envoyées. Leurs noms n'apparaissent dans aucun document, on ne leur connaît aucun descendant. On n'a jamais plus entendu parler d'eux.

La vérité demeure enfouie quelque part, j'en suis convaincue.

Epilogue

C'est un monde alvéolé, chaque creux est lié au suivant, chaque vie inextricablement enchevêtrée aux autres. La perte d'une seule affecte tout l'ensemble, modifie l'équilibre et change la nature de l'existence de manière infime, imperceptible.

Je revois, inlassablement, une femme appelée Tante Marie Aguillard, dont la voix d'enfant, incroyablement fluette, me parvient au sortir d'un corps énorme. Je la vois vautrée sur une montagne d'oreillers dans une pièce chaude et sombre de l'ouest de la Louisiane, forme noire, brillante, parmi d'autres formes mouvantes, insouciantes de la frontière entre le monde naturel et le monde façonné par l'homme, tandis que l'un se fond dans l'autre. Elle me prend par la main et me parle de ma femme et de mon enfant mortes. Elles l'appellent et lui parlent de l'homme qui les a tuées.

Elle n'a pas besoin de lumière : sa cécité est moins un handicap qu'une aide permettant d'accéder à une perception plus profonde, plus riche de sens. Voir serait une gêne pour son étrange conscience errante, sa compassion sans peur. Elle les aime tous : les êtres perdus, disparus, dépossédés, effrayés, les âmes en tourment qui ont été violemment arrachées à cette vie et n'arrivent pas à trouver le repos dans leur monde d'entre les mondes. Elle leur tend la main, elle les réconforte dans leurs derniers moments pour qu'ils ne meurent pas seuls, pour qu'ils n'aient pas peur en passant de la lumière à l'obscurité.

Et lorsque le Voyageur, l'ange noir, vient la prendre, elle tend à son tour la main vers moi, et je suis auprès d'elle quand elle meurt.

Tante Marie connaissait la nature de ce monde. Elle le parcourait, elle le voyait tel qu'il était, et elle comprenait la place qu'elle y occupait, sa responsabilité envers ceux qui y habitaient. Maintenant, j'ai moi aussi commencé à comprendre, lentement, à me reconnaître un devoir envers les autres, autant envers ceux que je n'ai pas connus qu'envers ceux que j'ai aimés. La nature de l'humanité, c'est, par essence, de sentir la souffrance d'autrui comme la sienne propre, et d'agir pour y mettre fin. Il y a de la noblesse dans la compassion, de la beauté dans l'empathie, de la grâce dans le pardon. Je suis un homme imparfait qui ne nie pas son passé violent, mais je ne laisse pas des innocents souffrir quand il est en mon pouvoir de les aider.

Je ne leur tourne pas le dos.

Je ne les abandonne pas.

Et si, ce faisant, je peux réparer les fautes que j'ai commises, et payer pour tout ce que j'ai négligé de faire, ce sera ma consolation.

Car la réparation est l'ombre projetée par le salut.

Je crois en un monde meilleur, au-delà de celui-ci. Je sais que ma femme et mon enfant y habitent, je les y ai vues. Je sais qu'elles y sont à l'abri des anges noirs. Où que se trouvent Faulkner, Pudd et les innombrables autres qui ont voulu changer la vie en mort, ils sont loin, loin de Susan et de Jennifer, et ils ne pourront plus jamais les atteindre.

Il pleut ce soir sur Boston et le carreau de la fenêtre

laisse apparaître des veinules au parcours complexe à sa surface. Je m'éveille, le doigt encore douloureux de la piqûre à présent soignée, je me tourne doucement et sens Rachel bouger à côté de moi. Sa main caresse mon cou et je sais que, pendant que je dormais, elle m'a observé dans l'obscurité, attendant le moment.

Mais je suis fatigué et mes yeux se referment.

Je me tiens à la lisière de la forêt, qui retentit des hurlements des hybrides. Derrière moi, les arbres tendent leurs bras l'un vers l'autre et, quand ils se touchent, ils font un bruit semblable à un murmure d'enfants. Et tandis que je les écoute, quelque chose bouge dans l'ombre devant moi.

— Bird?

Sa main est chaude sur ma peau froide. Je voudrais rester avec elle mais

je suis de nouveau entraîné car les ténèbres m'appellent et la forme bouge à nouveau parmi les arbres. Lentement, le jeune garçon sort de la forêt, la peau blême, l'un de ses verres de lunettes couvert d'un cache noir. J'essaie de marcher mais je n'arrive pas à lever les pieds. Derrière moi, d'autres silhouettes se meuvent mais elles s'éloignent de nous, disparaissent dans la forêt, et le garçon les rejoindra bientôt. Il n'a plus sa pancarte en bois mais son cou garde la trace des brûlures de la corde. Sans rien dire, il m'observe longuement, une main agrippant l'écorce d'un bouleau jaune, et puis il se met en marche, lui aussi, s'éloigne enfin, commence

— Bird, murmure-t-elle.

à s'estomper, s'enfonçant de plus en plus

— Je suis enceinte.

dans les profondeurs de ce monde alvéolé.

Remerciements

Pour écrire ce roman, j'ai puisé de précieuses informations dans les livres suivants :

Wrath of Angels : The American Abortion War, de James Risen et Judy L. Thomas (Basic Books, 1998) ; *Eagle Lake*, de James C. Ouellette (Harpswell Press, 1980) ; *The Red Hourglass : Lives of the Predators*, de Gordon Price (Allen Lane, 1998) ; *The Book of the Spider*, de Paul Hillyard (Hutchinson, 1994) ; *The Bone Lady*, de Mary H. Manheim (Louisiana State University Press, 1999) ; *Maine Lighthouses*, de Courtney Thompson (CatNap Publications, 1996) ; *Apocalypses*, d'Eugen Weber (Hutchinson, 1999) ; *The Apocalypse and the Shape of Things to Come*, dirigé par Francis Carey (British Museum Press, 1999) ; et *The Devil's Party*, de Colin Wilson (Virgin, 2000). En outre, *Simpson's Forensic Medicine*, deuxième édition dirigée par Willima G. Eckert (CRC Press, 1997), a rarement quitté ma table de travail.

Une grande partie du matériau concernant les mouvements religieux du Maine provient de l'introduction d'Elizabeth Ring à son *Directory of Churches & Religious Organisations in Maine, 1940* (Maine Historical Records Survey Project) ; de « Till Shiloh Come », de Jason Stone (magazine *Down East*, mars 1990) ; et de « The Promised

Land », d'Earl M. Benson (magazine *Down East*, septembre 1953).

Plus je progresse dans mes romans, plus m'apparaît la profondeur de mon ignorance. Dans mes recherches pour celui-ci, je me suis appuyé sur le savoir et la gentillesse d'un grand nombre de personnes, notamment James Ferland et le personnel des services du médecin légiste du Maine, à Augusta ; l'agent Joe Giacomantonio, de la police de Scarborough ; le capitaine Russell J. Gauvin, de la police de Portland ; le sergent Dennis R. Appleton, du CID III, police de l'Etat du Maine ; le sergent Hugh J. Turner, de la police de l'Etat du Maine ; L. Dean Paisley, mon excellent guide pour Eagle Lake ; Rita Staudig, historienne de la St. John Valley ; Phineas Sprague Jr, des Portland Yacht Services ; Bob et Babs Malkin, et Jim Block, qui m'ont guidé dans le New York juif ; Big Apple Greeters ; Phil Procter, directeur du Wang Center de Boston ; Beth Olsen du Boston Ballet ; le personnel du Centre pour l'histoire du Maine, à Portland ; Chuck Antony et de nombreux autres. A tous, je dois un verre, et probablement des excuses pour les erreurs que j'ai commises.

Enfin, je tiens à remercier mon agent, Darley Anderson, ainsi que ses assistantes, Elizabeth et Carrie ; mon agent pour les droits à l'étranger, Kerith Biggs ; mon éditeur, Sue Fletcher, et tous ceux qui m'ont patiemment supporté chez Hodder & Stoughton.

Impression réalisée sur CAMERON par

BUSSIÈRE CAMEDAN IMPRIMERIES

GROUPE CPI

à Saint-Amand-Montrond (Cher)
en mai 2004
pour les Presses de la Cité
12, avenue d'Italie
75013 Paris

N° d'édition : 7189. — N° d'impression : 042150/1.
Dépôt légal : juin 2004.

Imprimé en France